U0135826

《諜影行動》的原書名Tinker, Tailor, Soldier, Spy乃源自英國民間傳唱已久的童謠《鍋匠、裁縫（Tinker, Tailor）》：

Tinker（鍋匠），Tailor（裁縫），
Soldier（士兵），Sailor（水手），
Poor Man（窮人），Rich Man（富人），
Beggar Man（乞丐），Thief（小偷）。

諜影行動

Tinker Tailor Soldier Spy

約翰·勒卡雷（John Le Carré）著
陳佩筠、陳榮彬 譯

推守文化

人物介紹

■ **吉姆・普利多**（Jim Prideaux）：過去為圓場獵人頭小組組長，具備優異的行動與語言能力，和比爾・海頓感情很好。因「作證行動」失敗，背上受了槍傷，如今擔任瑟古德學校的代課老師，深受學生愛戴。

■ **比爾・羅奇**（Bill Roach）：瑟古德學校的轉學生，心思細膩、觀察力十分敏銳。非常崇拜吉姆，和他最為親近。

■ **長官**（Control）：圓場的前任領導者，與波西・艾勒藍是死對頭。由於「作證行動」失利，聲望跌至谷底，最後被迫退休，因病而終。

■ **喬治・史邁利**（George Smiley）：外表看起來是個又矮又胖、溫和有禮的平凡中年人，其實昔日為圓場的優秀間諜，是長官最得力的助手。長官失勢後被迫退休，如今受雷肯之託，憑著過人的才智，開始調查潛伏於圓場的雙面間諜。

■ **彼特・貴倫**（Peter Guillam）：負責管理位於布里斯頓的獵人頭小組，是個忠誠可靠的伙伴，不遺餘力地協助史邁利進行調查。

■ **波西・艾勒藍**（Percy Alleline）：圓場的現任領導者，和長官關係惡劣，在圓場始終不得志，卻因掌握「巫術行動」的祕密情報而聲名大譟，成功登上高位。「巫術行動」四人小組中的領導者。

■ **比爾・海頓**（Bill Haydon）：圓場的風雲人物，才貌兼具、廣受歡迎，負責指揮圓場行動的最高領導單位「倫敦站」。「巫術行動」四人小組中的一員。

■ **托比・艾斯特哈**（Toby Esterhase）：滿頭白髮、短小幹練，是點燈人小組組長，也是「巫術行動」四人小組中的一員。

■ **奧利佛・雷肯**（Oliver Lacon）：白廳的內閣官員，出身顯赫，活躍於教會與間諜圈子。說服史邁利著手調查潛伏於圓場高層的臥底間諜。

■ **瑞奇・塔爾**（Ricki Tarr）：生於馬來西亞檳城，由史邁利負責審核，成爲獵人頭小組的一員，爲彼特・貴倫的手下。與從莫斯科總部叛逃的間諜伊莉娜關係密切，獲得許多寶貴情報。

■ **羅伊・布蘭德**（Roy Bland）：身材高大、熱情洋溢，由史邁利提拔進入圓場，成爲倫敦站的領導者之一，職位僅次於比爾・海頓。「巫術行動」四人小組中的一員。

■ **凱拉**（Karla）：莫斯科總部最爲惡名昭彰的間諜頭子，成功指揮一名英國間諜進入圓場高層臥底，史邁利的任務便是解開這項可怕的陰謀。

■ **波里雅各夫**（Polyakov）：蘇俄駐英大使館的文化參事，眞正身分是傑戈爾・維多洛夫（Gregor Viktorov）上校，凱拉的手下。

名詞解釋

- **白廳**（Whitehall）：英國政府的代稱。
- **圓場**（Circus）：「劍橋圓場」（Cambridge Circus）的簡稱，即英國祕密情報局（SIS），負責海外的間諜工作。
- **總部**（Centre）：「莫斯科總部」（Moscow Centre）的簡稱，即蘇聯國家安全委員會（KGB），為蘇聯的情報機構。
- **國安局**（the Competition）：即負責英國國內反情報與反恐業務的MI5，處處與圓場針鋒相對。
- **獵人頭小組**（Scalphunters）：圓場的突擊小組，約十二人左右，每個人都單槍匹馬負責最為危險的任務，包括暗殺、綁架和敲詐等。基地為布里斯頓。
- **點燈人小組**（Lamplighters）：圓場的後勤小組，負責為第一線行動提供後勤支援，包括監視、竊聽、運輸，以及為情報員提供安全藏身站。組長為托比·艾斯特哈，基地位於阿克頓，代號為「洗衣店」。

■**地鼠**（Mole）：臥底間諜的代稱。凱拉成功讓一名英國間諜滲透進圓場高層，史邁利的任務便是調查出這名潛伏已久的雙面間諜。

■**培訓中心**（Nursery）：位於薩拉特的圓場人員訓練單位，同時也是偵訊中心，吉姆・普利多回英國後就是在此接受偵訊。

■**水平原則**（literalism）：類似「中央集權」的概念，長官領導時期，圓場為上下階級之分，各區皆有附屬領導者運作；波西・艾勒藍掌權後，改為平行合作原則，圓場一切行動都集中管理，最高領導單位為倫敦站。

■**倫敦站**（London Station）：圓場一切行動的最高領導單位，站長為比爾・海頓。

■**巫師梅林**（Source Merlin）：「巫術行動」情報的供應者，身份成謎。總能適時送來對極具價值的蘇聯情報，內容豐富，讓聲勢跌至谷底的圓場起死回生，也讓波西・艾勒藍平步青雲。

■**巫術行動**（Witchcraft）：波西・艾勒藍以此稱呼「巫師梅林」所提供的寶貴情報，被認為是圓場多年來難得一見的優秀情報來源。

■**作證行動**（Operation Testify）：圓場於捷克進行的祕密行動，因被蘇聯識破而失敗，讓獵人頭小組組長背上挨了槍，引發軒然大波，也使得圓場和長官的聲望跌至谷底。

1

事實上，假如老多佛少校沒在陶頓賽馬場突然暴斃，吉姆也不會來到瑟古德學校。五月下旬（就當時的天氣看來，誰也想不到已經五月末了）的期中考期間，他沒經過任何面試就來報到。他是透過一家似乎不太正派、專門提供預備學校師資的仲介機構介紹而來，在更適合的人選到任之前，負責接手老多佛先生的教務。

「他是位語言學家。」瑟古德在教師辦公室宣布：「暫時擔任我們的代課老師。」他有些防衛地撥了撥額前的瀏海。「他姓普利多。」瑟古德把字母一個個拼出來：「P-R-I-D——」法語可不是瑟古德的強項，他瞄了一下紙條，「E-A-U-X，名叫詹姆斯[1]。相信到七月以前，他能幫得上我們的忙。」教師們很輕易就讀出了絃外之音。在教書這個圈子，吉姆．普利多只不過是又一個窮兮兮的白人，就像先前那上不了檯面的一群：擁有波斯羔羊皮大衣的拉芙德太太，一副新一代女神面貌直到她的支票跳票；或是前一位莫比先生——從合唱團練唱中途被叫出來、協助警方偵訊的鋼琴師——眾人老是以為他至今仍在協助警察，因為他的行李箱始終躺在地下室裡等待處理。幾名教師（主要是馬喬里班）主張打開那只箱子，說它一定藏有學校裡那些傳說已久的貴重遺失物品：比方說阿普萊米安先生那禎裝著他黎巴嫩籍母親的銀框相片，或是貝斯特—英格拉姆的瑞士萬用刀，以及女舍監的手錶。但瑟古德總是板起他那張找不出皺紋的臉孔，對老師們的請求不為所動。自他接手父親的學校以來，也不過區區五年的時間，而他已經充分瞭解到，有些東西最好永遠不要打開。

吉姆．普利多抵達學校的那個星期五，正下著傾盆大雨。大雨如同滾滾硝煙般自昆塔克山的褐色峽谷沖刷而下，穿過空蕩蕩的板球場，湧進搖搖欲墜的校舍沙岩牆基。吉姆於午餐時間結束時抵達——開著老舊的紅色艾維士汽車，後面拖著一輛原本是藍色的二手拖車。瑟古德學校的午后格外寧靜，學校整天都如戰場般吵鬧不休，只有此時能享有片刻安寧。學生回到宿舍休息；教師坐在辦公室裡喝咖啡、看報紙，或是批改學生的作業；瑟古德則會朗讀故事給他的母親聽。因此整間學校只有小比爾．羅奇注意到吉姆的到來。他看著吉姆那輛車頂冒著蒸氣、雨刷來回擺盪個不停的艾維士汽車，吱吱嘎嘎地開過滿是水坑的車道，一路濺起水花，後面跟著巍顫顫的拖車。

羅奇是新來的學生，即使不說他天資駑鈍，也是個反應遲鈍的孩子。他在兩個學期間轉了兩所學校，瑟古德是第二所。他的身材圓滾滾的，患有氣喘，大多時間只是跪在床頭盯著窗外看。羅奇的母親在巴斯過著富裕的生活，父親則公認是全校最有錢的家長，如此顯赫的名聲卻讓羅奇吃足了苦頭。羅奇來自父母分居的家庭，令他的觀察力變得十分敏銳。他看見吉姆並未停車在校舍前，而是繼續往馬廄那兒開去，顯然他早已對這裡的環境瞭若指掌。羅奇猜想，吉姆大概已事先勘察過地形，或者研究過地圖。吉姆依然沒在馬廄那兒停下，而是以相同的車速維持動力，穿過濕漉漉的草叢，接著就翻過山丘開進大坑裡，消失在另一端。羅奇原本以為，

注1：吉姆（Jim）為詹姆斯（James）的暱稱。

吉姆的車速那麼快，拖車大概會轉彎不及、卡在山坡邊上；不過只見拖車的尾端翹起，像隻大兔子跳進洞裡似地，轉眼就不見了。

有關大坑的傳聞，在瑟古德學校裡眾說紛紜。它是位於果園、果倉和馬廄之間的一片荒地，看起來只是一塊凹陷，雜草叢生，北邊有幾個和學生一般高的小山丘，長滿密密麻麻的灌木叢，每到夏天就顯得特別茂盛。這些小山丘讓大坑成了孩子們的遊樂場，每一屆學生都為此編出各種天馬行空的故事。例如某年謠傳這些小山丘是露天銀礦的遺址，因此大家都卯起勁來挖掘寶藏；又有一年，小山丘成了羅馬帝國的堡壘，學生們拿起棍棒互擲土塊、玩起打打殺殺的遊戲；也有學生認為這是戰時的炸彈坑，土丘底下埋著因爆炸而喪命的人。相較之下，大坑真正的由來就顯得平凡無奇了。六年前，瑟古德的父親還沒與城堡旅館的櫃檯小姐私奔，他發起了游泳池的興建計畫，動員學生挖出兩端深淺不同的大坑。但募來的經費始終不足，最後都零零碎碎地花在其他專案上，像是為美術課添購一台新的投影機，或是在學校地下室裡栽種蘑菇等等。甚至有人挖苦說，還有一部分經費讓瑟古德的父親拿去築愛巢了，因為這對戀人不久之後就私奔到女方的故鄉德國。

吉姆對這些事情一無所知。他之所以在瑟古德學校裡選定這個在羅奇眼中神祕莫測的地方，純粹只是巧合。

羅奇繼續趴在窗邊觀察，但他什麼也看不到。汽車和拖車都已經消失無蹤，要不是濕漉漉的草叢上還留著車輪輾過的紅色泥痕，他搞不好會以為自己剛剛是在作夢呢！不過車輪的印子千眞萬確地留在那兒，因此當午休結束的鈴聲響起，羅奇乾脆套上長筒雨靴，冒著大雨跑到大坑邊上往下瞧——吉姆穿著軍用雨衣，頭上戴著一頂很特別的帽子，和非洲獵帽一樣有著寬帽沿、毛茸茸的，一端還像海盜的帽子般以花俏的捲度往上翹，雨水就順著帽沿不停往下灌注。

艾維士就停在馬廄裡，羅奇不明白吉姆是怎麼把它弄出大坑的，不過拖車還留在坑裡較深的那一頭，停在磚砌的平台上。吉姆坐在台階上，正拿著一個綠色大塑膠杯喝酒，並不停揉著右肩，像是給什麼撞到了。雨水依然從他的帽沿不停往下灌注。當吉姆抬起頭，羅奇發現他的臉紅得出奇，雨水打濕的褐色鬍子彷彿兩根獠牙，在帽沿的陰影下，他的臉色顯得更加紅潤。一道又一道彎彎曲曲的皺紋，深深刻烙在吉姆的臉上。羅奇轉個不停的腦袋瓜忍不住猜想，吉姆想必曾在某個熱帶地區餓得前胸貼後背，即使飽餐一頓後，臉上還是留下當初餓成皮包骨的痕跡。吉姆的左臂仍橫在胸前，高聳著右肩，整個人動也不動，像是一隻定格的動物。羅奇想著，就像隻高貴的雄鹿。

「你又是什麼人？」吉姆的聲音聽起來像個軍人。

「我叫羅奇，先生。我是新生。」

吉姆那張紅通通的臉盯著羅奇打量了老半天，接著臉色和緩下來，露出微笑，看起來挺像隻狼。這讓羅奇鬆了一口氣。吉姆的左手仍緩緩按摩著右肩，又就著塑膠杯喝了一大口。

「新來的啊？」吉姆對著杯口說，嘴角仍掛著微笑。「這我倒沒想到。」

吉姆站起身、駝著背，背對著羅奇，接著仔細研究起拖車的四根支架。他檢查得十分嚴謹，不時晃晃彈簧、抬起裝飾得怪里怪氣的車頭，又以各種角度調整磚頭。大雨不停落在他的外套、帽子和老舊的拖車車頂上。羅奇發現，無論吉姆怎麼動，他的右肩都未曾移動分毫，像顆塞在雨衣下的大石頭，因此他猜想吉姆患有嚴重的駝背，不禁好奇其他駝背的人是不是都像吉姆一樣，一碰到他們的駝背就痛。他還注意到一個現象，這點他可得好好記住：駝背的人爲了保持平衡，步伐都跨得比較大。

「你是新來的啊？我可不是。」吉姆一面拉著拖車的支架，一面以更爲親切的口吻繼續攀談。「我是舊生了。假如你想知道，我可以告訴你：我和李伯[2]差不多，甚至比他更老。你交到朋友了嗎？」

「沒有，先生。」羅奇簡短地回答。學生回答「沒有」的時候，往往都是這種無精打采的語調，等著發問的人給些肯定的回應。但吉姆一句話也沒說。羅奇忽然有種親切感，心底浮現一絲希望。

他又開口：「我的名字是比爾，這是我受洗時的名字，但瑟古德先生叫我威廉。」

「比爾啊！還沒繳清的帳單[3]。有人這樣叫過你嗎？」

「沒有，先生。」

「反正是個不錯的名字。」

「是的，先生。」

「我認識不少叫比爾的人。他們都很不賴。」

他們就這樣閒聊著，向彼此簡單地自我介紹。吉姆沒有把羅奇趕走，因此他就繼續待在大坑邊上看著，眼鏡上沾滿雨水。他看著那些擅自從黃瓜架上被拿下來的磚頭，湧上一股敬畏之意。有些磚頭確實已經鬆了，但吉姆想必又多弄鬆了幾塊。竟有人剛到瑟古德學校就能如此大刺刺地公器私用，令羅奇感到很有趣；更令他開心的是，吉姆竟然還打開水龍頭取水。學校向來嚴格管制水龍頭使用，誰敢動一下，就會招來一頓打。

「喂，比爾，你身上有沒有帶著彈珠？」

「什麼，先生？什麼東西？」羅奇問道，茫然地摸了摸口袋。

「彈珠，老兄。圓圓的玻璃彈珠，像是一顆顆小小的球。難不成現在的男孩子都不玩彈珠啦？我以前上學時都玩這個。」

羅奇沒有彈珠，不過阿普萊米安倒有一大堆，是從貝魯特空運來的。羅奇花了約五十秒跑回學校去，冒險偷了一顆，再氣喘吁吁地返回大坑。他站在坑邊，感到有些遲疑。他現在認定大坑屬於吉姆，得經過他的同意才能下去。不過吉姆人在拖車裡，不見蹤影，因此他等了一會兒，再躡手躡腳地走下去，將彈珠從門口遞進去。吉姆並沒有馬上注意到羅奇。他正拿著大杯子喝酒，一面盯著窗外，看著烏雲在昆塔克山的山頭盤旋。羅奇發現，喝酒這個動作對吉姆而言有些困難：他無法站直身子呑嚥，得把整個身子往後仰才能順利喝到。這時雨勢又變大了，雨滴像小石子般劈哩啪啦地打在拖車上。

「先生。」羅奇出聲喊他，但吉姆動也不動。

注2：Rip Van Winkle，即《李伯大夢》的主角。美國著名小說家華盛頓．歐文（Washington Irving）的經典作品。

注3：比爾的原文為Bill，亦有「帳單」之意。

「艾維士這款車的毛病是，沒有該死的避震彈簧。」吉姆最後開口說，但比較像是對著窗戶講話，而非羅奇。「你開車的時候，屁股簡直就像直接挨著路面，任誰都會變成殘廢。」他又再次後仰，喝起酒來。

「沒錯，先生。」羅奇回答，十分驚訝吉姆竟以爲他會開車。

吉姆已經摘掉帽子。他黃褐色的頭髮剪得很短，頭上有幾個因剪到頭皮而留下的傷口，大多集中在同一邊，因此羅奇猜想吉姆是以沒有受傷的手爲自己剪髮。這些傷口讓吉姆整個人看起來更加歪斜。

「我給你送了顆彈珠過來。」羅奇說。

「你人眞好。謝啦，老兄。」吉姆接過彈珠，在粗糙的手心裡慢慢地將彈珠滾來滾去。羅奇馬上意識到，吉姆顯然對不少事情都很在行，他就是那種任何工具用起來都能得心應手的人。

「比爾，你看，這車不平。」他說，一面仍專心地擺弄著彈珠。「一頭是斜的，就像我一樣。你瞧。」他轉向大窗戶，底部有條承接雨水的鋁框。吉姆把彈珠放在上面，看著它滾下另一頭，掉到地上。

「一頭是斜的。」他又說了一次。「朝車尾那頭。這樣可不行。嘿，小傢伙，滾到哪兒去啦？」

羅奇彎身去撿彈珠時，注意到這拖車看起來絲毫不像個家，它似乎可以屬於任何人，不過倒是收拾得相當乾淨。車裡有張帆布床、一張椅子、一只船上用的爐子，和一個裝液態瓦斯的鋼瓶。羅奇心想，這裡甚至連張他太太的照片也沒有。除了瑟古德先生，他目前還沒碰過其他單身男子。他所能找到的私人物品，只有一只掛在門上的背包、一盒放在床邊的針線包，還有一個自製的蓮蓬頭——用一只打了洞的餅乾盒、俐落地焊接在車頂上。桌上擺著一瓶無色的酒，不是杜松子酒就是伏特加；羅奇週末到父親的公寓過夜時，他父親喝的就是這種酒。

「東西向看起來還好，但南北向顯然就歪了一邊。」吉姆說，一面檢視著其他窗戶的邊緣。「比爾，你的專長是什麼？」

「我不知道，先生。」羅奇茫然地說。

「每個人總會有項專長。足球踢得怎樣？比爾，你很會踢足球嗎？」

「不會，先生。」羅奇回答。

「那你是個書呆子囉？」吉姆漫不經心地問道，哼了一聲倒在床上，喝起杯裡的酒。「但你看起來不像個書呆子。」他很有禮貌地補上一句：「只是獨來獨往。」

「我不知道，先生。」羅奇又說了一次，往敞開的門口移了半步。

「那你最拿手的事呢？」吉姆又喝了一大口。「總得有個專長，比爾。大家都是這樣。我最拿手的就是打水漂。乾杯。」

這種問題問得眞不是時候。羅奇大多時間都在思考這個問題。事實上，他最近甚至質疑起自己活在世界上的意義。無論讀書還是玩樂，他都不怎麼擅長；即便是學校生活中的例行工作，像是整理床鋪或摺衣服等，他也無法打理好。此外，他還不夠虔誠，老瑟古德太太就曾告訴他，他不該在禮拜堂臭著一張臉。他爲了這些缺點而深感自責，但更令他內疚的是，他毀了爸媽的婚姻；他應該要早點看出端倪，並事先預防才對。他甚至猜想自己或許就是元兇，搞不好正是因爲他是壞胚子、喜歡挑撥離間、過於懶散，這些劣根性直接造成了父母失和。在上一所學校時，他的發洩方式就是尖叫、假裝自己得了腦性麻痺（他的姑姑有這個毛病），他的父母理智地商量過後，決定讓他轉學。因此，此刻在抛了錨的拖車上，這個讓他近乎崇拜、同時也和他一樣是個獨行俠的人物，突如其來抛出這樣的問題，實在令他有些難以承受。他感覺臉頰發燙，透過霧茫茫的鏡片看著拖車，眼淚開始模糊了視線。羅奇不曉得吉姆是否察覺到了，但他突然背向羅奇走向桌邊，一面喝酒，一面補上幾句安慰。

「不管怎樣，你的觀察力很敏銳。這點毫無疑問，老兄。我們這種獨來獨往的人，沒有誰可以依靠。剛才沒有人看到我，但你忽然出現在坑邊，可把我嚇了一大跳，以爲你會巫術還什麼的。我敢打賭，比爾·羅奇是整間學校裡觀察力最敏銳的人，只要他有戴著眼鏡就行。對吧？」

「沒錯。」羅奇滿懷感激地附和：「我就是這樣。」

「那你就待在這兒好好觀察吧！」吉姆一邊說，一邊戴起了帽子。「我要出去修理支架。行嗎？」

「遵命，先生。」

「那顆該死的彈珠呢？」

「在這裡，先生。」

「要是它又開始滾動，就跟我說一聲。無論它是往南邊還往北邊滾。明白嗎？」

「明白，先生。」

「知道哪個方向是北邊嗎？」

「那一邊。」羅奇迅速伸出手臂，隨便指了個方向。

「沒錯。反正彈珠一開始滾就叫我一聲。」吉姆又交代了一次，隨後便消失在滂沱大雨中。不久，羅奇感覺腳下的地板開始晃動；當吉姆使勁扳動支架時，又傳來一聲不知是因疼痛還憤怒而引起的咒罵。

夏季的學期裡，學生給吉姆取了個綽號，幾經更改才定案。起初他們喊吉姆「騎兵」，因爲吉姆帶點軍人風範——有時來幾句無傷大雅的咒罵，平時也會獨自前往昆塔克山散步。過沒多久，他們又喊他「海盜」和「燉牛肉」。之所以叫吉姆「燉牛肉」，是因爲他喜歡吃辣，每當學生列隊去做禮拜、經過大坑時，總有熱氣騰騰的咖哩、洋蔥和辣椒香味撲鼻而來；另外一個原因是吉姆的法語很流利，而法語感覺就和湯湯水水脫不了關係。五年B班的史派克利總能維妙維肖地模仿吉姆的法文：「你聽到我的問題了，伯格。艾米爾在看什麼？」他的右手反射性地抽動了一下。「不要只是盯著我看，老兄。我可不會變把戲。Qu'est-ce qu'il regarde, Emile dans le tableau que tu as sous le nez? Mon cher Berger（艾米爾對著鼻子底下的圖畫在看些什麼？我親愛的伯格），假如你不快點用法語回答出清楚的句子，je te mettrai tout de suite àla porte, tu comprends（我就馬上把你攆到門外去，懂嗎？），你這討厭的小傢伙。」

但是，不管吉姆是用法文還是英語威嚇學生，他從來不曾眞正實行過。奇怪的是，這些威脅反而突顯出吉姆溫和的一面；在學生眼裡，只有大人物才能展現出這種另類的溫和氣勢。

不過學生依然不滿意「燉牛肉」這個綽號，因爲它不夠氣派，無法突顯吉姆對英國的熱愛——這是唯一能拿來消遣吉姆的地方。假如史派克利膽敢毀謗英國皇室，或是讚美外國（尤其是熱帶國家），吉姆一定立刻臉色大變，然後花上足足三分鐘曉以大義，讓他們知道身爲英國人是件多麼光榮的事。吉姆知道學生是在尋他開心，但他還是會變得十分激動。說教完畢，吉姆總會露出懊惱的笑容，喃喃扯些不相干的事，說有些人要倒大楣啦，他們會有額外的作業，不能去踢足球了。不過英國是他的摯愛，話題一旦至此，不會有人因她而受苦。

「全世界最棒的地方！」有次他大喊：「知道原因嗎？傻瓜，知道爲什麼嗎？」

史派克利不曉得答案，因此吉姆用粉筆畫了個地球。他說，西邊是美國，淨是一堆貪婪的傢伙，糟蹋了他們得天獨厚的資源；東邊則是中國和俄國，這兩個地方都一樣，工作服、勞改營、沒完沒了的長征。中間則是……

最後學生決定叫他「犀牛」。

一方面取自普利多的諧音，另一方面則因爲吉姆喜歡野外生活，而他對戶外活動的熱愛，學生都看在眼裡。每天早上，當他們邊發抖邊排隊洗澡時，總會看到犀牛一大清早就已沿著峽谷巷散步回來，駝背上掛著一只登山用的背包；晚上就寢前，他們則會透過手球場的玻璃屋頂，看到犀牛努力不懈地獨自對著水泥牆練球；某些天氣暖和的晚上——通常是在他向學生朗讀那些從昏暗圖書館裡隨手抓來的道地英國冒險小說，像是比格斯[4]、派西．懷斯特曼[5]或傑佛瑞．法諾[6]的作品之後——他會帶著一根老舊的鐵桿去打高爾夫球，而他們則從宿舍的窗戶偷看犀牛打高爾夫球、滿場走來走去。學生總是等著吉姆悶哼一聲、扭轉身體使勁揮桿，吉姆也從來沒令他們失望過。他們總是小心翼翼地計算著分數。教師板球賽時，直到他故意朝在內野防守的史派克利擊出一個高飛球之前，已經拿下了七十五分。「快接住啊，傻瓜，快接！幹得好，史派克利！這才是你待在那裡的目的嘛！」

除了寬容大度，吉姆據信也熟知犯罪心理。例子有好幾個，不過最爲人稱道的就屬學期末發生的那件事。史派克利在吉姆的廢紙簍裡找到隔天要寫的考卷，於是出借給其他學生，每人收費五枚新便士。幾個學生付了錢，在宿舍熬夜背誦答案。沒想到隔天考卷一發下來，竟是完全不一樣的題目。

「看這個東西，可不用花你們半毛錢。」吉姆坐下時這麼大聲嚷嚷。他慢吞吞地打開《每日電訊報》，若無其事地看起最近那則神棍們的訴訟案。大家都明白這代表了什麼：幾乎每個人都有智力上值得驕傲的地方，哪怕是在女皇的法庭上寫考卷。

最近的一起貓頭鷹事件，讓學生對吉姆又產生了不同的想法；這牽扯到死亡，而孩子對此現象向來有許多不同的反應。天氣持續寒冷，吉姆帶了桶煤炭到教室；某個星期三，他在壁爐裡生起火，接著背對著爐火、開始一篇法語聽寫。起初只是落下一些煤灰，吉姆並不以爲意，沒想到後來竟掉下一隻貓頭鷹。這隻成年的倉鴞顯然早就在上頭築了巢，在多佛少校從不打掃的規矩下度過了好幾個秋冬，如今被濃煙嗆了出來，在煙囪裡拚命拍翅掙扎、沾惹得一身黑，

注4：Biggles，系列冒險小說裡的男主角，原名為James Bigglesworth，和其作者William Earl Johns (1893-1968)一樣，是名機長兼冒險家。
注5：Percy Westerman (1876-1959)，著作甚豐的兒童文學作家，作品大多是以軍隊為主題的冒險小說。
注6：Jeffrey Farnol (1878-1952)，英國小說家。

也撞得自個兒筋疲力盡。貓頭鷹乒乒乓乓地掉在煤塊堆然後滾落木板地上，接著就癱在那兒，儼然像個魔鬼派來的使者。牠蜷縮成一團，翅膀張開，還有些呼吸，眼皮上沾滿了煤灰，就這樣直盯著學生看。孩子們嚇壞了，即便是勇敢的史派克利也怕得不得了。只有吉姆二話不說，立刻將貓頭鷹拎到門外去。孩子們像偷渡客般，屏息留意外頭的動靜，卻沒聽到任何聲響；過了一會兒，走廊才傳來流水聲，吉姆顯然在洗手。史派克利說：「他在撒尿。」其他人笑了，但仍緊張兮兮。當他們魚貫走出教室時，赫然發現貓頭鷹就躺在大坑邊的肥料堆上，沒了生命跡象。膽子比較大的幾個學生湊上前去，發現貓頭鷹的脖子已經扭斷了。蘇德利家裡有個獵場看守人，他堅稱，只有獵場看守人才能這麼乾淨俐落地殺死一隻貓頭鷹。

至於瑟古德學校的其他人，對吉姆的看法就沒這麼一致了。鋼琴家莫比先生似乎仍陰魂不散；女舍監和比爾．羅奇站在同一陣線，認爲吉姆很了不起，也需要別人的照料，畢竟他的背駝成這樣，竟然還能應付自如，簡直就是奇蹟。馬喬里班認爲，吉姆大概是在喝醉酒時被巴士給撞了。在吉姆表現搶眼的那場職員板球賽上，也是馬喬里班率先對他的運動衫發難；他沒有加入板球隊，不過還是和瑟古德結伴來看球賽。

「你認爲那件運動服是正正當當拿到的，」馬喬里班故意用揶揄的口氣高聲問道：「還是他順手牽羊？」

「李奧納德，說這種話太不公道了。」瑟古德先生用責備的語氣說道，一邊拍著獵犬的側腹。「咬他一口，吉尼。他是個壞蛋。」

不過，當瑟古德先生回到書房時，臉上早已沒了笑意，同時感到十分不安。對於謊稱自牛津大學畢業的人，他倒還應付得來。他在學生時代就曾遇過壓根兒不懂希臘文的古文老師，或是對神學一無所知的牧師。說謊的證據擺在眼前，這些人知道紙包不住火，不是哭哭啼啼地離開，就是自願只領半薪。瑟古德從未遇過這類深藏不露的人，但很清楚自己並不喜歡他們。他查了查學校行事曆，便打電話到「史特羅與梅德利介紹所」，找史特羅先生。

「你到底想知道什麼？」史特羅先生嘆了一大口氣。

「其實也沒什麼特別的。」瑟古德的母親正在刺繡，似乎沒在聽他講電話。「只是，既然我要求一份書面履歷，上面的記錄就應該完整無缺。更何況我還付了錢。」

漫長的沉默。瑟古德幾乎以為，史特羅先生剛剛睡得正熟，硬是被他給吵醒，如今又昏昏沉沉地睡著了。

「他是非常愛國的傢伙。」史特羅先生終於開口。

「我可不是因爲他愛國才雇用他。」

「他一直沒工作，」史特羅先生小聲地說，聲音彷彿穿過層層煙霧。「是因爲脊椎的毛病臥病在床。」

「我想也是。但他不可能過去二十五年來都在醫院裡吧！就是這樣！」他對著母親低語，手摀在話筒上，想著史特羅先生是否又睡著了。

「你只聘請他到這個學期結束。」史特羅先生吸了口氣：「你要是不喜歡他，到時再把他辭退不就得了。你說要代課老師，我就給你找了個代課老師；你說要便宜的，我也給你找了個便宜的，不是嗎！」

「話是這麼說沒錯。」瑟古德理直氣壯地反駁：「但我付了你二十基尼的仲介費。家父和你合作這麼多年了，你總得給我個保證。你在這裡寫──要不要我唸給你聽聽？──你在這裡寫：『受傷前有豐富的海外貿易經驗』，他大半輩子的工作經歷只用這一句話帶過去，未免也太含糊了？」

他的母親一邊刺繡，一邊點頭認同。「可不是嗎？」她大聲附和。

「那只是第一點，讓我再──」

「別太咄咄逼人，親愛的。」他的母親出聲提醒。

「我知道他一九三八年在牛津待過。他爲什麼沒有畢業？發生了什麼事？」

「我記得當時大家都中斷了一陣子學業。」史特羅先生隔了半晌才回答：「不過我想你還年輕，根本記不得了。」

「他不可能一直都在牢裡。」沉默了許久，他的母親這才又開口，依舊低著頭在刺繡。

「他一定曾待在某個地方。」瑟古德悶悶不樂地說，視線穿過刮大風的花園，瞪著另一端的大坑。

整個暑假，比爾．羅奇輪流住在父親和母親家，備嘗冷暖，感到很不自在，心裡始終掛念著吉姆：不曉得他的背還痛不痛？他現在沒有課可以上，只有半學期的薪水過活，得靠什麼掙錢呢？比爾更擔心的是，不曉得新學期開始時，吉姆是否還會在學校。比爾有種說不上來的感覺，認爲吉姆的生活很不安穩，彷彿隨時都會從地球表面蒸發；他害怕吉姆就像他自己一樣，沒有一股牢牢支持他的力量。他回想起與吉姆初次見面的情景，尤其是吉姆詢問他交友情況的那一番話，讓他更強烈地擔心，一如他已辜負了父母對他的愛一樣，或許也因爲和吉姆的年齡差距懸殊，而在不知不覺間辜負了吉姆的期望。吉姆或許因此離開、決定前往下一個地方尋找同伴，並用他那蒼白的眼睛檢視其他學校；羅奇也猜想，吉姆或許和他一樣，曾經遭遇過感情上的打擊，因此渴望重新找個人來塡補心中的空缺。不過，比爾．羅奇的揣測總是到此爲止，他實在不瞭解大人的愛情世界。

他似乎無法提供吉姆什麼實質上的幫助。他查了醫學方面的書籍，也詢問過母親關於駝背的知識；他還想偷一瓶父親的伏特加到瑟古德學校送給吉姆，卻實在沒這個膽子。好不容易等到開學那天，母親的司機一把羅奇送到樓梯旁，他立刻飛奔到大坑邊；他看到吉姆的拖車還是維持老樣子停在坑底，只是又髒了些，不禁欣喜若狂。拖車邊還新翻了一塊地，他猜想是要種過冬用的蔬菜。吉姆就坐在台階上，對他露出燦爛的微笑，似乎早就聽到羅奇的腳步聲，並堆起笑容等著迎接他。

那個學期，吉姆給羅奇取了個綽號。他不再喊羅奇的名字比爾，而是叫他小胖。羅奇不曉得吉姆爲什麼這樣叫他，不過就像受洗一樣，他沒有拒絕這個外號的理由。羅奇也以吉姆的監護人自居，他在心裡自稱攝政王；無論吉姆那位離去的朋友是誰，他都可以替代那個人的位置。

2

喬治·史邁利先生並不像吉姆一樣，天生就懂得如何在滂沱大雨中趕路，更別說現在還是深夜。事實上，羅奇長大成人後，很有可能就是這副模樣。史邁利是名身形矮胖的中年男子，外表看起來就是那種性格溫順、與世無爭的倫敦人。他的腿很短，走起路來並不靈活，穿著昂貴又不合身的服裝，如今已被雨淋得濕透；那襲黑色大衣讓他看起來像個鰥夫，寬鬆的織法就是設計來保留濕氣的。不曉得是袖子太長還是史邁利的手太短，他就和羅奇一樣，穿起雨衣時，袖口幾乎要蓋住他的手指。爲了體面，史邁利從不戴帽子，認爲那樣會讓他看上去很滑稽。「就像雞蛋上戴著保溫罩。」他美麗婉約的妻子前不久才這麼說，就在她離開他之前，而忍受這樣的批評對他是家常便飯。因此，當他走在維多利亞車站那被煙熏黑的拱門旁，豆大的雨滴不斷打在他厚厚的鏡片上，他只能一會兒低頭、一會兒伸長脖子，以看清眼前的人行道。他匆匆朝西邊走，準備回到他居住的切爾西區。史邁利的步伐，不知爲何顯得有些遲疑；要是吉姆·普利多忽然從陰影中冒出來、質問他有沒有朋友，他大概會回答自己寧可要一輛計程車。

「羅迪說起話來眞是沒完沒了，」他喃喃自語。大雨落到他豐滿的臉頰上，順著脖子流進他早已濕透的上衣裡。「我怎麼不直接起身離開呢？」

史邁利再次哀傷地在心中重演自己悲慘遭遇的各種原因，並從與他溫順天性密不可分的冷靜中得出結論：這一切都是他自作自受。

這天從一早就很不順利。自從去年退休後，他養成了熬夜的習慣，昨晚他依舊入寢得太遲，因此今早起得很晚。他發現咖啡喝完了，便去了一趟雜貨店，但長長的隊伍等得他不耐煩，又索性先去處理些私事。史邁利早上收到一張銀行通知，得知妻子已將他的每月退休俸提領了大半。這下可好！他心想，我得開始以變賣東西為生了。這個決定有些意氣用事，因爲他的生活其實還過得去，負責提撥退休金的那家小銀行每個月都如期付款。不過他還是將一本格里姆豪森[7]的初版書包了起來，這是他在牛津大學唸書時的珍藏。接著他鄭重其事地前往可森街上的海伍德・希爾書店，之前他和書店老闆有過幾次挺愉快的交易。在路上他愈想愈氣，便用公共電話打給他的律師，約好下午碰面。

「別傻了，喬治。沒有人會想和安離婚的。送束花給她，然後來我這兒吃個午飯吧！」

這個提議讓他重新打起精神，前往書店時心情已然好轉，沒想到接下來卻撞上剛從川普理髮店剪完頭髮出來的羅迪・麥汀達爾（他每週都要理一次髮）。

無論於公於私，麥汀達爾跟史邁利都沒有交情。麥汀達爾在外交部工作，專門負責招待其他人避之唯恐不及的貴賓。這個行蹤飄忽不定的單身漢，滿頭灰髮，身材雖胖，動作倒是十分靈敏；他總是在釦子上別著花、身穿淺色襯衫，一副與白廳[8]機要部門關係匪淺的模樣。幾年

注7：Hans Jacob Christoffels Von Grimmelshausen（1621-1676），德國作家。他以三十年戰爭為背景寫成的自傳體小說，被譽為十七世紀最好的德國小說。

注8：Whitehall，倫敦街名，是英國政府中樞的所在地，因此白廳也成了英國政府的代名詞。

前，他曾短暫加入某個不久便解散的白廳統籌情報小組；大戰期間，他的數學專才也爲情報機構所用；而某次短暫與約翰．蘭斯伯里合作、共同負責的圓場[9]解碼行動，更成爲他百說不厭的話題。但正如史邁利有時得提醒自己的：戰爭，已經是三十年前的事了。

「哈囉，羅迪，」史邁利說：「眞高興見到你。」

麥汀達爾說起話來，總像上層階級那樣旁若無人、大聲嚷嚷，在國外度假時，常讓史邁利十分難堪，不得不逃出旅館躲起來。

「我的天啊！這不就是我們的情報大師嗎？我聽說你跑去聖加倫修道院之類的地方，和修士們關在一起研究手稿！快給我說清楚。我想知道你過得怎麼樣，每個細節都不能放過。你過得好嗎？還是像以前一樣熱愛英國嗎？美麗的安近來如何？」他游移的目光沿著街道打量，最後落在史邁利手中那本包起來的格里姆豪森著作上。「我敢打賭這是要送給她的禮物。他們說，你簡直把她給寵壞了。」他以不小的音量低語：「我說啊，你是不是又回來幹這一行啦？別告訴我這只是你的掩護，喬治。這是掩護嗎？」他伸出舌尖舔了舔濕潤的嘴唇，看起來就像條蛇。

於是，儘管史邁利事後懊悔不已，他還是答應晚上和麥汀達爾到曼徹斯頓廣場的一家俱樂部吃晚餐，這才把麥汀達爾給打發走。他倆都是那家俱樂部的會員，但就是因爲麥汀達爾的緣故，史邁利對那家俱樂部向來避之唯恐不及。中午在白塔與律師——一個向來不會虧待自己的男人，堅信一頓豐盛的大餐才能讓史邁利擺脫消沉——一塊兒吃得太撐，到了晚上史邁利還不感覺餓。麥汀達爾也發現了，因此他們就著滿桌子史邁利連碰都不想碰的菜餚足足聊了四個鐘頭，提到一個又一個舊識，彷彿這些人是被遺忘了名字的足球隊員。傑比第——史邁利以前的導師，「眞是我們的莫大損失，願上帝保佑他。」麥汀達爾喃喃低語。但據史邁利所知，他根本沒見過傑比第。「多麼有才華的人，名符其實。你說是不是？」還有費爾丁，劍橋大學出身的法國中世紀史專家。「他的幽默感眞不是蓋的。腦袋非常敏銳！」接著又聊到東方語言學院的史帕克，最後是斯蒂德─艾斯普瑞，他就是爲了逃避像羅迪．麥汀達爾這種討人厭的傢伙，才創立了這家俱樂部。

「我認識他哥哥，這可憐的傢伙頭腦簡單、四肢發達，心思都用到別的地方去了。」

史邁利就在酒意朦朧中聽著這些閒扯，不時附和著「是啊」、「不是吧」、「眞可惜」、「他們最後沒找到他」，有次甚至還臉紅了老半天：「別這麼說，你過獎了。」最後，麥汀達爾話鋒一轉，還是談起了圓場的新任領導者和史邁利退休一事。

不出所料，他從「長官」最後的日子開始談起：「你以前的上司，喬治，願上帝保佑他。能把名字保密一輩子的人，也就只有他了。不過當然啦，除了你以外。他從來不會對你隱瞞任何事情，對吧？他們總是說，長官和史邁利眞是比兄弟還親，一直都是如此。」

「他們過獎了。」

「這可不是恭維，喬治。別忘了我經過大風大浪。你和長官就是那樣沒錯。」他用胖乎乎的手指比了個象徵結婚的手勢。「這就是你被攆出來的原因，別想騙我。這就是爲什麼比爾．海頓

注9：Circus，「劍橋圓場」（Cambridge Circus）的簡稱，即書中英國祕密情報局（SIS，又稱「軍情六處」〔MI6〕，負責海外的間諜工作）。

接了你的位子，成爲波西．艾勒藍的左右手，而不是你。」

「你說了算，羅迪。」

「這就是事實。我還知道更多。多得很！」

麥汀達爾傾身靠近時，史邁利聞到了一股川普理髮店特有的刺鼻氣味。

「讓我告訴你吧：長官根本沒死。有人看見他了。」他揮了揮手，不讓史邁利開口。「聽我說完。威利．安卓瓦沙在約翰尼斯堡機場的候機室裡和他撞個正著。那可不是鬼魂，是活生生的人。當時天氣太熱，威利在酒吧那裡買蘇打水喝——你好一陣子沒見到他了，他現在可眞胖——他一轉身，發現長官就坐在他旁邊，打扮得像個難看的波爾人[10]。他一見到威利就飛快地跑了。如何？現在我們都知道眞相啦。長官根本沒死，他是被波西．艾勒藍和他的三人幫給逼出去的，逃到了南非。願上帝保佑他。你也不能怪他，是不是？他只想平靜地度過晚年。我就不怪他。」

史邁利早已筋疲力盡，反應有些遲鈍，過一陣子才聽出這番話有多麼荒謬，半晌說不出話來。

「荒謬！我從沒聽過這麼愚蠢的事！長官已經死了。他病了好些年，最後因心臟病發過世。而且他討厭南非。除了薩里郡、圓場和勞德板球場，他什麼地方都不喜歡。說眞的，羅迪，你不能到處散播這種蠢話。」他沒說出口的是：去年聖誕夜，我獨自一人看著他在倫敦東區的一個火葬場裡下葬，那個牧師還有口吃的毛病。

「威利．安卓瓦沙一直是個該死的騙子，」麥汀達爾絲毫不以爲意，繼續沉思道：「我自己也這麼對他說過：『胡說，威利。你眞該感到羞恥。』」還露出一副從不相信這種愚蠢謠言的模樣，又接著說：「我想捷克那件醜聞，就是壓垮長官的最後一根稻草吧！可憐的傢伙背上挨了一槍、上了報紙，變成據說和比爾．海頓走得很近的傢伙，因此才被我們發現。我們要叫他艾里斯，是吧？就算我們對他的眞實姓名心知肚明。」

麥汀達爾等著史邁利搭腔，見他悶不吭聲，又拋下第三副餌。

「不知怎的，我就是信不過波西．艾勒藍，你怎麼想？喬治，是因爲我年紀大了，還是因爲我這不輕信人的本性？你最懂得看人了，一定得告訴我。我認爲和我們同個時代的人就是不適合掌權。這算是個線索嗎？對我而言，現在懂得解決棘手問題的人太少了，而可憐的波西顯然就是其中之一——我一向這麼認爲——特別是在長官這條老狐狸之後。波西很會應酬，怎麼會有人認眞當他是一回事？過去那些日子，每個人都以爲他不過是在『旅客』酒吧裡閒晃、抽抽自個兒的菸斗，忙著給那些大人物買酒喝；過河拆橋這種事，誰都不想明目張膽地做，不是嗎？還是說，只要能成功，就什麼都無所謂？喬治，他到底有什麼訣竅？他的祕訣是什麼？」他說得更專注了，傾身往前，眼睛裡閃爍著貪婪與興奮的光芒。平時大概只有美食當前，才會令他如此激動。「依賴屬下的本領過活——現在這個年代，說不定就是要這樣才能當頭兒。」

「說眞的，羅迪，我幫不了你。」史邁利有氣無力地回答：「我從來不曉得波西這麼有影響力，我只知道他是——」他一時找不出適合的形容詞。

「一個投機份子，」麥汀達爾爲他接腔，眼中閃著光芒。「對長官的位子虎視眈眈。現在他可

注10：Boer，具有荷蘭血統的南非人。

坐上去了，大家都擁戴他。喬治，誰又是他的得力助手呢？誰幫他建立起這麼好的名聲？大家都說他現在過得可舒服了。無論是去海軍部的閱覽室，還是一堆以奇怪名目成立的委員會，波西在白廳出現的地方總鋪著紅地毯；次級部長獲得上級的表揚，一群無名小卒也無緣無故就領到了獎章。這我以前都見過。」

「羅迪，我真的幫不了你。」史邁利又說了一次，準備起身離開。「我實在愛莫能助。」但麥汀達爾伸出滿是汗的手將他攔在桌邊，語氣變得更爲急促。

「誰是幕後軍師？不可能是波西本人，也別告訴我美國人又開始相信我們了。」他抓得更用力。「是幹勁十足又瀟灑的比爾．海頓嗎？我們當代的阿拉伯勞倫斯[11]——上帝保佑他。這就是了，是你的老對手比爾。」麥汀達爾又吐了吐舌頭，擰出一絲微笑。「聽說你和比爾曾是毫不保留分享一切的好哥兒們。但他從來不是一板一眼地走正道吧？天才都是這樣。」

「史邁利先生，您還需要點些什麼嗎？」侍者問道。

「不然就是布蘭德了。過氣的希望，紅磚大學[12]的教師。」麥汀達爾仍抓著史邁利不放。「如果不是他們兩個，那就是已經退休的人囉？我是指假裝退休的人。要是長官真死了，除了你以外，還有哪些人？」

兩人穿起大衣。門房已經下班，他們只好自己從空蕩蕩的棕色衣架取下外套。

「羅伊．布蘭德讀的不是紅磚大學，」史邁利大聲地說：「我告訴你，他可是牛津大學聖安東尼學院畢業的。」

老天，我能做的也只有這樣了，史邁利想。

「別傻了，親愛的。」麥汀達爾厲聲說道。史邁利令他厭煩，他一副受騙的模樣，滿臉怒容，臉頰下方出現難看的皺紋。「聖安東尼學院就是紅磚大學——一條街就算多出一小塊沙岩，也不會就因此改變——哪怕他曾追隨你，我想他現在也是比爾．海頓的門徒了——別給小費，這頓飯算我的。比爾一直是他們的老爹，永遠都是。像吸引蜂群似地招引他們。他確實挺有魅力的，不是嗎？不像我們某些人。我得說他有明星般的特質，這樣的人可不多。聽說女人在他面前眞的都低著頭，就像女人該做的那樣。」

「晚安，羅迪。」

「代我向安問好。」

「我會的。」

「唔，你可別忘了。」

傾盆大雨下個不停，史邁利早已渾身濕透。這時，彷彿老天要懲罰他似的，整個倫敦竟見不到一輛計程車的影子。

注11：Lawrence of Arabia，英國軍官湯瑪斯．愛德華．勞倫斯（Thomas Edward Lawrence, 1888-1935），於一九一六—一八年間協助阿拉伯人抵抗鄂圖曼土耳其帝國的侵略。一九六二年拍成同名電影，榮獲奧斯卡多項大獎。

注12：Redbrick，用於區別牛津大學與劍橋大學，最早用來泛稱六所大學：伯明罕大學、布里斯托大學、里茲大學、利物浦大學、曼徹斯特大學及謝菲爾德大學；皆為十九世紀於英國工業城市成立的市民大學，並於第一次世界大戰前獲得大學的稱呼。

3

「純粹是缺乏意志力。」他喃喃自語。一個女人站在門口招呼他，他彬彬有禮地婉拒了。「有人會說這是禮貌，但事實上，這不過就是軟弱！麥汀達爾，你這個輕浮的傢伙，自以爲是、裝模作樣、毫無擔當又遊手好閒……」他跨了一大步，閃開某個看不清楚的障礙物。「眞是沒用。」他繼續說著，「完全沒辦法靠自己的力量生活，總是擺脫不掉過去的羈絆。」他一腳踩進了一灘水裡。「還有那些感情上的牽掛，根本老早就失去意義了！不管是老婆、圓場還是倫敦的生活。計程車！」

史邁利往前蹣跚地走了幾步，但已經太遲，兩個女孩擠在一支傘下嘻嘻笑笑，迅速鑽進了計程車。他無奈地拉高黑色大衣的衣領，繼續獨自往前走。他憤怒地呢喃著：「說什麼過氣的希望、街上的一小塊沙岩！眞是不切實際、愛管閒事又傲慢無禮……」

這時他才突然想到，他竟把格里姆豪森那本書忘在俱樂部了。

「噢，該死！」他大聲咒罵，甚至停下了腳步。「該死、該死、該死！」

他決定賣掉倫敦的房子。他站在路旁的遮雨棚下，蹲在香菸販賣機邊等雨停，也在此時下定了決心。大家都說，倫敦的房價漲得不像話。這樣正好。他會賣掉房子，然後在科茲沃爾買間小屋。還是去伯爾福德？但那裡車太多了。斯蒂普爾．埃斯頓？這地方還不錯。他會以古怪孤僻、沉默寡言的形象出現，不過會有一、兩個討人喜歡的小習慣，像是一邊散步一邊喃喃自語。或許有些落伍，但是這個年頭，又有誰眞的符合時代潮流？雖然老套，但至少保留了他那個年代的作法。畢竟到了某些時候，人們都得做出選擇：該往前進，還是向後退？時代潮流瞬息萬變，沒有跟著隨波逐流，並不是什麼見不得人的事。還是要堅持自己的原則，扮演好自己那一代的中流砥柱。假如安想回來，他一定會讓她吃閉門羹。

不然，看她表現出多少誠意再決定好了。

這些想法令史邁利感到一絲欣慰。他走到國王大道，在人行道上停了下來，像在等著過馬路。街道兩旁盡是華麗的精品店，眼前就是他住的臨水街，是條死胡同，他從頭走到底剛剛好一百七十步。剛搬來這裡時，這些喬治時期的建築物還散發著一種樸實破敗的美感，年輕夫婦每週只靠十五英鎊過活，還會偷偷將地下室租給別人；如今下層窗戶外頭都裝上了鐵欄，每棟房前擠著三輛車。史邁利出於習慣，總是邊散步邊觀察，找尋熟悉的車種；沒見過的車子裡，有哪些裝了天線、哪些多了照後鏡，還有哪些是最受監視者青睞的無窗小貨車。其實他一方面是爲了考驗記憶力，防止退休後記憶力開始衰退（以往他也常在搭公車前往大英博物館時記下沿途的店名，一如背得出他家裡有多少階樓梯，以及十二扇門各自通往哪條街）。但是，史邁利之所以這麼做，還有第二個原因：他感到恐懼。任何一個職業間諜到死之前，都擺脫不了這種埋藏在心底的恐懼。他的過去太複雜，早已記不得自己結下多少樑子，擔心哪天敵人會突然找上門來。

某個鄰居正在巷子盡頭遛狗，看到史邁利，抬起頭打算說些什麼；史邁利裝作沒看見，心裡很清楚她絕對是要打聽安的事情。他穿過馬路。他的房子一片漆黑，維持著他出門前窗簾拉下的模樣。他爬了六級台階來到前門。自從安離開後，為他打掃的清潔婦也離職了，除了安，沒有其他人有鑰匙。門上裝了兩道鎖，一道是班漢牌單門鎖，另一道是集寶牌管狀鎖。還有兩片自製木片，只有指甲大小，一片塞在上方門縫，一片塞在門鎖下。這是他以往出外勤時的作法，不曉得為什麼現在又恢復了這種習慣。或許是因為，他不希望安毫無預警地回到家來，讓他嚇一大跳。他用指尖摸了摸，小木片都還在原處，便開了鎖推門進屋，看見地毯上躺著中午寄來的信件。

他猜想是哪本雜誌到期了。《德國生活與文學》還是《語言學》？應該是《語言學》。他開了走廊的燈，彎身去瀏覽信件。是裁縫寄來的帳單，但他並沒有訂製這套西裝，不禁懷疑現在大概是穿在安的某位情人身上；一張是安的汽油帳單，從某個亨利鎮的加油站寄來（才十月九號就沒錢了，他們到底在亨利鎮做什麼？）；還有一封銀行寄來的通知，顯示安．史邁利女士曾於米特蘭銀行的伊明罕分行提款。

他對著這封信思索：他們為何跑去伊明罕？世界上有誰會跑去伊明罕談情說愛？伊明罕又到底是什麼地方？

他的思緒還被這問題盤據著，赫然瞥見走道上擱著一把沒見過的傘：絲質傘面，皮製把手上還有個金色扣環，但沒有傘主人的姓名縮寫。他的思緒飛快運轉：六點十五分才下起大雨，而這把傘是乾的，傘架上甚至連一滴水都沒沾到，想必這位不速之客在下雨前就已抵達；這把傘看起來十分講究，雖然不是新傘，傘尖卻幾乎沒什麼刮痕，因此這把傘的主人動作相當敏捷，說不定年紀還很輕，就像安的新男友。不過，既然這個陌生人知道小木片的存在，進屋後還將它們歸回原處；推開門打亂了信件之後（想必也拆閱過了），也還夠聰明，懂得將信件放回門邊，那麼此人顯然是史邁利認識的人。這麼一來，就不會是安的新男友，而是和史邁利同樣身爲職業間諜、曾與他密切共事的舊識，而且——以術語來說——「認得出史邁利的筆跡」。

客廳的門半敞著，史邁利於是輕輕地將它推開。

「彼特？」他開口說。

透過窗外路燈的光線，他從門縫看見一雙穿著麂皮鞋的腿，正懶洋洋地交疊在沙發上。

「喬治，假如我是你，就不會脫下那件大衣了，老兄。」那人親切地開口。「我們有一趟遠路要趕。」

五分鐘後，史邁利已經悶悶不樂地坐在彼特・貴倫的敞篷跑車裡（先前停在附近的廣場上），身上穿著寬大的棕色旅行大衣——是安送給他的禮物，也是他身上唯一沒有濕透的衣服。他們要去的地方是艾斯考特，以女人和賽馬聞名；不過還有許多人不知道，內閣辦公室的奧利佛・雷肯先生也住在那兒。雷肯先生是許多委員會的資深顧問，也負責監控情報事務，套用貴倫那有些失禮的說法：他是白廳的高級官員。

在瑟古德學校，比爾・羅奇清醒地躺在床上；他每天都盯著吉姆，因此有了不少新發現。昨天吉姆把拉茲嚇了一大跳。星期四那天他偷了埃羅森小姐的信。埃羅森小姐負責教小提琴和聖經，個性溫柔，羅奇很喜歡她。拉茲是園丁的助手，女舍監說他是個D. P.，D. P.幾乎都不會講英語。女舍監說，D. P.的意思是異類[13]，反正就是戰時來的外國人。不過吉姆昨天請拉茲幫忙成立汽車俱樂部時，說的就是D. P.那類人的母語，當場讓拉茲嚇呆了。

埃羅森小姐的事情就複雜多了。星期四早上從禮拜堂回來後，羅奇到教師辦公室拿班上的作業簿，看到櫃上有兩封信，吉姆的信是用打字機寫的，而埃羅森小姐的信則是手寫的，看起來不像是吉姆的筆跡。當時辦公室裡空無一人，羅奇拿起作業本，正準備悄悄離開辦公室時，吉姆恰巧從另一扇門走了進來。他剛散完步，滿臉通紅、氣喘吁吁。

「快走啊，小胖。上課鈴聲已經響了。」他彎身靠在櫃子上。

「好的，先生。」

「天氣變化得可眞快，是不是啊，小胖？」

「是的，先生。」

「你快走吧！」

羅奇走到門邊，又回頭看了一眼。吉姆已經直起身來，打開那天早上的《每日電訊報》。櫃子上是空的，兩封信都不見了。

吉姆是不是寫了一封信給埃羅森小姐，但之後又改變心意？比爾轉念一想：或許是想向她求婚？吉姆最近弄來一台破舊的雷明登牌打字機，自己修好了它。他是用那台打字機寫信給自己嗎？他是不是因為不甘寂寞，不但寫信給自己，還偷走別人的信件？想著想著，羅奇睡著了。

注13：原指Displaced Person，即「因戰爭而被迫逃離家園的難民」，但女舍監誤解為Different People（異類）。

4

貴倫懶洋洋地開著快車。車裡充滿秋天的氣息，夜空中掛著一輪明亮的滿月，開闊的草原上迷霧繚繞、寒氣逼人。史邁利推測貴倫的年紀，猜想他約莫是四十歲。但在月光朦朧下，他看起來像是個在河上划船的大學生；他流暢地操縱排檔，彷彿是在穿過一片水域。然而，史邁利煩躁地想著，這輛年輕人開的車和貴倫簡直格格不入。他們飛馳過倫尼梅德，開始往艾格罕姆山上爬。他們已經開了二十分鐘的車，史邁利不停拋出問題，卻得不到什麼答案。如今那股難以名狀的恐懼，又在他心中悄悄蔓延開來。

「我很訝異他們沒將你攆出來，就像我們其他人那樣，」他說，口氣不是挺愉快，一面將大衣下襬往身上裹緊。「你符合所有條件：工作表現亮眼、忠心耿耿，而且小心謹慎。」

「他們讓我加入了獵人頭小組。」

「老天。」史邁利打了個寒顫，將衣領豎起、遮住厚實的下巴，想起了布里斯頓，以及那令人生畏的陰冷校舍——獵人頭小組的大本營。獵人頭小組的正式名稱爲「旅行組」——冷戰初期，謀殺、綁架和訛詐十分盛行，長官在比爾．海頓的建議下成立了這個小組，第一任指揮官由海頓提名。這個小組只有十二人左右，專門執行突擊任務——無法交給海外常駐人員執行，對他們而言實在過於骯髒或危險。長官總是說，要做好諜報工作，就得循序漸進，還要展現出溫和的器度。但是獵人頭小組卻是一大例外。他們從不按部就班，也顧不得風度，因而展現出的是海頓的手腕，而非長官的特質。他們總是單槍匹馬上陣，因此被安頓在一個隱密的地方，圍牆上還插滿碎玻璃和鐵絲網。

「我問你，你有沒有聽過『水平原則』（literalism）？」

「完全沒聽過。」

「這可是現在最流行的教條。我們原本有分上下階級，現在則是平行合作的關係。」

「什麼意思？」

「在你那個年代，圓場在不同國家裡分區運作：非洲、附庸國、俄國、中國、東南亞，各區都有專屬的領導者，長官則是最高領袖。還記得嗎？」

「感覺是挺遙遠的事了。」

「至於現在，一切活動都集中管理，最高領導單位叫『倫敦站』。現在不再分區運作，而是實行水平原則：比爾．海頓是倫敦站的總指揮，羅伊．布蘭德第二，托比．艾斯特哈夾在兩人中間，像隻哈巴狗似地輪流跑。他們自成一國，對所有事都守口如瓶，不與其他人來往。這倒令我們安心多了。」

「聽起來很不錯。」史邁利說，刻意忽略他的絃外之音。

過去的回憶再次湧上腦海，他忽然有種奇怪的感覺，好像度過了兩次今天：第一次是和麥汀達爾在俱樂部裡，現在則是和貴倫處於夢境之中。他們穿過一片松林，月光透過樹葉間的縫隙灑落下來。

「你知不知道——」史邁利開口，轉為試探的語氣：「有沒有艾里斯的消息？」

「他還在隔離中。」貴倫簡短地回答。
「喔，沒錯。當然是這樣。我不是在刺探消息，只是想知道他過不過得了這關。他已經康復了吧？能走路了嗎？背部受傷可不好受，我完全能體會。」
「聽說他復原的情況很不錯。安還好吧？我都忘了問。」
「很好。過得很好。」
車裡一片漆黑。他們駛離大馬路，轉進一條滿是煤渣的小徑，兩旁淨是一片黑色樹影，接著出現了燈光和高聳的門廊，透過樹梢可看到一棟破敗房子的屋頂。雨已經停了，不過史邁利下車透氣時，濕漉漉的樹葉仍隨著風在耳邊沙沙作響。
他想道：沒錯，我之前來這裡時也在下雨，就在吉姆．艾里斯的名字上了報紙頭條那時候。
梳洗過後，他們在天花板挑高的衣帽間裡欣賞雷肯的登山裝備，它們全亂七八糟地堆在五斗櫃上。現在他們面對著一把空椅，圍坐成半圓形。這棟房子是方圓百里內最醜陋的建築，雷肯沒花多少錢就買到手。他曾將這屋子取名爲「伯克郡行宮」，並向史邁利解釋：「是一個滴酒不沾的百萬富翁蓋的。」客廳相當寬敞，四周都是二十呎高的彩繪玻璃窗，門口還有一大片松林。史邁利看到不少熟悉的物品：擱著琴譜的直立式鋼琴；多幅穿著僧袍教士的老舊畫像；一疊鉛印邀請函。他搜尋劍橋大學船槳的蹤影，發現它就掛在壁爐上方。壁爐裡仍燒著火，不過和龐大的壁爐相比，顯得過於微弱。這裡似乎不像有錢人住的地方，反而散發出寒酸的氛圍。
「喬治，退休生活如何？」雷肯大聲說道，彷彿是在向重聽的老太太問話。「會不會很懷念過去和大家來往的快活日子？要是我，一定會很懷念。一日夥伴，終生兄弟。」

這個又瘦又高的男人，態度有些無禮，而且孩子氣。圓場最聰明的比爾．海頓說：雷肯生來就屬於教會及間諜圈。他的父親是蘇格蘭教會的大人物，母親則出身貴族；因爲他還年輕，某些時髦的星期天小報將他形容成「新派人物」。臉上的傷口顯示，他鬍子刮得太過匆忙。

「我過得挺不錯，謝謝你的關心。」史邁利客氣地回答，又補上幾句：「是啊，沒錯，我確實還惦記著。你呢？一切都還好嗎？」

「老樣子，沒什麼變化。一切都很順利。夏綠蒂拿到羅婷女中[14]的獎學金，眞令人高興。」

「那眞是太好了。」

「尊夫人依舊美麗如常吧？」

他的表情仍顯得孩子氣。

「還是非常動人，謝謝。」史邁利努力想以同樣的口吻回敬。

他們望著那扇門，聽見遠處傳來走在瓷磚地上的腳步聲。史邁利猜想是兩名男子。門推了開來，出現一個高高的黑影，史邁利瞥見他身後有另一名個子矮小、皮膚黝黑的男人，顯得十分謹愼。只有一名男子走進來，接著大門就不曉得給誰關上了。

「請把門鎖上。」雷肯喊道，門外傳來鑰匙上鎖的喀嚓聲。「你認識史邁利吧？」

「沒錯，我認識。」那男人回答，從暗處朝他們走來。「你曾經給我一份工作，史邁利先生。」

他的聲音像南方人一樣柔和，但明顯帶有殖民地的口音。「我是塔爾，先生。我的名字是瑞奇．塔爾，來自馬來西亞的檳城。」

火光照亮了他的半張臉，他掛著生硬的微笑，一隻眼睛在火光照射下看起來有些凹陷。「還記得我嗎？我是那個律師的兒子。我的第一片尿布還是你換的，史邁利先生。」

四個人都站起身來，塔爾和史邁利連握了兩次手，還一起握手拍照；貴倫和雷肯在一旁看著，儼然像是他的教父教母。

「史邁利先生，你過得好嗎？真高興見到你。」

他總算鬆開了史邁利的手，回到自己的座位上。史邁利心想：沒錯，塔爾一出現，什麼事都可能發生。老天，兩個小時前我竟然還告訴自己，過去能讓我找回慰藉。他忽然覺得口渴，猜想那代表著恐懼。

那是十年前、還是十二年前的事了？今晚他實在沒什麼時間概念。史邁利過去的工作是負責審查招募來的新人，每個人都必須經過他的許可才能入選，也得經過他的簽核才能接受培訓。冷戰情勢緊繃之際，獵人頭小組缺乏人手，海外常駐人員奉海頓之命物色新血。雅加達的史提夫·麥克沃爾推薦了塔爾。麥克沃爾是資深專員，平時以航運代理商作爲身分掩護。初次遇見塔爾時，塔爾喝得酩酊大醉，正氣急敗壞地在碼頭尋找一個叫蘿絲的女人，她剛把塔爾給甩了。

塔爾自稱和一群比利時人廝混，在各島嶼和北海岸之間走私槍枝。他不喜歡那群比利時

注14：Roedean，成立於一八八五年，英國最頂尖的私立女子中學之一。

人，也厭倦了走私槍枝的日子，但最令他暴跳如雷的，是那群比利時人拐走了蘿絲。麥克沃爾認爲塔爾能服從紀律，年紀又輕，可以好好訓練成接受陰暗的布里斯頓學校圍牆後方命令、執行戰後占領行動的獵人頭小組一員。塔爾接受例行審查後，便前往新加坡進行第二次面試，再飛往薩拉特的培訓中心接受第三關審查。史邁利擔任這一連串面試的主考官，其中有些審查還相當嚴苛。薩拉特的培訓中心是訓練大本營，但仍有空間作其他用途。

塔爾的父親是名住在檳城的澳洲律師，母親則是來自布拉福德的小演員，於戰前隨著一個英國劇團來到東方。史邁利記得，塔爾的父親熱愛傳播福音，常在當地的教堂講道；他的母親在英國有犯罪前科，但都只是輕微罪行，塔爾的父親若非不知情，就是毫不介意。戰爭爆發後，夫婦倆爲了年幼的兒子著想，相偕逃往新加坡避難。幾個月後，新加坡淪陷，塔爾待在樟宜監獄裡，開始在日本人的監視下接受教育。在樟宜監獄，他的父親不論碰到誰都要傳播福音，就算日本人不迫害他，不勝其煩的獄友大概也樂意代勞。戰爭結束後，一家三口回到檳城。塔爾原本打算攻讀法律，但平常淨做些違法的勾當，氣得他父親狠狠揍了他一頓，希望能洗淨兒子的靈魂。塔爾離家逃往婆羅洲，十八歲時已成了專業的槍枝走私販，在印尼群島周圍闖蕩，也在此時遇到了麥克沃爾。

塔爾從培訓中心畢業時，馬來半島正發生暴動。塔爾奉命回去混進槍枝走私販，頭一個碰上的就是從前那群比利時人。他們正忙著替共產黨供應槍械，欠缺人手，顧不得盤問塔爾過去那段日子幹了什麼，就又把他拉了進來。塔爾爲他們送了幾次貨、切斷他們的聯繫管道，某天晚上把他們灌醉之後，便開槍打死四個人，包括前女友蘿絲，並放火燒船。他繼續留在馬來半島，完成了幾份任務，接著被召回布里斯頓重新訓練，然後派往肯亞執行特別任務——簡單來說，就是負責捉拿參與茅茅[15]反殖民運動的成員、領取賞金。

塔爾到肯亞以後，史邁利有好一陣子沒見到他，但他還記得幾件事情；這些事件很可能演變成醜聞，當時都得向長官報告。一九六四年，塔爾被派往巴西，負責勒索一名處境艱難的軍備部長，由於手段過於激烈，讓部長慌了手腳，向媒體透了口風。當時沒有任何人知道塔爾假冒成荷蘭人，但荷蘭情報局卻得知此事，暴跳如雷。一年後，塔爾根據比爾・海頓提供的祕密線索，在西班牙敲詐（用獵人頭小組的術語來說，就是「火燒」）一名被舞孃迷得暈頭轉向的波蘭外交官。第一次得手的成果相當不錯，塔爾因此獲得了表揚和獎金。但當他進行第二次勒索時，這名波蘭外交官給大使留下一封自白書，接著不知是出於己願還是被迫，跳樓自殺了。

在布里斯頓時，大家總說塔爾容易闖禍。如今他們又圍著微弱的爐火坐下，從貴倫那張稚氣未脫、卻已顯老態的臉來看，他們在背後說的話顯然還要更難聽。

「我想，我就先坐下來再說吧！」塔爾輕快地說道，一面敏捷地坐了下來。

注15：Mau Mau（1952-1960），於肯亞爆發的反殖民運動。

5

「這大概是六個月前發生的事。」塔爾開口。

「四月，」貴倫冷不防插話：「我們接下來能不能都說得精準些？」

「好吧，是四月。」塔爾不動聲色地回答。「布里斯頓風平浪靜。我們至少五、六個人手頭上都沒事，靜待下一步指令。皮特．森布里尼剛從羅馬回來，西．范霍佛才去了一趟布達佩斯。」他露出了調皮的笑容。「大家都在布里斯頓的休息室裡打打乒乓球和撞球。貴倫先生，對吧？」

「那時是淡季。」

塔爾說，那時香港的常駐站突然發來急電，尋求協助。

「他們說，蘇聯來了個低階的貿易代表團，正在爲莫斯科市場搜購電器用品，其中有個傢伙把腳伸進了俱樂部，名字叫波里斯——貴倫先生知道細節——他們沒有這人之前的記錄，於是盯了他五天，代表團則預計至少會逗留十二天。從政治面而言，當地的弟兄處理起來會太棘手，但他們以爲突擊行動或許能奏效。這類妥協也沒什麼特別的，但那又如何，也許我們可以把他當「庫存」，不是嗎，貴倫先生？」

「庫存」意指獵人頭小組與其他情報機構之間的交易或交換，對象通常是低階的叛逃者。

貴倫沒理睬塔爾，自顧自地說：「東南亞是塔爾的責任區，他反正也沒事可做，我就叫他去實地調查，再傳電報回覆。」

每當其他人開口說話，塔爾就彷彿陷入昏睡；他盯著發言的人，眼裡一片迷茫，等輪到他說話時，還得暫停一下、回過神來。

「所以我照著貴倫先生的吩咐做，」他說。「我一直都很聽話，對吧，貴倫先生？雖然我有些衝動，但我可是個乖孩子。」

隔天晚上，也就是三月三十一日星期六，他便帶著一本澳洲護照，假借汽車推銷員的名義出境，行李箱底邊還藏著兩本沒用過的瑞士護照以為應急之用；這兩份緊急文件可依情況所需塡寫，一份給波里斯，一份給他自己。他住進香港九龍的金門飯店，和一名派駐當地的情報員約在飯店附近的一輛車裡碰頭。

這時貴倫傾身對史邁利低語：「塔夫提．席辛格，小丑一個，前皇家非洲步兵團少校、波西．艾勒藍指派的人。」

席辛格已監視了波里斯一個禮拜，並交給塔爾一份報告。

「波里斯是個不折不扣的怪胎。」塔爾說：「我實在搞不懂這個人。他每晚都出去喝酒，從不間斷；他整個星期沒睡，席辛格派去監視的人都快站不住了；但白天他跟著代表團四處探訪工廠、參與談判，看起來就像個年輕有爲的蘇聯官員。」

「有多年輕？」史邁利問。

貴倫插話：「他申請簽證的資料上是一九四六年生於明斯科。」

「每到晚上，他就回到代表團下榻的亞歷山大旅館，那旅館位於北角，又破又舊。他會和其他人共進晚餐，九點左右從側門溜出去搭計程車，前往九龍最多夜總會的地方。他最喜歡的酒店是皇后大道上的『貓搖籃』，他請當地商人喝酒，一副很吃得開的樣子。他通常待到半夜才離開，又獨自前往灣仔一個叫『安琪兒』的地方，那裡的酒比較便宜。『安琪兒』是間位於地下室的咖啡館，客人通常是水手和觀光客，波里斯似乎對此很中意。他總會喝上三、四杯酒，並留下收據。他大多喝白蘭地，有時會換換口味改點伏特加。他有次跟一名歐亞混血的女孩廝混，席辛格的手下跟蹤她，總算搞清楚來龍去脈。她說波里斯覺得很寂寞，總坐在床上抱怨自己的妻子不懂得賞識他的聰明才智。這眞是一大進展啊！」塔爾嘲諷地補上一句。雷肯正在撥弄煤塊，讓爐火重新燒旺，發出了一堆噪音。「那天晚上我跑了趟『貓搖籃』，打算親眼見見他；席辛格的手下都喝完牛奶、上床睡覺去了，根本不想知道會發生什麼事。」

有時塔爾說著說著，會整個人定住不動，彷彿是在側耳傾聽自己錄下的錄音帶。

「我剛到十分鐘，他就出現了，身邊跟著一名瑞典女人，身材高大、金髮，身後還跟著另一個中國女人。當時光線很暗，所以我移到隔壁的桌子。他們點了威士忌，波里斯買單。我離他們六呎遠，一邊看著差勁的樂團表演，一邊豎耳聽他們說話。他們用英語交談，中國女人一聲不吭，大多是那個瑞典女人在滔滔不絕。瑞典女人問波里斯住在哪裡，波里斯回答是怡東酒店。眞是鬼扯，他明明就和代表團一起住在亞歷山大旅館。好吧！那家破旅館確實上不了檯面，怡東酒店聽起來好一些。他們待到半夜才各自離開，波里斯說他要回家，明天還有得忙。這還是在鬼扯，他最好有回家去——這叫什麼來著？雙面人傑克爾與海德[16]！沒錯，就是那個看起來正經八百的醫生，卻會換裝外出狂歡。所以波里斯到底是何者？」

一時間，沒有任何人搭腔。

「海德。」雷肯對著自己那雙搓得發紅的手說。他調整好坐姿，將雙手放到膝蓋上。

「海德。」塔爾重複他的話。「謝謝你，雷肯先生。我總覺得你肚子裡很有墨水。趁他們結帳時，我立刻趕往灣仔，比波里斯早一步抵達安琪兒咖啡館。這時我已經相當肯定，這裡頭鐵定大有文章。」

塔爾伸出他乾巴巴的修長手指，開始細數原因：第一，他可從沒見過哪個蘇聯代表團，身邊沒有跟著一群笨拙高大的保鑣，負責防止團員到聲色場所鬼混；波里斯怎麼有辦法每晚溜出來尋歡作樂？第二，他很看不慣波里斯四處揮霍大把大把的外國鈔票，這絲毫不符合蘇聯官員的作風。他堅持：「他手上根本不可能有這些該死的外幣。要是他有錢，早就給他老婆買珠寶了。第三，我討厭他撒謊的那副嘴臉。這人太油腔滑調了。」

塔爾就在安琪兒咖啡館等著，過了半個鐘頭，「海德先生」果眞出現。「他坐在那裡，點了杯酒。他每次都是這樣，坐在那裡喝酒，冷眼旁觀，看了就討厭！」

這次，塔爾又轉向史邁利先生，熱切地問道：「所以說，史邁利先生，這到底是什麼情況？你懂我的意思嗎？我注意到的都是小地方。」他對著史邁利一一解釋：「就拿他的座位來說好了，我敢打賭，先生，就算我們親自到那裡去，也不可能比波里斯找到更好的位置。他離

注16：Jekyll and Hyde，知名蘇格蘭作家史蒂文生（Robert Louis Stevenson, 1850-1894）於一八八六年出版的小說《化身博士》的主角。年輕有為的醫生亨利．傑克爾（Henry Jekyll）以自己的身體測試新藥，意外喚醒了自己的邪惡人格，取名為愛德華．海德（Edward Hyde）。

出口和樓梯最近，可以清楚觀察主要入口的動靜；他是右撇子，所以身體左側緊挨著牆壁作為掩護。波里斯是個職業間諜，史邁利先生，這點無庸置疑。他正在等人接應，或是負責傳遞消息，或是等著像我這樣的笨蛋上鉤。聽著：要敲詐一個小小的貿易代表團是一回事，但要向總部[17]訓練出來的老手敲上一筆，又是完全不一樣的情況了。是不是，貴倫先生？」

貴倫開口：「自從改組後，獵人頭小組就不曾收到指令要收買雙面諜。一旦發現這類人物，就要直接轉給倫敦站；這是比爾．海頓親自簽發的命令。只要有一丁點不合作，就一律革職。」他又特別對著史邁利補上一句：「依照水平原則，我們幾乎沒有什麼自主權了。」

「我也幹過雙面諜。」塔爾坦承，聲調顯得委屈。「相信我，史邁利先生，那幫人可不好惹。」

「我很清楚。」史邁利答道，推了推眼鏡。

塔爾發了一封「交易失敗」的電報給貴倫，訂了回程機票，接著就上街購物去了。不過，由於他搭的是星期四的班機，因此他決定在離開前，從波里斯的房間搜點東西回來。

「亞歷山大旅館真是個破爛地方，史邁利先生，就在馬寶道上，有一排木製陽台。至於門鎖，你根本連碰都不必碰就開了。」

塔爾很快就溜進了波里斯的房間，背緊抵著門，等眼睛適應室內的昏暗。當他還站在那裡時，床上傳來一名女子的聲音，正睡意朦朧地用俄語對他說話。

「她是波里斯的老婆。」塔爾解釋，「正在哭。我就叫她伊莉娜好了——貴倫先生知道細節。」

史邁利立刻出聲反駁。他說，那不可能是他的妻子，總部不可能讓夫妻倆同時離開俄國；他們會留住其中一人，把另一人送往——

「或許只是同居，」貴倫冷冷地說：「沒有正式婚約，但住在一起。」

「現在這個年頭，很多事情都是顛倒過來的。」塔爾滿臉笑容，沒特別對著哪個人笑，更不是針對史邁利，但貴倫卻白了他一眼。

注17：Centre，莫斯科總部（Moscow Centre）的簡稱，書中的蘇聯國家安全委員會（KGB, 1954-1991），即蘇聯情報機構。

6

打從這場會面開始，史邁利就有如老僧入定般地諱莫如深，無論是塔爾的經歷還是雷肯和貴倫偶爾爲之的插話都無法打動他。他屈著腿、靠在椅背上，低垂著頭，胖胖的手指在圓滾滾的肚皮上交握，沉重的眼皮已在厚實的鏡片下閉了起來。他唯一不搭調的舉動是以絲質領帶擦眼鏡，此時，他會露出那深沉、赤裸的目光，令迎視他的人都大感不自在。然而他隨著貴倫的解釋偶然發出的嘆息，抑或是裝模作樣、空洞的聲音，此時卻像個信號般震動了其他與會者，引起一陣座椅挪移與清嗓子的騷動。

雷肯首先開口。「喬治，你平常都喝什麼？要我給你倒杯威士忌什麼的嗎？」他殷勤地遞來酒杯，彷彿是要給人阿斯匹靈治療頭痛。「我該早點問你的，」他解釋，「喬治，來杯酒吧。畢竟這是冬天。想喝點什麼？」

「不用麻煩，謝謝。」史邁利回答。

他其實想喝杯咖啡，卻不好意思開口。他也記得這裡的咖啡很難喝。

「那貴倫呢？」雷肯繼續招呼，但貴倫也婉拒了。他也不敢喝雷肯的酒。

他沒問塔爾要喝什麼，而塔爾逕自往下說。

即使伊莉娜在場，也沒讓塔爾亂了陣腳。早在進入亞歷山大旅館前，他就已全盤規劃好，現在只須照著計畫行動。他沒有拔出手槍，也沒有伸手捂住伊莉娜的嘴，而是告訴伊莉娜，他和波里斯有約，很抱歉就這麼闖了進來，但他得坐在這裡等波里斯回來。他操著純正的澳洲腔，儼然自己是來自南半球、此時正在氣頭上的汽車推銷員。他解釋道，他不想多管別人的閒事，但他無法忍受有個該死的俄國佬付不出錢來，竟在一夜之間帶著他的女人和錢逃之夭夭。他愈說愈氣，但把聲音壓低，等著看那女人的反應。

塔爾說，事情就是這麼開始的。

他於晚上十一點半進入波里斯的房間，離開時已是深夜一點半，還約好隔天要再和伊莉娜碰面。情況已完全不同了：「記住，我們可沒做什麼見不得人的事，只是單純的朋友；對吧，史邁利先生？」

這句無心的揶揄，似乎觸動了史邁利心底深處不為人知的隱密。

「沒錯。」他有氣無力地回答。

塔爾說，伊莉娜來到香港這件事並沒有什麼大不了，席辛格也沒必要知道。伊莉娜同為代表團的一員，是受過訓練的絲織品採購專家。「仔細想想，她比她家那口子還更符合資格。一個天眞無邪的少女，在我看來帶點女學者的味道。但她還很年輕，而且不哭的時候，笑起來眞漂亮。」不曉得為什麼，塔爾竟臉紅了。「和她在一起很有趣。」他堅持道，彷彿是在和人爭辯。「她正在為那個可惡的波里斯煩惱得不知如何是好的時候，認識了來自澳洲亞德雷德的『湯瑪斯先生』——她認為我是從天而降的天使。在此之前，她找不到一個可以讓她放心討論另一半的對象。她說，她和代表團的團員不熟，甚至在莫斯科也沒有值得信賴的人。一方面跟著東奔西跑，一方面還要試著維繫一段支離破碎的關係，誰能想像這是多麼困難的一件事？沒親身經歷過的人是不會懂的。」——史邁利再度陷入沉思。

「旅館住過一間又一間，去過一座又一座城市，卻不能自然地和當地居民交談，或是坦然接受陌生人臉上的微笑——她就是這樣形容她的生活。她認爲自己過得很悲慘，史邁利先生，看看她夜裡不知哭了多少回，還有床頭的伏特加空瓶就知道了。她不停地問，爲什麼她不能過著正常人的生活？爲什麼她不能像所有人一樣開心享受陽光？她喜歡到處遊覽，喜歡外國孩子，爲什麼她不能擁有自己的小孩？她生來就該無拘無束。她不停地說，人生來就是自由的。『湯瑪斯，我很樂天，是個喜歡交際的正常女孩。我喜歡人群，爲什麼我得欺騙我喜歡的人呢？』她說，問題在於她很早就被選來完成這份工作，從此她的世界就被封閉，與上帝斷了聯繫。這就是爲什麼她會酗酒，還經常在半夜痛哭。——後來她已經把她丈夫的事拋諸腦後，還因爲自己發了頓脾氣而向我道歉。」塔爾說著又遲疑了起來。「直覺告訴我，史邁利先生，從她身上能挖出寶來。我從一開始就察覺到了。人們總說，掌握資訊就是力量。伊莉娜就擁有這股力量，也具備應有的條件。或許她有些固執，但她會盡全力奉獻。史邁利先生，我能判斷出女人是否慷慨大方，對此我很擅長。伊莉娜毫無疑問是個大方的女人。我也不曉得該怎麼解釋我的直覺，有些人就是可以察覺到地底下的水源……」

他似乎等著其他人表示同情，史邁利只好應聲：「我瞭解。」一面伸手搔了搔耳垂。

塔爾帶著古怪的依賴感看著史邁利，並沉默了好一會兒。「隔天早上，我做的第一件事就是取消機票，並換了旅館。」他終於開口。

史邁利一下睜大了雙眼。「那你怎麼對倫敦交代？」

「什麼也沒說。」

「爲什麼？」

「因爲他是個自作聰明的蠢蛋。」貴倫說。

「或許是因爲，我擔心貴倫先生會叫我立刻回國。」他向貴倫拋了個尋求默契的眼神，但貴倫並不領情。「你知道的，我剛出道時，曾經犯了錯，中了美人計。」

「他上了一個波蘭女孩的當。」貴倫說：「他當時也覺得那女孩慷慨又大方。」

「我知道伊莉娜不是個誘餌，但我該怎麼說服貴倫先生相信我呢？根本不可能。」

「你有告訴席辛格嗎？」

「老天，當然沒有。」

「你怎麼向倫敦那邊解釋延後返國的原因？」

「我原本預定星期四飛回來，但我想直到隔週二才會有人進來並問起我。更何況波里斯身上已經查不出什麼了。」

「他沒有說明原因，管理組記他星期一曠職。」貴倫說：「他違反了手冊上的所有規定，也包括那些沒寫在手冊裡的。到了隔週三，連比爾．海頓也大發雷霆，而我只能代他聽訓。」他忿忿地說。

無論如何，塔爾與伊莉娜隔天晚上又碰了一次面，然後是第三晚。第一次他們約在一家咖啡館，但沒什麼進展；他們得不時提防被別人撞見，因爲伊莉娜不僅怕她的丈夫波里斯，也害怕代表團的隨扈，也就是塔爾口中的「大猩猩」。她不讓塔爾請她喝酒，嚇得全身發抖。第二次碰面時，塔爾仍期望她會展現出落落大方的一面。他們搭電車到維多利亞山頂，四周擠滿穿著白色短襪、戴著遮陽帽的美國太太。第三次他租了輛車，載她到新界兜風。最後由於太過接近中國邊界，她又突然害怕起來，因此他們折返回港口。儘管如此，她還是玩得很開心，不停聊到沿途所見的美麗風景、魚塘和稻田；塔爾也對此行相當滿意，這證明他們倆並未受到監視。但依他看來，伊莉娜仍未敞開心房。

「事情進展到此，現在我要告訴你們一件相當奇怪的事。我從一開始就假冒成澳洲人湯瑪斯，胡扯些我在亞德雷德郊外擁有綿羊牧場，在城裡也有一棟大房子，不僅有落地窗，還有燈光打出『湯瑪斯』的字樣。她根本不相信。她點頭敷衍我，隨口說些『是啊，湯瑪斯』、『不會吧，湯瑪斯』，然後就轉移話題。」

第四晚，塔爾載伊莉娜到山上俯瞰北岸的美景。伊莉娜告訴塔爾，她愛上他了，並解釋她和丈夫都是莫斯科總部的人；她觀察到塔爾警覺性很高，說話時眼神專注，因此她知道塔爾也屬於同個圈子。

「她認為我是英國情報局的上校。」塔爾說道，臉上已無笑意。「她一會兒哭、一會兒笑，在我看來，她根本就快要瘋了；有時說起話來像廉價小說裡瘋瘋癲癲的女主角，有時又像個教養良好的富家小姐。她最喜歡英國人，直誇他們都是紳士，我給她買了瓶伏特加，她大概花十五秒就喝掉半瓶，說是為英國紳士乾杯。波里斯是領頭、伊莉娜負責後援，兩人一搭一唱。她說總有一天她會找上波西．艾勒藍，告訴他一個與他相關的天大機密。波里斯的職責是收買香港商人，為當地的蘇聯常駐站傳遞信息；伊莉娜則負責解譯縮影情報，並以高速收發無線電報，避免遭到竊聽。文件上是這麼說的，不是嗎？而兩個俱樂部分別是波里斯與內線碰頭和待命的地方，但他實際上卻只想飲酒作樂、和舞孃們調情；不然就是出門散步、一去五個小時，因爲他無法忍受和妻子共處一室。伊莉娜只能哭著等他回來，或喝得爛醉、想像自己坐在波西的壁爐邊，向他和盤托出一切。我把車停在山頭，坐在車裡靜靜地聽她說。我動也不動，完全不想破壞那股氣氛。我們看著迷霧盤繞港口，皎潔的月亮逐漸升起，農夫們帶著扁擔和煤油燈來來去去，只差沒有穿著晚禮服的亨佛萊·鮑嘉[18]。我一腳踩著伏特加空瓶，聽她滔滔不絕，連一根手指也不敢動。我說的都是實話，史邁利先生。都是眞的。」他聲明，帶著希望其他人相信的防備感，但史邁利的雙眼是閉上的，對此無動於衷。

「她就這麼侃侃而談，」塔爾解釋，彷彿這是場突如其來的意外，和他毫無關係。「把一生的經歷都告訴了我，從出生那一刻起，到遇見湯瑪斯上校（也就是我）爲止。她談到她的父母、過去的情人、徵召和受訓的過程，以及她那不順遂的婚姻。她受訓時和波里斯同組，之後就走在一起，兩人之間的關係再也無法切斷。她告訴了我眞實姓名、工作時的假名，還有旅行時的化名。接著她打開手提包，給我看她工作時的祕密武器：可暗藏密碼的鋼筆、隱藏式相機等。『看看波西見到了會有什麼反應！』我順著她的意思說。那些東西都是大量生產的商品，不很精緻，但材質還算不錯。接著她又滔滔不絕地談起香港的蘇聯常駐站：誰負責跑腿、情報人員的

注18：Humphrey Bogart（1899-1957），美國著名演員，代表作為經典電影《北非諜影》(Casablanca, 1942)。

安全藏身站、傳遞訊息的信箱位置等。要把這些全部記下來，可快把我給搞瘋了。」

「但你記下了。」貴倫簡短表示。

沒錯，塔爾附和，他幾乎全記了下來。他知道伊莉娜並未和盤托出，但他也很清楚，對一個年紀輕輕就當上間諜的女人而言，要講出實話確實很不容易，伊莉娜的初步表現已經算相當不錯了。

「我很能體會她的感受。」他又用不怎麼眞誠的語氣坦承：「我覺得我們兩人很合得來。」

「可不是嘛。」雷肯很難得地打了岔。他的臉色蒼白，不曉得是因爲在氣頭上，還是因爲晨曦從百葉窗照進來，映在他的臉上。

7

「如今我進退維谷。接連兩天我都和她碰面，心想她就算現在還沒精神分裂，恐怕也快了。她說波西給了她一份好工作，在圓場爲湯瑪斯上校效命，還不停跟我爭到底要給她當中尉還是少校。之後她又說再也不想當間諜了，她要去種花，和湯瑪斯一起過清閒的日子。接著她還提到修道院，說浸信會的修女會爲她洗滌靈魂。我簡直要昏倒了，浸信會哪來的修女？我問她。她回我：不要緊，浸信會是最偉大的教會，她的母親出身農家，所以她很清楚。她說，這是她告訴我的第二大祕密。我問她，那第一大祕密又是什麼？她不肯說，只告訴我，我們處於極度的危險中，程度遠超乎我的想像；假如她沒機會和波西談，那麼我們兩個就毫無希望了。『老天，到底是怎樣的危險？妳還知道哪些我不曉得的事？』她看起來沾沾自喜，但是我一追問，她又不肯透露半點口風。我緊張得要命，擔心她回去向波里斯坦白。我的時間也不多了，那天已經是星期三，代表團預計週五就要返回莫斯科。她當特務確實很有一套，但她這樣瘋瘋癲癲的，我眞的能相信她嗎？你知道女人一談起戀愛來是什麼模樣，史邁利先生。她們很難……」

貴倫打斷他。「你能不能別岔開話題？」命令的語氣令塔爾一時間有點悶悶不樂。

「就我所知，伊莉娜想要叛逃——用她的話來說，就是和波西密談。她還有三天時間，她愈早做出決定，對大家就愈好。要是我再等下去，她很可能會改變心意，所以我決定採取行動、去找席辛格——他一開張就見到我。」

「十一號，星期三。」史邁利喃喃低語。「是倫敦的凌晨。」

「席辛格大概把我當成了幽靈。『我要聯絡倫敦站，親自和站長本人通話。』他和我爭了半天，但最後還是妥協了。我坐在他的書桌前，在用過即丟的拍紙簿上擬電報密碼。他在旁邊盯著我，像隻病懨懨的狗。我們得讓這封電報看起來像封外貿密電，因爲席辛格的假身分是出口商。這又多花了我半個小時。我非常緊張，燒掉整本拍紙簿後，開始在電報機上打出密碼。當下，全世界只有我瞭解那張紙上的密碼代表什麼意思；連席辛格也一無所知，只有我知道。我要求依照緊急流程處理，讓伊莉娜享有叛逃者的所有待遇。我爲她準備好她從未想過的一切：現金、國籍，全新身分、低調處理，以及一處住所。畢竟，眞要說起來，我幾乎算是她的業務代表了——是不是，史邁利先生？」

史邁利抬起眼來，似乎很訝異聽到自己的名字。「是的。」他親切地說：「沒錯，我想你可以這麼說。」

「依我對他的瞭解，這次行動他肯定也有一份。」貴倫悄聲說。

塔爾聽了，或許是猜出絃外之音，立刻暴跳如雷。「天大的謊言！」他大吼，氣得滿臉通紅。「簡直是……」他瞪了貴倫好一會兒，才又繼續說下去。

「我列出她目前爲止的工作經歷和情報管道，包括她在總部的工作；我要求倫敦派審訊人員和空軍軍機過來。她以爲我會要求在中立區親自與波西．艾勒藍會面，但我認爲這一點用也沒有。我建議他們派幾名艾斯特哈手下的點燈人過來，最好還要有個醫生。」

「爲什麼要找點燈人？」史邁利厲聲問道：「他們向來不准接觸任何叛逃者。」

點燈人小組隸屬於托比．艾斯特哈，基地並非位於布里斯頓，而是在阿克頓。他們負責為第一線行動提供後勤支援，包括監視、竊聽、運輸，以及為情報員提供安全藏身站。

「喔，史邁利先生，自從你離開後，托比就爬上去了。」塔爾解釋：「聽說連他手下負責站崗的『街頭藝術家』都開凱迪拉克呢！只要逮到機會，他們連獵人頭小組的飯碗也敢搶；對吧，貴倫先生？」

「他們已經成為倫敦站的主力，」貴倫簡短說明，「這也是水平原則的一部分。」

「審訊人員大概得花上半年才能將她審問完畢。不曉得為什麼，她對蘇格蘭特別著迷；事實上，她希望能和湯瑪斯在蘇格蘭共度餘生、在高原上生兒育女。我以單位的名義將電報發給倫敦站，是急電，限官員親自處理。」

貴倫打了岔：「這是針對最高機密制定的新規則；大概是為了跳過在解碼室的處理程序。」

「但不在倫敦站處理？」史邁利問道。

「那是他們家的事。」

「我想，你應該已經聽說比爾．海頓坐上那個位子了吧？」雷肯轉向史邁利。「也就是倫敦站站長。他其實是他們的行動總指揮，就像長官還在時，波西所擔任的職務。他們把頭銜都換了。你很清楚你那群老朋友多麼在乎名稱。貴倫，你應該給他解釋一下，讓他瞭解狀況。」

「我想我大概清楚了，謝謝。」史邁利客氣地說。他裝出一副睡意朦朧的模樣，對塔爾問道：「你剛才說，她提到一個天大的祕密？」

「沒錯，先生。」

「你在發給倫敦的電報裡，有沒有提到這一點？」

他顯然一語道中要害，戳中了某個痛處。塔爾皺起眉頭，以詢問的目光瞥了雷肯一眼，接著視線又落向貴倫。

雷肯明白他的意思，立刻聲明：「除了你剛剛說的這些事，史邁利對其他情況一無所知。對吧，貴倫？」貴倫點點頭，看著史邁利。

「她告訴我的事，我都報告給倫敦了。」塔爾悻悻然地說，彷彿有人破壞了他的精采故事。

「你寫的具體內容是什麼？」史邁利問道：「還記得嗎？」

「『她宣稱握有攸關圓場利益的機密，但尚未透露。』差不多是這樣。」

「謝謝。非常感謝。」

他們等著塔爾繼續往下說。

「我也要求倫敦站站長轉告貴倫，我一切平安，沒有曠職。」

「他們有轉達嗎？」史邁利問道。

「根本沒人告訴我。」貴倫沒好氣地說。

「我整天都在等回覆，卻始終沒收到回電。伊莉娜如往常般工作了一整天。是我堅持要她這麼做的。她想假裝發燒，躺在床上休息，但我不吃這一套。代表團要去參訪九龍的工廠，我要她跟著去，表現得和平常沒有兩樣，還要求她發誓不再碰酒；我可不希望她在最後關頭鬧出意外來。她在成功脫逃以前，一切都必須保持正常。我一直等到傍晚，才又追加了一封急電。」

史邁利緊盯著眼前那張蒼白的面孔。「他們當然回覆你了吧？」他問道。

『已收到。』就這樣。我擔心得整晚汗流浹背，直到凌晨還沒收到回覆。我想，皇家空軍搞不好已經在路上了。倫敦要花些時間處理，我想，等一切就緒後就會通知我；我的意思是，你離得那麼遠，也只能相信他們。不管你對他們有什麼看法，就只能信任他們。我是說，他們總是挺可靠的；對吧，貴倫先生？」

沒有人搭腔。

「我很擔心伊莉娜。我敢說，要是她得多等上一天，她肯定會崩潰。最後我總算等到回電——但那其實稱不上答覆，顯然只是在拖延時間——『請告知她在哪個單位服務、在莫斯科總部有哪些往來的熟人、現任上司的姓名，以及她進入總部服務的時間。』天曉得他們還問了什麼。我很快就擬妥回電，因爲我和她約好凌晨三點在教堂碰面——」

「哪間教堂？」史邁利再次開口。

「英國浸信會。」塔爾又臉紅了，令大家十分驚訝。「她很喜歡去那間教堂，倒也不是去作禮拜，只是喜歡在那裡逛逛。我在門口若無其事地等著，但她始終沒有出現。這是她第一次爽約。我們之前已經約好，假如沒碰到面，三小時後就去山頂，再以每分鐘五十階的速度下山回到教堂，直到我們碰頭爲止。要是她遇上了麻煩，就把泳衣掛在窗台上。她熱愛游泳，每天都要游上好幾趟。我衝回亞歷山大旅館，但沒看到她的泳衣。還有兩個半鐘頭，我不曉得能做什麼，只好繼續等下去。」

史邁利說：「倫敦發給你的電報是什麼等級？」

「速件。」

「而你發的是急電？」

「兩封都是。」

「倫敦的電報有署名嗎？」

貴倫打岔：「他們現在已經不在電報上簽名了。外勤人員發電報進來時，都把倫敦站視爲一個單位。」

「電報是你自己解碼的嗎？」

「不是。」貴倫回答。

他們等著塔爾再次開口。

「我趕去席辛格的辦公室，不過他們不太歡迎我。席辛格對獵人頭小組沒有好感，而且他正在忙一件與中國大陸有關的急事，很怕我害他的生意做不成。我坐在咖啡館裡，忽然想到可以去趟機場。這念頭突然鑽進我的腦袋，就像你忽然想去看場電影一樣。我攔了輛計程車，吩咐司機開快點，甚至沒和他討價還價；我也沒在服務台前排隊，直接詢問有沒有飛往俄國或是從俄國過境的班機。我沒有耐心看航班表，直接對著中國籍的櫃檯人員大呼小叫，但從前一天起就沒有任何飛往俄國的班機，當天晚上也得等到六點以後才有航班。直覺告訴我，事情不對勁，我得搞清楚狀況。有沒有包機？或是航班表以外的班機、貨機和過境的飛機？從昨天早上以來，眞的沒有任何班機飛往莫斯科嗎？有個中國空姐告訴我答案，她挺喜歡我的，所以幫了我大忙。她說兩個小時前，有架蘇聯班機臨時起飛，機上只有四名乘客，其中一名是陷入昏迷的女人，臉上纏著繃帶，被其他人用擔架扛上飛機，其他三人則是兩名男性醫護人員和一名醫生。我抱著最後一絲希望，打了通電話回亞歷山大旅館。伊莉娜和她的冒牌丈夫都沒有退房記錄，卻沒有人接電話。那家破旅館甚至沒有人發現他們已經離開了。」

音樂說不定已經播了好一段時間，但史邁利直到現在才發覺。他聽著從房子各處傳來斷斷續續的音樂：有人在吹直笛、錄音機放著兒歌，還有人熟練地拉起小提琴。雷肯的幾個女兒想必已經起床了。

8

「或許她眞的病了。」史邁利慢吞吞地開口，主要是對著貴倫。「或許她確實昏倒了。或許他們是眞正的護士，負責照料她。聽起來她的狀況眞的很糟。」他又補上一句，瞥了塔爾一眼：「畢竟，從你發出第一封電報到她出境，中間也只不過隔了短短二十四小時。你很難斷定一定是倫敦那裡的問題。」

「就是可以。」貴倫說，低頭看著地板。「時間這麼短，他們的動作一定得非常快，但這確實辦得到，只要倫敦那裡有人——」所有人都等著他接下去。「只要倫敦那裡有人接應。當然莫斯科這裡，也要有人配合馬上行動才行。」

「我正是這麼告訴自己的，先生。」塔爾驕傲地說。他無視於貴倫，直接附和史邁利的話。「我就是這麼想的，史邁利先生。我告訴自己：冷靜，瑞奇，要是你不夠謹愼，一切的努力就白費了。」

「或者是那些俄國人匆匆帶走了她。」史邁利堅持，「那些保鑣發現你們的關係，並帶走了她。他們如果沒發現才奇怪；你們兩個表現得這麼明顯。」

「她也可能把事情都告訴波里斯了。」塔爾提醒他：「我對心理學很有一套，先生。我很清楚夫妻倆鬧翻之後會發生什麼事。她想惹他生氣，所以刺激他，看他怎麼反應。『想不想知道，當你在外面花天酒地時，我也做了什麼好事？』——類似這樣；波里斯惱羞成怒，叫那些大猩猩把她揍一頓送回俄國去。史邁利先生，相信我，我考慮了所有可能發生的情況。我眞的很瞭解這種事，被女人拋棄的男人都是這副德性。」

「我們可以言歸正傳了嗎？」貴倫氣憤地低語。

現在呢，塔爾說，他承認接下來的二十四小時自己都有點不可理喻。「我不是經常那樣，對吧，貴倫先生？」

「夠經常了。」

「感覺很糟。可以說是洩氣吧。」

一想到快到手的肥羊又給跑了，簡直令他暴跳如雷，開始發了狂似地跑遍之前常去的那些酒館。他接連去了貓搖籃和安琪兒咖啡館，到了凌晨時分已經逛遍六、七家酒館，更別說一路上碰到多少女孩了。他還去了亞歷山大旅館，想跟那幾名保鑣談談。最後他筋疲力盡，回想起伊莉娜和兩人共度的時光，決定回倫敦前先去看看他們倆的信箱，或許伊莉娜有留下隻字片語。

一方面是想找些事做，「一方面，我擔心萬一她眞留了信，又沒有人幫她取回，一定會讓她慌得像熱鍋上的螞蟻。」他又正經八百地補上一句。

他們平時會在兩個地方互留信件，其中之一是旅館附近的建築工地。

「看過他們用竹子搭的鷹架沒有？眞的是十分巧妙的設計；足足有二十層樓高，工人會扛著水泥爬上去。」塔爾說，有根廢棄竹管只到肩膀的高度，假如當時狀況很緊急，伊莉娜應該會把它當成信箱。他檢查了竹管，但裡頭是空的。另一個地點是教堂座位後方。「就在他們儲藏手冊的地方，是個舊衣櫥，假如你跪到後排座位伸手一摸，會發現一塊鬆動的板子，後面淨是一堆垃圾和老鼠屎。但就藏信來說，這眞是個絕佳的位置。」

眾人一時間陷入沉默，腦中浮現塔爾和伊莉娜兩人，在香港浸信會教堂後排座位並肩跪著的畫面。

塔爾說，他依然沒找到信件，卻發現了一本日記。字跡很清楚，而且寫滿了雙面，因此黑色墨水不時透過紙頁。看起來像是倉促寫成，沒什麼塗改的痕跡。塔爾只瞥了一眼，就知道這是伊莉娜清醒時寫下的日記。

「我先說清楚，這不是原稿，只是我抄下來的謄本。」

他修長的手指從上衣抽出一只內裡繫著一條寬皮帶的皮夾，並從裡頭拿出一疊皺巴巴的紙。

「我猜她在遭到襲擊之前便留下了日記。」他說：「也許同時還做了最後一次禱告。這是我自己翻譯的。」

「我不知道你懂俄文。」史邁利說。其他人都沒聽進去，只有塔爾露齒一笑。

「噢，史邁利先生，現在做間諜這一行，可都要有兩三把刷子。」他一面翻頁一面說道。「或許我不是唸法律的料，但語言方面倒還過得去。我想你應該聽過一句詩人說過的話吧？」他抬起頭來，露出更燦爛的微笑。「『多通曉一種語言，就等於多掌握了一條靈魂。』一個偉大的國王寫的，先生，就是查理五世。不是我自誇，我的父親記得很多格言，但好笑的是他就只會說英語。如果你們不介意的話，我就把日記唸給你們聽。」

「他對俄文根本一竅不通，」貴倫說：「他們對談都是用英語。伊莉娜學過三年英文。」

貴倫盯著天花板，雷肯則看著自己的兩隻手。只有史邁利看著塔爾，他還在爲自己的小小笑話而沾沾自喜。

「都準備好了嗎？」他問道。「那我開始唸了。『聽著，湯瑪斯，我有事情要告訴你。』她一向稱呼我的姓，」——塔爾解釋，「我說我的名字是東尼，但她總是叫我湯瑪斯。『要是我還來不及和艾勒藍談話就先被他們帶走，這本日記就是我留給你的禮物。我更想把自己送給你，湯瑪斯，連人帶心都送給你。不過我想，或許這個令人痛苦的祕密更能討你歡心。要好好利用它！』」塔爾抬起頭來。「上面註明是星期一，是她在那四天中寫下的。」他的聲音開始變得平板，聽起來有些倦意。「莫斯科總部裡的閒言閒語比上級猜測得還要多，尤其是想往上爬的底下人，更是裝作一副無所不知的模樣。我還沒進外貿部時，在位於捷爾任斯基[19]廣場的總部裡，擔任了兩年檔案管理部的主管。工作十分單調，湯瑪斯，部門裡的氣氛也糟糕透頂，而當時我還單身；大家被鼓勵相互猜忌，沒有一刻得以敞開心房，從來沒有。我有個下屬名叫伊夫洛夫，雖然他的位階比我低，但在那種緊繃的氣氛下，我們倒是挺聊得來。我們也曾發生過關係——原諒我，湯瑪斯，如果你能早點出現該有多好！伊夫洛夫常和我一起值夜班，最後我們決定違反規定，約在外面碰頭。湯瑪斯，他也是金髮，就和你一樣，我想和他在一起。我們約在莫斯科貧民區的一家咖啡館裡見面。在俄國時，我們都宣稱莫斯科沒有貧民區的存在，但這是一個天大的謊言。伊夫洛夫告訴我，他的真實名字是布洛德，而他並不是猶太人。他給我帶來一些咖啡豆，那是他在德黑蘭的一位朋友偷偷寄給他的；他還送了我幾雙長統襪，真的非常

注19：Felix Dzerzhinsky（1877-1926），蘇聯祕密警察與KGB的創立人。

貼心。他說他非常喜歡我，又說他之前曾待過另一個部門，負責記錄總部雇用的所有外國情報員的檔案。我笑了出來，告訴他這種記錄根本不存在，只不過是些愛幻想的人胡謅出來的，他們總相信某個地方藏有許多機密。不過，我想我們兩個都是喜歡幻想的人吧！」

塔爾停下。「這是另一天的日記。她開頭寫了一堆『湯瑪斯，早安』，還有一些禱告的內容和情話。她說少了對象，女人就寫不出東西來，所以她是寫給湯瑪斯看的。她丈夫很早就出門了，所以她有一個小時獨處的時間。我可以繼續唸了嗎？」

史邁利嘟噥了一聲。

「『第二次和伊夫洛夫碰面的時候，我是到他妻子某位表哥的家裡去，他在國立莫斯科大學教書。除了我們，沒有其他人在場。這次會面極為機密，我們做了一件在報告裡可能會稱之為犯罪的事；湯瑪斯，我敢說你一定也參與過一兩次這類的行動！這次伊夫洛夫又告訴我一件祕密，目的是要鞏固我倆之間的關係。湯瑪斯，接下來你得看清楚了。你聽過凱拉這個人嗎？他是總部裡最狡猾、最神祕的老狐狸，就連他的名字也沒有一個俄國人看得懂。伊夫洛夫告訴我這件事時真是害怕得不得了，他說這牽涉到一樁很大的陰謀，或許是有史以來最可怕的陰謀。以下就是伊夫洛夫告訴我的事。湯瑪斯，這真的是件徹頭徹尾的大陰謀，你只能告訴最值得信賴的人。千萬不能告訴圓場的人。在謎底解開之前，你不能輕易相信任何人。伊夫洛夫說，他之前告訴我曾在外國間諜檔案管理部工作，這件事並不是真的；他捏造這個故事，純粹是想炫耀他多麼瞭解總部的內幕，證明我愛上的人並非只是個無名小卒。事實上，他是凱拉的助手，參與過凱拉的一項大陰謀。他被派駐到英國參與行動，偽裝成大使館的司機與助理譯碼員。為了這份工作，他化名爲拉賓。你瞧，布洛德假冒成伊夫洛夫，伊夫洛夫又成了拉賓；可憐的伊夫洛夫還爲此沾沾自喜，我眞不忍心告訴他這個名字在法語中的意思[20]。男人的身價竟是從名字多寡來推斷！伊夫洛夫負責爲『地鼠』服務。所謂地鼠，就是深入敵營臥底的情報員，之所以這麼稱呼，是因爲他們深入滲透了西方帝國的組織網絡，而這次的臥底是名英國人。對總部而言，這批地鼠是珍貴的人才，因爲他們通常得花上十五至二十年的工夫，才能打進敵營。地鼠大多是凱拉在戰前網羅來的，出身上層階級，甚至包括對其出身感到厭惡、私下成爲狂熱份子的貴族；比起出身勞工階層卻好吃懶做的英國同胞，他們的狂熱有過之而無不及。不少人申請入黨，凱拉及時阻止了他們，引導他們去執行特殊任務。有些人原本在西班牙抗爭法西斯主義，凱拉負責物色人才的手下發現了他們，於是加以引薦；其他人則是在戰時、俄英結盟之際受徵召進來。之後又招募了一批人，因爲戰爭並未讓西方成爲社會主義國家，令他們感到失望……』寫到這裡就斷了。」塔爾仍盯著他手中的日記，「我在這裡標記著『結尾』。我想是她老公突然提早回家了。墨水暈開、字跡糊成一團，天曉得她把這玩意兒塞在哪裡。大概是床墊底下吧。」

或許他是想開玩笑，卻沒有任何人發出笑聲。

「『拉賓負責照應的地鼠派駐在倫敦，代號爲『傑拉德』。他也受凱拉招募，是整場陰謀的核心人物。伊夫洛夫說，負責接應地鼠的人必須極有能力，因此，表面上拉賓在大使館是個無足

注20：Lapin，意為「兔子」。

輕重的小角色，還得爲此忍氣呑聲、做些低下的工作，像是站在宴會上的吧檯後方、和女侍待在一起；但事實上，他可是大有來頭，擔任傑戈爾·維多洛夫上校的祕密助手。上校在工作上的假名是波里雅各夫。』」

此時史邁利插話進來，詢問這姓氏的拼法。塔爾像是被迫中斷演出的演員，老大不高興地回答：「P-o-l-y-a-k-o-v，懂了沒？」

「謝謝。」史邁利毫不介意，依舊彬彬有禮地回答。但這名字對他而言，顯然沒有任何意義。塔爾又繼續往下說。

「『伊夫洛夫說，維多洛夫本人相當狡猾，他僞裝成大使館的文化參事，也以此身分與凱拉聯繫。波里雅各夫表面上是文化參事，爲英國各大學和團體規劃有關蘇聯文化的課程，但私底下的眞實身分卻是傑戈爾·維多洛夫上校，依照凱拉自總部發出的命令接應傑拉德，負責給予指示和接收彙報。因此維多洛夫（波里雅各夫上校）需要有人替他跑腿，可憐的伊夫洛夫也東奔西跑了一陣子。不過，實際上在幕後操控地鼠傑拉德的人，依然是遠在莫斯科的凱拉。』」

「接下來內容就完全不一樣了。」塔爾說：「這是她在晚上寫的，要不是已經喝得爛醉，就是嚇得精神錯亂，整頁都是胡言亂語；一會兒說走廊傳來腳步聲，一會兒又說那群猩猩用不懷好意的眼神盯著她。這一段我就不唸了，好嗎，史邁利先生？」史邁利微微點頭，於是他又接著說：「『爲了保護地鼠的安全，他們可是做足了工夫。要從倫敦寄書面報告到莫斯科總部給凱拉，即使已經譯爲密碼，也得拆成兩封，由不同的通訊員發送；或是以隱形墨水書寫，附在大使館正規的往來公文底下。伊夫洛夫告訴我，有時傑拉德送來的機密資料，維多洛夫（波里雅各夫）一時也應接不暇。他大多寄來尚未沖洗的底片，每週會寄來約三十捲，假如沒用正確的方式開啓，底片就會曝光。另外地鼠會將密謀會面的過程錄音，必須透過十分複雜的機器才能播放錄音帶；一旦曝光或是用錯機器，錄音帶上的資料就會全數洗掉。這些會談通常都是臨時起意，時間和地點不定，我只知道當時正值法國入侵越南、情勢最爲險惡之際，在英國則是極端反動派重掌大權。據伊夫洛夫（拉賓）所言，地鼠傑拉德是圓場的高層之一。湯瑪斯，我之所以告訴你這些，是因爲我很愛你。我非常喜歡英國人，其中最愛的就是你。我無法想像有哪個英國紳士會出賣自己的國家，但我知道他們有權加入工人的行列。我也很擔心圓場所有人的安危。湯瑪斯，我愛你，千萬要小心保守這個祕密，它很可能會給你帶來危險。伊夫洛夫就和你一樣，只不過大家都叫他兔子……』」塔爾有些困窘地停了下來。「結尾有點……」

「唸出來。」貴倫喃喃說道。

塔爾稍微舉高手中的紙，以同樣平板的腔調朗讀：「『湯瑪斯，我很害怕，所以我把這一切都告訴你。今早我起床時，發現他就坐在床上、像個瘋子那樣瞪我。我下樓喝咖啡時，那兩個隨扈特里波夫和諾維科夫都凶狠地看著我，吃飯時顯得漫不經心。我相信他們已經在這裡待了好幾個鐘頭了，年輕的常駐人員阿維洛夫也和他們坐在一起。湯瑪斯，你是不是做了什麼草率的決定？你是不是瞞著我，把不該說的也告訴他們了？現在你可知道，爲什麼只有艾勒藍有辦法了吧！你不必自責，我猜得到你對他們說了什麼。在我心裡，我是自由的。你總是看到我糟糕的一面：酗酒、恐懼不安、活在謊言之中；但在我內心深處，已經重新燃起了光明的希望。我常把間諜這個圈子視爲與世隔絕的地方，我彷彿是被流放到某個荒島、不像個眞正的人。但是，湯瑪斯，這個圈子其實沒有與世隔絕。上帝讓我明白，它就存在於此，千眞萬確地存在於現實世界中，就在我們周圍。我們必須打開門、踏出去，才能眞正獲得自由。湯瑪斯，你一定要繼續追尋我所找到的希望，那就是愛。還有點時間，我得把日記帶去我們的祕密基地了。親愛的上帝，多給我一點時間吧！我在教堂尋求上帝的庇護。記住：我在那裡也一樣愛著你。』」當他拉開襯衫將日記放回皮夾時，臉色已十分蒼白，雙手也顫抖個不停，手心滿是汗水。「最後還有一句話，」他說：「『湯瑪斯，你怎麼不記得小時候的禱告文了呢？你父親眞的是個很偉大的人。』——就像我說的，」他解釋道：「她眞的瘋了。」

雷肯拉開百葉窗，整個房間頓時灑滿了明亮的陽光。窗外是個小賽馬場，雷肯那胖嘟嘟的小女兒潔姬，綁著辮子、戴了頂帽子，正小心地騎著她那匹小馬慢跑起來。

9

塔爾離開前，史邁利又問了他好幾個問題。他的目光沒有對準塔爾，而是落在半空中，胖嘟嘟的臉上因這樁悲劇而露出沮喪的神情。

「日記的原稿在哪裡？」

「我把它放回藏信的地方。史邁利先生，你想想：當我找到日記的同時，伊莉娜已經回到莫斯科整整二十四個小時了。我猜想她一定因爲審訊而吃了一大堆苦頭。他們大概在飛機上就已經開始拷問她，下飛機後又來一次，接著等那群彪形大漢吃過早餐後再繼續逼問；他們對膽小鬼總是來這一套：先把你五花大綁起來，再開始逼供。所以搞不好再過一兩天，總部就會派人到教堂搜尋日記了。」他又一本正經地說：「我也得爲自己的處境著想。」

「他的意思是，要是莫斯科總部不曉得他讀過日記，就不會急著割斷他的喉嚨。」貴倫說。

「你有把日記拍下來嗎？」

「我手邊沒有相機，就花一塊錢買了本筆記本，把內容都抄下來，再把日記放回原處。整整花了我四個鐘頭。」他瞥了貴倫一眼，又把頭轉向一邊。在明亮的陽光下，塔爾的臉上突然浮現出內心深處的恐懼。「我回到飯店時，房間已經被翻得亂七八糟。他們甚至連壁紙都撕下來。飯店經理直接對我說『滾出去』，一點都不想知道發生什麼事。」

「他身上一直帶著槍，」貴倫說：「片刻不離身。」

「你說得對極了，絕不離身。」

史邁利同情地咕噥一聲，聽起來像是消化不良。「你和伊莉娜碰面，還有祕密信箱、安全暗號和退路的規劃，是誰提出來的？你還是伊莉娜？」

「伊莉娜。」

「你們的安全暗號是什麼？」

「肢體動作。假如我把衣領敞開，表示我已經巡邏過，附近沒有可疑跡象。要是我扣緊釦子，就表示取消碰面，改約下次。」

「伊莉娜怎麼給你打暗號？」

「手提包。是用左手提還是右手。我會先抵達，在她看得到我的地方等著，讓她有機會選擇可以赴約還是掉頭走掉。」

「這是六個多月以前的事了。你這一陣子在做什麼？」

「休息。」塔爾無禮地說。

貴倫開口：「他嚇壞了，跑到吉隆坡一個小山村裡躲了起來。他自己是這麼說的。他有個女兒叫丹妮。」

「丹妮是我的小寶貝。」

「他和丹妮以及她的母親待在一起。」貴倫繼續說道，如同往常一樣對塔爾充耳不聞。「世界上每個地方都有他的情人，不過目前是這個女人綁住了他。」

「你爲什麼特地挑這個時候來找我們？」

塔爾一聲不吭。

「你不想和丹妮一起過聖誕節嗎？」

「我當然想。」

「那到底發生了什麼事？你在害怕什麼？」

「我聽到一些傳言。」塔爾陰鬱地說。

「什麼傳言？」

「有個法國人在吉隆坡到處放話，說我欠他錢。他想找律師來壓我。我可沒欠任何人錢。」

史邁利轉向貴倫。「圓場還是把他視爲叛逃者嗎？」

「大概吧。」

「他們目前爲止採取了哪些行動？」

「這我不清楚。我聽說倫敦站針對他開了幾次作戰會議，不過他們沒找我加入，所以我不曉得他們做了什麼。我想應該和平常沒什麼兩樣。」

「他用哪一本護照？」

塔爾已經準備好答案。「我一抵達馬來半島，就把湯瑪斯的護照給扔了。我想莫斯科一定已經把湯瑪斯視爲眼中釘，巴不得將他就地解決。我在吉隆坡請人給我弄了本英國護照，名字是普爾。」他把護照交給史邁利。「價格還挺划算的。」

「你爲什麼不用那兩本備用的瑞士護照？」

他再次謹愼地保持沉默。

「該不會是因爲他們翻了你的房間，那兩本護照也不翼而飛了吧？」

貴倫說：「他一抵達香港就把護照藏了起來，這是標準作法。」

「那爲什麼不用那兩本呢？」

「那兩本護照有編號，史邁利先生。雖然是空白護照，但上面有編號。老實說我覺得有些危險。要是倫敦那邊知道這兩本護照的編號，莫斯科說不定也知道了。你應該懂我的意思吧？」

「那你怎麼處理那兩本瑞士護照？」史邁利又好聲好氣地問了一次。

「他說他扔掉了。」貴倫說：「但我想八成是賣了吧！或者拿去交換那本英國護照。」

「怎麼個丟法？你把它們燒了嗎？」

「沒錯，我燒掉了。」塔爾說，語調裡透著緊張，半是感到威脅，半是出於恐懼。

「你說這個法國人在找你麻煩——」

「他是衝著普爾來的。」

「但是除了僞造護照的人，還有誰知道普爾這號人物？」史邁利一邊翻著護照一邊問道。塔爾不吭一聲。「說說你是怎麼進入英國的。」史邁利提議。

「從都柏林繞過來。沒什麼問題。」塔爾一緊張，撒起謊來就破綻百出。這或許該怪他的父母親沒教好他。他總是在還沒想好答案前就脫口而出；即使心裡已經想好答案，回答的口氣又過於僵硬。

「你又是怎麼到都柏林的？」史邁利問道，一面檢查護照上的海關戳章。

「靠女人。」他又恢復了自信。「一路上都有女人幫我。我認識一名南非的空姐。我朋友把我送去開普敦，我在那裡認識了這名空姐，她讓我跟著機長免費搭機到都柏林。目前為止，東方那邊的人都還不曉得我已經離開了半島。」

「我還在盡力調查中。」貴倫看著天花板說。

「你最好謹慎一點。」塔爾不客氣地對貴倫說：「我可不希望來了幫倒忙的人。」

「你為什麼決定找貴倫先生？」史邁利提問，依然仔細研究著普爾的護照。這看起來就是翻過許多次的舊護照，戳章的數量拿捏得剛剛好，既不會太滿，也不會太空。「當然啦，我是指除了你感到害怕之外，還有什麼其他原因？」

「貴倫先生是我的上司。」塔爾正色道。

「你有沒有想過，他可能會直接把你交給艾勒藍？畢竟對圓場高層而言，你可是個通緝犯。」

「沒錯。但我想貴倫先生和史邁利先生你一樣，並不喜歡現在的新安排。」

「他也熱愛英國。」貴倫諷刺地說。

「是啊，我很想家。」

「除了貴倫先生，你有沒有想過去找其他人？例如去海外駐點，你的處境就不會這麼危險。麥克沃爾依然是巴黎的當家嗎？」貴倫點點頭。「那就對了。你應該去找麥克沃爾先生。是他招募你進來的，你可以信任他，畢竟他也是老圓場人了。你可以安安穩穩地待在巴黎，而不是冒著這麼大的風險來到這裡。噢老天，雷肯，快來！」

史邁利一下子站起身，一手摀著嘴，眼睛看著窗外。潔姬．雷肯趴在賽馬場上放聲尖叫，那匹脫了韁的小馬則在樹林裡橫衝直撞。他們還愣在原地看著，雷肯的妻子已經奔過籬笆，將孩子抱了起來。她長得很漂亮，一頭長髮，腳上套著冬天的長襪。

「他們老是跌倒。」雷肯冷靜地說：「這年紀的孩子摔跤不要緊。」而且幾乎沒有比較和藹地補上一句：「喬治，你不必爲每個人的事情操心。」

他們又慢慢地坐了下來。

「假如你要去巴黎，」史邁利繼續說道：「你會走什麼路線？」

「我想是一樣的路線吧！從愛爾蘭到都柏林，再到法國的奧利機場。你希望我怎麼做？走該死的海路嗎？」

一聽到這句話，雷肯臉色漲得通紅，貴倫也氣得大吼一聲，站起身來。但史邁利卻似乎不以爲意。他拿起護照，慢慢往回翻了幾頁。

「你是怎麼和貴倫先生聯絡上的？」

貴倫幫塔爾回答，說得很快：「他知道我把車停在哪裡。他在我的車上貼了一張紙條，說要買下這輛車，署名是他工作用的假名特蘭奇。他約了個地方碰面，暗示我在賣給別人之前要先保密。我帶了法恩過去把風——」

史邁利打斷他的話：「剛剛在門外的就是法恩嗎？」

「我們談話時，他就替我在外頭守著。」貴倫說：「我之後就一直帶著他。我一聽到塔爾帶來的消息，就用公共電話打給雷肯，和他約好碰面。喬治，我們爲什麼不私下再談這些？」

「你打給雷肯時，是打來這裡還是打去倫敦？」

「打來這裡。」雷肯回答。

貴倫停了一會兒才開口解釋：「我剛好記得雷肯辦公室裡一個女孩的名字。我提到她的姓名，說她曾通知我要打電話給雷肯，商量一件重要的緊急事件。這麼做不是很恰當，但當下我也只能想出這個辦法。」眾人沉默不語，他又補上一句：「該死，那通電話沒有任何理由會遭到竊聽。」

「就是找得出各種理由。」

史邁利闔上護照，就著身旁一盞破爛的檯燈仔細檢查起裝訂。「這眞不賴。」他輕描淡寫地說：「眞的很不錯。我得說這出自行家之手，找不出一絲破綻。」

「別擔心，史邁利先生。」塔爾不客氣地回嘴，將護照拿了回來。「這不是俄國人做的。」他走到門邊，臉上又露出笑容。「你們知道嗎？」他對著走道另一端長形房間裡的這三個人說：「要是伊莉娜所言屬實，你們這些人就會有一個全新的圓場。只要我們團結，就能先拿到入場券。」他在門上開玩笑地拍了一下：「親愛的，開門。是我，瑞奇。」

「謝啦，現在沒事了！開門吧！」雷肯喊道。不一會兒，門外就傳來鑰匙轉動的聲音，負責把風的法恩開了門，露出身影來。兩人的腳步聲在屋子裡迴盪，漸漸消失，不遠處還聽得見潔姬·雷肯的哭聲。

10

這棟房子一端是騎馬場，另一端則是座隱身在樹林中的草地網球場。它算不上是座好球場，草坪很少修剪。春天時，濕漉漉的草地從冬天的積雪中探出頭來，始終照不到充足的陽光；到了夏天，網球一掉進茂盛的草叢間，就很難找得回來。像今天早上，花園裡掃來成堆結霜的落葉，幾乎要淹沒腳踝；沿著球場外圍的鐵絲網，有條隱藏在山毛櫸間的蜿蜒小徑，史邁利和雷肯就沿著這條小路散步。史邁利穿著旅行用的大衣，雷肯身上還是同一套破舊衣服。或許是這個原因，雷肯腳步輕快，總是輕易就超過史邁利，因此不得不一再停下腳步、雙手扠腰，等待矮小的史邁利跟上他。然後他繼續邁開大步，再次走在史邁利前頭。就這樣來回了兩次，雷肯終於打破沉默。

「你一年前也來找我，給了我相同的暗示，我幾乎是把你趕了出去。我想我該為此向你道歉。我當時太大意了。」他回想著自己的疏失，稍微停頓了一下。「我那時候要你中止調查。」

「你說我在調查的事違反憲法。」史邁利惋惜地說，似乎也勾起了那次失誤的回憶。

「我是這麼說的嗎？老天，我可眞自以爲是！」

潔姬的哭聲依舊從屋裡傳來。

「你沒有吧，是不是？」雷肯突然問道，循著哭聲的方向抬起了頭。

「沒有什麼？」

「小孩。你和安沒生小孩吧？」
「沒有。」
「有姪子或姪女之類的嗎？」
「有個姪子。」
「你的姪子？」
「安那邊的。」
他環視四周的玫瑰花叢、壞了的鞦韆、潮濕的沙坑，紅色的小屋在陽光下顯得十分醒目。史邁利想，我好像從未離開過這個地方，彷彿上次談過話以來，我們都還一直待在這裡。
雷肯又開口道歉。「或許可以說，我對你的動機並不完全信任。我當時認爲，是長官要你來見我的。他總是眷戀權力，想把波西・艾勒藍擠下台——」他揮揮手，又邁開步伐往前走。
「喔，我向你保證，長官完全不曉得這件事。」
「我現在知道了，但當時我並不曉得。我很難知道什麼時候該相信你們，什麼時候又不應該。你們的標準跟其他人可眞是截然不同，不是嗎？我的意思是，你們不得不這麼做，我也完全可以理解。我不是在妄下斷語。儘管我們的作法不同，但我們的目標一致。」他跳過一條渠道。「有人說道德才是解決之道。你們相信嗎？我想你們絕對不信這套。你們會說道德就隱藏在目標之中。問題是我們不曉得你們的目標，更何況你們還是英國人。可不能指望你們來爲我們制定政策，只能寄望你們改善它們——對吧？這還眞是弔詭。」
史邁利不再跟在後頭苦追，而是坐到一座生鏽的鞦韆上，將身上的大衣裹得更緊。雷肯又折了回來，在他身旁坐下。兩人就這麼坐著，一句話也沒說，一同隨著彈簧嘎吱作響的鞦韆前後擺盪。

「她到底是為什麼找上塔爾？」雷肯總算開口，一面擺動他那修長的手指。「她大可找世界上的任何一個人告解，卻偏偏選上塔爾這個最不適當的人選。」

「這恐怕得找個女人來問才知道了，我們可不曉得答案。」史邁利說，又開始猜想伊明罕究竟是什麼鬼地方。

「確實如此。」雷肯同意道。「完全令人摸不著頭緒。我十一點要見部長。」他壓低了嗓音，「我得讓他知道情況。他是你的表哥，在議會裡工作。」他開起玩笑來。

「其實是安的表哥。」史邁利糾正他，語氣仍顯得漫不經心。「遠房親戚就是了，但還是她的表哥。」

「比爾．海頓也是安的表哥囉？我們那位傑出的倫敦站站長。」他們以往也常這麼鬧著玩。

「從另一層血緣關係來看，他確實是安的表哥。」他又多餘地補上一句：「她來自古老的傳統政治世家，一代比一代茁壯。」

「傳統？」雷肯總愛打破沙鍋問到底。

「我是指家族。」

樹林的另一頭，車輛正呼嘯而過。史邁利想道，樹林外就是整個世界的全貌，但是雷肯待在這裡，守著他這座紅色城堡，秉持基督教的倫理精神，換來的只不過是爵位、同儕的尊崇、豐厚的薪俸，還有幾家大公司的理事頭銜。

「總之我十一點要去見他。」雷肯站起身來，兩人又繼續往前走。早晨清新的空氣喚醒了史邁利的記憶，「艾里斯」這個名字閃過他的腦海。就如同坐在貴倫車裡時的感受，有那麼一瞬間，一股異樣的恐懼朝史邁利襲來。

「畢竟，」雷肯還在說話，「我們兩個都位居要職。你認爲艾里斯是被出賣了、試著想找出些蛛絲馬跡來，但部長和我都認爲這是長官無能所造成的後果，外交部裡大多數人也這麼想。我們想要換新血，來場大刀闊斧的改革。」

「我完全能體會你的難處。」史邁利說，比較像是在講給自己聽。

「眞高興聽你這麼說。別忘了，喬治，你可是長官那邊的人。比起海頓，長官更喜歡你。當他最後失去理智、放手一搏時，是你給他撐腰；不是別人，而是你。情報組織的頭頭親自和捷克私下打交道，這可不是常有的事。」重提舊事顯然仍不怎麼令人愉快。「換作是其他狀況，我想也許是海頓倒大楣，結果卻是你首當其衝，而——」

「波西・艾勒藍是部長手下的人。」史邁利輕聲說道，雷肯不得不停下腳步來仔細聽。

「別說得你好像老早就在懷疑了。你可沒把矛頭指向任何人。沒有明確目標就進行調查，後果只會不堪設想。」

「但是新官上任三把火，換個人就會有番新氣象。」

「波西・艾勒藍？大致上他確實做得不錯。他提供眞正的情報，不是亂七八糟的醜聞；他盡忠職守、贏得客戶的信任。就我所知，他也還沒越過捷克的雷池一步。」

「有比爾・海頓幫他擋著，誰做不是一樣？」

「長官就不是。」雷肯一針見血地說。

他們在空蕩蕩的泳池邊停下腳步，看著較深的那一頭。史邁利耳邊彷彿又響起羅迪．麥汀達爾那番意有所指的話：「海軍部的機密閱覽室，還有一堆以奇怪名目成立的委員會……」

「波西的情報管道還在運作嗎？」史邁利問道。「那時候是叫巫術行動還什麼的。」

「我不曉得你也知道這件事。」雷肯有些不高興地說。「既然你問起了，我就告訴你吧。『巫師梅林』還是我們的一大支柱，他名下的情報來源也依然稱為『巫術行動』。圓場已經好幾年沒出現這麼優秀的情報了，事實上，在我的印象中根本不曾有過。」

「也還是那套特殊的處理程序？」

「沒錯。不過現在發生了這種事，我們顯然得採取更嚴密的防範措施。」

「我要是你，就不會這麼做。傑拉德一定已經察覺到不對勁了。」

「這就是重點，不是嗎？」雷肯很快回答。史邁利想，他的能耐確實不容小覷。上一秒，他看起來還像個弱不禁風的拳擊手，過大的手套幾乎都遮到手腕了；但下一秒，他卻能立刻出擊，把你一路逼到場邊的圍欄，再用充滿同情的眼光注視著你。「我們不能輕舉妄動。現在還不能調查，因為所有調查的關鍵都握在圓場手中，說不定正是在傑拉德手上。我們無法監視、竊聽，也不能查看信件。要做這些事都得靠艾斯特哈手下的點燈人小組，但是艾斯特哈就像其他人一樣，也是我們懷疑的對象。我們也不能審問，或限縮特定人士查閱機密資料的權限。這些舉動只會增加風險，讓地鼠提高警覺。根本上仍是個老問題，喬治。誰能當偵查間諜的間諜？誰有本事打草而不驚蛇？」他開了個笨拙的玩笑，似乎說出了真心話：「當然是地鼠自己。」

史邁利突然精神一振，大步走到雷肯前頭，沿著小徑走向騎馬場。

「那麼就去找國安局吧！」他大聲說：「去找安全部門。他們是專家，會幫你忙的。」

「部長才不會允許。你明知道他和艾勒藍對那群傢伙有什麼看法，而我倒也認同他們；要是得讓之前的殖民地官員來檢查圓場的文件，還不如找陸軍來調查海軍算了！」

「哪有人這樣比喻的。」史邁利反駁道。

雷肯不愧是個能言善道的模範官員，已經準備好第二套說詞。「部長寧可讓屋頂繼續漏水，也不准外人把他的房子給拆了。這麼說總行了吧？他有充分的理由，喬治。外頭還有我們的情報人員，要是讓國安局插手，他們就完了。」

史邁利放慢腳步。

「有多少人？」

「六百人左右。」

「幾個人隱身在鐵幕後？」

「預計一百二十人。」雷肯對於數字和事實向來十分精準，這是他工作上的武器，從層層官僚制度下挖出的寶。「目前從財務報告看來，幾乎所有人都很活躍。」他跨了一大步。「所以，我可以告訴他你打算加入了？」他漫不經心地說，彷彿這只是形式問題，在適當的選項上打個勾即可。「你願意大刀闊斧，將未來與過去的責任一肩扛下？這可是屬於你的時代。是你留下來的東西。」

史邁利推開騎馬場的門，在他身後砰然甩上。兩人隔著柵欄互看。雷肯的臉有些紅，但仍掛著堅定的笑容。

「我爲什麼會提到艾里斯？我爲什麼要談艾里斯的事？這個可憐的傢伙明明姓普利多。」

「艾里斯是他工作時用的名字。」

「當然啦。那段時間老是出事，我們都記不清細節了。」他停頓下來，揮了揮右手。「他和海頓是一夥的，而不是跟你？」

「他們戰前一起在牛津唸書。」

「戰爭爆發後，又一起在圓場工作。海頓與普利多這對搭檔名氣可不小。我的前輩老是提到他們。」他又問了一次：「你跟他不熟嗎？」

「你是指普利多？一直都不熟。」

「我是說，他不是你的表兄弟吧？」

「老天！」史邁利倒抽了一口氣。

雷肯忽然又顯得有些猶疑，但仍盯著史邁利。「應該沒有什麼情感上的因素或其他原因，讓你不想接手這份工作吧？你得說實話，喬治。」他不安地說，似乎根本不想聽他說明白。他等著史邁利回答，卻又繼續往下說：「我實在看不出有什麼理由。我們對於公共事務總有一份責任，社會契約相互影響，有利也有弊，你明知道我很清楚這種事；普利多也一樣。」

「這話是什麼意思？」

「老天，他中槍了，喬治，背上挨了子彈！即使在你們的圈子裡，這也稱得上是不小的犧牲吧？」

史邁利獨自站在騎馬場的盡頭，頭上的樹葉沙沙作響。他試著讓呼吸平穩下來，沉澱思緒。突如其來的憤怒像是舊疾復發。自從他退休之後，就一直試圖與憤怒絕緣、避免碰到任何會令他發怒的人事物：報紙、以前的同事、麥汀達爾的廢話等等。他這輩子都靠著智慧與驚人的記憶力生存，如今則要全心遺忘。他逼自己專注投入學術研究，當他在圓場工作時，這不失為散心的方法；但他既然已經離開圓場，就再也沒有什麼能轉移他的注意力了。他幾乎要放聲大吼：再也沒有！

「燒了它們吧。」安曾如此建議他，指的是他的藏書。「把整棟房子都放火燒了。但不要讓自己意志消沉。」

假如她的意思是要隨波逐流的話，那已經是他的目標了。他走到了人生的後半場（就像保險廣告的那套說詞），也曾經努力試著要過好退休生活、靠養老金度日，即便根本沒有人（尤其是安）會為此感謝他。他每天早上睜開眼睛、晚上獨自上床睡覺時，都會提醒自己：我從來就不是個舉足輕重的人物，將來也一樣。長官當家的最後幾個月，當災難接踵而至時，他眼睜睜看著事情一發不可收拾，心裡總有一分自責。他的良心總是質問他：你明明知道事情不對勁，你明明知道吉姆被出賣了——背上的子彈不就是最好的證據？他的答案是：就算知道又如何？就算他是對的又怎樣？「要是以為靠一個身材圓滾滾的中年間諜就能讓世界恢復秩序，這純粹只是虛榮心作祟罷了。」他總是這麼告訴自己。但有時候，他卻會對自己說：「我可從來沒聽過哪個離開圓場的人，手頭上的工作都已處理得乾乾淨淨。」

儘管安不清楚史邁利是怎麼想的，卻完全不接受他那套說詞。事實上她十分熱心，女人在談到工作時總是相當激動。她要求史邁利重操舊業，把未完成的任務圓滿結束；耳根子不要這麼軟，輕易就被其他人說服。這當然不是因爲她知道內情——但是有哪個女人會因爲不瞭解情況便就此罷休？她全憑直覺判斷，也因爲史邁利不肯照她的感覺走而瞧不起他。

此時此刻，在他眞要相信自己的想法之際（這絕不是因爲安愛上一名失業演員的關係），過去的夢魘卻接二連三地出現了：雷肯、長官、凱拉、艾勒藍、艾斯特哈、布蘭德，最後是比爾・海頓；他們逼史邁利離開自己的小天地，把他帶回這數十年來未曾改變過的花園，還興高采烈地告訴他，他多年來試圖相信是幻想的東西，其實都成了擺在眼前的事實。

「海頓。」他喃喃自語，記憶如潮水般湧上。光是想起這個名字，就足以令他渾身顫抖。他耳邊響起麥汀達爾說過的話：「聽說你和比爾曾是毫不保留分享**一切**的好哥兒們。」他瞪著自己那雙胖乎乎的手，看著它們顫抖起來。是因爲年紀大了，還是因爲感到心有餘而力不足？他是在害怕敵人追上門，還是害怕自己最終挖掘出的眞相？「你若想要袖手旁觀，永遠都找得到十幾個理由。」安總愛這麼說，但事實上，這是她爲自己行爲不檢而找出的推託之辭。「但當你決定做**某件事**時，你只有一個理由：因爲你想做。」是不是該改成：因爲你不得不做？安會竭力否認。她會說，「出於不得已」不過是另一種說詞，你要不是決定去做你想做的事，就是決定不做讓你感到害怕的那件事。

年紀不大不小的孩子一哭起來，總是比其他年長的孩子要來得久。潔姬跌倒撞到的地方還在隱隱作痛，心裡也依然感到丟臉；這時她正趴在母親的肩上，看著這群人離去。首先是兩名她從未見過的男子，一人是高個子，另一人則是皮膚黝黑的矮個子，兩人開著一輛綠色的小廂型車揚長而去。她注意到，沒有人向他們揮手或是道別。接著她看見父親坐進自己的車裡，最後是一名長得很帥的金髮男子，還有一個又矮又胖的男人，身上穿著一件寬大的大衣，看起來像是小馬用的毯子。他們走向停在山毛櫸下的跑車。有那麼一瞬間，她覺得那個矮矮胖胖的男人身體一定很不舒服，因爲他十分緩慢地走在後頭，看起來相當痛苦，直到他看到那名英俊的男人爲他開了門，才彷彿大夢初醒般，匆匆跑了過去。不曉得爲什麼，這個舉動戳中她心裡的痛處，她感到一陣心酸，再度放聲大哭，任憑她的母親怎麼安撫，也無法令她安靜下來。

11

彼特．貴倫是個講義氣的人，對他喜歡的夥伴忠心耿耿；至於其他方面，他很早以前就全奉獻給圓場了。他的父親是名法國商人，戰時曾擔任圓場某情報網中的間諜，母親則是英國人，負責密碼方面的工作。八年前，貴倫以海員的身分作爲掩護，在法屬北非指揮自己的一批情報人員，在當時是相當危險的任務。後來東窗事發，他的手下被處以絞刑，而他轉作內勤，此時也已步入中年。他在倫敦擔任助手，有時是協助史邁利，負責指揮幾項以國內爲基地的行動，其中包括由一群「女朋友」組成的情報網，不過套句行話，這群女人彼此都互不知情。艾勒藍掌權後，他就被打入布里斯頓的冷宮，猜測大概是受到和他來往夥伴的牽累，尤其是史邁利。要是在上週五以前，他必須交代自己的個人經歷，他一定會這麼說的。談起他與史邁利的關係，他總是能如數家珍。

那段日子，貴倫大多住在倫敦的港口邊。偶爾他和招募人員遇上怪里怪氣的波蘭、俄國和中國海員，就會試著從中建立起一批低階的水手情報網；其他時間，他就待在圓場二樓的小辦公室裡，和一個名叫瑪莉的漂亮秘書說說笑笑，日子倒也過得挺愜意；只是高層從不理會他的報告，每當他打電話過去，要不是占線就是無人接聽。他隱約聽說上頭出了問題，但那倒也不稀奇。比方說，大家都知道艾勒藍和長官吵得不可開交，話說他們已經吵了好多年；他也和其他人一樣，知道有場捷克的重要行動宣告失敗，令外交部和國防部暴跳如雷；而對捷克最瞭若指掌的獵人頭小組組長吉姆．普利多，同時也是比爾．海頓的密友，背上則挨了一槍，被人抓了起來。他想，這就是大家都緘默不語、板著臉孔的原因，比爾．海頓八成也是爲此大發雷霆。消息傳遍整棟大樓，氣氛相當緊繃、人心惶惶，向來喜歡誇大其辭的瑪莉說，簡直就跟上帝發怒沒什麼兩樣。接著，他又聽說這項行動的代號爲「作證」。海頓後來告訴他，作證行動的始作俑者是一個想在死前留名的老傢伙，策劃了這場有史以來最爲窩囊的行動，犧牲的卻是吉姆．普利多。消息陸續見報，國會爲此提出質詢，甚至謠傳德國境內的英國駐軍已進入全面戒備，只是這些說法從未得到官方證實。

貴倫在其他人的辦公室晃來晃去，最後才終於搞懂幾件事（其他人早在幾個禮拜前就已經知道了）：圓場不僅僅是保持沉默——它根本就停擺了。消息全面封鎖，不進也不出，至少貴倫待的這一層樓情況是如此。高層不見蹤影，發薪日時，信件架上也看不到鼓脹的薪資袋；根據瑪莉的說法，管理組並未接到每月發薪的指示。總是有人聲稱，他們目睹艾勒藍怒氣沖沖地離開俱樂部，或是長官滿臉愉快地坐進車子裡；還有人說，比爾．海頓因爲得不到眾人的支持，憤而決定離職，儘管他向來都把離職掛在嘴上。然而，這次謠傳他離職的原因有些不同：海頓十分氣惱圓場不肯支付捷克要求的贖金，讓吉姆遣返回國；無論是爲了贖回情報員或是挽回名譽，這筆費用的金額都實在太高了。不過滿腦子沙文主義的比爾才不吃這一套，堅稱爲了讓一名愛國的英國男人歸來，再高的代價也在所不惜，只要能讓吉姆回來，他們要什麼，儘管給就是了。

有天晚上，史邁利來到貴倫的辦公室，約他去喝杯酒。瑪莉不曉得他是誰，只是用她那不怎麼有氣質的語調打了聲招呼。他們並肩走出圓場，史邁利向警衛道別，口氣比平常更乾脆。一直走到沃德街上的俱樂部時，史邁利才忽然開口：「我被開除了。」

他們從俱樂部前往查令十字路上一家位於地下室、播放著音樂的小酒吧，裡頭空無一人。「他們有說明原因嗎？」貴倫問道：「還是只因爲你身材走樣了？」

「原因」這個詞讓史邁利耿耿於懷。他已經醉得一塌糊塗，但並沒有什麼失態的舉動。他倆搖搖晃晃地走在泰晤士河的河堤上時，他才總算想起了原因——

「你要問邏輯上的原因，還是動機上的原因？」他問道，口氣聽起來簡直和比爾·海頓沒什麼兩樣；在那段日子裡，大家都十分熟悉他戰前從牛津辯論社學來的正經語氣。「或是生活方式上的原因？」他們在長椅上坐下。「他們沒有給我任何理由，但我自己很清楚。這次不一樣。」貴倫小心翼翼地把他扶上計程車，並塞給司機車資和住址，他仍喋喋不休地說著：「這和因爲心灰意冷而決定睜一隻眼閉一隻眼的情況不一樣。」

「老天。」貴倫看著計程車揚長而去，這才忽然意識到，依照圓場的規定，之後他和史邁利再也不能往來了。隔天，貴倫聽說還有更多人事異動：波西·艾勒藍暫時當上領導者，頭銜是代理首長；最出乎所有人意料的是，比爾·海頓竟願意在他手下工作，很可能是因爲仍對長官餘怒未消。不過也有人挖苦說，比爾·海頓其實將艾勒藍踩在腳底下。

還不到聖誕節，長官就死了。「下一個就輪到你了。」瑪莉說道。她認爲這些事件等同貴倫被二度打入冷宮的警訊。當貴倫前往布里斯頓時，她還哭了。諷刺的是，貴倫這次前往布里斯頓，正是爲了遞補吉姆·普利多的缺。

雨下個不停的星期一午後，貴倫爬了四層樓梯來到圓場，想到那些可能的大案子，心裡竟感到雀躍不已。他回想起過去的種種，認定這天是他捲土重來的日子。

他前一晚和卡蜜拉在伊頓的寬敞公寓裡過夜。卡蜜拉是音樂系的學生，身材修長，有張美麗而哀傷的臉。儘管還不到二十歲，她的黑髮中卻已出現幾抹灰白，彷彿受過什麼不為人知的打擊。另外一件後遺症——或許來自同一件隱而未宣的創傷——是卡蜜拉從不吃肉、不穿皮革製品，也滴酒不沾。對貴倫而言，卡蜜拉似乎只有沉浸在愛河時，才能暫時拋開這些沒來由的束縛。

這天早上，他獨自待在布里斯頓極度昏暗的房間裡，為圓場的機密文件拍照存檔。他先到常去的店裡買了架小型照相機，這是他閒不住時養成的習慣。店員問他：「要自然光，還是打燈光的？」並親切地和他聊起了底片顆粒。他吩咐秘書不准任何人打擾，接著就關上門，依照史邁利精確的指示開始工作。窗戶的位置開得很高，當他坐下時，只能看到窗外的天空，以及路旁那間新學校的屋頂。

他先從私人保險櫃裡的文件開始拍照，史邁利已經告訴過他先後順序。首先是只發給高階人員的名冊，上面標示著所有在國內行動的圓場人員住址、電話號碼、姓名與工作時使用的假名；接著是記載人員職責的手冊，裡頭包括一張艾勒藍掌權後的新組織圖摺頁，正中央就是比爾．海頓的倫敦站，看起來像隻在網裡坐鎮的大蜘蛛。「歷經失敗的普利多事件後，」比爾曾說：「我們不再允許建立私人軍隊，每個人也必須清楚瞭解自己的職責所在。」貴倫注意到艾勒藍擁有兩個頭銜，一個是首長，另一個則是「特殊情資來源指揮」。據聞這些特殊情報正是圓場運作的關鍵。在貴倫看來，這解釋了爲什麼圓場的人儘管毫無作爲，卻能在白廳備受尊崇。貴倫依照史邁利的要求，除了拍下這些文件，也拍了修訂後的獵人頭小組職權章程；艾勒藍以「親愛的貴倫」爲開頭寫了一封信，詳細列出其縮減後的權限。就許多方面看來，阿克頓點燈人小組的組長托比．艾斯特哈是僅有的大贏家，這個小組是開始實施水平原則後還能繼續擴張的唯一單位。

接著他轉向書桌，依照史邁利的要求拍下一疊例行的傳閱文件，未來或許會成爲派得上用場的背景資料；其中包含行政部門發出的通知，抱怨倫敦地區安全藏身站的維護情況不佳（「務請當作自己的家一樣愛惜」），以及圓場人員違規使用祕密電話作爲私人用途的情況。最後還有一封文書組寫給他的信，措辭強烈，向他下了「最後通牒」，警告他以工作假名申辦的駕照已經過期，要是再不辦理延期，「將通報管理組採取合適的懲戒措施」。

他放下相機，坐回沙發上。書架最下方放著一疊點燈人小組的報告，上有托比的簽名，還蓋有代號「戰斧」的戳章。這些報告揭露了兩三百名已確認身分的蘇聯情報人員，包括其姓名及掩護工作；他們以各種合法與非法的身分於倫敦活動：貿易、塔斯社、蘇航、莫斯科電台、領事與外交等等。報告中還標註出點燈人小組的偵查時間及分支名稱。這些報告每年發行一冊，每個月還會有補充的別冊；他先查了年度發行的版本，接著才看補充資料。上午十一點二十分，他鎖上保險櫃，用專線打到倫敦站，找財務組的勞德．史崔克蘭。

「勞德，我是布里斯頓的彼特。交易進行得如何？」

「你好啊，彼特，有什麼需要效勞的嗎？」

他的語氣尖刻平板，彷彿是在說：倫敦這裡還有更多比你重要的大人物。

貴倫解釋，他得弄些錢來收買一名法國外交官，看來是筆很不錯的生意。他以最客氣的語氣問道：不知勞德能否空出些時間來討論。倫敦站的案子了結了嗎？勞德問道。貴倫回答，尚未，不過已請傳送員將報告交給比爾了。勞德的態度似乎有些軟化，貴倫乘勝追擊：「還有一兩件棘手的事，勞德。我們需要借助你的智慧。」

勞德說，他能挪出半個小時給他。

貴倫前往西區，將底片送到查令十字路上一家破舊的小店，店主名叫萊克[21]，卻是個胖子，拳頭大得嚇人。店裡空無一人。

「我要幫蘭普頓先生洗照片。」貴倫說。萊克將包裹帶到後頭的房間裡，接著回到櫃檯，啞著嗓子說：「搞定。」他說話時吐了一大口氣，彷彿是在吞雲吐霧。他將貴倫送出店門口，接著砰的一聲關上門。*天曉得史邁利是怎麼找到這些人的？*貴倫想。他帶了幾盒喉糖。史邁利警告過他，每一步都得小心，說不定圓場正派人二十四小時監視他。貴倫想，那也司空見慣了。要是能博得艾勒藍一聲稱讚，托比連派人監視自己的母親也在所不惜。

貴倫從查令十字路走到切茲維多餐廳，與他的上司西．范霍佛共進午餐，同行的還有個自稱羅瑞姆的無賴，聲稱已經勾搭上東德駐斯德哥爾摩大使的女人。羅瑞姆說，那女人願意與他

注21：Lark，意為雲雀。

合作，但她需要英國國籍與一大筆錢。他說那女人什麼都願意做，比方偷看大使的信件、在房間裡安裝竊聽器，「或是在他的浴缸裡放碎玻璃」，但這句聽起來像是玩笑話。貴倫認定羅瑞姆在說謊，甚至懷疑范霍佛也沒說眞話。不過話說回來，每個人想選哪邊站，他也無從置喙。他挺喜歡切茲維多餐廳，卻不太記得到底吃了什麼，直到他走進圓場大廳，才明白那是因爲自己太過興奮。

「哈囉，布萊恩特。」

「眞高興見到您，先生。請坐下稍等，先生，謝謝您。」布萊恩特一口氣把話說完。貴倫在木椅上坐定，心裡惦記著牙醫和卡蜜拉。他最近剛追到卡蜜拉，快得出乎他的意料。他們在一個派對上認識，她拿著一杯紅蘿蔔汁，獨自坐在角落，淨說眞理之類的話。貴倫決定冒個險，推說他對倫理道德一竅不通，他們何不直接上床。她鄭重考慮了一番，便起身去拿外套。之後她就和貴倫在一起，爲他做核桃肉丸與吹奏長笛。

大廳看起來比以往還要陰暗。三台老舊的電梯、一張木製屏風，牆上貼著瑪莎瓦特牌茶葉的海報。從玻璃窗看進去，布萊恩特的值班室裡掛著一張英國風景月曆，還有一排滿是油垢的電話。

「史崔克蘭先生正在等您。」布萊恩特走出來時說道，慢條斯理地在一張紅紙條上蓋了個標明時間的章：下午兩點四十五分，警衛P·布萊恩特。中間那部電梯的欄柵像是乾枯的樹枝，吱吱嘎嘎響了起來。

「該上油了，是吧？」貴倫邊等電梯邊說。

「我們說過很多次了。」布萊恩特說，開始他最愛掛在嘴上的牢騷。「他們從不幹活兒，總要等到你生起氣來。您的家人還好嗎，先生？」

「很好。」貴倫回答。其實他連半個家人也沒有。

「那就好。」布萊恩特說。貴倫隨著電梯往上升，看著布萊恩特奶油色的腦袋從他腳下消失。他記得瑪莉總是喊他草莓香草冰淇淋，因爲他臉色紅潤，還有一頭軟綿綿的白髮。

他站在電梯裡，看著自己的通行證。「ＬＳ通行證：財務組訪客。請於離開時歸還。」受訪者的簽名欄還空著。

「你好啊，彼特。你來得有點晚，不過沒關係。」

勞德．史雀克蘭就在柵欄邊等著。他的身高只有五呎，穿著白襯衫，和訪客見面時總悄悄地踮起腳尖。長官還在的日子，這層樓人群總是絡繹不絕，如今入口只剩緊閉的柵欄，還有個長了張老鼠臉的警衛檢查他的通行證。

「老天，你們什麼時候弄來這個鬼東西？」貴倫放慢腳步，停在一台閃閃發亮的嶄新咖啡機前。一群女孩拿著杯子盛咖啡，一邊向勞德打招呼，一邊盯著貴倫看。其中一名高個子的女孩讓他想起卡蜜拉——她們都有一雙熾熱的眼睛，似乎能偵察出不成材的男人。

「你不曉得它省了多少人力。」勞德立刻大喊：「這玩意兒超棒。簡直棒極了！」他興奮地說著，迎面撞上了比爾．海頓。

比爾．海頓正從辦公室裡走出來。他的辦公室格局像個六角形的胡椒瓶，正對新坎普頓街與查令十字路。他和兩人同方向，不過每小時時速只有半英里左右；對他而言，在室內這已經是最快的速度了。但他一走出戶外，就完全變了個樣。在薩拉特參加演習、以及某一次夜宿希臘時，貴倫都曾見過他生龍活虎的模樣。他在外頭總是身手矯捷、衝勁十足，在這昏暗的長廊下，那張機警的臉龐似乎顯得有些冷漠，卻看得出他曾在國外受過不少薰陶。比爾待過的國家多不勝數，貴倫欽佩地想著，似乎沒有哪場諜報行動少過比爾。他在海外碰上比爾好幾次。大概是一兩年前，當時他還在從事海上諜報活動，正準備招募一批人手監視中國的港口溫州與廈門，卻驚訝地發現，城裡早已潛伏著一批比爾．海頓不知何時徵召進來的中國情報員，而且還配有無線電設備得以相互聯絡。另一次，貴倫一時心血來潮，帶著懷舊的心情翻起戰時的圓場海外活動記錄，赫然在兩份記錄中看到比爾於工作時的化名：一次是一九四一年，他於海爾福德河口指揮法國漁船；同一年還在吉姆．普利多的協助下，從巴爾幹至馬德里架設了一條橫跨南歐的傳輸線。對貴倫而言，比爾與貴倫的父母，以及喬治．史邁利，都屬於圓場那個一去不復返的年代；他們有與眾不同的氣質，比爾甚至還有貴族血統。他們的生活步調不像貴倫這一代如此匆忙，相較之下悠閒許多，即使過了三十年，依然為圓場帶來一絲冒險犯難的氛圍。

比爾見到兩人，頓時愣在原地。貴倫上次見到他已是一個月前的事，他大概正為了機密任務忙著出差。如今，就著他辦公室門口透出的燈光，比爾看起來相當高大，膚色黑得挺不自然。他手上拿著某樣東西，貴倫不曉得那是什麼，可能是本雜誌、某份檔案或是報告。他身後的辦公室看起來如同大學生的寢室般凌亂，四處都堆著報告、文件和檔案；牆上有張布告欄，貼滿了明信片和剪報，旁邊則斜倚著一幅尚未裱框的油畫，是比爾舊時的作品，塗滿大片沙漠般的平淡顏色，中間有個不知名的圓形抽象物。

「嗨，比爾。」貴倫開口。

比爾沒有關上門——這違反管理組的規定——不發一語地走在他們前頭。他的穿著仍不改怪誕作風，外套上綴著鑽石狀而非方型的皮製補釘，從背後看起來簡直像個小丑。他的眼鏡則像蛙鏡般掛在額前的灰色瀏海上。他們有些拿不定主意地跟在他後頭，他又突然轉身，像是一座從底座上慢慢旋轉過來的雕像，目光牢牢地落在貴倫身上。接著他露出了笑容，彎月形的眉毛像小丑般抬得高高的，頓時看起來十分帥氣，也年輕了不少。

「你這個被轟出門的傢伙，跑來這裡做什麼？」他愉快地問道。

勞德把他的問題當眞，開始解釋起法國外交官與洗錢的緣由。

「這樣的話，你可得看緊你的獵物了。」比爾直勾勾地盯著貴倫說：「獵人頭小組可會硬生生地把你的寶貝奪走。也要看好你的女朋友。」他又補上一句，仍盯著貴倫。「但得看你守不守得住。獵人頭小組什麼時候開始洗起他們自己的錢來了？這可是我們的工作。」

「勞德負責洗錢。我們只是經手。」

「給我報告。」海頓對著史崔克蘭說，態度忽然變得十分不客氣。「我不想再蹚任何渾水。」

「他們呈報給你了，」貴倫說：「大概已經放在你的收文匣裡。」

比爾點點頭。他們繼續往前走，貴倫彷彿還感受得到他那雙淡藍色的眼睛在他背上打轉，直到他們轉進昏暗的角落。

「這傢伙眞厲害，」勞德說道，彷彿貴倫從未見過比爾似的。「倫敦站找不出更好的領袖了！才華洋溢、表現亮眼，眞是優秀的人才。」

貴倫不客氣地想著：而你都是靠關係來的，靠著你和比爾、那台咖啡機以及銀行的關係。

這時，前頭那扇門傳來羅伊．布蘭德那刺耳的倫敦土話，打斷了貴倫的思緒。

「勞德，等等。你有沒有看到該死的比爾？有急事找他。」

緊接著是托比．艾斯特哈那口道地的中歐腔：「我們得馬上找到他，勞德。我們已經發出緊急通知了。」

他們走進最後一道狹窄的走廊。勞德走在前頭，大約領先貴倫三步，貴倫走進門口時，他正忙著回答兩人的問題。只見布蘭德坐在書桌前，脫下大衣，手裡抓著一張紙，腋窩滿是汗漬；矮小的托比．艾斯特哈站在一旁，看起來就像個侍者領班。他是個短小精悍的大使，滿頭銀髮，有個突出的下巴；他伸出手朝著那張紙比劃，彷彿是在提供某項建議。布蘭德看見勞德．史崔克蘭時，顯然正在閱讀那份文件。

「我才剛遇見比爾．海頓呢！」勞德說，他總能以更得體的方式重新複述別人的問題。「我想他正要過來找你們。我們剛才在走廊上碰頭，聊了幾句。」

布蘭德的目光慢慢轉向貴倫，接著就定定地看著他。這種冷冰冰的打量令人感到十分不自在，就跟海頓如出一轍。「哈囉，彼特。」他說。小個子托比一聽，立刻直起身子，目光也直接射向貴倫，一雙沉著的褐色眼睛看起來像頭獵犬。

「嗨，」貴倫說：「有什麼好玩的事嗎？」

他們的招呼不僅十分冷淡，甚至充滿了敵意。貴倫在瑞士執行一項十分棘手的任務時，曾與托比．艾斯特哈朝夕相處了三個月，從來沒看過他露出笑容，因此他冷漠的眼神並不令人意外。但是羅伊．布蘭德是史邁利提拔的人，古道熱腸、行事衝動；他有一頭紅髮、身材魁梧，是個樸實的知識份子，每晚最大的樂趣就是在肯提斯鎮的酒吧談論維特根斯坦[22]。他當了十年共產黨員，活躍於東歐的學術圈，如今也像貴倫一樣退居幕後，這對他而言更像是一種束縛。他平常見到人，總是滿臉笑容，熱情地往對方肩上一拍，噴得人滿臉前夜的啤酒味兒，今天卻完全變了個樣。

「沒什麼好玩的事，彼特老弟。」布蘭德說道，勉強擠出笑容。「只是很意外見到你。平常這層樓很少看到其他人。」

「比爾來了。」勞德說道，十分開心他剛才那番話立刻得到印證。海頓走進來時，貴倫注意到，他的臉色在光線下顯得十分不自然。他的顴骨發紅，密密麻麻滿是微血管。貴倫感到神經緊繃，忽然覺得海頓看起來有些多里安．格雷[23]的影子。

貴倫和勞德．史崔克蘭足足談了一小時又二十分鐘。他刻意把時間拖得很長，一邊仍惦記著布蘭德與艾斯特哈，不曉得兩人究竟在搞什麼名堂。

「我得走了，要和朵芬談談。」最後他開口道：「我們都很清楚她對瑞士銀行的看法。」管

注22：Ludwig Wittgenstein（1889-1951），生於奧地利，奠定了語言哲學的基礎，是二十世紀最有影響力的哲學家之一。

注23：Dorian Grey，知名英國作家王爾德（Oscar Wilde, 1854-1900）的筆下人物，其代表作之一《格雷的畫像》（The Picture of Dorian Gray, 1890）的主角。

理組的辦公室與財務組只隔著兩扇門。「那我就把這東西留在這裡了。」他把通行證丟在勞德的桌上。

黛安娜．朵芬的辦公室瀰漫著芳香劑的氣味，她的手提包擱在保險櫃上，旁邊放著一份《金融時報》。她是圓場裡少數的女性職員之一，至今仍待字閨中。貴倫不耐煩地回答，沒錯，行動報告已經寄回倫敦站；是啊，他知道洗錢在這個年頭已經落伍了。

「我們研究一下再告訴你。」她說道，表示她要先到隔壁的辦公室去問問菲爾．波提亞斯。

「我和勞德說一聲。」貴倫說完，便轉身離開。

該行動了，他想。

他在男廁的洗手檯前等了三十秒，透過鏡子監視門外的動靜，豎起耳朵傾聽。整層樓安靜得出奇。天啊，他想著，你真的老了，快走啊！他穿過走廊，大著膽子踏進值班官員的辦公室，砰一聲關起門，環顧四周。他還有十分鐘。他認為在這過度安靜的地方，關門最好還是發出一點聲響，比較不會引起注意。快行動。他帶了相機，但光線很差。窗戶上掛著紗簾，窗外的院子裡滿是黑漆漆的煙囪，就算手邊有個較亮的燈泡，他也不敢冒險開燈，因此他決定憑著記憶行動。自從換人掌權以來，這裡似乎沒有太多變化。以往的白天裡，女職員心情不好時就往這裡躲，從空氣中仍聞得出的廉價香水味，顯示情況依舊沒有改變。牆邊有張人造皮革製的沙發椅，晚上勉強湊合著當床舖使用；旁邊是一只急救箱，上面的紅十字已經剝落，還有一台老舊的電視機。鐵櫃仍放在老地方，一邊是電話總機，另一邊則是上了鎖的話機。他朝鐵櫃走去。這是老式的櫃子，用開罐器就能輕易撬開。他手邊就有撬鎖器，還有幾樣輕便的金屬工具。他記得密碼是31－22－11，便嘗試用這組密碼開鎖：先逆時鐘轉四次，再順時鐘轉三次，接著再逆時鐘轉兩次——鎖便解開了。轉盤很常使用，轉起來相當順手。他打開櫃子的門，底下的灰塵團團揚起，然後慢慢爬上漆黑的窗戶。此時，他忽然聽見一聲像是長笛吹出來的單音符——很可能是一輛車，在外頭的街上猛然煞車，或是堆放檔案的手推車車輪滾過油布氈。不過當下聽起來也很像卡蜜拉在練習音階：那些長長的、充滿哀戚的音符。卡蜜拉隨時可能想練習，半夜裡、清晨，任何時間。她完全不在乎鄰居，好像壓根兒沒想過。他還記得第一天晚上的她：「妳睡哪一邊？我該把衣服放哪裡？」他對這種小事情向來格外細心，也引此為傲，但卡蜜拉完全不吃這套；技術畢竟是種妥協、對現實的屈服，她會說這叫逃避現實。既然如此，那就快把我弄出這個鬼地方吧！

厚厚一疊值班記錄冊就放在架子最上端，書脊標註著日期，看起來就像家計簿。他取出四月的執勤本，瀏覽起內頁的名單，心想不知是否會有人從院子另一端的影印室看見他；假如他們看見了，又是否會放在心上？接著他查看起十日晚間至十一日凌晨的值班表，當時倫敦站和塔爾應該正以電報互通信息。香港比倫敦早了九個小時，史邁利曾說過，塔爾的電報和倫敦站的第一封回電都是在下班時間發出的。

此時走廊忽然傳來說話聲。有那麼一瞬間，貴倫彷彿還能聽到艾勒藍正用他那口愛爾蘭腔開著無趣的玩笑。但此時此刻，空想可無濟於事。反正他已經編好藉口，連他自己都快要相信這個說法了；而要是他被逮個正著，他就會把這個藉口說得像真的一樣。即使薩拉特的審問人員拷問他，他也已經準備好退路。他出門在外時，向來會預想好退路。儘管如此，他還是緊張起來。說話聲漸行漸遠，貴倫心裡還在想著波西．艾勒藍，滿身大汗。有個女孩經過，一邊哼著歌劇《毛髮》[24]裡的曲子。他想：要是比爾聽到，他會把妳給宰了。比爾最受不了聽別人哼歌。「你這個被轟出門的傢伙在這裡做什麼？」

讓他感到好笑的是，他竟然真的聽見比爾憤怒的咆哮聲，不曉得是從哪裡傳來的：「快給我閉上嘴！是哪個白痴在哼歌？」

快點。要是你停下來，就不可能有第二次機會了。膽怯會讓你想臨陣脫逃，手指一碰到東西彷彿就痛得難受，胃也翻攪得難過。快動手。他把四月的值班本放回原處，隨機抽了另外四本，分別是二月、六月、九月與十月的記錄。他迅速翻閱、相互比較，接著把它們放回原處。他蹲了下來，暗自祈求塵埃別再大肆飛揚。為什麼沒有人抱怨呢？只要是一大群人共用一處地方，就老是會有這種事情發生：沒有人負起責任，也沒有人放在心上。他開始找起夜班的執勤名單，發現本子塞在最底層，就放在信封式卷宗夾裡，夾在茶包和煉乳罐之間。值班警衛負責填寫出缺勤記錄，在你值班的十二小時之間送交兩次，分別是在午夜與清晨六點。你得負責檢查是否正確無誤——天知道該如何證實，夜班的工作人員都四散於大樓之內——然後簽名、留下第三聯，放回櫃子裡保存。沒有人知道爲什麼要這麼做；「大洪水」[25]以前的程序就是這麼跑的，現在似乎也是如此。

他想著：放茶包的架子上竟然都是灰塵！他們到底多久沒泡茶來喝了？

他又開始檢查起四月十日晚間至十一日清晨的記錄。汗水浸濕了他的襯衫。老天，我到底是怎麼了？身體已經不行啦！他前前後後翻了兩三次，接著關上櫃子。他一邊等待，一邊豎耳傾聽，焦慮地看了揚起的灰塵最後一眼，接著便大著膽子穿過走廊，若無其事地回到男廁裡。一路上傳來不少聲響：譯碼機、電話鈴聲，還有一個女孩嚷嚷著：「那個該死的東西跑到哪裡去了？剛剛明明還在我手上的啊！」甚至是那謎樣的笛聲，但這次聽起來不像是卡蜜拉半夜裡吹奏的音階了。下次我要叫她來做這件事，他惡狠狠地想。沒有妥協、面對面，就是人生該有的樣子。

他回到男廁，史派克・卡斯帕和尼克・德・歐爾斯基正站在洗手檯前，對著鏡子低聲交談。他們隸屬海頓的蘇聯情報網，已經爲他跑腿許多年，大家乾脆叫他們俄國人。一見到貴倫，兩人立刻停住。

「哈囉，兩位。你們兩人還眞是形影不離啊！」

兩人都是一頭金髮，又矮又壯，看起來比眞正的俄國人還像俄國人。貴倫等兩人離開後，便開始清洗滿是灰塵的雙手，接著回到勞德・史崔克蘭的辦公室。

「老天，朵芬說起話來眞是沒完沒了。」他漫不經心地說。

「幹練的職員，我們這裡少不了她。她眞的非常能幹，我可以向你保證。」勞德說。他看了看手錶，接著在通行證上簽名，送貴倫到電梯旁。托比・艾斯特哈就站在柵欄邊，正與那名態度不甚親切的年輕警衛說話。

注24：Hair，一九六八年於百老匯上演，融合搖滾樂與嬉皮文化，為六〇年代的搖滾歌劇代表作。
注25：Flood，行動代號。

「彼特，你要回布里斯頓嗎？」他隨口問道，依舊掛著高深莫測的表情。

「怎麼了？」

「我的車子就停在外頭，或許我可以『開』你一程。我有事要去那裡一趟。」

「開」你一程。小個子托比這傢伙不管哪國語言都說不好，偏偏每國語言又都懂些皮毛。貴倫在瑞士聽過他講法語，但帶著很重的德國腔；而當他說起德文時，聽起來又是斯拉夫腔；他說起英語時，則是錯誤百出。

「沒關係，托比。我要回家了。晚安。」

「你要直接回家嗎？我可以開你一程。」

「謝啦，但我還得去買點東西。我那群小孩可眞能吃。」

「好吧。」托比說，好像他沒有小孩似的。他失望地縮起短短的下巴。

他到底想做什麼？貴倫想。小個子托比和大個子羅伊為什麼要那樣看我？他們究竟在搞什麼名堂？

他沿著查令十字路往下走，一邊瀏覽書店櫥窗，一邊留意著兩旁的人行道。天氣變冷了，開始颳起風來，行人匆匆走過時，臉上都掛著期待的表情。他感到一陣振奮。我已經活在過去夠久了，現在得重新展開我的人生。他下定了決心。他在茲溫默書店裡翻看一本名爲《歷代樂器》的精裝書，想起卡蜜拉到教長笛的桑德教授那裡上課去了，要很晚才到家。走回弗伊爾書店的路上，他把排隊等公車的人群都看進眼裡。史邁利曾說過，要當作自己是身在國外，隨時提高警覺。回想起值班室的情況和羅伊．布蘭德的白眼，貴倫自然會這麼做。還有比爾，他是不是也和他們站在同一邊，對貴倫存有疑心？不對，比爾不和他們一道。貴倫如此推斷，不禁還是選擇相信比爾。如果不是比爾自己發起的事，他絕不會參與其中。和比爾相比，另外兩人簡直上不了檯面。

他在蘇活區攔了輛計程車，去滑鐵盧車站。他在車站旁找到一座髒兮兮的公共電話亭，撥了個薩里郡米契安區的電話號碼，打給政治保安處[26]的前督察曼德爾，他與史邁利是在離開工作崗位時認識這人的。曼德爾接起電話，他說要找珍妮，曼德爾簡短地回覆沒珍妮這個人。他道了歉，然後掛上電話。他又撥了報時專線，假裝十分愉快地談天，因爲電話亭外站了個老太太，正等著他講完電話。他想：現在曼德爾總該到了吧？他又掛上電話，撥了米契安區的第二個號碼，這次是打去曼德爾住的那條街上的公共電話。

「我是威爾。」貴倫說。

「我是亞瑟。」曼德爾高興地說：「你好嗎，威爾？」曼德爾從不放過任何蛛絲馬跡，臉上總是保持警覺、目光銳利。貴倫可以清楚地想像曼德爾現在的模樣：他想必已經握著鉛筆，準備好要在警用筆記本上記錄他們的對話。

「我得先把情報告訴你，免得我被公車給撞了。」

「沒錯，威爾。」曼德爾安慰他，「還是謹慎爲妙。」

他緩慢地陳述起來，使用的都是他們事先商量好的學校用語，像是考試、學生、失竊的報

注26：Special Branch，隸屬英國警察部門。

告等等，以防遭到竊聽。每當他停下來歇口氣時，話筒另一邊的曼德爾總是一聲不吭，只聽得見筆記的沙沙聲。他想像曼德爾緩緩做出工整的筆記，等他寫完才繼續往下說。

「我從店裡拿了幾張很不錯的照片。」等他說完，曼德爾才終於開口：「收穫還不賴，沒有漏掉任何一張。」

「謝謝。我很開心。」

但曼德爾已經掛上電話。

貴倫想，對地鼠而言，有件事是無庸置疑的：這是條漫漫長路，黑暗中沒有任何指引。他為老太太打開電話亭的門時，注意到掛上的話筒滿是汗漬。他回想起傳達給曼德爾的訊息，再次想到羅伊．布蘭德和托比．艾斯特哈從門口瞪著他的模樣，頓時很想知道史邁利身在何處，不曉得他是否有在留意這一切。他回到伊頓公寓，極度渴望卡蜜拉回到他身邊，卻有些害怕知道自己為何如此想念卡蜜拉。他是不是因為年紀大了，所以突然變得膽怯起來？他生平第一次覺得犯罪勾當玷污了自己的身分。他感到自己十分下流，甚至開始憎惡起自己。

12

有種上了年紀的男人，一旦回到牛津大學，連石頭都能勾起他們年輕時代的回憶，但史邁利可不是。十年前他或許還會如此，但現在不會了。走過波德里安圖書館時，他只是模模糊糊地想著：我以前曾在這裡唸過書。看見他以前的導師傑比第位於帕克斯路上的房子，他想起戰爭爆發前，傑比第曾在那座長長的花園裡，問他是否介意「和我一兩位在倫敦認識的朋友談談」。湯姆鐘樓響起了晚上六點整的鐘聲，此時他又想起了比爾．海頓與吉姆．普利多，他們想必在史邁利來到倫敦的那一年就已在此處落腳，因戰爭而聚首。他漫不經心地想著兩人彼此照應的情況：比爾喜歡畫畫、善於交際、口若懸河，吉姆則是身手矯健的行動派，不善言談。兩人在圓場的輝煌時期，有差異卻又逐漸拉近：吉姆展現了靈活的思考能力，比爾的行動力也同樣令人望塵莫及。只是最後，他們還是回到老樣子，吉姆依舊在外闖蕩，比爾則是繼續擔任幕後軍師。

天空開始飄起雨來，但史邁利不以爲意。他是搭火車來的，從車站出發，一路繞來彎去，去了布萊克威爾書店、以前就讀的學院和許多地方，最後才朝北行去。這裡的樹林茂密，天色特別早就暗了下來。

他走到一條死胡同，又放慢腳步觀察周遭。一個披著圍巾的女人騎腳踏車從他身邊經過，路燈的光線穿過濃霧灑在她身上；她下了車，推開一扇門，然後失去蹤影。對面的路上有人在遛狗，渾身包得密不透風，看不出是男是女。除此之外，不見其他人影，公用電話亭也是空的。突然又有兩名男子從他身旁走過，高聲談論著上帝與戰爭，較年輕的男子正滔滔不絕。史邁利聽到年紀較大的男人出聲附和，不禁猜想他是名教師。

他沿著一道高聳的圍籬走，圍籬上方不時出現茂密的樹叢。十五號的雙扇門並未拴緊鎖鍊，其中一扇看起來不常使用。他一推，門栓就掉了下來。房子深藏在花園之中，大多窗戶都透著燈光。他從樓上的一扇窗戶裡看見一名坐在書桌前的年輕男子；另一個房間裡的兩個女孩似乎正在吵架；還有一名臉色十分蒼白的女子在拉中提琴，可史邁利聽不見琴聲。一樓的窗戶也是亮的，但全拉上了窗簾。鋪著瓷磚的門廊、嵌著彩繪玻璃的大門，門柱上貼著一張老舊公告：「晚上十一點過後，請從側門進出。」門鈴上還有其他公告：「普林斯按三下」、「盧姆比按兩下」、「巴茲：我整晚外出，下次見，珍妮」。下方的門鈴寫著「薩奇」。史邁利按響了這道門鈴，屋內立刻傳來狗吠和一名女子的吆喝聲。

「弗萊許，你這個笨蛋！外頭只是個笨學生。弗萊許，給我閉嘴，笨蛋！弗萊許！」

大門半開，仍拴著門鏈，門縫裡露出一個人影。史邁利站在原處，試著看清屋裡的人；那人目光精明，一雙如孩子般水汪汪的眼睛也正在打量他，先看看他的公事包和濺了泥漿的鞋子，接著瞥向他身後的車道，最後又從頭到腳看了他一遍。最後那張蒼白的臉上終於綻放出迷人的微笑——圓場的前任研究組組長康妮．薩奇小姐顯然十分歡迎他的來訪。

「喬治．史邁利！」她大叫，一邊露出羞澀的笑容，一邊將史邁利領進屋子。「是什麼風把你吹來啦？我還以為又是胡佛吸塵器的推銷員，沒想到竟然是你！」

她迅速在他身後關上大門。

康妮是個高大的女人，比史邁利還高出一個頭；臉頰寬闊、一頭蓬鬆的白髮。她穿著一件鮮豔的咖啡色夾克，長褲的腰頭繫著鬆緊帶，和上了年紀的人一樣小腹微凸。壁爐裡的煤塊燃燒著，幾隻貓躺在壁爐前，還有一隻胖得走不動的灰色西班牙獵犬懶洋洋地趴在沙發上。推車頂放著她作爲三餐的罐頭和酒，收音機、電爐和電髮捲都插在同一個插座上。一個長髮披肩的男孩正趴在地上烤吐司，一見到史邁利便放下手中的黃銅叉子。

「親愛的琴格爾，明天再來好嗎？」康妮懇求他：「我的老情人很難得來看我。」史邁利都忘記她的聲音了。她的聲音總是高高低低，什麼音階都有。「我給你放整整一小時的假，如何？」「我收的一個笨學生。」男孩還沒走遠，她就對史邁利解釋：「我到現在還在教書，自己也不曉得爲什麼。喬治，」她喃喃低語，高興地看著史邁利從公事包裡取出一瓶雪利酒，斟滿兩只杯子。「是我這輩子見過最棒的男人。他是走路來的。」她對著西班牙獵犬說：「看看他的靴子。你該不會是從倫敦一路走過來吧？老天，上帝保佑！」

對她而言，要舉起酒杯相當吃力，患有關節炎的手指向下彎曲，彷彿在某場意外中被撞斷；手臂也顯得僵硬。「喬治，你是一個人走路來的嗎？」她問道，從外套口袋翻出一根菸來。「我們沒有其他客人吧？」

他爲康妮點燃香菸，她用指尖拿著一頭，像是夾著一把槍。她用那雙精明、泛著血絲的眼睛打量史邁利。「所以，你這壞孩子是爲了什麼來找康妮？」

「爲她的回憶。」

「哪一部分？」

「我們得回去一個老地方。」

「弗萊許，聽見了嗎？」她對西班牙獵犬大吼：「他們先把我們當作不中用的廢物攆了出來，現在又回過頭有求於我。喬治，哪個地方？」

「雷肯要我帶封信給妳，他晚上七點會到俱樂部。如果妳覺得不放心，可以到路旁那座公共電話亭打電話給他。我是建議妳最好別這麼做，不過要是妳堅持的話，他會向妳說明清楚。」

她原本拉著史邁利的手放了下來，開始在屋裡踱步，很清楚哪裡可以坐下休息、哪裡有扶手可以撐著。她嘴裡嘟囔著：「該死的喬治．史邁利和他那一群同夥！」她走到窗邊，出於習慣拉開窗簾一角，但外頭似乎沒什麼能引起她注意的。

「噢，喬治，你眞是該死！」她抱怨，「你怎麼能找雷肯？不如也讓國安局的人插手算了。」

桌上有一份當天的《泰晤士報》，最上頭是字謎遊戲，每個格子都被吃力地塡滿了字母，沒有一處空白。

「今天去看了足球賽。」她站在樓梯的暗處說，從推車裡拿起酒來喝。「親愛的威爾帶我去的。他是我最喜歡的笨學生，還不錯吧？」她那彷彿小女孩般的聲音忽然塡滿了怒氣：「喬治，康妮著涼了。她整個人都凍僵了，從頭到腳。」

他猜想康妮正在哭，便將她從暗處帶到沙發邊坐下。她的酒杯已經空了，他又斟了半杯。他們倆並肩坐著喝酒，康妮的眼淚不停滾落，從她的外套滴到他的手上。

「噢，喬治。」她繼續說道：「你知道他們把我趕出來時，人事組那頭母牛對我說了什麼嗎？」她抓著史邁利的衣領一角，用拇指和食指摩娑著，情緒慢慢穩定下來。「你知道那隻母牛說了什麼嗎？」她換上一副高高在上的語氣：「『妳的腦袋已經糊塗了，康妮。該是回到現實世界見識見識的時候。』喬治，我討厭現實世界。我喜歡圓場，還有那群可愛的傢伙。」她抓起史邁利的手，想與他十指交握。

「波里雅各夫。」他輕輕地依照塔爾的發音唸出這個名字。「蘇聯駐倫敦大使館的文化參事亞歷克斯．亞力山卓維奇．波里雅各夫。如妳之前所言，他又活過來了。」

窗外傳來車輪滾動的聲音，他只聽出引擎熄火，接著響起很輕的腳步聲。

「是珍妮，她又偷偷帶男朋友回來。」康妮悄聲說。她的眼眶泛紅，看著史邁利，也留意起屋外的動靜。「她以為我什麼都不知道。聽見了嗎？他的鞋跟上有鑲金屬片。現在等著吧！」腳步聲停了下來，接著是一陣窸窸窣窣。「她把鑰匙交給他。他自以為發出的聲音會比她來得小，根本不可能！」門鎖喀嚓一聲開了，發出不小的聲音。「看吧，你們這些男人！」康妮露出無可奈何的笑容。「喔，史邁利。你為什麼又要扯到亞歷克斯呢？」接下來，她又為了亞歷克斯．波里雅各夫哭了好一陣子。

史邁利記得她的哥哥都是學校教師，父親不曉得是哪個領域的教授。長官在打橋牌時認識她，並為她引薦工作。

像在說一則童話那樣，她說起自己的故事：「很久很久以前，有個名叫史坦利的叛逃者，這要追溯到一九六三年。」她總是靠著靈感和急中生智說得煞有其事，這是想像力豐富、但心智年齡永遠不成熟的人才具有的本事。她蒼白的臉上神采奕奕，像個因重溫舊時回憶而感到快樂的老太太。她顯然樂於耽溺在自己的回憶裡，甚至為此放下手邊的一切，包括酒杯、香菸和史邁利的手，全心沉浸其中。她不再無精打采地垮著肩膀，而是挺直腰桿，頭偏過一側，出神地捲弄著如羊毛般蓬鬆的白髮。史邁利原本以為她會立刻談到波里雅各夫，沒想到她卻從史坦利開始；他竟然忘了，康妮向來最重視有血緣關係的人。她說，「史坦利」是審問人員為來自莫斯科總部的第五級叛逃者取的代號。一九六三年三月，獵人頭小組從荷蘭那裡二手買下這人，把他運到薩拉特，要不是正好碰上淡季、審訊人員無所事事，這件事哪有可能曝光？因此，史坦利弟兄身上藏了個小情報，非常微不足道，但他們找著了。荷蘭人漏了它，卻被審訊組發現，並將報告副本交到康妮手上。「這又是另一個奇蹟，」康妮得意洋洋地說：「每一個人——尤其薩拉特還明文規定——不許留下分派明細的報告。」

史邁利耐心等待康妮提到那件微不足道的情報。面對康妮這種年紀的女士，男人所能給她的就只有時間。

她解釋，史坦利是在海牙執行暗殺任務時選擇叛逃。他是個職業殺手，當時被派往荷蘭，暗殺一名總部視為眼中釘的俄國流亡者。沒想到他卻選擇放棄自己的大好前程。「有個女孩把他要得團團轉。」康妮嗤之以鼻地說：「那很明顯是荷蘭設下的圈套，他卻蠢到信以為眞。」

莫斯科總部爲了讓他成功執行這項任務，特別把他送到郊外的訓練營，加強他從事破壞活動和隱藏槍聲的技巧。荷蘭人逮到他時，對此感到非常驚訝，審問的重點都集中在此；他們把他的照片刊在報紙上，要他畫出裝有氫化物的子彈和莫斯科總部偏好的致命武器。但是薩拉特培訓中心對此早已瞭若指掌，因此他們把訊問重點放在那間訓練營上。那是新建不久的訓練營，外界對其沒有太多認識。「像是豪華版的薩拉特。」她解釋道。這個訓練營涵蓋數百畝的森林與湖泊，他們畫出草圖，把史坦利所記得的建築物都加進去：洗衣房、餐廳、講堂、練靶場等等，十分詳盡；史坦利去過好幾次，因此記得還挺多的。最後史坦利沉默下來，他們還以為他已經說完了。結果他拿起鉛筆，在西北角多畫了五間營房，四周環有雙層鐵絲網，還畫上警犬。史坦利說，這五間是最後幾個月新蓋的營房，得經由一條不對外開放的道路才能進入。他是和指導教練米羅斯外出散步時，從山頂上瞧見了它們。根據米羅斯（康妮挖苦道，他是史坦利的朋友）的說法，凱拉暗中設立了一間特殊學校，負責訓練軍官從事祕密活動，而學校就設在這個地方。

「親愛的，重點來了。」康妮大聲說：「多年來謠傳凱拉在莫斯科總部內建立了一支私人軍隊，但這可憐的傢伙其實沒有這麼大的權力。我們知道他在世界各國都佈有情報員，自然會擔心當自己愈來愈老、愈來愈資深，總有一天會管不動他們。我們很清楚，他就跟所有人一樣，將這些情報員當作私產般守得緊緊的，絕不可能把他們交到目標國的當地常駐站去。他自然不會這麼做：你也知道他有多痛恨常駐站，認爲他們人多嘴雜；這就和他討厭保守派的道理一樣，總說只有他們才會相信地球是平的那套鬼話。這確實很有道理。現在他大權在握了，決定有所行動——眞正的男人都會這麼做——那是一九六三年三月的事。」她怕史邁利忘了，又重複一次日期。

接下來當然沒發生什麼事。「按照往例，循規蹈矩地守著自己的位置、忙著其他工作，等待新的動靜。」她一等就是三年，終於爆發了一件大事：蘇聯駐東京大使館的助理軍事參事米哈伊爾·費德羅維奇·寇馬洛夫少校，從一名日本防衛廳[27]的高層官員手中接收六捲藏有最高機密的底片時，被當場逮個正著。寇馬洛夫是故事裡的第二個男主角，他不是叛逃者，而是一名佩戴炮兵肩章的軍官。

「還有動章，親愛的！各式各樣的動章！」

寇馬洛夫必須以最快的速度離開東京，結果他的狗被反鎖在公寓裡活活餓死，康妮對此非常不諒解。寇馬洛夫手下的日籍情報員當然也遭受審訊，而圓場竟碰巧從東京買到了那份報告。

「喬治，現在想想，一切根本都是你安排好的吧！」

史邁利故作矜持，扮了個鬼臉表示認同，其實心裡十分得意。

報告的重點十分簡單：那名日本防衛廳的官員其實是隻地鼠。戰前，在日本即將侵略滿洲的陰影下，他被一個名叫馬汀·布蘭特——似乎和共產國際[28]有些關聯——的德國記者招募。康妮說，布蘭特正是凱拉於一九三〇年代期間使用的化名之一。寇馬洛夫並非大使館派駐東京的正式官員，平常隻身工作，只有一個跑腿的助手；他親自和凱拉聯繫，兩人以前曾並肩作戰。他來到東京前，曾在莫斯科郊外一間新辦的學校接受特殊訓練，那是凱拉為精挑細選的人才所特別設立的學校。「結論是，」康妮說：「親愛的寇馬洛夫，是第一個自凱拉訓練學校畢業的學生，但資質顯然沒有特別優秀。他最後被槍斃了，可憐的傢伙。」她誇張地降低聲調，又補上一句：「他們從來不用絞刑。這些恐怖的傢伙眞是太性急了！」

康妮說，接著她認為該是出城的時候。她已經掌握方向，開始搜尋凱拉的檔案。她在白廳花了整整三週，與負責監視莫斯科的陸軍一起檢查蘇聯軍隊的任命名單，試著找出魚目混珠的僞成員；最後她從一批可疑對象中挑出三人，認定他們是凱拉最近培訓的情報員。他們都是軍人，也都認識凱拉，比他年輕十至十五歲，名字分別是巴爾丁、斯塔科夫斯基與維多洛夫，階級全是上校。

聽到第三個名字，一股倦意襲向史邁利，他感到眼睛疲累非常，彷彿想要迴避令他厭煩的東西。

「他們之後怎麼了？」他問道。

「巴爾丁改了名字，從索柯洛夫變成盧薩科夫，加入了蘇聯駐紐約聯合國的代表團。他不與當地的常駐站聯繫，不參與平日的諜報活動，也沒有到處盯梢和招募人員，相當規矩地從事掩護工作。就我所知，他現在還待在那裡。」

「斯塔科夫斯基呢？」

「轉入不法活動。他以法籍羅馬尼亞人葛羅德斯的名義，在巴黎開了一家照相館，還在波昂開了分店；據說凱拉在西德邊境設立的一個情報網，就是由他來指揮。」

「第三個人呢？維多洛夫怎麼了？」

注27：Japanese Defence Ministry，現為日本防衛省，等同其他國家的國防部。

注28：Comintern，全名為Communist International，又稱「第三國際」。列寧於一九一九年在莫斯科創立的嚴密共產國際組織，參加國包括英、美、法、德、奧、捷克、義大利、荷蘭、匈牙利、瑞典及蘇聯等，於一九四三年解散。

「銷聲匿跡，毫無消息。」

「老天。」史邁利說，厭煩感似乎更深了。

「他受過訓練，徹底從地球表面蒸發了。當然啦，他也很可能已經死了。我們往往會忘記最合理的解釋。」

「確實如此。」史邁利同意。「我們經常這樣。」

史邁利大半輩子都在間諜圈子裡打滾，已經學會如何一邊聽別人講話，一邊在腦中分析主要事件、串聯各事件之間的歷史關聯。他從塔爾想到伊莉娜，再從伊莉娜想到她那名樂於自稱拉賓的前男友，對方爲負責協助傑戈爾．維多洛夫上校感到驕傲，而這位上校「在大使館使用的名字是波里雅各夫」。在他的記憶中，這些事件就如同童年的一部分，他絕對不可能忘記。

「康妮，有照片嗎？」他問道。「你知不知道他們的長相？」

「我當然知道聯合國代表團的巴爾丁長什麼樣子，也大概知道斯塔科夫斯基的長相；我有一張他以前當兵的照片，但無法確定照片的眞僞。」

「那銷聲匿跡的維多洛夫呢？」他也很可能換了別的名字。「也沒有他的照片嗎？」史邁利問道，一邊走進屋裡拿酒出來。

「傑戈爾．維多洛夫上校。」康妮若有所思地微笑。「在史達林英勇作戰。可惜我們沒有他的照片。他們說就他最行。」她說：「我們當然不曉得其他人的情況。五間營房和兩年課程——親愛的，這麼多年來，畢業生不可能只有三個吧？」

史邁利有些失望地輕嘆了口氣，彷彿聽了老半天，他苦苦追尋的線索還是沒有得到多大進展，尤其是關於傑戈爾．維多洛夫上校的事。因此他建議康妮回過頭來談談和維多洛夫完全無關的蘇聯駐倫敦大使亞歷克斯．亞力山卓維奇，也就是她口中那位「親愛的亞歷克斯．波里雅各夫」，好確認這號人物在凱拉陰謀中扮演的角色，以及康妮無法繼續調查他的原因。

13

現在康妮顯得有精神多了。波里雅各夫不是童話裡的英雄，而是她的「戀人」亞歷克斯；只不過她從來沒和亞歷克斯說過話，甚至很可能沒親眼見過他本人。她換到那張離閱讀燈較近、能稍微舒緩身體疼痛的搖椅——她不管在哪裡都無法久坐。她仰起頭，史邁利因此看到那白皙的脖子擠出一圈圈的肉，她有些賣弄風情地揮了揮僵硬的手，回想著自己過去那些不檢點的事，卻一點也不感到後悔。一絲不苟的史邁利不禁覺得，康妮的想法似乎比剛才更荒誕不經了。

「噢，他眞的很不簡單。」她說：「亞歷克斯在這裡足足待了七年，我們才聽見一點風聲。親愛的，七年！竟能做得如此滴水不漏！」

她轉述起亞歷克斯九年前申辦簽證時登記的資料：亞歷克斯．亞力山卓維奇．波里雅各夫，列寧格勒大學畢業，二等秘書文化參事，已婚，但妻子並未同行。一九二二年三月三日生於烏克蘭，父親爲運輸工人，教育背景不詳。她開始敘述點燈人小組針對其外貌所做的第一份例行報告時，聲音裡滿含笑意：「身高五呎十一吋，體格結實，黑髮綠眼，沒有其他明顯特徵。個子可眞高。」她笑出聲來。「喜歡開玩笑，右眼上方總垂著一綹捲髮。我敢打賭他老愛摸女人的屁股，只不過我們從來沒當場逮到他。要是托比肯合作的話，我是能給他一兩次機會，偏偏他不願意。但話說回來，亞歷克斯．亞力山卓維奇並不會因此上當，他機靈得很。」她驕傲地說：「他的聲音很好聽，跟你一樣低沉渾厚。我常常重播錄音帶，只爲了聽他說話。喬治，他眞的還待在那裡嗎？你瞧，我連問都不想問。我很害怕人事已非，誰也不認識了。」

史邁利向她保證，亞歷克斯還在，維持同樣的僞裝身分和頭銜。

「他也還住在海格郊區那間難看的小房子裡嗎？托比派去盯梢的人恨死那裡了。克羅斯草場四十號的頂樓，糟糕透頂的**鬼地方**。我很欣賞將掩護身分扮演得天衣無縫的人，亞歷克斯就是如此。他是大使館裡有史以來最忙碌的文化參事。你如果想以最快的速度找到適合的演講者或音樂家之類，亞歷克斯的手腳絕對比任何人都快。」

「康妮，他是怎麼辦到的？」

「不是**你想**的那樣，喬治．史邁利。」康妮的臉脹得通紅，「絕對不是。亞歷克斯．亞力山卓維奇說他自己是什麼樣的人，他就是那樣的人。你大可去問托比．艾斯特哈或波西．艾勒藍。對啊，他像積雪一樣純潔，沒有絲毫污點，托比會這麼告訴你！」

「嘿，」史邁利輕聲說，一邊斟滿她的酒杯。「嘿，冷靜點，康妮。別激動。」

「**見鬼了！**」她大叫，根本沒有冷靜下來。「通通都是**鬼扯**！我敢說亞歷克斯．亞力山卓維奇．波里雅各夫就是凱拉訓練出來的頭號間諜，但他們根本不相信我！托比說：『妳只是在疑神疑鬼，連床底也懷疑躲著間諜。』」她換上了蘇格蘭口音：「艾勒藍說：『點燈人小組已經忙不過來了，我們沒有多餘的力氣應付妳的個人消遣。』他說這是消遣！」她又哭了。「可憐的喬治。」她不停地說著：「可憐的喬治。你想幫忙，可是你又能做什麼呢？你都自顧不暇了。噢，喬治，不要和雷肯一起蹚這趟渾水，求求你。」

史邁利溫和地把話題拉回波里雅各夫身上，讓康妮解釋爲什麼她肯定這人就是凱拉的手下、畢業於他設立的特殊學校。

「在國殤紀念日[29]那天，」她啜泣道：「我們拍到他戴勳章的照片。」

話題回到她和亞歷克斯．波里雅各夫「相識」的第一年，從此展開他們長達八年的「關係」。她說，不曉得爲什麼，一見到他，她便深受吸引。『你好啊，』我當時這麼想，『我跟你一定會相處愉快。』」

她也說不上受他吸引的原因。或許是因爲他一副從容不迫的樣子，也可能是因爲他抬頭挺胸走過閱兵場的模樣，「看起來就是個硬漢，擺明是名軍人。」或者是因爲他的生活方式。「他在倫敦挑了一棟房子，方圓五十碼以內都沒有點燈人進得了。」或者是因爲他的工作。「現有的三名文化參事，其中兩人是間諜，第三個的工作就只剩送花到海格公墓給馬克思了吧！」

她感到有些頭暈，因此史邁利又攙著她起來走走；她一個踉蹌，整個身子都壓在史邁利身上。她說，起初托比．艾斯特哈同意把亞歷克斯列入A級名單，讓阿克頓的點燈人小組每個月隨機挑十二天監視他。而每當他們跟蹤他時，都找不出他的一絲破綻。

「親愛的，你大概會以爲我已經打過電話警告他：『亞歷克斯．亞力山卓維奇，你得小心一點，我已經找小個子托比派人監視你了。只管做好你的文化參事，別想耍什麼花招。』」

他的行程排滿了活動與演講，閒暇時就去公園散散步、偶爾打打網球，言行舉止十分得體，就差沒有發糖果給小孩而已。康妮強烈主張繼續監視他，卻沒有人支持她。之後波里雅各夫就被降到B級名單，每半年或依據情況追蹤一次。半年追蹤下來一無所獲，三年後他又被放到C級名單，也就是經過深入調查後，發現其不具任何情報價值。康妮無計可施，幾乎快要相信是自己判斷錯誤；直到十一月的某一天，泰迪・漢奇從阿克頓的「洗衣店」[30]打電話給她，上氣不接下氣地說，亞歷克斯・波里雅各夫終於拋開了偽裝身分，露出他的眞面目來。

「泰迪是名副其實的老朋友。老圓場人，是個很棒的朋友，我才不管他是不是已經九十歲了。他那天下班回家，看到蘇聯大使館的伏爾加汽車開往獻花圈的典禮會場，車裡坐著三名軍事參謀，另外三人搭第二輛車尾隨在後，其中一人就是波里雅各夫，身上叮叮噹噹掛滿了勳章，簡直比聖誕樹還多。泰迪立刻帶著相機趕去白廳，隔著街道拍照。當時一切都很順利：天氣狀況很好，下了點雨，但傍晚還看得到夕陽，泰迪連三百碼之外的蒼蠅都能拍得清清楚楚。我們把照片放大，看得出他身上掛著兩枚獎勵英勇作戰的勳章，還有四枚戰役紀念章。亞歷克斯・波里雅各夫明明是沙場老將，但他七年來都不曾向任何人透露過這件事。我眞是興奮極了！連想辦法大肆宣揚的工夫都免了。我馬上打電話給托比：『托比！你這個討厭的小矮子先聽我說，這次我總算能爭一口氣了。我要你把亞歷克斯・亞力山卓維奇調查得清清楚楚，不准給我討價還價！現在證實我的直覺是對的！』」

「托比怎麼說？」

注29：Remembrance Day，訂於每年的十一月十一日，紀念在世界大戰與其他戰爭中犧牲的軍人與百姓。

注30：點燈人小組的總部。

一旁灰色的西班牙獵犬哀怨地嘆了一口氣，又迷迷糊糊地睡著了。

「托比？」康妮的語氣忽然變得十分落寞。「噢，小個子托比用他那死板板的聲音跟我說，現在是波西．艾勒藍負責指揮一切行動了。負責分配資源的人是艾勒藍，不是他。我馬上察覺到事有蹊蹺，但我以爲是托比搞的鬼。」她陷入沉默。「該死的爐火。」她惱怒地自言自語：「一轉身它就滅了。」她完全失去了興致。「接下來的情況你都知道啦！報告呈到艾勒藍那裡，他的反應是：『那又怎樣？波里雅各夫曾經待過俄國軍隊。俄國軍隊規模很大，並不代表在那裡待過的人就一定是凱拉底下的特務。』眞可笑。他說我的推論沒有科學根據。我問他：『這是誰說的？』他說：『這還稱不上推論，只是歸納。』我說：『親愛的波西，不管你是在哪裡學到這些用語，你聽起來只是個惹人厭的傢伙。』老天，他可眞是氣炸了。托比爲了安慰我，又派人去監視亞歷克斯，但一無所獲。我說：『搜查他的房子和車子，所有東西都不能放過！把他好好調查清楚，在他身上裝竊聽器，或是假裝認錯了人，搜他的身；看在上帝的份上，全都試試！我敢說亞歷克斯．波里雅各夫一定在接應英國地鼠！』結果波西把我叫去，一副目中無人的樣子，」她又是那副蘇格蘭腔：「『不要再管波里雅各夫的事了。妳那愚蠢的腦袋不准再惦記著他，聽懂了嗎？妳和妳那位波里什麼的簡直煩死人了，把他給忘了吧！』接著又來了一封很不客氣的信：『我們已經談過此事，妳也深表同意。』還寄了副本給人事部那隻母牛。我在底下回了一句：『不甚同意』，退回給他。」她又換上那副高高在上的語氣：「『妳的腦袋已經糊塗了，康妮。該是回到現實世界見識見識的時候。』」

康妮已經爛醉如泥。她一屁股坐到酒杯上，閉緊雙眼，頭直往一邊倒。

「老天。」她輕聲說，又清醒過來。「我的老天。」
「波里雅各夫身邊有跑腿的人嗎？」史邁利問道。
「他爲什麼要有人跑腿？他可是文化參事。文化參事不需要別人跑腿。」
「寇馬洛夫在東京就有個人替他跑腿，妳自己說的。」
「寇馬洛夫是名軍人。」她不高興地說。
「波里雅各夫也是軍人。妳看過他的勳章。」
他拉起康妮的手，耐心地等著。最後她說，是大使館的司機「兔子」拉賓，那傢伙是個笨蛋。一開始她搞不清楚他的身分，懷疑他是化名伊夫洛夫的布洛德，但她無法證實，也沒有人願意幫她。拉賓大多時間都在倫敦閒晃，只敢盯著女孩子看，卻不敢上前搭訕。之後她逐漸發現兩人的關係：波里雅各夫舉辦招待會，拉賓負責斟酒；波里雅各夫半夜被召集，半小時後拉賓便出現了，大概是去收電報；波里雅各夫飛去莫斯科，兔子拉賓就搬進大使館，直到波里雅各夫回來爲止。康妮斬釘截鐵地說：「他是來代班的，這一看就知道。」
「妳也報告了這件事？」
「當然。」
「然後呢？」
「然後康妮被開除，拉賓開開心心地回國去。」康妮吃吃傻笑，打了個呵欠。「哎呀，冬至前後這幾天可眞冷。我應該沒讓你失望吧，喬治？」
爐火已經熄滅。他們上方傳來砰的一聲，大概是珍妮和她的男友。康妮開始哼起歌來，身體隨著旋律擺動。

史邁利依然待在她身邊，試著讓她開心起來。他又幫她多倒了一些酒，終於讓她心情好轉。

「來吧！」她說：「給你看我的動章。」

屋裡又是一陣東翻西找。她把獎章收在一只破舊的公事包裡，史邁利得把箱子從床底拉出來。首先映入眼簾的是一枚貨眞價實的獎章，放在小盒子裡，還有一張打印的獎狀，上面寫著康妮工作時的化名：康斯坦絲．沙林傑；列於首相接見的名單上。

「因爲康妮是個乖女孩。」她的臉貼著史邁利。「而且很愛她的夥伴。」

接著是圓場昔日成員的照片：康妮穿著戰時皇家海軍婦女勤務隊[31]的制服，就站在傑比第與譯碼員老比爾．瑪古諾斯的中間，背景不曉得是英國的哪個地方；下一張照片裡，康妮兩旁分別站著身穿板球服的比爾．海頓與吉姆．普利多，三人看起來都很開心。康妮插嘴說，這張照片攝於薩拉特的夏季訓練班。他們身後是修剪過草坪的寬闊場地，標靶在燦爛的陽光下閃閃發亮。接著是一支巨大的放大鏡，上面刻滿羅伊、波西、托比和其他人的簽名，寫著「給親愛的康妮，我們永遠不會分離」。

最後是比爾送的特別禮物：他畫了一幅漫畫，畫中的康妮趴在肯辛頓宮花園街上，正透過望遠鏡偷偷觀察蘇聯大使館，漫畫上方寫著「給最親愛的康妮，獻給妳無數的愛與思念」。

「你知道，大家都還記得他。他是天之驕子，基督教會的休息室裡仍掛著他幾幅畫作。有次加里斯．蘭里在高街遇到我，還問我有沒有海頓的消息。我忘記我怎麼回答了，不曉得是說有還是沒有。不知道加里斯的妹妹是不是還在管理安全藏身站，你知道嗎？」史邁利說他並不清楚。「加里斯說：『我們很想念他。他們再也無法培養出像比爾．海頓那樣的人才了。』加里斯大概有一百零八歲了吧！他說，在大英帝國還沒墮落之前，他曾教過比爾現代史。他還提到了吉姆。『吉姆可以說是比爾的另一個分身了，是不是啊？哈哈。』你從來沒喜歡過比爾，對吧？」康妮含糊地問，一邊將東西收進塑膠袋裡，用布包起來。「我一直都搞不清楚，到底是你在忌妒他，還是他在忌妒你。我想是因爲他的外表太時髦了。你向來都不信任長得好看的人——我是指男人。」

「親愛的康妮，別胡扯了。」史邁利沒想到她會這麼說，立刻反駁。「我和比爾是非常要好的朋友。爲什麼妳會這麼說？」

「沒什麼。」她立刻忘了自己說過的話。「我只是聽說他和安一起在公園附近騎馬，僅此而已。他是不是安的表哥還什麼的？我常在想，要是可以的話，你和比爾攜手合作，或許能有一些作爲；你們可以讓傳統精神復甦，而不是那個討厭的蘇格蘭人。比爾負責重建班底，」她又露出講故事般的笑容。「而喬治——」

「喬治負責收拾殘局。」史邁利幫她說完。兩人放聲大笑，但史邁利的笑並非發自內心。

「親我一下，喬治。親康妮一下。」

她帶史邁利從菜園出去，那是房客專用的小路。她說史邁利一定比較喜歡這裡的風景，免得看到隔壁花園那排哈里森建築公司新建的難看平房。天空飄起了細雨，幾顆星星在霧中顯得

注31：Women's Royal Naval Service，縮寫為Wren。

星光黯淡；路上的貨車轟隆作響，在低沉的夜色中往北駛去。康妮忽然感到害怕起來，一把抓住了史邁利。

「喬治，你這個頑皮的傢伙。你聽見了嗎？看著我，不要看那裡，那裡只是五光十色的霓虹燈罷了，虛有其表。親我一下。這世界上有一群惡棍正在糟蹋我們的時代，你爲什麼要幫他們？爲什麼？」

「我沒有幫他們，康妮。」

「你當然有。看著我。那時候才是美好的時光，你聽見了嗎？是眞正的好日子。那時候英國人可以揚眉吐氣，現在也該讓他們打從心底感到驕傲。」

「這不是我能決定的，康妮。」

她把臉湊向史邁利，史邁利吻了她。

「多可悲。」她喘不過氣來，各種強烈的情緒湧上心頭，讓她感到五味雜陳。「多麼可悲啊！他們爲了大英帝國而接受訓練，希望能主宰時代的浪潮。但是這一切都消失了，被硬生生奪走，一去不復返。你們是最後的希望，喬治，你和比爾是碩果僅存的希望。可惡的波西只是個微不足道的角色。」他早就猜到她會以此結尾，但沒想到竟是如此難堪。每年聖誕節，在圓場各個角落舉辦的小酒會上，他總要聽康妮反覆述說同樣的事。「你知道米爾邦茲嗎？」她問道。

「米爾邦茲是什麼？」

「我哥哥住的地方。是一棟漂亮的帕拉第奧式[32]建築，有座可愛的花園，就在紐柏里附近。某天開了條馬路，從此就是車水馬龍和此起彼落的喇叭聲。花園都沒了。我是在那裡長大的。

他們還沒把薩拉特賣掉吧？我眞怕他們把它給賣了。」

「我很確定他們還沒賣掉薩拉特。」

史邁利很想趕快擺脫康妮，但是她卻貼得更緊了，史邁利甚至能感受到她的心跳。

「如果情況很糟，就不要回來了。答應我好嗎？我已經老了，無力改變自己。我想要記住你們原原本本的樣子。我最親愛的夥伴們。」

史邁利不想把康妮留在漆黑的樹叢間跌跌撞撞，因此又送她回屋去，一路上兩人都沒開口說話。當他往馬路走去時，又聽見康妮在哼歌，聲音大得像是在尖叫。但比起他一片混亂的心境，這些都算不了什麼。他在伸手不見五指的夜色中獨行，心中交織著強烈的驚慌、憤怒與嫌惡；只有上帝才知道，最後會有什麼樣的結局。

他搭乘慢車抵達司洛夫時，曼德爾已經租好一輛汽車在車站等他了。他們在橘黃色的夜空下緩緩朝城裡駛去，史邁利一邊聽著曼德爾彙報彼特．貴倫的調查結果。曼德爾說，值班記錄簿裡找不到四月十日晚間與十一日凌晨的記錄，那幾頁被人用刮鬍刀割走了，當晚値班警衛的簽到本和收發報登記簿也不翼而飛。

「彼特認爲這是最近才發生的事。有人在下一頁隨手寫上：『如有任何問題，請洽倫敦站站長』。看起來是艾斯特哈的筆跡，日期爲星期五。」

注32：Andrea Palladio（1508–1580），文藝復興時期的義大利建築大師。

「上星期五？」史邁利急忙轉身，座椅的安全帶吱嘎作響。「那是塔爾抵達英國的日子。」

「這都是彼特說的。」曼德爾鎮定地說。

最後，關於又名伊夫洛夫的拉賓，以及文化參事亞歷克斯．亞力山卓維奇．波里雅各夫，兩人都在蘇聯駐倫敦的大使館裡工作。根據艾斯特哈手下的點燈人小組報告，並無發現兩人任何可疑跡象；他們都受過審問，列在最不具嫌疑的C級名單上。拉賓一年前奉命調回莫斯科。

曼德爾也把貴倫的照片放在公事包裡帶來，這些都是貴倫在布里斯頓拍下的，已經沖洗放大。史邁利在派丁頓車站附近下車，曼德爾將公事包從車門一頭遞過來。

「你確定不要我陪你一起去嗎？」曼德爾問道。

「不用了，也才一百碼的距離。」

「幸好還有二十四小時。」

「確實。」

「有些人已經睡了。」

「晚安。」

曼德爾仍抓著公事包不放。「我應該已經找到那所學校了。」他說：「叫瑟古德學校，在陶頓賽馬場附近。他在伯克郡當了一學期代課老師，接著又轉去桑默塞。聽說他有輛拖車。需要我去確認嗎？」

「你會怎麼做？」

「去敲敲他的車門，向他兜售胡佛牌吸塵器，在社交場合上和他搭訕。」

「抱歉，」史邁利突然感到很不安。「我想我是多慮了。眞是抱歉，我太沒禮貌了。」

「貴倫這小子也是有點杞人憂天，」曼德爾堅定地說：「說他走在路上都覺得詭影重重，有些事情即將發生，而那些人都有份。我要他喝點酒冷靜一下。」

「沒錯。」史邁利想了一下才開口。「沒錯，就該這樣。吉姆的經驗很豐富，」他解釋道。「他是老派的外勤人員。無論他們怎麼對付他，他都沒問題的。」

卡蜜拉很晚才到家。貴倫知道桑德的直笛課九點就結束了，但是她十一點才回來，因此他忍不住對她發了一頓脾氣。她躺在床上看著貴倫，夾雜著白絲的黑髮披散在枕頭上；貴倫站在沒有燈光的窗邊，看著外頭的廣場。

「妳吃過晚餐沒有？」他問。

「在桑德老師那裡吃過了。」

「吃了什麼？」

她明明告訴過他，桑德是個波斯人。

她沒有回答。這或許是場夢？核桃牛排？愛情？卡蜜拉平常睡在床上時，除非是要擁抱他，否則都是動也不動。她熟睡時呼吸得很淺；有時他醒來時會注視著她，心想要是卡蜜拉死了，不曉得自己會有什麼感受。

「你喜歡桑德嗎？」他問。

「有時候。」

「他是你的情人嗎？」

「有時候。」

「或許妳應該搬去和他一起住，而不是跟我。」

「不是這樣的，」卡蜜拉說：「你不瞭解。」

他確實不懂。一對情侶在休旅車後座上親熱，接著是一個戴軟呢帽遛狗的路人，然後是兩名女孩在他門口的公用電話亭裡講了一個小時的電話。這些事情之間沒有任何關聯，只是像警衛換班一樣接連發生。現在又有輛小貨車停下來，但沒有任何人下車。車上是另一對情侶，還是夜間出勤的點燈人？小貨車停妥十分鐘後，那輛休旅車便開走了。

卡蜜拉睡著了。他躺在卡蜜拉身邊，依然沒有闔眼，等著明天依史邁利的要求去偷普利多事件的檔案。此一事件又稱爲「艾里斯醜聞」，或是另一個更明確的代號──「作證行動」。

14

目前爲止，這是比爾．羅奇這輩子第二開心的日子。他最快樂的是父母離異前的某一天，他父親在屋頂找到一個黃蜂巢，要小羅奇幫忙用煙熏走黃蜂。他的父親向來不擅長這類戶外工作，手腳甚至稱不上靈活；不過羅奇從百科全書裡查了有關黃蜂的知識，於是他們從藥局買回硫磺，裝進餵食器裡，放在屋簷下，總算把黃蜂給熏死了。

而今天則是吉姆．普利多汽車俱樂部首次開張、舉辦賽車的日子。學生們之前幫忙將那輛艾維士拆洗一番後再重新組裝，吉姆於是舉辦了這場活動來答謝他們。在拉茲的幫助下，他們在滿布石子的車道上放了一捆捆乾草充當障礙物，由吉姆負責計時，然後輪流握著方向盤駕駛汽車，在觀賽者的喧鬧聲中穿過起跑門。吉姆介紹他的車子時說道：「全英國生產過最好的車子。由於社會主義的關係，現在已經停產。」這輛艾維士重新上過漆，車頭上有面國旗迎風飄揚，無疑是世界上最拉風、跑得最快的一輛車。第一輪比賽中，羅奇在十四名參賽者中排名第三；現在比賽進行到第二輪，他已經開到栗樹林附近，還不曾因障礙物而停下來過，眼看就要到達目的地，打破紀錄了，他從沒想過有哪件事能帶給他這麼大的樂趣。他好喜歡這輛車，喜歡吉姆，甚至喜歡學校；這也是他生平第一次渴望贏得勝利。他聽到吉姆對他大喊：「放輕鬆，小胖！」也能看到拉茲揮舞著臨時湊合成的方格旗幟跳上跳下。不過當他一路顛簸開過終點線時，卻發現吉姆根本沒在看他，而是注視著跑道盡頭的白毛櫸樹林。

「先生，我花了多少時間？」他上氣不接下氣地問道，卻得到一陣沉默。

「計時員！」史派克利決定碰碰運氣，大膽地喊：「犀牛，請告訴我們他花了多少時間。」

「你很棒，小胖。」拉茲說，一面看著吉姆。

就和羅奇一樣，史派克利也沒能獲得吉姆的回應。他注視著運動場東邊的那條小徑，身邊站著名叫柯爾蕭的學生，綽號高麗菜沙拉[33]，他是三年B班裡程度較差的學生，平常最愛拍老師馬屁。運動場相當平坦，地勢直到小山丘旁才略有起伏，平常多下幾天雨就會積水。正因如此，小路旁沒有設置圍籬，取而代之的是固定在樹樁上的鐵絲網；附近也沒有樹林，只有鐵絲網和低窪地，偶爾還看得見遠處的昆塔克山，而它今天依舊隱身在一片白茫茫的霧氣底下。低窪地原本可能是一片通往湖泊的沼澤，或者根本通往不了任何地方。在這塊被雨水沖刷得一乾二淨的平地旁，出現了一個瘦高的人影，看起來是個不怎麼引人注意的男人，頭上戴著一頂軟呢帽，身穿灰色雨衣，拄著一根看起來不常用的枴杖。羅奇也盯著那個人看，覺得那人雖想走快一點，卻因爲某種原因刻意放慢了腳步。

「小胖，你戴著眼鏡嗎？」吉姆問道，仍盯著那個已經快走到下一根木樁的路人。

「戴著，先生。」

「看得到他是誰嗎？看起來有點像所羅門．格蘭迪[34]。」

「我不認識，先生。」

「你以前沒見過他嗎？」

「沒有，先生。」

「既不是這裡的老師，也不是村裡的人。那麼他是誰？乞丐？還是小偷？他爲什麼不往這邊瞧，小胖？我們看起來很奇怪嗎？如果你看到一群男孩開著車繞著運動場跑，你難道不會瞧一眼嗎？難不成他不喜歡車子，不喜歡小男孩？」

羅奇還在思索該如何回答這些問題，吉姆轉過頭用拉茲的語言和他低聲交談，語調平緩，羅奇感覺得出來兩人之間有種心照不宣的默契，是屬於外國人之間的特殊聯繫。拉茲似乎給了個否定的答覆，語調也泰然自若，更加深了羅奇這種印象。

「先生，請聽我說。我想他是教會的人。」高麗菜沙拉說：「我曾在作完禮拜時看見他和威爾斯·法戈說話。」

牧師名叫史帕格，年紀已經一大把了，瑟古德學校裡盛傳他就是退隱的威爾斯·法戈。吉姆聽到這話，顯得若有所思，羅奇則是滿腔怒火，認爲那些都是柯爾蕭瞎編出來的。

「高麗菜沙拉，你有聽到他們的談話內容嗎？」

「沒有，先生。他們當時在看教堂座位的名單。不過我可以去問問威爾斯·法戈，先生。」

「我們的座位名單？瑟古德學校的座位名單？」

「是的，先生，是我們學校的座位表。上面列著我們所有人的名字和座位。」

羅奇不高興地想著，還包括老師的座位。

注33：柯爾蕭（Coleshaw）的發音近似「高麗菜沙拉」（cole slaw）。

注34：Solomon Grandy，鵝媽媽童謠裡的主角，十九世紀的英國童謠。

「如果你們下次又看到他，馬上告訴我。看到其他可疑的人物也一樣，懂嗎？」吉姆用較爲輕鬆的口氣對所有學生宣布：「別接近學校附近的可疑人物。我上次待的地方就有一夥這樣的人，結果把那地方整個偷光了：銀器、現金、學生的手錶、收音機，天曉得他們還偷了什麼。他們下一個偷的就是艾維士汽車了。這可是英國最好的車，而且已經停產。小胖，他的頭髮是什麼顏色？」

「黑色，先生。」

「身高呢，高麗菜沙拉？」

「六呎高，先生。」

「在高麗菜沙拉的眼裡，每個人都是六呎高。」有個反應很快的孩子開玩笑說。柯爾蕭的個子很矮，據說是從小喝杜松子酒的緣故。

「史派克利，那他年紀看起來多大？」

「九十一歲，先生。」

孩子們哄堂大笑。羅奇又獲得一次機會，重新進行第二回合比賽，但成績差強人意。那天晚上，他輾轉難眠，強烈地忌妒起所有學生來；原本負責監視的任務專屬於他，現在全俱樂部的成員都加入了，甚至連拉茲也插上一腳。雖然他安慰自己，其他人的警覺性都不如他，吉姆說過的話通常隔天就忘了，而他以後會加倍努力應付近在眼前的危機，卻還是不覺得心情有好過一些。

臉頰瘦削的陌生人失去了蹤影，但隔天吉姆很難得地去了教堂一趟。羅奇看見他站在墓園前，和威爾斯．法戈說話。從此以後，羅奇注意到吉姆的臉色愈來愈陰沉，無論是在他每晚外出散步之際，還是無視於濕冷，坐在拖車外的吊床上一邊抽菸、一邊啜飲伏特加酒，直到夜幕低垂的時候；他臉上總是浮現警戒的神色，彷彿心中燃燒著熊熊怒火。

15

自從喬治．史邁利化名爲巴萊克勞，去了一趟艾斯考特之後，隔天便決定將薩賽克斯花園的艾拉旅館當成行動總部。艾拉旅館相當僻靜，地理位置十分符合史邁利的需求：它位於帕丁頓車站南方約一百碼之外，是棟年代久遠的樓房，旅館與大馬路之間有一排梧桐樹和停車場隔開。大馬路上的車潮每晚川流不息，旅館裡頭卻十分靜謐；只是壁紙和銅製掛燈的顏色毫不協調，讓整棟旅館看起來像個暖爐一般。不僅旅館裡平靜無波，就連外頭的世界也沒什麼大事發生；而旅館的女主人波普．葛拉罕太太，更是加強了這種印象。波普．葛拉罕太太是一位少校的遺孀，說起話來有氣無力，總讓巴萊克勞先生和其他前來投宿的客人連帶感到疲倦不已。她擔任曼德爾督察的線民多年，曼德爾堅稱她的姓氏只是普通的葛拉罕，波普[35]只是爲了聽起來威風一點，或是出於對羅馬教廷的尊敬。

「親愛的，令尊該不會是英國步兵團的一員吧？」她在登記簿裡看到巴萊克勞這個姓氏，打了個呵欠問道。史邁利預付了兩星期的住宿費，一共五十英鎊，她安排他入住八號房，方便他工作。史邁利想要書桌，她給了他一張搖搖晃晃的牌桌，吩咐一個名叫諾曼的男孩搬進房裡。「這是喬治時期的牌桌。」看著桌子放到房裡，她嘆了口氣。「親愛的，你會好好愛惜它吧？老實說，我眞不該把它借給你。這可是少校的遺物。」

除了五十英鎊的費用，曼德爾還偷偷自掏腰包加了二十英鎊，他說這是賄賂費用，之後又從史邁利那裡要了回來。「不會有人打擾吧？」他問葛拉罕太太。

「我向你保證。」波普・葛拉罕太太回答，一本正經地把鈔票塞進內衣裡。

「任何小事都要向我報告。」曼德爾提醒她。他坐在波普・葛拉罕太太位於地下室的房間裡，一同喝著一瓶她很喜歡的酒。「出入時間、接觸的人、生活作息，最重要的是，」他豎起食指強調：「最重要的是——這遠比妳想像的還要重要喔——我要知道有沒有可疑人士對他感興趣，或是找藉口向妳的員工打聽消息。」他一本正經地看著波普・葛拉罕太太。「就算他們自稱禁衛軍或福爾摩斯也一樣。」

「這裡就只有我和諾曼。」波普・葛拉罕太太說，指指一旁冷得直發抖的男孩，他身穿一件黑色外套，波普・葛拉罕太太在上頭縫了個天鵝絨領子。「親愛的，他們從諾曼口中套不出什麼來的。你太敏感了。」

「寄給他的信件也一樣。」曼德爾說：「我要知道郵戳和寄達的時間，但是不准私自拆閱或是暗藏起來。他的私人物品也比照辦理。」他瞥了一眼屋裡那只顯眼的保險櫃。「之後他會要求寄放一些東西，大多是文件，有時候是書籍。除了他以外，只有一個人可以看這些東西。」他忽然露出了海盜般的強勢笑容，「那就是我。懂了嗎？不准讓任何人知道妳手上有這些東西，也別想動它們，他絕對會看出來的，這人精明得很。只有專家才能碰這些東西。我就不多說了。」曼德爾最後說道。不過他一從桑默賽回來就告訴史邁利，他只花了二十英鎊就找到諾曼和旅館女

注35：Pope，意為教宗。

主人為他把風，眞是划算極了。

他這牛皮可眞的吹過了頭。他哪裡曉得，吉姆沒花半毛錢，就有整個汽車俱樂部的成員為他把風。他也不曉得吉姆是用什麼方法，後來竟能摸清楚他小心翼翼進行的調查，當然更不可能知道吉姆心中的怒火、因等待而繃緊的神經——或許還夾雜著一絲瘋狂的意念——已經讓他進入高度警戒狀態。

八號房位於頂樓，窗外是一道矮牆，牆外的街上有間陰暗的書店，還有一家名叫「大千世界」的旅行社。擦手巾上繡著「馬洛天鵝旅館」的字樣。當天晚上，雷肯就帶著一只鼓鼓的公事包來訪，裡面裝滿他從辦公室裡帶來的第一批文件。他們並肩坐在床邊說話，史邁利還打開電晶體收音機，藉此蓋過兩人的談話聲。雷肯對此頗不以為然——怎麼看，這種把戲都不適合一把年紀的史邁利！隔天早上，雷肯在上班的途中取回這些文件，並歸還史邁利借給他的書；他前一晚把書本塞在公事包裡充數。雷肯並不擅長這種事，他很不高興也很不自在，挑明了說他痛恨這種偷雞摸狗的勾當。天氣很冷，不過他的臉始終都氣得通紅。但是史邁利不可能趁白天時間閱讀這些檔案，因為雷肯的手下隨時需要查閱這些資料，一找不到就會引起軒然大波。此外，他也不想在白天的時候閱讀它們；他比任何人都要清楚，時間已經所剩無幾。接下來的三天的模式幾乎相同：雷肯每天傍晚到帕丁頓車站搭車時，順道將文件帶來；到了晚上，波普．葛拉罕太太就會偷偷向曼德爾報告，那個高高瘦瘦的傢伙又臭著一張臉來了，並對諾曼頤指氣使。史邁利每天只睡三個鐘頭，吃完糟透的早餐（每天的菜單都一樣：半生不熟的香腸和煮得過爛的番茄）之後，他就等著雷肯到來，然後開開心心地踏進冷冽的戶外，融入人群裡。

獨自待在旅館頂樓度過的這幾個夜晚，對史邁利而言非比尋常。儘管之後的日子依然緊張忙碌，表面上似乎還顯得更為波折，不過事後回想起來，他認為這段日子彷彿是在一夕之間完成的一段旅程。雷肯當時在花園裡厚著臉皮問他：「你願意將未來與過去的責任一肩扛下？」史邁利開始回溯過去的點點滴滴。對他而言，未來與過去，兩者之間已經沒有什麼分別；無論前進或後退，都是相同的旅程，他也早已看出終點為何。旅館房間裡塞滿亂七八糟的破爛傢俱，每樣東西都能勾起他往日的回憶，聯想起過往熟悉的辦公室場景。他彷彿重回他那間位於圓場頂樓的簡樸辦公室，裡頭掛著牛津校景的照片，就和他一年前離開時沒什麼兩樣；門外是天花板低矮的接待室，長官那群滿頭灰髮的老秘書們，就在那裡輕聲細語地講電話和打字。不過此時此刻，旅館這裡只有一個不為人知的天才，正耐著性子坐在一台老舊的打字機前，夜以繼日地工作。招待室的另一頭（在波普．葛拉罕太太的旅館裡，外頭則是間浴室，門上掛著「請勿使用」的牌子）矗立著一扇沒有任何標示的門，通往長官的禁區：裡面像條小巷似的，有老舊的鐵櫃和陳舊的紅皮書，空氣裡飄著灰塵和茉莉花茶的香氣；長官就坐在書桌後，當時已經瘦得形銷骨立，額頭上垂著一綹灰髮，臉上掛著慘澹的笑容。

史邁利完全沉浸在過往的回憶裡，每當電話鈴響（波普太太為他接了分機，得額外以現金付費），他都得花上一些時間回過神來，才能想起自己究竟置身何處。其他聲響也很容易讓他陷入同樣的錯覺，像是矮牆上傳來鴿子的咕咕聲、狂風將電視天線吹得沙沙作響，或是雨天時，雨水順著屋簷潺潺流下的聲音。過去在劍橋圓場的日子裡，這些都是他習以為常的音響，也只有待在五樓才聽得到。他的耳朵對它們特別敏感，唯一的理由顯而易見：這是他過往最熟悉不過的聲響。有天凌晨，史邁利聽見門廊外傳來腳步聲，他還眞的打開房門，想讓圓場的夜班編碼員進來；他當時完全一頭栽進了貴倫拍攝的照片裡，正憑著手頭上少得可憐的資訊，試圖拼湊出在水平原則之下，圓場究竟是以什麼樣的程序處理從香港發來的電報。但是門外站著的人不是編碼員，而是身穿睡衣、打赤腳的諾曼。對面的房門外放著一雙男鞋和一雙女鞋，不過艾拉旅館裡絕對不會有人替房客把鞋子擦乾淨，更別說是諾曼了。

「別再東張西望了，快回去睡覺！」史邁利說道。看到諾曼只是瞪著他，他又說：「快走開行不行！」差點脫口說出：「你這個渾小子。」

雷肯第一天晚上帶給他的第一份檔案上，標題寫著《巫術行動：特殊情資的分配規範》，封面寫滿注意事項與處理程序，還有一條奇怪的規定，要求拾獲者「立即原封不動地歸還」至內閣辦公室的檔案登錄組組長。第二份檔案的標題是《巫術行動：致財政部的追加費用估算、倫敦置屋的特別專案、特殊財務編列與補助等》；第三份檔案則以粉紅色緞帶和第一份檔案捆在一起，標題爲《巫師梅林：客戶評估、成本效益、擴大利用範圍。另請參照機密附件》。不過檔案後頭並沒有附上機密附件，因此史邁利向雷肯問起這件事，得到的反應卻十分冷淡。

「部長把它鎖在私人保險箱裡。」雷肯啐了一口。

「你知道解鎖的密碼嗎？」

「當然不知道！」雷肯怒氣沖沖地回答。

「標題是什麼？」

「這跟你一點關係也沒有。我眞不懂你爲什麼要浪費時間研究這些資料。這是高度機密的文件，我們想方設法，爲的就是愈少人讀過愈好。」

「就算是機密附件，也該有個標題吧？」史邁利溫和地說。

「這份就是沒有。」

「裡面有提及梅林的身分嗎？」

「別開玩笑了。部長才不想知道這件事，艾勒藍也不想告訴他。」

「『擴大利用範圍』是什麼意思？」

「不准審問我，喬治。你已經不是我們的一份子了。照理說是由我來對你進行專門審查。」

「爲了巫術行動進行的專門審查嗎？」

「沒錯。」

「有沒有一份已通過專門審查者的名單？」

雷肯回答，名單就在那份分配規範的檔案裡，接著幾乎要摔上門一走了之；收音機裡傳來澳洲DJ播放的慢歌〈花兒都到哪裡去了？〉，他又轉過身來。「部長——」他再次開口，「部長最討厭拐彎抹角的解釋。他總是說，他只相信一張明信片就寫得完的事。他總是急著掌握到手的情報。」

史邁利說：「你不會忘了普利多吧？有關他的任何消息都要告訴我，即使是芝麻綠豆大的小事都好。」

這句話讓雷肯瞪大了雙眼，再次轉身準備離開。「你瘋了嗎，喬治？你有沒有想過，普利多在挨那一槍之前，很可能根本沒聽過巫術行動？我眞的不懂，你爲什麼不專注在最重要的問題上，而是專挑那些旁枝末節……」他話還沒說完，人已經離開了房間。

史邁利回過頭看最後一份檔案：《巫術行動：部門通訊》。「部門」是圓場稱呼白廳的代號之一。這份檔案是部長與波西．艾勒藍（史邁利一眼就能認出他像小學生般工整規矩的筆跡）之間往來的正式通訊錄，艾勒藍當時仍是長官手下最低階的職員。

讀著這份被翻閱過無數次的檔案，史邁利不禁想道：對如此殘酷又漫長的鬥爭來說，記錄竟是如此乏味。

16

在閱讀這段漫長而現實的鬥爭時，史邁利如今正重溫其中的關鍵戰役。這份檔案只不過記錄了冰山一角，烙印在史邁利腦海中的記憶可不只如此。這場鬥爭的兩大對手是艾勒藍與長官，起因已不可考；比爾．海頓對這段關係的發展瞭若指掌，也對此感到悲傷。那兩人在劍橋時期就已交惡，當時長官擔任短期教師，艾勒藍還是學生。據海頓的說法，艾勒藍在長官眼裡是個十足的壞學生，長官時常奚落他；史邁利認爲這應該是確有其事。

長官特別喜歡拿來嘲諷一番的荒唐事就是：「有人說波西和我是患難兄弟。我們會在平底船上胡鬧，你們能想像嗎？」他從沒說過這是不是眞的。

關於這些不知眞僞的傳聞，史邁利根據他對兩人早年生活的瞭解，倒是能補充一些確鑿的事實。長官出身卑微，波西．艾勒藍則是來自低地的蘇格蘭人，父親爲牧師；即使波西沒有繼承父親的志業，說教的本事倒也如出一轍。他差了一兩年沒能參與大戰，加入圓場前是在倫敦的一家公司上班。他在劍橋讀書時，對於政治（海頓說，艾勒藍比成吉思汗還右派，而他自己則是名符其實的開明派，天曉得這種說法是不是眞的）和運動都有些興趣。一個無關緊要的小人物麥斯頓將他召募進來——當時麥斯頓一度試著在反間諜圈子裡建立起自己的勢力，看出艾勒藍極具天份，因此竭力吹捧他，自己卻沒多久就下了台。圓場拿艾勒藍沒輒，便將他送往南美洲，連任兩任領事作爲掩護身分，期間都不曾返回英國。

史邁利還記得，即使是長官，也不得不承認艾勒藍在當地的表現相當不錯。阿根廷人很欣賞艾勒藍打網球和騎馬時展現的運動細胞，以爲他是個性溫和的紳士（這是長官說的），而且腦袋並不靈光。但實際上艾勒藍聰明得很。當艾勒藍交棒給下一任領事時，他已經在南美洲東西兩岸建立起自己的情報網，甚至將勢力範圍延伸到了北方。在國內休息一陣子、聽取幾個禮拜的彙報後，他調往印度，當地的情報員都將他視爲捲土重來的英國統治者，對他又敬又畏。艾勒藍對這批情報員曉以大義，讓他們對他忠心耿耿，卻給他們極低的待遇，一等到適合的時機就將他們轉手賣掉。離開印度後，他又前往開羅。

這次輪調讓艾勒藍吃了不少苦頭，因爲當時中東仍是海頓的勢力範圍。開羅的情報網將比爾視爲「當代的阿拉伯勞倫斯」，史邁利和麥汀達爾在那家不知名的俱樂部裡碰面時，他就是用這個稱號稱呼海頓。開羅的情報員已經準備好不讓新的繼位者有好日子過，但波西最後還是闖出了一番名堂；假如他之後沒和美國發生糾葛，或許還會贏得比海頓更高的聲望。無論如何，波西鬧出了一樁醜聞，他與長官的鬥爭也就此浮上檯面。

史邁利並不清楚當時的情況，那是在他晉升爲長官助手以前爆發的事。據說艾勒藍未經倫敦核准，便捲入一場美國人的愚蠢計畫，打算讓他們的一名手下成爲當地的掌權者。艾勒藍最致命的弱點在於，他無可救藥地崇拜美國人；他在阿根廷看著美國人讓左翼政權節節敗退，又在印度目睹他們巧妙地瓦解中央集權的勢力，在在令他敬佩不已。但長官就和圓場大多數人一樣，對美國人和其所作所爲深惡痛絕，還常設法暗中破壞他們的計畫。

之後東窗事發，英國石油公司大爲火光，套句行話，艾勒藍現在得捲起舖蓋走人了。事後，他聲稱是長官慫恿他這麼做，之後又讓他下不了台，甚至故意向莫斯科走漏風聲。無論眞實情況爲何，艾勒藍一返抵倫敦，就接到一紙通知，要求他前往培訓中心訓練實習新生。這份差事通常都落在年屆退休的資深員工身上，讓他們在領到退休金之前還能打發一兩年時間。比爾．海頓當時是人事組組長，他向波西解釋，倫敦實在找不出其他工作，能符合波西的年資和能力。

「該死，那你就給我生出一個來。」波西說。他說得沒錯。之後比爾向史邁利坦承，他當時沒料到艾勒藍背後有一批強大的靠山。

「他們是誰？」史邁利曾問道：「他們怎能把你不想要的人硬塞給你？」

「打高爾夫球的。」長官不高興地說。「打高爾夫球的」與保守派。在那段日子裡，艾勒藍和反對黨關係打得很好，獲得許多公開支持，尤其受到邁爾斯．瑟康比的熱烈歡迎。瑟康比是安的表哥（可惜不是遠房），如今是雷肯的部長。反觀長官卻是勢單力薄。圓場的聲勢正跌至谷底，總有人說要全面廢除、另起爐灶。在情報圈子裡，失敗總是接踵而至，但這次似乎拖得特別久；情資的價值下跌，可信度也日益低落。每到關鍵之處，長官總顯得不夠有魄力。

即使長官一時陷入了困境，他還是有辦法在草擬人事安排時苦中作樂——他給艾勒藍安了個「行動指揮」的位置，戲稱其爲「波西的小丑帽」。

當時史邁利什麼忙也幫不上。比爾．海頓遠在華盛頓，正努力與他口中那群美國情報局的「法西斯清教徒」談判情報條款。史邁利已晉升至五樓，最主要的工作就是幫長官謝絕訪客。當艾勒藍找不到長官時，就會到史邁利的辦公室一趟，還把情婦打發到電影院去，邀請史邁利到他那昏暗的公寓裡坐坐，然後用蘇格蘭腔沮喪地問他：「爲什麼？」他甚至不惜血本買了瓶威士忌招待史邁利，拚命灌他酒，自己卻喝比較便宜的牌子。

「喬治，我到底是哪裡得罪他了？我們確實有過一兩次爭吵，但這有什麼大不了的？他爲什麼老愛找我麻煩？我只不過是想獲得一個上層的位子。誰都知道我有資格拿到！」

他口中的「上層」，指的就是五樓。

長官爲艾勒藍草擬的行動指揮一職，乍看之下似乎冠冕堂皇——所有行動計畫在付諸實行之前，都得先經過艾勒藍的審查；不過底下又用小字加了一條但書限制其職權，亦即艾勒藍得先取得提出行動計畫之部門的同意，才能進行審查——長官相當肯定，艾勒藍想取得同意，絕對難如登天。職務內容包括「協調後勤資源，防止各部門之間的異議」，艾勒藍在成立倫敦站後確實落實了此一概念——但是負責提供後勤支援的點燈人小組、僞造文書組、竊聽組和譯碼組卻拒絕接受艾勒藍審查，他也無權強迫他們服從命令。因此艾勒藍閒得發慌，他的收文匣自午餐時間後就空空如也。

「我不夠聰明，是不是？想在這個時代出頭，腦袋得夠靈光，要嶄露頭角，年紀還得夠大才行。」雖然艾勒藍經驗老道，讓人經常忘了他年紀還很輕，不過依他的歲數，要坐到上位還嫌太早，他比海頓和史邁利小了近十歲，和長官一比又年輕得更多。

長官依然不爲所動。「波西．艾勒藍爲了升官，連自己的母親都可以賣掉；他也會爲了在議會謀得一官半職，而把我們給賣了。」過了一段時間，長官開始爲痼疾所苦，他又表示：「我才不要把我大半輩子的心血拱手讓給中看不中用的傢伙。我向來不吃花言巧語這一套，我年紀大了，早就沒有雄心壯志，脾氣還壞得很。波西和我完全相反。白廳有很多聰明人，他們一定比較喜歡波西，而不是我。」

可以說，長官正因此間接促成了「巫術行動」。

「喬治，快過來。」有天，長官的聲音從對講機傳來，「波西老弟想要宰了我。你再不來就要見血了。」

史邁利還記得，當時大夥兒都出師不利，紛紛從海外碰了一鼻子灰回來：羅伊．布蘭德剛從塞爾維亞首都貝爾格萊德搭機返國，他在托比．艾斯特哈的幫助下，試著重整當地奄奄一息的情報網；保羅．史考迪諾當時是德國站站長，手下最優秀的蘇聯情報員剛在東柏林殉職；比爾同樣自美國無功而返，不停大罵五角大廈裡淨是些目中無人又滿嘴謊言的蠢材，揚言「該是和該死的俄國佬合作的時候」。

此刻，艾拉旅館已是夜半時分，一名晚到的房客正在門外按鈴。史邁利想，那位客人得先給諾曼十先令的小費；雖然英國幣制早已改革，他仍搞不清楚幣別。他嘆了口氣，拿起巫術行動的第一份檔案，舔了舔右手食指與大拇指，再次憑著記憶核對起官方記錄。

訪談過後幾個月，艾勒藍寫了一封信給安那個位高權重的表哥，也就是雷肯的部長，這封私人信件也收入了雷肯的檔案。信中的筆調顯得有些歇斯底里。「我們談過了，」艾勒藍寫道：「巫術行動報告的消息來源極為機密，就我看來，白廳現行的配送機制已不再適用。我們在『牛虻計畫』使用的公文箱系統經常失效，白廳的客戶老是搞丟鑰匙，還有個次長工作過度勞累，竟把鑰匙交給私人助理。我已將此情形呈報給海軍情報局的李萊，他打算爲我們在海軍部大樓專闢一間閱覽室供客戶使用，並由本單位派一位資深警衛監視。我們得爲閱覽室編出一些使用名目，名義上它是『亞得里亞海工作小組會議室』，簡稱爲 AWP 室。有權閱讀文件的客戶不會拿到通行證，因爲通行證很可能被濫用。他們得向我的警衛（史邁利注意到『我的』這個說法）告知身分，警衛會依照一份附有照片的清單加以核對。」

這封信並沒有說服雷肯，他透過他那惹人厭的頂頭上司，向財政部提出想法，這通常也代表部長本人的意見：

「即使有此需要，閱覽室也得先擴大重整。

一、閣下是否批准此筆開支？

二、如獲批准，此筆支出表面上將由海軍部負擔，再由本部私下償還。

三、關於額外派駐警衛的問題，又是另一筆費用支出……」

還有艾勒藍聲勢日益壯大的問題。史邁利慢條斯理地翻頁，思索著。如今波西就像座光芒耀眼的燈塔，眼看就要在上層占有一席之地，長官這時大概已經死了。

樓上傳來悅耳的歌聲，一名喝得酩酊大醉的威爾斯房客正向大家道晚安。

史邁利記得（這當然還是憑藉他自己的記憶，檔案無法清楚記錄人性），艾勒藍擔任新職後，一心想展開其私人諜報行動，巫術行動絕非他的首度嘗試。但礙於職務規定，凡事都得經過長官的批准，因此他之前的計畫都胎死腹中。舉例來說，有一陣子他熱中於挖地道。美國在柏林和貝爾格萊德挖了竊聽用的地道，法國也跟美國依樣畫葫蘆；而在波西的號召下，圓場自然也參了一腳。長官睜一隻眼閉一隻眼，內部便成立了委員會（大家都稱呼其爲「艾勒藍委員會」），派了一批技術組人員前往雅典調查蘇聯大使館的地基。艾勒藍非常景仰其歷屆軍人政權，對最近這一屆也不例外，渴望獲得對方的大力支持；結果長官不費吹灰之力就推翻了艾勒藍的計畫，等著看他還能變出什麼新把戲。經過一番嘗試，艾勒藍果眞出了新招。於是在一個陰暗的早晨，長官將史邁利叫進了辦公室。

長官坐在書桌前，艾勒藍則站在窗邊。桌上放著一份闔上的鮮黃色檔案夾。

「來這裡坐，看看這份垃圾。」

史邁利在椅子上坐下，艾勒藍仍站在窗邊，雙肘撐在窗台上，看著窗外的納爾遜[36]紀念柱和遠處白廳的尖頂。

檔案夾裡放著一張照片，內容似乎是一份蘇聯海軍的高度機密情報，文件長達十五頁。

「誰翻譯的？」史邁利問道，心想這看起來像是羅伊．布蘭德的傑作。

「上帝。」長官回道：「是上帝翻譯的，對吧，波西？喬治，你什麼都別問他，他不會告訴你的。」

注36：Horatio Nelson（1758-1805），驍勇善戰的知名海軍中將，於一八〇五年的特拉法加戰役中，帶領英國皇家海軍擊敗法國和西班牙艦隊，也因此役而犧牲。

那段時間，長官看起來特別年輕。史邁利記得他掉了些體重，臉色紅潤，當時不知道情況的人都稱讚他氣色變好了。或許只有史邁利注意到，在那段日子裡，長官的髮線總是滲出滴滴汗珠。

準確來說，這份文件是針對一場在地中海與黑海間進行的蘇聯海軍演習所做的評估報告，據說是爲了蘇聯最高指揮部準備的。雷肯的檔案中只將其標註爲「海軍第一號報告」。海軍部已經向圓場三催四請了好幾個月，爲的就是有關這場演習的情報，因此這份報告來得正是時候；但在史邁利看來，這反而啓人疑竇。報告非常詳盡，但幾乎都是史邁利至今讀來仍摸不著頭緒的內容：海上的遠程進攻戰力、活化警告敵方系統的無線電訊號、針對恐怖平衡的嚴密算計。即使這份情報屬實，利用價值也不高，更何況還沒有證據可證實其眞僞。每週圓場都要處理數十份主動提供的「蘇聯情報」，大多都是拿來騙人的貨色，有些是盟國出於某種不可告人的目的所捏造的消息，甚至有俄國當局刻意提供的假情報。偶爾有一兩件證實爲眞，但往往都已遭到捨棄。

「這是誰的簽名?」史邁利問道，文件邊緣上有些以鉛筆寫下的俄文字母。「有人知道嗎?」

長官將頭朝艾勒藍的方向一點。「問當事人吧！別問我。」

「柴洛夫。」艾勒藍說：「黑海艦隊的海軍上將。」

「這上面沒有日期。」史邁利提出質疑。

「這是草稿。」艾勒藍自滿地說，蘇格蘭腔比以往更爲明顯。「柴洛夫星期四簽核，最終完稿加上這些補充附件於週一發出，日期也是註明星期一。」

這天是星期二。

「你從哪裡弄來的？」史邁利問道，依舊摸不著頭緒。

「波西似乎沒辦法交待清楚。」長官說。

「我們的鑑定人員怎麼說？」

「他們還沒看過這份文件。」艾勒藍說：「也不會看到。」

長官冷冷地說：「但是我們海軍情報局的李萊老弟卻已經發表初步看法了，是不是啊，波西？波西昨晚給他看了，還在旅客酒吧喝杜松子酒。對吧，波西？」

「是在海軍部。」

「李萊老弟和波西一樣來自蘇格蘭，向來不輕易稱讚別人。不過他半小時前打電話給我時，卻是讚不絕口，甚至還向我道賀呢！他認爲這份文件是眞貨，希望徵求我們的同意——或者該說是波西的同意——讓海軍的高層也大致瞭解這份文件的內容。」

「這不太可能。」艾勒藍說：「只有他能閱讀這份文件，至少接下來幾週都會是如此。」

「這東西太燙手，」長官替他補充解釋：「自然得放一陣子才能發布出去。」

「所以這到底是從哪兒來的？」史邁利仍堅持問出個所以然來。

「別擔心，波西會編個掩護代號。我們在想代號時從不拖拖拉拉的，是不是啊，波西？」

「消息來源究竟是什麼？誰是專案負責人？」

「你聽到會很高興。」長官做了個評論。他看起來非常生氣。史邁利和長官相處了這麼久以來，還沒見過他如此憤怒。他細瘦又長滿雀斑的手在顫抖，平常黯淡無光的雙眼，如今因怒火而發亮。

「巫師梅林。」艾勒藍說，開口前稍微嘖了一聲，十足的蘇格蘭人作風。「他高居要職，掌握蘇聯決策單位裡的最高機密。」他說話的語氣，彷彿他就是那位高階官員。「我將他的情報稱為巫術行動。」

史邁利想到，艾勒藍之前寫了一封私人機密信件到財政部，給一名崇拜他的職員，要求獲得更多特權、提供補助給情報員時，用的正是這個代號。

「下一次他大概會說，這份情報是從足球比賽的賭局中贏來的。」長官警告他，雖然他外表變年輕了，但他實際年齡畢竟還是不小，講起流行用語總不夠準確。「問問他為什麼不能透露消息來源。」

艾勒藍不為所動，因得意而滿臉通紅。他深深吸了口氣，準備對史邁利高談闊論一番，平板的語調彷彿是名出庭作證的蘇格蘭警官。

「我不能透露梅林的身分。他是圓場裡某些人花費了好幾年工夫才爭取來的，這些人和我彼此都有保密的義務。這裡狀況不斷，他們對此也感到很不滿；計畫接二連三曝光，損失慘重、浪費不少時間，也爆發了太多醜聞。我已經說過很多次了，但他只把我的話當耳邊風。」

「他指的就是我。」長官說道：「他口中的他指的就是我，喬治，你有聽出來嗎？」

「這裡一切都亂了套——情報交換與安全機制的一般原則都被拋諸腦後。我們得搞清楚這是怎麼回事，為什麼部門都各自為政？這是怎麼回事，喬治？各區都在自相殘殺，這是上層慫恿的結果。」

「又是在說我。」長官插嘴道。

「分而治之是當今這個年頭的原則。我們應該同心協力對抗共產主義，如今卻在兄弟鬩牆；我們正不停流失最優秀的夥伴。」

「他是指美國人。」長官解釋道。

「我們快要喝西北風去了，連自尊都保不住；我們已經受夠了。」他將檔案夾在腋下。「說眞的，氣都氣飽了。」

「他和那些受夠的人一樣，」艾勒藍乒乒乓乓地走出門去，長官說道：「總是欲求不滿。」

史邁利的回憶暫時告一段落，接下來他又重新回到雷肯的檔案內容。史邁利知道事件一開始的情況，卻不曉得後續發展；在最後那幾個月裡，這十分常見。長官痛恨失敗，就像他討厭生病一樣，而他對自己的失敗更是深惡痛絕。他很清楚，若承認失敗，就得與失敗共存；情報機構若沒有經過一番痛苦的鬥爭，便很難長久生存下去。他厭惡高階情報人員，那些人占用絕大部分的預算，影響了平日的諜報工作，但這些平日的情報來源才是他寄予厚望的關鍵。長官熱愛成功，不過要是奇蹟出現，讓所有人都忽略了他的努力，那他寧願奇蹟不要發生。他討厭軟弱，一如他不喜歡感情用事與宗教，因此他討厭幾乎集以上元素於一身的波西．艾勒藍。面對這些令他厭煩的事物，他的對策就是緊緊關上門、封閉自己；他會獨自待在樓上的辦公室裡，將任何訪客拒於門外，所有來電一律由那群老秘書代接。這群同樣文靜的老太太會給他端來茉莉花茶和數也數不清的檔案卷宗，每次收發都是成堆上疊。史邁利爲了讓圓場正常運作下去，依舊繼續辦公，經過長官的門口時，總會看到門邊堆著一大疊檔案，大多是年代久遠的案子，早在長官掌權之前就已存在；有些則是私人記錄，是圓場歷屆成員的人事檔案。長官從未告訴任何人他在忙些什麼。假如史邁利開口詢問那群老秘書，或是人見人愛的比爾·海頓前來打聽相同的問題，她們要不是搖搖頭，就是不發一語地將眉毛揚得老高，溫和的眼神彷彿在說：「已經無藥可救了。他的事業生涯已到尾聲，我們盡量逗他開心。」但是史邁利很清楚事情絕非如此。史邁利耐心地翻閱一份又一份檔案，縝密複雜的腦袋裡不忘回想起伊莉娜寫給瑞奇·塔爾的信。他知道自己絕非第一個探尋這段過往的人，這個想法令他感到安慰；他也知道長官的陰魂始終伴隨著他，只是無法與他走到最後；要不是作證行動在最後一刻害他喪命，長官或許會陪他一路走完。

又到了吃早餐的時刻，但半生不熟的香腸和煮得過爛的番茄，完全吸引不了那名鬱鬱寡歡的威爾斯人。

「你還要拿回這些文件嗎？」雷肯問道：「還是你已經讀完了？它們大概對問題沒有多大幫助，裡面甚至連份報告都沒有。」

「如果你不介意的話，我今天晚上會看。」

「你應該已經注意到，自己的臉色很難看吧？」

史邁利根本沒注意到。當他回到臨水街，望進安那面鍍金的美麗鏡子時，才看見自己雙眼布滿血絲，豐腴的臉頰因疲憊而爬滿了皺紋。他小睡片刻，又繼續進行神祕兮兮的工作。傍晚時分，雷肯已經在等他，史邁利二話不說，又埋頭讀起成堆的文件。

根據檔案裡的記錄，那篇海軍報告在接下來整整六週都沒有下文。國防部其他部門都和海軍部一樣，對這份情報相當感興趣，外交部則表示：「這份文件充分解釋了蘇聯的侵略意圖。」無論這代表什麼意思。艾勒藍仍堅持對這份情報採取特別處理程序，但只是孤軍奮戰，得不到任何支持。雷肯冷淡地回覆：「沒有及時獲得後續發展」，並向部長建議，他要「和海軍部共同分析一下情況」。根據檔案，長官並未表示任何意見。或許他只是按兵不動，暗自祈求這件事會自然落幕。在這期間，財政部一名莫斯科觀察家甚至挖苦道，近年來白廳常出現這種情況：情報一開始總能振奮人心，但接著就毫無下文；或者更慘的是：反而爆發出醜聞。

但他這次眞是大錯特錯。到了第七週，艾勒藍宣布他在一天內收到三份最新的巫術行動情報，內容都是蘇聯各部門之間的機密通訊，唯主題各不相同。

根據雷肯的摘要說明，巫術行動第二號報告談到經濟互助委員會[37]的緊張關係，以及西方貿易如何腐化了委員會中較弱的會員國。就圓場而言，這是一份有關羅伊·布蘭德負責領域的典型報告，以匈牙利爲基地的情報網——怒火組，多年來都在打聽這個消息，始終一無所獲，這篇報告卻正中目標。「眞是如獲至寶，」一名外交部的客戶寫道：「還有確鑿的證據相佐。」

巫術行動第三號報告則談及匈牙利盛行的修正主義，以及卡達爾[38]在政治圈與學術界加速肅

注37：Comecon，由蘇聯、保加利亞、匈牙利、波蘭、羅馬尼亞、捷克、東德、蒙古、古巴、越南等共產國家組成的經濟互助組織。

注38：Janos Kadar（1912-1989），由蘇聯扶植，於一九五六—一九八八年間擔任匈牙利總理，是極具爭議性的獨裁領導者。

清的情況：報告的作者套用了赫魯雪夫很久以前自創的說法，表示匈牙利若要遏止流言蜚語，最好的方法就是多殺幾個知識份子。這仍屬於羅伊．布蘭德負責的領域。那名外交部的客戶再次評論道：「有些人認爲蘇聯對附庸國採取懷柔政策，對他們而言，這份情報不啻爲當頭棒喝。」

這兩份報告都是基本的背景資料，但巫術行動第四號報告卻不然，它長達六十頁，大多客戶都認爲是一份相當獨特的情報。這份報告是蘇聯外交領事館針對與聲望日益下滑的美國總統談判一事，所提出的技術性利弊分析。結論是，若給美國總統一點甜頭嚐嚐，讓他對選民有所交代，那麼在即將舉辦的多彈頭核武談判會議中，就能換來美國的讓步，這對蘇聯來說極具價值。但報告亦嚴正指出，不宜讓美國明顯感受到屈居下風，否則五角大廈很可能會採取報復性或先發制人的手段。這份報告的內容正是比爾．海頓負責的領域，不過從海頓寫給艾勒藍的一則備忘錄（這則備忘錄的副本未經海頓同意就迅速呈報給部長，存進了內閣辦公室的檔案裡）看來，海頓本人似乎也因爲這份報告而大受感動，說他調查蘇聯核武問題二十五年來，從未接獲如此有價值的情報。

他在結尾寫道：「除非我弄錯了，否則我們的美國同行也從未接獲這麼好的情報。我知道現在還言之過早，不過我確實認爲，要是把這份情報賣到華盛頓去，絕對能大撈一筆。事實上，假如梅林的情報能一直維持這麼高的水準，我敢說我們從美國情報局那裡什麼都買得到手。」

於是，波西．艾勒藍擁有了自己的閱覽室。喬治．史邁利在洗手台邊的舊煤氣爐上煮了一壺咖啡，但煮到一半煤氣就斷了。史邁利一氣之下叫來了諾曼，要求換五英鎊的硬幣。

17

興致益發濃厚的史邁利，持續埋首於雷肯帶給他為數不多的報告中，內容從兩位主角的初次會面直到今日的情況。在那段期間裡，圓場瀰漫著相互猜忌的氣氛，巫師梅林成了禁忌話題，即使是長官與史邁利之間也絕口不提。艾勒藍帶來巫術行動的報告後，在接待室裡等著老秘書將報告送去給長官，長官會立刻簽署歸還，以展示他根本沒有讀過它們。艾勒藍取回檔案，經過史邁利的辦公室時會探頭打聲招呼，然後乒乒乓乓地下樓去。布蘭德躲得遠遠的；比爾．海頓原本經常來訪，總是能帶來輕鬆熱絡的氣氛，而過去長官也樂見他的高階情報員相互交流，但後來他到訪的次數逐漸減少，停留時間也愈來愈短，最後完全不再上樓來。

「長官已經老糊塗了。」比爾用不屑的口氣對史邁利說：「假如我沒搞錯的話，他大概也來日無多。就只是看哪個情況先發生而已。」

週二的例行會議不再舉行。長官經常交辦史邁利一些工作，不是叫他出國執行一些目的不明的任務，就是要他親自視察國內基地，像是薩拉特、布里斯頓或是阿克頓等等。史邁利愈發覺得，長官有意將他打發走；每當他們交談時，史邁利總感受得到兩人間彼此猜疑的緊張氣氛，因此就連他都不免開始動搖，或許比爾說得沒錯，長官確實不適任他現在的位置。

內閣辦公室的檔案顯示，接下來的三個月裡，巫術行動仍在長官完全置身事外的情況下進行。每個月平均有兩至三篇報告，就客戶評價看來，情報價值也維持一貫的高水準。但檔案裡很少提及長官，也完全沒有記下他的評論。有時鑑定人員會雞蛋裡挑骨頭，不過他們更常抱怨找不到佐證，因為梅林一再開發出他們以往不曾接觸過的領域。他們詢問：我們能不能請美國人鑑定一下？部長說，不能；艾勒藍則說，時機未到。他在一份沒有任何人見過的備忘錄中補充道：「當時機成熟，我們能做的不僅僅是與他們交換情報。我們並不滿足於單次交易，最終任務是要確實建立起梅林的情報價值，不再有人質疑其眞實性。大功告成後，海頓就可以進入情資市場兜售了……」

之後確實沒再出現質疑的聲音。少數雀屏中選的人獲准進入亞得里亞海工作小組的會議室，對他們而言，梅林已經大獲全勝。他總是提供正確的情報，其他消息來源總能在事後證實其資訊無誤；他們成立了巫術行動委員會，由部長主持，艾勒藍則是副主席。梅林成了寶貴的大事業，長官卻絲毫沾不上邊。這正是為什麼他在絕望之餘，決定派史邁利出面刺探：「他們一共三個人，再加上艾勒藍。」他說：「喬治，不管你用什麼方法都行。拷打、利誘、威嚇，總之他們要什麼就給什麼。」

令人慶幸的是，檔案裡並沒有這些會面的記錄。對史邁利而言，這是最不堪回首的一部分。他當時就已經很清楚，長官手中沒有任何籌碼，不可能滿足他們的胃口。

四月時，史邁利去了葡萄牙一趟，試圖平息一件醜聞。當他回來，卻發現長官已經把自己完全封閉起來。地上散落著文件，窗戶加了新鎖；他在電話上套著茶壺的保溫罩，又在天花板掛上電扇似的隔音板，能不斷變換音調、防止竊聽。史邁利離開的這三個禮拜期間，長官已經成了不折不扣的老人。

「告訴他們，他們得用僞鈔才有辦法打通門路。」他頭也不抬，繼續看著文件。「告訴他們什麼都行。我需要時間。」

「他們一共三個人，再加上艾勒藍。」史邁利喃喃重複長官說過的話，坐到少校的牌桌邊，開始閱讀雷肯提供的名單，上面的人都獲准參與巫術行動。今天有六十八人獲准進入亞得里亞海工作小組的會議室，就如同共產黨黨員一般，每個人都按照許可日期獲得一組編號。長官死後，這張名單重新打印，上面並沒有史邁利的名字，但名單開頭的四個主要幹部並沒有改變：艾勒藍、布蘭德、艾斯特哈與比爾．海頓。長官說過，他們一共三個人，再加上艾勒藍。

正當史邁利的心思向他閱讀的每筆資料、每個最細微的關聯敞開，一幕完全不相關的畫面卻突然來襲：他和安一同在寇爾尼詩的海岸邊散步。當時長官剛過世不久。他們結婚多年，度過許多紛紛擾擾的日子，那是史邁利記憶中最難熬的時刻。他們走在海岸高處，大概是介於萊默納與波利柯諾之間的某處。當時並非適合出遊的季節，他們表面上是爲了安才到那裡去，她需要海風治療她咳嗽的毛病。他們沿著海岸的小徑走，各自想著心事：他猜想安正想著海頓，他則在想長官、吉姆．普利多、作證行動，以及他退休後所留下的一團混亂。他們夫妻之間已無和諧的關係可言，總是很難冷靜共處；他們絲毫不瞭解彼此，就連一場最平凡的對話，最後也會扯到八竿子打不著的方向去。安在倫敦的生活十分放蕩，對任何想要她的男人都有求必應。他只知道安試圖忘卻某些令她十分心痛或煩惱的事，他卻幫不上任何忙。

「要是死的人是我，」她忽然問道：「而不是長官，你對比爾會有什麼想法？」

史邁利還在思考該如何回答時，她又開口：「有時候，我覺得是因爲我的關係，才讓你對他保持好感。有沒有這個可能？是不是因爲我的關係，而讓你們兩人走得這麼近？」

「是有可能。」他回答。「我想就某種程度而言，我確實很依賴比爾。」

「比爾在圓場裡還是舉足輕重的人物嗎？」

「說不定比以前還重要。」

「他還是會去華盛頓，和美國人談判交易，把他們搞得暈頭轉向？」

「應該吧。就我聽到的情況是這樣。」

「他和你過去的地位一樣重要嗎？」

「我想是吧。」

「我想是吧。」她重複道：「我認爲是這樣。我聽到是這樣。那他到底有沒有變得更好？他的表現是不是比你好，打起如意算盤也比你強？告訴我，拜託，你一定要告訴我。」

她變得異常興奮，風吹得她淚眼汪汪，淚水似乎在發亮。她雙手抓著史邁利的手臂，像個孩子般懇求他回答。

「妳不是老跟我說，男人是比較不得的嗎？」他笨拙地回答：「妳總是說，妳不會把男人拿來相提並論。」

「告訴我！」

「好吧！我的答案是『沒有』，他沒有比我好。」

「跟你一樣好？」

「也沒有。」

「假如沒有我的話，你會怎麼看他這個人？倘若比爾不是我的表哥，和我一點關係都沒有呢？告訴我。你會更重視他，還是比較不重視他？」

「比較不重視他吧！我想。」

「那現在就不要再在乎他了。我把他踢出我的家族，踢出我們的生活和一切。就在這裡、從現在開始。我把他丟到海裡去了，你懂了嗎？」

他只聽得懂，她的意思是「回到圓場去，完成你的工作」。她老是提同一件事，這次只是又換了一種說法。

史邁利被這突如其來的回憶搞得心神不寧，起身走向窗戶。他只要無法集中心思，就習慣往窗外看。矮牆上停著六、七隻海鷗，他想必是聽見了牠們的叫聲，才會想起在萊默納的散步。

「只要有話說不出口，我就會開始咳嗽。」有次安對他說。既然如此，又是什麼話讓她說不出口？他悶悶不樂地朝著對街屋頂的煙囪問道。康妮說得出口，麥汀達爾說得出口，為什麼安就說不出口？

「他們一共三個人，再加上艾勒藍。」史邁利大聲地說，海鷗頓時都飛走了，似乎找到了更好的棲身之處。「告訴他們，他們得用僞鈔才有辦法打通門路。」萬一銀行收下那些鈔票呢？萬一專家宣布那些是眞鈔，讓比爾把它們捧上天呢？內閣辦公室裡的檔案，淨在誇獎劍橋圓場這一批作風大膽的新生代人才，說他們扭轉了惡劣的局勢。然後呢？

他先選擇艾斯特哈，因爲正是史邁利自己提拔他進來的。史邁利在維也納碰見他時，他還只是個吃不飽穿不暖的窮學生，睡在某間博物館的廢墟裡，他過世的叔叔曾是那間博物館的館長。史邁利驅車前往阿克頓，直接來到艾斯特哈的「洗衣店」，站在那張擺滿一排象牙色電話的核桃木書桌前。牆上掛著一幅十七世紀的義大利畫作，內容是跪著的東方三博士，看起來有點像贗品。窗外關閉的院子裡停滿了汽車、廂型車與機車，還有一排休息用的帳棚，點燈人小組等候輪班時都在這裡消磨時間。史邁利先問起托比的家庭狀況：他兒子考上西敏寺大學，女兒則是醫學院的一年級新生。他接著說，點燈人已經兩個月沒塡工作報表了。見托比支支吾吾，他開門見山地問：點燈人是不是在國內或海外忙著某些特殊任務，而閣下出於保密原因，無法在報告中說明？

「喬治，我會爲了誰做這種事？」托比瞪大雙眼問道：「你明知道對我來說，這可是違法的。」對托比而言，這聽起來也十分可笑。

「這個嘛，我想你會爲了波西．艾勒藍做這種事？」史邁利故意問道，連理由都幫他想好了：「畢竟，要是波西命令你去做某件事，而且不得留下任何記錄，你的處境也很艱難。」

「喬治，那我倒要問問看，他會叫我做些什麼？」

「清查海外的信箱、設立安全藏身站、監視某人、竊聽大使館；畢竟波西的頭銜是行動指揮。你大概認爲他是依照五樓的指示辦事。在我看來這很合情理。」

托比用謹愼的目光看著史邁利。他手上是一根從銀盒裡抽出的手捲菸，但點燃後始終沒送到嘴邊。他拿在手裡比來比去，有時作勢要抽，最後還是放了下來。最後開口了，明確表達此刻他所處的位置。

托比說，他很喜歡圓場，想要一直待在這裡，對這個地方有著深厚的感情。他也有其他興趣，隨時都可以全心投入那些令他感興趣的事物，但他最喜歡的還是圓場。他說，唯一的問題在於升遷，並非他不知足，而是出於對社會地位的考量。

「你也知道，喬治，我在這裡待了好多年，算是挺資深的。現在這些比我年輕的小夥子卻要我聽從他們的命令，眞的讓我覺得很丟臉，你明白我的意思嗎？哪怕是阿克頓也一樣；他們連『阿克頓』這個名字都不放在眼裡。」

「喔，」史邁利溫和地說：「你說的年輕小夥子是誰？」

但艾斯特哈卻沒有興致往下說了。他的話到此爲止，臉上又換回平常那副空洞的表情，無神的雙眼盯著半空中的某處。

「你是指羅伊．布蘭德嗎？」史邁利問道：「還是波西？波西年紀很輕嗎？托比，你說的是什麼人？」

不該再往下說了，於是托比改口：「喬治，要是你在該升遷的時候沒升上去，平常工作又累得半死，那麼不管是誰，只要位階比你高，看起來都會比你年輕。」

「或許長官可以幫你升個幾級。」史邁利爲他出主意，不在意自己得扮演這樣的角色。

艾斯特哈的回答令他心寒。「老實說，喬治，我不確定他現在是不是還有這樣的權力。瞧，我帶了一份禮物給安。」他打開抽屜。「我一聽到你要來，就趕緊打給幾個朋友。眞的是很漂亮的東西，送給完美無缺的女人最適合不過。你知道，自從我在比爾．海頓的雞尾酒派對上第一次見到她，就再也忘不了她。」

於是史邁利帶回了安慰獎——一瓶要價不菲的香水，他猜想是點燈人小組從國外走私回來的。接著他鎖定布蘭德，心想如此一來，他離海頓又更近了一步。

史邁利回到少校的牌桌邊，開始翻找雷肯的檔案，最後找出一本薄薄的冊子，標題爲《巫術行動：直接補助》，裡面記載了巫師梅林最初運作時的支出明細。艾勒藍寫了另一則私人留言給部長，上頭註明的日期是近兩年前：「基於安全考量，茲提議巫術行動的經費完全獨立於圓場的其他預付款項。在找到適合的請款名義以前，煩請從財政部經費直接提撥專款，不要作爲祕密工作撥款的津貼費用，**因爲這些費用都會計入圓場的款項中**。專款帳目一律由我本人親自向您申報。」

部長於一週後寫道：「批准。須符合以下規定……」

但冊子裡並沒有其他限制條款。史邁利瞥了前幾行的數字，立刻找到他要的答案：當年五月（也就是他去阿克頓找艾斯特哈時）以前，托比．艾斯特哈已經飛往國外不下八次，全是申報巫術行動的預算：兩趟飛往巴黎、兩次去了海牙，一次是赫爾辛基，還去了三趟柏林，每次出行的目的都寫著「蒐集情報」。五月至十一月間，長官已逐漸隱身幕後，他又出國了十九次，其中一趟前往索非亞，另一趟則是伊斯坦堡，每趟旅程都不超過三天，大多集中於週末，其中好幾次都由布蘭德陪同前往。

史邁利從未眞正懷疑過托比．艾斯特哈，但他確實是在睜眼說瞎話。能找到證據印證自己的想法，讓史邁利感到一陣踏實。

史邁利在那段期間對羅伊·布蘭德的感覺有些矛盾，如今回想起來，他的感覺還是相同。看上羅伊的是一名教師，由史邁利負責招募，這和史邁利當初進圓場的情況頗爲類似，只不過這次沒有德國的狂熱份子大力煽動愛國情操；要史邁利公開表示反共產主義的立場，總令他感到有些難爲情。布蘭德和史邁利一樣，不曾擁有眞正的童年生活。他的父親是名碼頭工人，是個狂熱的工會成員和共產黨員；布蘭德年紀還小的時候，母親便過世了。他的父親痛恨教育和政府，布蘭德懂事以後，他的父親不曉得爲什麼，總認爲統治階層已經把他的兒子給奪走，因此把布蘭德打得死去活來。布蘭德爭取到進入大學預科學校的機會，每到假日就如同托比所描述的一樣，拚了命地打工賺錢。史邁利在牛津的導師住處遇見他時，他看起來就像剛結束一趟長途旅行般憔悴不堪。

史邁利接手負責布蘭德以後，花了好幾個月的時間才慢慢轉入正題，而布蘭德很爽快地答應了，史邁利猜測他是出於對父親的怨恨。之後他就脫離史邁利的照料，獨自生活。他靠著各種來路不明的補助金，在馬克思紀念圖書館裡埋首苦讀，寫寫左傾的文章寄到一些小刊物投稿，這些刊物若不是靠圓場的補助，老早就停刊了。每晚他都在煙霧繚繞的酒吧和學校交誼廳裡和其他人辯論，假日時就到培訓中心，有個名叫薩齊的狂熱份子在那裡開班授課，專門訓練到外頭埋伏滲透的間諜，每次只收一個學生，在訓練布蘭德當間諜的技巧之餘，也將他主張革新的觀點慢慢導向馬克思主義的陣營。布蘭德受召進入圓場三年後，憑藉著他出身無產階級的背景，以及住在國王街時父親帶給他的影響，總算爭取到在波蘭波茲南經濟大學擔任一年助理講師的機會，離開了英國。

他從波蘭又成功申請到布達佩斯科學院的工作，接下來八年都過著漂泊不定的生活，以左派知識份子自居、東奔西走，追求他的理想。然而他雖然很受歡迎，卻沒有人眞正全心信任他。他在布拉格待了一陣子，又回到波蘭，到索非亞待了兩學期，再到基輔待了六個學期。在基輔時他精神崩潰，是幾個月來第二次發病。培訓中心又將他找了回去，這次把他訊問了一番，最後認定他通過審查，將他的情報網交給其他外勤人員管理，布蘭德自己則回到圓場，坐在辦公室裡指揮他之前在外面建立起的情報網。在史邁利看來，布蘭德最近似乎成了和海頓往來密切的盟友。當他去找布蘭德閒聊時，比爾往往已經躺在一旁的小沙發上吞雲吐霧，身旁散放著文件與圖表；而當他去找比爾時，也總會看見穿著襯衫的布蘭德滿身大汗，正在地毯上來回踱步。比爾負責俄國，布蘭德負責附庸國，但在巫術行動開始運作的那段日子裡，這樣的分工似乎已經消失無蹤。

時間依舊是五月，在一個天氣陰沉的日子裡，他們約好下午五點半在聖約翰伍德區的一家酒吧裡碰頭。庭園裡空無一人。布蘭德帶了個年約五歲的小男孩過來，簡直就是縮小版的他自己：金髮、圓圓胖胖的，臉色紅潤。他沒有特別介紹這個孩子，不過有時他們交談到一半，他會沉默不語地看著坐在附近板凳上吃核桃的小男孩。無論布蘭德是否受精神崩潰所苦，他依然具備薩齊訓練深入敵營的間諜時所需要的特質：自信、積極參與，具有群眾魅力，以及其他令人不太自在的形容詞；在冷戰的高峰期間，這些形容詞讓培訓中心儼然成爲道德重建中心。

「所以，交易是什麼？」布蘭德和氣地問道。

「稱不上是交易，羅伊。長官認爲現在的情況不太好，他不太喜歡你混進陰謀集團裡去。我也一樣。」

「很好。那交易是什麼？」

「你想要什麼？」

桌上放著一組午餐時使用的調味罐，中間那格裝著紙套包著的牙籤，已經被方才的一場雨打濕了。布蘭德拿起一支牙籤，將包裝紙扔到草地上，用較粗的那一端剔起後面的牙齒來。

「從祕密經費裡撥出五千英鎊怎麼樣？」

「要不要再加上一棟房子和一輛車？」史邁利開起玩笑來。

「還有送孩子上伊頓公學。」布蘭德加上一句，朝著水泥地另一邊的孩子眨眨眼，依舊剔著牙。「喬治，我已經付出代價了。你很清楚。我不曉得自己到底撈到了什麼，但我付出的代價夠多了。我需要一些回報。爲了爬到五樓，我足足耗費了十年，對任何年紀的人來說都是一筆極大的投資。哪怕是你也一樣。好吧！我會這麼嘮叨個沒完一定有原因，雖然我也忘了是爲什麼，我猜大概是因爲你的魅力吧！」

史邁利的酒杯還沒見底，布蘭德從酒吧給自己拿了杯酒，也幫孩子拿了點吃的。

「你這頭受過教育的豬，」他坐下時隨口說道：「藝術家能同時抱著兩種截然不同的觀點，照舊工作不誤。這句話是誰說的？」

「史考特．費茲傑羅[39]。」史邁利回答，一時以爲布蘭德會提到比爾．海頓。

注39：Scott Fitzgerald（1896-1940），著名美國小說家，代表作為《大亨小傳》（The Great Gatsby）。

「那麼，費茲傑羅確實有兩把刷子。」布蘭德認同地說。喝酒時，他有些斜視的眼睛會瞥向籬笆，似乎在搜索某個人的身影。「我也確實還在工作，喬治。我可以是努力賺錢的優秀社會主義者，也可以當不放棄搞革命的資本主義者。因爲要是你無法打敗它，就要偷偷調查它。別那樣看我，喬治。這不過是現在玩的另一場遊戲罷了——你別讓我良心不安，我就爲你駕車。」他舉起手來。「馬上就來！」他對著草坪那頭大喊。「給我準備一份！」

兩名女孩在籬笆另一頭徘徊。

「這是比爾開的玩笑嗎？」史邁利問道，忽然生起氣來。

「是什麼？」

「這是不是比爾說的玩笑話？他老說什麼英國過度重視物質，一味追求優渥的生活。」

「或許是吧，」布蘭德說道，一口飲盡杯中的酒。「你不喜歡嗎？」

「不怎麼喜歡。我從不曉得比爾以前是激進的改革派。他爲什麼忽然有這麼大的轉變？」

「這不叫激進，」布蘭德反駁道。任何貶低社會主義或海頓的話，都會令他不高興。「這不過是你從窗戶望出去就看得到的景象。這就是現在的英國，老兄。誰都不喜歡這樣，不是嗎？」

「那你打算怎麼做？」史邁利問道，聽見自己說出這些冠冕堂皇的話，令他很不自在。「能夠摧毀西方社會貪得無饜、相互競爭的本能，又不至於破壞……」

布蘭德已經喝完了酒，會面也到此結束。「你何必煩惱這種事？你已經拿到比爾的職位，還想要什麼？只要能保住這個位子就好了。」

比爾則搶走了我的妻子，史邁利想。布蘭德已經起身準備離開。真該死，他已經告訴你了。

小男孩想出了一個遊戲。他把桌子斜放，看著空瓶從上往下滾。他總把空瓶放在最高的位置。在瓶子摔得粉碎之前，史邁利已經離開了。

布蘭德和艾斯特哈不同，甚至連謊話都懶得說。雷肯的記錄並未隱瞞布蘭德和巫術行動之間的關係：

長官離職不久後，艾勒藍在一張備忘錄裡寫道：「就各方面而言，巫術行動都是委員會性質的任務……老實說，我很難決定我的三名助手誰的功勞最大。布蘭德活力十足，總能帶給我們相當大的鼓舞……」他這張備忘錄是寫給部長的回覆，部長提議參與巫術行動的負責人都該獲得年度表揚。「而海頓在執行任務時所展現的才智，有時甚至不輸給梅林本人。」他又補充道。最後三人都獲得了勳章，艾勒藍獲准擔任首長，還得到了他夢寐以求的爵位。

18

現在只剩比爾了，史邁利想。

在倫敦的多數夜晚裡，萬籟俱寂的時刻通常只維持很短的時間，十分鐘、二十分鐘、三十分鐘，甚至是一小時；在這段期間，耳根子可以稍微清靜些，沒有醉漢的鬼吼鬼叫、小孩的哭鬧聲，或者汽車緊急煞車的刺耳噪音。在薩賽克斯花園，這種安靜無聲的時刻大約落在凌晨三點，今晚早了些，凌晨一點時就安靜下來。史邁利再次站在窗前，像個囚犯似地低頭看著波普·葛拉罕太太的沙坑。那裡停著一輛貝佛牌廂型車，車頂貼了許多標語：「雪梨九十天」、「直達雅典」、「瑪麗勞，我們來了！」車窗裡透著燈光，他猜想有些年輕人正在裡頭尋歡，或許該稱呼他們爲「小朋友」。車窗上蓋著窗簾。

只剩比爾了，他想著，依舊盯著廂型車的窗簾，以及車頂那些大肆吹噓環遊世界壯舉的標語。我就只剩比爾了，還有我們在臨水街談心的時光，就我們兩個老朋友、哥兒們，「毫不保留地分享一切」，當時麥汀達爾說得這麼好聽。不過那晚安被打發走了，留下兩個大男人促膝長談。就只剩比爾了，他不停地想著，感到血壓逐漸升高，眼冒金星，理智幾乎快要斷線。

他到底是誰？史邁利已經認不得他了。每當他想到比爾，他的形象總是如此高大，而且變化多端。在比爾勾搭上安以前，史邁利一直以爲自己很瞭解這個人，對他的優缺點瞭若指掌。他屬於戰前那一代（現在已經完全找不到這一類人了），能同時呈現出聲名狼藉和品格高尙兩種面貌。他的父親是高等法院法官，幾個姊妹長得都很漂亮，其中兩位還嫁給貴族；在劍橋讀書時，他支持較不受歡迎的右派，而非吃得開的左派，卻依然能與所有人和平共處。他將近二十歲時，觀察力已十分敏銳，熱愛探索新事物，也是個畫風大膽的業餘畫家，至今還有好幾幅畫作掛在邁爾斯·瑟康比位於卡爾登花園的宅邸裡。中東一帶的所有大使館和領事館都有他的人脈，他也相當懂得善加利用。他不費吹灰之力就能學會冷僻的外語，圓場已經注意他好幾年，一九三九年戰爭爆發時，立刻將他網羅進來。他的表現相當耀眼，無所不在、魅力十足，行事作風不落窠臼，有時甚至狂野不羈。他稱得上是名英雄人物，被譽爲勞倫斯並不令人意外。

史邁利不得不承認，比爾確實參與過歷史上幾件轟轟烈烈的大事，也提過各式各樣的恢宏計畫，試著重建英國的影響力與偉大形象——他和魯伯特·布魯克[40]一樣，很少將英國掛在嘴上。不過，史邁利偶爾以客觀的角度回想時，還眞想不起來比爾有哪些計畫曾付諸實行。

相較之下，比爾·海頓的另一面性格，反而更能讓與他共事的史邁利打從心底佩服：他是個天生的優秀間諜領袖，沉穩又具有靈活的手腕，對付雙面間諜時，能巧妙拿捏其他人很難掌握的平衡，並能恰如其分地策劃騙局；他還擁有人見人愛的魅力，但這點卻很可能讓他對朋友有失道義。

注40：Rupert Brooke（1887-1915），英國詩人，以優美的十四行詩《The Soldier》聞名，描述參戰士兵為國犧牲的心情。其俊秀的外貌亦為人稱道，知名愛爾蘭詩人葉慈（William Butler Yeats）曾稱讚他為「全英國最英俊的年輕人」。

我就親眼見識到你是怎麼拐走我的妻子，還真謝謝你啊！

他無奈地想，爲了公平起見，或許不能用一般標準來衡量比爾。他認眞回想起比爾這個人，再將他與布蘭德、艾斯特哈，甚至艾勒藍相比，這些人頓時顯現出不同程度的缺陷，無法和十全十美的比爾．海頓相提並論。海頓似乎成了全才的典範。他們對海頓愛戴有加，彷彿是爲了達到那遙不可及的完美境界而付出；只不過這樣的理想並不正確，海頓根本配不上這樣的盛譽。布蘭德粗魯無禮，不懂拿捏分寸；艾斯特哈總是自命清高，自以爲是道地的英國人；艾勒藍則毫無領導才能可言——少了海頓，這三人不過是盤散沙。史邁利也很清楚（他忽然想到，或許他只是「自以爲」清楚），比爾本身其實沒什麼了不起。他擁有一大批仰慕者：布蘭德、普利多、艾勒藍、艾斯特哈和其他後援會的所有成員，在他們眼裡，比爾已經達到完美無缺的境界；但事實上，比爾正是利用這些人的力量，才讓自己臻於完美。他從每個人消極的性格東拼西湊，補足自己身上的不足之處，藉此掩飾他骨子裡其實遠不如他表面上看起來那麼傑出……他以藝術家常有的傲慢姿態隱藏起對其他人的依賴，還說他們是受到他的啓發……

「這眞是夠了！」史邁利不由得大聲地說。

他將思緒猛地拉回，惱怒地將有關比爾的另一個想法拋到一旁，接著回想起他們最後一次碰面的情況，讓激動的情緒稍微平復下來。

「我猜，你是想從我口中套出梅林的事情吧。」比爾開口。他看起來神色疲憊、神經緊繃，因爲他又要去華盛頓談判了。要是換作平常的日子，他總會帶個格格不入的女孩子過來，陪著安在樓上坐著，讓他們兩人好好地談正事。史邁利不客氣地想，比爾大概是巴望著安會在那女孩面前大力稱讚自己。這些女人都是同個樣：年紀足足小他一半、就讀藝術學校，穿著邋遢，喜歡死纏爛打，性格乖戾。安總說，比爾大概認識皮條客吧！有次他還眞帶了個名叫史戴奇的年輕人來，模樣看了就令人討厭。他是切爾西區一家酒吧的助理服務生，襯衫領口敞開，胸前掛著一條金鍊。

「這個嘛，大家都說，報告是你寫的。」史邁利解釋。

「我倒覺得是布蘭德的傑作。」比爾說，露出狡猾的笑容。

「羅伊負責翻譯，」史邁利說：「你負責撰寫草稿，他們再用你那台打字機打出來。這些資料是不會交給打字員的。」

比爾小心翼翼地聽著，眉毛稍微揚起來，彷彿隨時會出聲反駁，或試圖換個較無害的話題。接著他從沙發上站起身來，走到書櫃邊（他比史邁利整整高出了一層書架的高度），用他修長的手指抽出一本書翻閱，露出微笑。

「因爲波西．艾勒藍不肯透露。」他翻了一頁，說：「是不是這樣？」

「沒錯。」

「那就表示梅林本人也不願透露。假如梅林是**我**的消息來源，他就會說出來了，對吧？要是我去找長官，告訴他我釣到了一條大魚，但我打算獨吞，結果會怎樣？長官會說：『你眞是個調皮的孩子，比爾，你想怎麼做就怎麼做吧，因爲你行。來，喝杯茶。』然後他就會給我一枚勳章，而不是派你來四處打聽。我們向來做事都光明磊落，怎麼現在變得這麼窩囊？」

「他覺得波西一心爲了往上爬而不擇手段。」

「他確實是這樣，我也一樣。我想要當發號施令的老大。你知道嗎？我也該搞出一點名堂了，喬治。半調子的畫家，半調子的間諜，這樣什麼也不是。在我們這一行，野心勃勃有什麼不對？」

「比爾，誰在指揮他？」

「指揮波西？當然是凱拉，還會有誰？一個低階的小傢伙卻拿到高層的機密情報，當然是走旁門左道。波西已經給凱拉收買了，這是唯一的解釋。」他從很久以前，就深諳該如何誤導別人。「波西是我們這裡的地鼠。」他說。

「我的意思是，誰在指揮梅林？誰是梅林？到底發生了什麼事？」

比爾離開書櫃，在房間裡踱步，瀏覽史邁利掛在牆上的畫作。「這是卡洛[41]的作品，對吧？」他拿下一幅鑲著鍍金畫框的小幅畫作，湊到燈光下細看。「很不賴。」他抬了抬眼鏡，以便看得更清楚些。史邁利很肯定，他早就看過這幅畫十幾次了。「眞的很不錯。不是有人想排擠我嗎？你知道，俄國是我負責的。我把青春歲月都奉獻在這裡，建立情報網、負責物色人才的招募人員、添置一切現代化的設備；你在五樓舒舒服服地過日子，早就忘了實地指揮行動是什麼感覺：爲了寄出一封信花了整整三天時間，最後卻得不到半點回應。」

史邁利十分盡責地回答，沒錯，我確實忘了；沒錯，我完全同意。不對，我沒有在想安。我們是共事的夥伴，也都見過世面，我們在這裡要談的是正經事，也就是梅林和長官。

「結果現在殺出個波西，該死的蘇格蘭小販，載了一卡車的俄國貨沿街叫賣，一點格局都沒有。眞夠惹人厭的，你不覺得嗎？」

「非常惹人厭。」

「問題是，我的情報網表現得不夠好。暗中調查波西還比較容易——」他閉上嘴，沒有力氣繼續往下說。他的注意力轉移到一座范．梅里斯[42]的小型石膏頭像。「我好喜歡這個。」他說。

「這是安給我的。」

「賠罪用的嗎？」

「大概是吧。」

「那一定是犯了不小的錯誤。她什麼時候給你的？」

直到現在，史邁利都還記得，他當時只覺得整條街安靜得連一根針掉在地上都聽得見。星期二？還是星期三？他也記得，當時他賭氣地想著：「比爾，都是因爲你，害我落到連半點值得安慰的東西都沒有。你今晚根本連一雙室內拖都比不上。」但他並沒有把這些氣話說出口。

「長官還健在吧？」海頓問道。

「他只是在忙而已。」

「他整天都在做什麼？像個病懨懨的隱士，把自己關在樓上胡搞瞎搞。他讀那些無聊的檔案是要做什麼？我敢打賭只是在追憶他那些不值得留戀的昨日黃花吧。他看起來滿臉病容。我想

注41：Jacques Callot（1592-1635），法國畫家與版畫家，奠定蝕刻的藝術地位。

注42：Frans van Mieris（1635-1681），荷蘭重要的工藝繪畫大師。

這又是梅林害的，對吧？」

史邁利再次一聲不吭。

「他爲何不跟廚師一起用餐？他爲何不加入我們，而要自己一個人到處找一些亂七八糟的東西？他到底想做什麼？」

「他沒想做什麼。」史邁利回答。

「噢，少來了。他當然想。我也安置了內線在那裡，他的老秘書之一，你知道嗎？給她一塊巧克力，她就什麼都告訴我了。長官是在研究圓場過去那些幹部的檔案，要找出有沒有什麼骯髒的勾當，誰是左傾的，誰又愛好男色。這些人一半都入土了。他想找出我們的失敗記錄，你能想像嗎？他這麼做，只因爲我們現在幹了一件成功的事。他瘋了，喬治。他患了老年恐慌症，記住我說的話吧！安有沒有跟你提過弗萊舅舅？他以爲僕人在玫瑰花裡裝了竊聽器，想知道他把錢藏在哪裡。喬治，離開他吧！跟快掛的人在一起多沒意思。和他斷絕關係，下樓來加入我們。」

安還是沒有回來，因此他們並肩走在國王街上，打算攔輛計程車。比爾仍在談論他對政治的最新看法，史邁利隨口敷衍著：「是啊！比爾。」「不對，比爾。」一邊想該如何向長官報告。他已經忘記比爾當時的看法是什麼。他前一年還支持鷹派[43]，主張推翻歐洲的常規部隊，以核武取而代之；當時白廳裡大概就只剩他一人還相信英國具有獨立的震懾力量。假如史邁利沒記錯的話，今年他卻積極主張非戰，鼓吹採用瑞典的解決辦法——但別和瑞典人扯上關係。

沒有計程車的影子。這天晚上天氣宜人，他們像老朋友般繼續並肩散步。

「話說回來，假如你想賣掉梅里斯的頭像，記得跟我說一聲。我一定會開個很好的價錢。」

史邁利以爲比爾又在開無聊的玩笑，一口回絕，幾乎要生氣了。比爾則根本沒注意到，他盯著路上，看到一輛計程車逐漸靠近，連忙伸出長長的手臂攔下它。

「老天，看看他們！」他生氣地大叫：「滿車都是要去奎格酒店的猶太人！」

隔天，長官自言自語地說：「比爾的屁股看起來一定像個烤架。他這些年來都像牆頭草，忙著坐在籬笆上觀望[44]。」他失神地看著史邁利，渙散的目光似乎穿透了他，看向某個沒有血肉的軀殼；過一會兒他回過神來，好像打算繼續閱讀檔案。「我眞慶幸他不是**我的**表哥。」他說。

到了隔週一，那些老秘書給史邁利捎來令人吃驚的消息：長官已飛往貝爾法斯特，和軍官會談去了。史邁利之後核對了出差預付款項的單據，卻發現這是個謊言。那個月裡，圓場沒有任何人飛往貝爾法斯特，但有一筆往返維也納的頭等艙機票費用，簽核的主管姓名是史邁利。海頓也在找長官，還發了一頓脾氣：「現在又是什麼情況？連愛爾蘭也扯進來了，大概是想讓組織分崩離析吧！老天，你的上司眞是個討厭鬼。」

廂型車的燈光熄滅了，但史邁利仍盯著它花俏的車頂。他想：他們靠什麼過活？他們哪來的水和生活費？他試著想像在薩賽克斯花園過隱居生活所需的一切：供水、排水系統和燈光。安總能把一切打點得妥妥當當，而比爾也行。

注43：政治說法，形容主張採取強勢外交手段，或積極擴張軍事力量的人或團體。反義為「鴿派」。
注44：To sit on the fence，字面意思為「坐在籬笆上」，延伸為「立場搖擺不定」之意。

事實。事實究竟是什麼？

事實就是，在某個和煦的夏日夜晚（當時尚未出現巫術行動的情報），我毫無預警地從柏林回到臨水街，看到比爾·海頓躺在我家客廳的地板上，安正在播李斯特的唱片。她坐在客廳另一頭，身上穿著浴袍，臉上沒有化妝。場面不至於太難堪，大家都盡量表現得若無其事。比爾說，他剛從華盛頓回來，離開機場後順路過來看看，當時安已經上床睡覺，但堅持要起床迎接他。我們都說，眞可惜，早知道就一起從希斯羅機場搭計程車回來。比爾離開後，我問道：「他想做什麼？」安說：「只是想找個人聽他訴苦。」她說，比爾和一個女孩之間的關係出了問題，他想找人談談。

「華盛頓那裡有個叫費莉西的女孩，想跟他生個孩子；倫敦這裡還有個叫珍的，肚子裡已經有了寶寶。」

「是比爾的嗎？」

「誰知道。我想比爾自己也不曉得。」

隔天早上，史邁利無意間發現，比爾早在兩天前就已經回到倫敦，而非昨天。從那天之後，比爾對史邁利特別客氣，史邁利也以同樣彬彬有禮的態度回應，彷彿兩人是初識。史邁利很快就發現這件祕密已流傳開來，他很納悶消息爲什麼傳得這麼快，不禁猜想比爾一定是向某人大肆吹噓，大概是告訴了布蘭德。假如謠傳屬實，那麼安至少違反了三條她自己的原則：比爾既是圓場的人，又是同組的（這是她稱呼家人和親戚的方式），這兩點都不符合她的條件；第三，她直接在臨水街和他幽會，未免有失分寸。

史邁利又再次回到孤獨的生活方式，等待安主動有所表示。他搬到客房去，把每天晚上的行程都排滿，以免自己過度在乎安的反應。他逐漸意識到安非常不快樂，她的體重往下掉，失去玩樂的興致。要不是因爲他很瞭解安，搞不好他會以爲安是感到內疚，甚至開始厭惡起自己來。他對安的態度十分溫和，安卻躲得遠遠的；她完全沒把聖誕節採購的事放在心上，成天咳個不停。他知道這表示安心裡十分痛苦。要不是因爲作證行動耽擱，他們早就到康瓦爾去了。他們將時間延到一月，那時長官已經過世，史邁利則丟了工作，情勢整個逆轉：更令他感到羞辱的是，安爲了隱瞞和海頓之間的關係，又和更多人牽扯不清。

所以，到底發生了什麼事？是她主動提分手的，還是比爾？她爲什麼從來不曾提起這件事？反正還有這麼多情人，少他這一個又有什麼大不了的？他決定不再往下想。比爾．海頓就像《愛麗絲夢遊仙境》裡那隻柴郡貓一樣，他一靠近就往後退、消失不見，只留下那抹神祕莫測的笑容。但他猜得出來，比爾傷透了安的心，而這是此人最不可饒恕的過錯。

19

史邁利嘆了口氣，回到少校那張沒品味的牌桌前，閱讀起他被迫自圓場退休後、巫術行動的後續發展。他立刻注意到，在波西．艾勒藍的新政權下，梅林的行事作風出現許多讓眾人樂見其成的轉變，彷彿時機已然成熟，一切都穩定下來。情報員不再需要半夜匆忙地搭機趕往歐洲各國首都，情報源源不絕，所有人不再緊張兮兮。當然也有令人頭痛的問題。梅林持續索取費用——只是提出要求，並無威脅之意——但是隨著英鎊不停貶值，一筆又一筆以外幣支付的鉅額費用讓財政部傷透腦筋，甚至一度有人表達：「既然梅林選擇了我們英國，就該有面對我國景氣衰退的心理準備。」海頓和布蘭德顯然發了一頓脾氣，艾勒藍很難得直言不諱地寫信給部長：「我實在沒有臉再和下屬提起這件事。」

新相機也引來不少爭論。技術組花了不少費用將相機拆解成管狀零件，裝進一盞蘇聯製的立燈裡。這盞燈以外交包裹的名義偷偷運至莫斯科，引來外交部的抱怨。接下來又是交貨問題。常駐站的人不曉得梅林的身分，也不知道燈裡藏了東西。這盞燈體積過大，放不進常駐人員的車子裡，他們又塞又擠，最後總算交了貨，但相機卻因故障無法運作，圓場和莫斯科常駐站之間因此搞得很不愉快。艾斯特哈又弄來一台型號比較單純的相機，帶到赫爾辛基去，「交給一名可靠的中間人，他進出邊界時無須接受檢查。」艾勒藍在給部長的備忘錄中寫道。

史邁利忽然感到心頭一震，直起身來。

那是一張艾勒藍寫給部長的備忘錄，日期爲今年二月二十七日。「我們已談過這件事。您同意將倫敦購屋的補助估算送交財政部，列入巫術行動的預算費用。」

他讀了一遍備忘錄，再細讀了第二次。財政部批准了六萬英鎊的購屋費，還有一萬英鎊用來裝潢與添購傢俱。財政部爲了降低開支，由部裡的律師負責處理購屋事宜，但艾勒藍拒絕透露地址。基於同樣的理由，房契該由誰保管，也引來一場爭論。這次財政部不願讓步，律師草擬了一份文件，聲明艾勒藍若死亡或破產，財政部有權收回房子。但艾勒藍對住址依舊不露口風；至於爲什麼爲了一場應該是在海外進行的祕密行動，卻必須在倫敦耗資購買如此昂貴的房子，他也不願解釋原因。

史邁利迫切地想找出答案。他很快就發現財政檔案十分嚴密，並無透露任何訊息，只有一次隱約提及那棟位於倫敦的房子，當時房地價稅率已漲了一倍。部長詢問艾勒藍：「倫敦一事仍有需要？」艾勒藍回覆：「沒錯，眼下比以往更爲迫切。自我們上次會談以來，並沒有更多人知道這件事。」知道什麼？

直到史邁利回過頭翻找評估巫術行動情報的檔案時，才總算找到了想要的答案：這棟房子於三月下旬付款，馬上就有人搬了進去。正是從這天開始，梅林開始流露出自己的性格，從客戶的評語中可見端倪。就史邁利看來，目前爲止，梅林都像個沒有感情的機器，他刺探情報的手腕無懈可擊，能夠深入機要，絲毫不受大多數情報員引以爲苦的壓力所束縛。但是現在，他忽然也有了自己的脾氣。

「我們已向梅林轉達您提出的問題，亦即針對蘇俄將剩餘石油出售給美國一事，目前克林姆林宮有何看法。我們依您的要求轉告梅林，這與他上個月提出的報告相互牴觸，該份報告指出克林姆林宮正有意拉攏日本的田中政府，欲簽約將西伯利亞石油銷往日本市場。梅林表示，這兩份報告並無矛盾之處，拒絕預測石油將銷往哪國市場。」

白廳表示，提出唐突的問題，深感遺憾。

「針對鎮壓喬治亞民族主義運動與第比利斯暴動的報告，梅林表示不願重複說明，也無補充之處。他本人並非喬治亞人，因此抱持傳統的俄國觀點，認為所有喬治亞人都是小偷強盜，最好全部關進牢裡……」

白廳同意不再提及此事。

梅林忽然顯得近在咫尺。是不是因為在倫敦買了這棟房子，才讓史邁利這麼覺得？梅林不再遠在寒冷偏遠的莫斯科，而是出現在這個亂七八糟的房間裡，就坐在他面前；他也可能就在窗外的街上，站在雨中等候著。但史邁利心裡很清楚，此時此刻，外頭只有曼德爾獨自為他把風。突然間，梅林不僅會開口說話、給予答覆，甚至還會表達自己的想法，彷彿隨時可以約出來和他碰面。是要在倫敦這裡碰頭嗎？他就住在價值六萬英鎊的房子裡，過著衣食無缺的優渥生活，卻還能如此目中無人，開起喬治亞人的玩笑？一開始就只有少數人知道巫術行動，如今在這個圈子裡，又只有一小群人知道這件事；他們究竟是誰？

這時，檔案裡出現一名以往不曾見過的人物：JPR。巫術行動的鑑定小組不停擴編，他是白廳新招募進來的鑑定人員。史邁利查了名單，確認他的名字是里博，隸屬於外交部研究處。J. P.里博似乎感到大惑不解。

ＪＰＲ寫給亞得里亞海工作小組的留言：「我發現有些日期明顯前後不一，能否就此向您請教？巫術行動第一〇四號報告（蘇聯與法國針對聯合生產飛機一事的看法）上標註的日期為四月二十一日。根據報告所附備忘錄，雙方同意祕密照會交換情報的當天，梅林直接從馬可夫將軍那裡接獲此一情報。但是根據巴黎大使館的說法，四月二十一日當天，馬可夫將軍人在巴黎；而從一〇九號報告看來，梅林本人當時正在列寧格勒郊外參觀一座飛彈研究中心……」這張備忘錄列舉出四項類似的「差錯」，似乎說明了梅林眞不愧是名副其實的巫師，竟然還有分身術！

里博得到的答覆是少管閒事。不過艾勒藍在寫給部長的另一張備忘錄裡承認了此一錯誤，又進一步揭露巫術行動以往不爲人知的面貌。

「極機密的私人訊息。我們已談過此事。或許您已經知道了，梅林不只是單一情報來源，而是好幾個消息管道。基於保密原則，我們已盡力向閱讀報告的客戶隱瞞此事，但隨著情報數量日益增加，我們也愈來愈難以保密。現在還不是公開的時候，至少讓知情人士控制在一定範圍內？您不妨告知財政部，這樣他們就能理解，爲何每月必須支付梅林一萬瑞士法郎的薪水及相同金額的活動費用；考量到得分配給這麼多人，這樣的費用其實並不算多。」

但是到了結尾，他的口氣就顯得不太客氣：「儘管如此，即使我們同意透露這麼多訊息，但知曉在倫敦購屋一事與其用途的相關人數，仍務必控制在最低範圍；事實上，假如客戶都曉得梅林不只是單一情報來源，要在倫敦行動將變得更加困難。」

史邁利完全摸不著頭緒，將這則備忘錄反覆讀了好幾遍。腦中彷彿浮現了某個想法，他抬起頭來，一臉困惑。他專注地思考著複雜的問題，電話連響了好幾聲，他才大夢初醒般跳起來接聽。他拿起話筒，瞥了一眼手錶：已經早上六點了，他才看了一個鐘頭。

「巴萊克勞先生嗎？我是財務部門的洛夫豪斯。」

是彼特・貴倫。這是他們約定得緊急碰面時的暗號。他的聲音顫抖。

20

從圓場的正門無法直接進入檔案室。檔案都存放在大樓後面一排昏暗的房間與樓梯階上，看起來像雜亂的舊書攤，而非將檔案整理得井井有條、規模龐大的部門。要查閱這些檔案，得從查令十字路一道昏暗的小門進入，兩旁各是一家裱框店和一間二十四小時營業的咖啡館（圓場的員工不許光顧）。門上掛著兩塊牌子，分別寫著「鄉鎮語言學校，非員工不得進入」和「C&L經銷公司」。想進入的話得先按門鈴，等歐溫來開門。他是個娘們似的海軍陸戰隊士兵，開口閉口談的都是週末假期——週三以前，他會談論上個週末的事；週三以後，他就會談起即將到來的週末。這天是星期二早上，他顯得有些焦躁不安。

「在這裡簽名。您覺得這場暴風雨怎麼樣？」他問道，一邊將本子推到櫃檯另一邊讓貴倫簽名。「乾脆住到燈塔去算了。週六和週日整天都颳個不停。我跟朋友說：『我們可是在倫敦市中心，聽聽這風聲多誇張！』要我幫您保管這個嗎？」

「你真該到我住的地方來看看。」貴倫說，將一只棕色帆布包遞給歐溫。「你還能說聽聽這風聲，在我那裡連站都站不住。」

態度不能太友善，他在心裡提醒自己。

「我還是比較喜歡鄉下。」歐溫說出心裡話，將帆布包收進櫃檯後方可上鎖的櫃子裡。「您要不要號碼牌？我是該給您一個。否則要是朵芬知道了，絕對會把我給宰了。」

「我相信你。」貴倫說。他爬上四級台階，推開閱覽室的迴轉門。這地方看起來像個臨時拼湊的講堂，十幾張辦公桌都面對同一方向，檔案管理員就坐在講台邊。貴倫挑了個靠近後方的座位。時間還早（他的手錶顯示為十點十分），除了他以外，閱覽室裡只有研究組的班．薩克斯頓，他大多時間都待在這裡。多年前，他曾偽裝成拉脫維亞的異議份子，與其他革新派一同上莫斯科的街頭遊行，高呼打倒壓迫者；如今他像個年老的教士般埋首於一堆文件之間，白髮蒼蒼，整個人一動也不動。

檔案管理員看見貴倫，對他露出笑容。之前在布里斯頓感到無聊時，貴倫常會來這裡打發時間，看看還有哪些舊案子可以再拿出來研究。管理員名叫莎爾，是個圓滾滾的女孩，喜歡運動，在契茲克開了家青年俱樂部，還是柔道黑帶。

「這個週末有扭斷別人的脖子嗎？」他拿了一疊綠色的借據問道。

莎爾從鐵櫃中取出代為保管的筆記本，遞給貴倫。

「有幾個。你呢？」

「到什羅普郡探望姑媽去了。謝謝妳的關心。」

「了不起的姑媽。」莎爾說。

他在莎爾的桌上填寫借據。他還得借閱清單上的兩份參考資料。他看著莎爾在借據上蓋章，撕下留存聯，丟進桌上一個細長的開口裡。

「在D走道。」她輕聲說，將借據第一聯還給他。「編號二十八在右手邊中間的位置，編號三十一在下一間凹室裡。」

貴倫推開另一頭的門，走進大廳。大廳中央有個類似礦工用的老舊電梯，專門把檔案送到樓上的圓場辦公室去。兩名頭昏眼花的低階員工正忙著把檔案放進電梯，另一名員工站在旁邊操縱機器。貴倫沿著一排排書架緩慢移動，一面瀏覽著螢光色的號碼牌。

「雷肯堅稱他手上根本沒有作證行動的資料。」史邁利以一貫憂心忡忡的口吻說道：「他只有幾份遺散普利多的檔案，別無其他。」他用同樣悶悶不樂的語氣說：「所以，不管圓場的檔案登錄室裡有什麼資料，我們都得想辦法弄到手。」

在史邁利的字典裡，弄到手的意思就是「偷」。

一個女孩站在扶梯上。負責整理文件的奧斯卡．亞里森正忙著將譯碼組的檔案放進一只洗衣籃，維修工人阿斯提則在修理暖氣。木製書架的深度和床舖差不多，用夾板隔成鴿子籠般的小格。他知道作證行動的編號爲「4482E」：44指的就是四十四室，也就是他現在待的這一間；E則表示已結案，只用於已完結的行動專案。貴倫從左邊開始數了八格，照理說，在第八小格中，從左邊數來的第二份檔案應該就是作證行動的資料，但由於書脊上沒有任何標題，貴倫也無法確定是否就是它。勘察結束後，他抽出借閱的兩份檔案，將借據放進專用的鐵夾裡。

「我敢肯定資料不多，」史邁利說，彷彿比較薄的檔案就比較好偷似的。「不過總會留下點東西，哪怕只是做做樣子。」貴倫很不喜歡史邁利這點：史邁利總以爲聽他說話的人都很清楚他在講什麼，就像他肚子裡的蛔蟲一樣。

他坐了下來，假裝在閱讀檔案，心裡想的卻是卡蜜拉。他爲什麼會想到她？今天早上，她躺在他的懷裡，說她曾結過一次婚。有時她說話的方式就是這樣，好像她活了很長一輩子。這場婚姻是錯誤的決定，因此他們分開了。

「出了什麼問題？」

「什麼都沒有。我們只是不適合。」

貴倫根本不相信。

「你們離婚了嗎？」

「我想是吧。」

「別裝傻了，有沒有離婚自己應該很清楚！」

她說，那是他父母處理的，他是個外國人。

「他有沒有寄錢給妳？」

「他爲何要寄錢給我？他又沒欠我什麼。」

接著她又進客房吹起了長笛。貴倫在逐漸變亮的天色與遲疑的音符中煮著咖啡。她到底是騙人精，還是眞誠的女孩？他眞想暗中調查她一下。再過一小時，她又要去桑德那裡上課了。

貴倫帶著四十三號檔案的借據，將那兩份檔案歸回原處，接著便走到作證行動檔案旁邊的凹室。

「演習順利結束。」他想。

那名女孩仍站在梯子上，洗衣籃也還在原處，不過亞里森不曉得跑哪裡去了。修理暖氣機的工作顯然讓阿斯提精疲力竭，他正坐在一旁讀《太陽報》。

借據上寫著 4343，他很快就找到那份檔案，因爲他一眼就認出來了。這份檔案和作證行動一樣，封面也是粉紅色的，而且給人翻閱了很多次。他將借據放回夾子裡，又回到走道觀察亞里森和那些女孩的動靜，接著便抽出作證行動的檔案，迅速用他手中帶來的檔案調了包。

「彼特，我想最重要的就是——」史邁利當時說：「不要留下空隙。因此我建議你，你要借一份類似的檔案，我是指看起來很類似的檔案，然後把那份檔案迅速塞進空位裡——」

「我知道。」貴倫說。

貴倫將原檔案看似自然地拿在右手上，封面朝裡，然後回到閱覽室，再次回到他的座位。莎爾揚起眉毛，用嘴形向他說了些話，貴倫點點頭，表示一切順利，以爲莎爾是在問他這件事，但莎爾卻又向他招手，示意他過去。貴倫頓時有些驚慌。我該不該把檔案帶過去？還是留在桌上？我平常都是怎麼做的？他決定把檔案留在桌上。

「茱麗葉要去買咖啡，」莎爾悄聲說道：「你也要來一杯嗎？」

貴倫往櫃檯上放了一先令。

他看了一眼時鐘，又瞥了瞥手錶——老天，你別再看那支該死的錶！想想卡蜜拉，想想她已經開始上課了，想想你週末根本沒去探望的姑媽，想想歐溫會不會偷看你的背包。想什麼都行，就是別想時間！還得等上十八分鐘。「彼特，假如你心裡還有半點顧慮，那就別去。這件事沒這麼重要。」很好，要是你緊張得連胃都在翻騰，襯衫也因汗水而濕透，你哪裡還知道自己在顧慮些什麼？他咬著牙思索，他這輩子還不曾像現在這麼緊張過。

他打開作證行動的檔案，試著專心閱讀。

這份檔案其實不算薄，但也不至於太厚。就如同史邁利所說，這看起來只是一份做做樣子的檔案，第一部分說明哪些資料沒有收錄進來。「附件一至附件八由倫敦站保管，另請參照吉姆．艾里斯、吉姆．普利多、弗萊德米爾．哈耶克、山姆．柯林斯、馬克斯．哈波特的個人檔案……」還有湯姆．寇比勒叔叔等人。「欲參閱這些檔案，請洽詢倫敦站站長或ＣＣ」。ＣＣ指的是圓場首長（Chief of Circus）與他指定的老秘書。別再看手錶，心裡估算一下就好，你這個笨蛋！還有八分鐘。偷走前任的檔案感覺還眞奇怪。想到吉姆這樣的人是自己的前輩，感覺也很奇怪。一名秘書至今仍爲他哀悼，只是從不提起他的名字。除了檔案中提及吉姆工作時使用的假名以外，貴倫唯一能找到吉姆曾在圓場待過的證據，就是他辦公室裡那支塞在保險箱後的網球拍，球拍握柄上還烙印著吉姆的姓名縮寫 J. P.。他把球拍拿給愛倫看（愛倫是個嚴厲的老太太，在她面前，連西．范霍佛都會像個小學生般害怕起來），她立刻淚如雨下。她將球拍包了起來，吩咐下一班的傳送員送去管理組，還附了一張寫給朵芬的便箋，堅持「若人力充足的話」，務必要將球拍還給吉姆。吉姆，肩上多了幾顆捷克的子彈後，你最近網球打得可好？

還有八分鐘。

「如果你方便的話，」史邁利說：「我的意思是，假如不會給你添太多麻煩，把你的車送到住家附近的修車廠去檢查一下。當然要用你家的電話預約，但願托比正在竊聽……」

但願。老天，這樣他豈不是也聽到我和卡蜜拉情話綿綿？八分鐘。

檔案的其他部分似乎是外交部的電報、捷克的新聞剪報、布拉格廣播的監聽記錄、協助被破獲之情報員就業安置的政策摘要、呈交給財政部的建議草案，還有艾勒藍將此失敗歸咎於長官的分析報告。你應該自己來看的，喬治。

貴倫開始在心裡盤算起他的座位與後門之間的距離，歐溫就坐在後門旁的櫃檯打瞌睡。他估計大約是五步遠，決定先找個有利的行動位置。距離門口兩步遠的地方有個放置圖表的櫃子，看起來像是一架黃色的大鋼琴，裡面塞滿各種參考資料：大比例尺地圖、過期的《名人錄》和舊旅遊指南。貴倫咬著鉛筆，拿起作證行動的檔案走到櫃子邊，挑了一本華沙的電話簿，開始在一張紙上寫下一串姓名。我的手！他在心裡大聲尖叫：我的手抖個不停，看看我寫的什麼歪七扭八的字！看起來簡直像是喝醉了！為什麼會沒人注意到？茱麗葉走進來，手裡端著托盤，將一只杯子放到他桌上。他心不在焉地向茱麗葉拋了個飛吻。他又挑了另一本電話簿，心想大概是波茲南的，就在第一本電話簿旁邊。歐溫走進門時，他甚至連頭都沒有抬起來。

「有您的電話，先生。」歐溫低聲說。

「去他的！」貴倫仍低頭看著電話簿。「誰打來的？」

「是外線，先生。粗魯無禮的傢伙，從修車廠打來的，我想大概和您的車子有關。對方說有壞消息要告訴您。」歐溫非常愉快地說。

貴倫雙手捧著作證行動的檔案，顯然正在比對電話簿。他背對著莎爾，感覺雙腿正抖個不停。他嘴裡依然咬著鉛筆。歐溫走在前頭，爲他扶著門，他走出去，一邊仍讀著檔案。看起來就像個該死的唱詩班小男孩，他想。他等著一道閃電劈下來擊中他，莎爾會尖叫有人被殺了，垂垂老矣的班則會再次恢復成以往那個精明的超級間諜。但這些都沒有發生。他感覺好多了：歐溫站在我這邊，我相信他，我們可以一起應付朵芬，我可以行動了。迴轉門關上，他走下四級台階，歐溫仍站在那兒，爲他打開電話亭的門。那扇門的下半部是木板，上半部則是玻璃。

他拿起聽筒，將檔案放在腳邊，電話那頭傳來曼德爾的聲音，說他需要換一台新的變速箱，可能得花上一百英鎊。他們編出這個理由來矇騙管理組，或任何會查閱通話記錄的人；貴倫對答如流，直到歐溫回到櫃檯後面，像隻老鷹般豎起耳朵聽。我成功了，他想，我還真幸運，這方法竟然真的奏效。他聽見自己說：「至少先找到主要代理商，問他們要多久以後才會送來那個鬼東西。你有他們的電話號碼嗎？」接著不耐煩地說：「等一下。」

他半推開門，將話筒夾在頸後，免得這段對話被錄下來。「歐溫，能不能幫我把那只手提包拿過來？」

歐溫立刻熱心地將手提包送來，像是足球場上的急救員。「貴倫先生，是這個吧？要我幫您打開嗎，先生？」

「放在那裡就行了，謝謝。」

手提包就放在電話亭外的地板上。他彎下身去，將包包拉了進來，打開拉鍊。裡面放著他的衣服和一堆報紙，中間有三份僞造的檔案，封面分別是米黃色、綠色和粉紅色。他取出粉紅色封面的檔案和通訊錄，然後將作證行動的檔案放進手提包裡。他重新拉上拉鍊，站起身來，對曼德爾說了一串電話號碼，其實這眞的是那家經銷商的電話。他掛上電話，將手提包交給歐溫，然後帶著僞造的檔案回到閱覽室。他又在圖表櫃前逗留了一會兒，翻了翻幾本電話簿，然後帶著假檔案回到檔案室去。亞里森像是在演喜劇似的，將洗衣籃又拉又推的。

「彼特，幫我個忙好嗎？這東西卡住了。」

「等我一下。」

他從作證行動那格書架裡取出四十三號檔案，將偽造的檔案放回去，再把四十三號檔案歸回原本的四十三號室，將綠色借據從夾子中取回。感謝上帝，一切順利。他簡直想放聲高歌：感謝上帝，我真是太幸運了！

他把借據還給莎爾，她如往常一樣簽名後釘了起來。之後她會核對這些借據，假如檔案都已歸回原處，她就會銷毀綠色借據和箱子裡的留存聯。就算是精明的莎爾，也不會記得貴倫曾經溜去四十四號室。他正準備回到檔案室幫忙老亞里森，迎上他視線的卻是托比．艾斯特哈那雙目光不甚友善的棕色眼睛。

「彼特，」他用不太流利的英語說道：「很抱歉打擾你，不過我們有個小麻煩：波西．艾勒藍急著想和你說幾句話。你現在可以過來一趟嗎？我們會很感謝你的。」歐溫送他們走出門時，他又加了一句：「事實上他想聽聽你的看法，」他用一副公事公辦的口氣說道：「詢問一下你的意見。」

貴倫緊張得要命，忽然靈機一動，轉身對歐溫說：「中午有傳送員要去布里斯頓一趟。你打個電話給運輸組，叫他們幫我把那個手提包送過去，好嗎？」

「沒問題，先生。」歐溫說：「我會照您的吩咐去做。請小心階梯，先生。」

你還得為我祈禱，貴倫想。

21

海頓稱呼他為「我們的影子外交部長」，而由於他滿頭白髮，警衛總叫他「白雪公主」——托比．艾斯特哈平常打扮得就像個時髦的模特兒，但當他肩膀垮下來，或是握緊他那小小的拳頭時，看起來就是個不折不扣的鬥士。貴倫跟著他走過四樓的走廊，又注意到那台咖啡機，聽見勞德．史崔克蘭嚷嚷著他現在沒空，不禁想道：「老天，好像回到伯爾尼，又有得忙了。」他有股衝動想大聲地對托比這麼說，但馬上覺得這個比喻並不合適。

一提到托比，他就會回想起八年前，托比還在瑞士負責無聊的監視行動，偶爾幫忙竊聽，似乎頗受好評；貴倫那時剛從北非回來，正閒得發慌，圓場便將兩人派去伯爾尼執行一件短期任務，負責阻撓兩名正透過瑞士人將貨物銷往敵方的比利時軍火商。他們租下軍火商住處隔壁的別墅，到了晚上，托比拆開接線盒，重新組裝線路，利用自己的電話機竊聽兩名比利時人通話。貴倫身兼組長和跑腿，每天送兩次錄音帶到伯爾尼的常駐站去，充當信箱的是一輛停在路旁的汽車。托比輕易就收買了當地郵差，寄給比利時人的信件都會先經過托比手裡；清潔婦則協助在比利時人最常討論正事的客廳裡安裝竊了聽器。他們閒來無事時就會去契基托，托比總和最年輕的女孩子跳舞。偶爾他會帶她們回家，不過往往一大清早女孩就已不見蹤影，而托比總會打開窗，讓風吹散香水味。

他們就這樣一同生活了三個月，貴倫對他的瞭解卻沒比第一天晚上增加多少，甚至不知道托比究竟是哪一國人。托比傲慢而勢利，很懂得該上哪裡吃飯、去哪裡露臉；他自己動手洗衣服，每晚都會在那頭白髮上套上髮網。警察來搜查別墅那天，貴倫翻過後牆逃走，卻在貝爾維飯店找到托比，他正在大嚼法式蛋糕，欣賞舞蹈表演。他聽完貴倫的報訊，付了帳單，賞給樂團指揮和侍者領班弗朗茲一筆小費，接著才從容不迫地帶著貴倫穿過一道又一道走廊和樓梯，來到地下車庫，他已經在那裡備好脫逃用的車和護照。就連在這種時刻，他也不忘規規矩矩地付清帳單。「就算我們急著逃出瑞士，」貴倫想，「你也還是想著先把帳付清。」長廊彷彿永遠都走不完似的，牆上嵌滿鏡子，掛著凡爾賽吊燈，因此貴倫眼前到處都是艾斯特哈的倒影。

如今他的腦海又浮現相同場景，只不過通往艾勒藍辦公室的狹窄木梯是灰綠色的，也只有破舊的羊皮燈罩能讓人稍微聯想起吊燈。

「要見首長。」托比高傲地對年輕警衛說。對方不客氣地點了點頭，放兩人通行。接待室裡擺著四台灰色打字機，後頭坐著四名滿頭灰髮的老秘書，每人都戴著珍珠項鍊、身穿套頭毛衣。她們向貴倫點點頭，但沒有理睬托比。艾勒藍的辦公室門上掛著「內有訪客」的牌子，門邊有一只六呎高的嶄新保險櫃；貴倫暗忖，這玩意兒這麼重，地板怎麼吃得消？保險櫃上方放滿了南非的雪利酒和杯盤。他想起來了，今天是星期二，倫敦站要舉行非正式的午餐會談。

「告訴她們我不接電話。」托比打開門時，艾勒藍大聲地說。

「女士們，首長不接任何電話，麻煩妳們了。」托比細心提醒，同時爲貴倫扶著門。「我們要開會。」

其中一名老秘書開口：「我們聽到了。」

這是個戰略會議。

會議桌的另一頭，艾勒藍就坐在一張好大喜功者最喜歡的雕花椅上，在讀一份兩頁的文件。貴倫走進門時，他頭抬也沒抬，只是嘟噥了聲：「坐到那邊去。坐在保羅旁邊，鹽罐的下面。」接著又十分專注地讀起來。

艾勒藍右手邊有張用細繩繫著椅墊的空椅，貴倫猜得出那是海頓的座位。羅伊．布蘭德就坐在艾勒藍左邊，也在忙著閱讀文件，不過當貴倫進門時，他抬起頭來打了招呼，「好久不見，彼特。」那雙鼓鼓的灰色眼睛始終盯著貴倫，看著他走到桌邊。比爾的空位旁坐的是莫．迪拉瓦，倫敦站少數的女性成員之一，一頭短髮，穿著棕色粗呢套裝。她對面坐著管理組組長菲爾．波提亞斯。菲爾逢人就卑躬屈膝，他相當有錢，在郊外買了棟大房子。他一見到貴倫就不再繼續閱讀資料，賣弄似地闔上檔案夾，光滑的雙手擱在上頭，臉上堆起假笑。

「坐到鹽罐下面的意思是，坐到保羅．史考迪諾的旁邊。」菲爾說道，臉上仍掛著虛僞的笑。

「我知道，謝謝。」

波提亞斯對面坐著比爾手下那兩名俄國人，貴倫上次在四樓的男廁見過他們：尼克．德．歐爾斯基和他的夥伴卡斯帕。他倆不能露出笑容，顯然也沒有閱讀資料的權利，全場只有他們兩人面前沒有任何文件。兩人都將粗壯的手放在桌上，彷彿後頭有人拿槍對準他們；兩雙的棕色眼睛都盯著貴倫。

波提亞斯一旁坐著保羅．史考迪諾，據說現在擔任羅伊．布蘭德的外勤，負責附庸國的情報網，但也有人說他抽空替比爾工作。保羅身材瘦削，年約四十，黝黑的臉上長滿雀斑，還有一對長長的手臂。在培訓中心接受魔鬼訓練時，貴倫曾與他同組，他們幾乎要把彼此給宰了。

貴倫拉開椅子坐下，托比獨自坐在一旁，看起來像是另一名保鑣。他們到底想要我做什麼？貴倫想：逼我逃亡嗎？大家都在看艾勒藍裝塡菸斗，此時比爾搶走了所有人的目光。門打開來，一開始不見任何人影，接著傳來一陣窸窸窣窣聲，比爾緩緩走了進來，雙手捧著一杯咖啡，杯口上蓋著一只小碟子。他手臂下夾著一只條紋花色的文件夾，眼鏡還掛在鼻梁上，可見他一定先在別的地方讀過檔案了。貴倫想：除了我，所有人都讀過它了，而我不知道那是什麼。他猜想可能是艾斯特哈和羅伊昨天在讀的同一份文件；儘管無憑無據，他還是這麼認定了。那是昨天剛送達的文件，由托比送去給羅伊，當兩人正激動（如果可以用激動來形容的話）地閱讀那份資料時，貴倫恰巧打斷了他們。

艾勒藍依舊沒有抬起頭來。貴倫坐在會議桌的另一頭，只看得到艾勒藍那頭茂密的黑髮，以及那身花呢服裝下的寬肩。莫．迪拉瓦正撐著額頭閱讀文件。貴倫記得波西有兩任妻子（這時他腦海又閃過卡蜜拉的影子），兩人都酗酒，可見一定有些不對勁。他只見過住在倫敦的那個。當時波西剛建立起自己的擁護勢力，在白金漢宮大廈的寬敞公寓裡舉辦了一場酒會；貴倫遲到，正在大廳裡脫下大衣，一名臉色蒼白的金髮女人怯生生地走來，向他伸出手。他以爲她是負責拿大衣的女傭。

「我是喬伊，」她用不自然的誇張語調說道，像在舞台上宣示「我是美德女神」、「我是禁慾女神」。她不是要幫貴倫拿大衣，而是來接受他的問候。貴倫親吻她的手，聞到她身上「我會回來」（Je Reviens）的香水味和濃濃的廉價雪利酒味。

「好啦，彼特．貴倫老弟。」艾勒藍終於開口：「你已經準備好了嗎？還是需要再打幾通電話來調查我的房子？」他半抬起頭來，貴倫注意到他飽經風霜的雙頰上各有一小撮毛，看起來像個三角形。「你這幾天到鄉下去做什麼？」他翻了一頁文件。「除了忙著追求當地的純情少女——不過我很懷疑，布里斯頓還找得到純潔的處女。莫，請原諒我的無禮——還花了大把大把公帑吃昂貴的午餐？」

這種嘲弄的玩笑話向來是艾勒藍談判時的利器，可能只是表達善意，也可能充滿敵意；可能是嚴厲的責備，也可能只是表達祝賀；但到頭來，他集中火力關注的焦點都只有一個。

「有兩個阿拉伯人看起來挺有希望的。西．范霍佛有機會和一名德國外交官搭上線。就只是這樣。」

「阿拉伯人。」艾勒藍重複道，將檔案推到一旁，從口袋裡掏出一根做工粗糙的菸斗。「隨便哪個笨蛋都有本事敲詐阿拉伯人，對吧，比爾？要是你想的話，花半個克朗就可以買通整個阿拉伯內閣。」艾勒藍從另一個口袋掏出一包菸草，隨手扔在桌上。「聽說你最近和我們可憐的塔爾老弟碰頭了。他最近過得怎樣？」

貴倫開口回答時，腦海裡閃過許多念頭。他很肯定他們是昨天晚上才開始監視他的公寓，週末時他應該還未受到懷疑，除非負責把風的法恩把他出賣了，但這情況不太可能發生。羅伊．布蘭德看起來感覺很像已故詩人狄倫．湯瑪斯[45]——他以前老覺得羅伊．布蘭德和某個人很像，又說不上來到底像誰。莫．迪拉瓦只能「勉強」稱得上是女人，她身上流露著強悍女童軍的男子氣概。他想，不曉得狄倫．湯瑪斯是不是和羅伊．布蘭德一樣，也有一雙顏色極淡的藍色眼睛。托比．艾斯特哈正從一只金匣裡取出一根菸，艾勒藍向來禁止抽香菸，只能抽菸斗，艾斯特哈竟有權抽菸，可見他現在在艾勒藍面前有多吃得開。比爾．海頓看起來年輕得出奇，關於他的感情生活，圓場總有一大堆沸沸揚揚的謠言，看來那似乎不只是說著玩的——他們說他是雙性戀。保羅．史考迪諾將一隻手平放在桌上，拇指略微翹起，手背看起來更爲緊繃。貴倫也想到自己那只帆布包：歐溫已經把它交給傳送員了嗎？還是他跑去吃午餐，將那只帆布包留在檔案登記室，某個渴望升遷的年輕警衛隨時都可能發現它？貴倫不只一次納悶著，在他注意到艾斯特哈以前，艾斯特哈已經在檔案登記室附近逗留了多久？

他選擇以半開玩笑的語氣說：「沒錯，首長。我和塔爾每天下午都在福特納百貨[46]喝茶。」

艾勒藍叼著他尚未點燃的菸斗，檢查菸草塞得夠不夠密實。

「彼特．貴倫，」他用蘇格蘭腔一字一句不客氣地說：「或許你還沒搞清楚，不過我一向寬大爲懷；事實上我是爲了你好。我要問的是你和塔爾談了什麼。我不打算要他的人頭，也不需要他身體的任何一個部位，而且我會克制自己想掐死他的衝動，或者是掐死你。」他劃開一根火柴點燃菸斗，火光猛烈。「我甚至願意考慮在你脖子上套根金鍊子，讓你離開可恨的布里斯頓到王宮來。」

「這樣的話，我眞等不及看他出現。」貴倫說。

注45：Dylan Thomas（1914-1953），著名英國詩人。

注46：Fortnum & Mason，倫敦的知名百貨公司。

「如果在我逮到他之前迷途知返，一切可以既往不究。」

「我會轉達給他。他會很高興的。」

桌上煙霧瀰漫。

「我對你感到非常失望，彼特老弟。居然這麼輕易就相信那種挑撥離間的不實毀謗。我給了你高薪，你卻在背後捅我一刀。用這種方式報答我養活你，也未免太忘恩負義了。我可以告訴你，我留你下來時，顧問還極力反對我這麼做。」

艾勒藍多了個新習慣，貴倫常在愛好虛榮的中年人身上看到這個動作：用食指和拇指摩娑下巴，試著讓下巴的肉縮小些。

「再多說一點塔爾的近況，」艾勒藍說：「他的感情狀況如何？他有個女兒，對吧？叫作丹妮的小不點。他有提到她嗎？」

「提過。」

「說說關於她的事。」

「我什麼都不知道。他很喜歡她，我只知道這個。」

「喜歡到發狂是嗎？」他的聲音隨著怒氣忽然拉高，「你為什麼聳肩？你他媽的為什麼對我聳肩？我現在可是在跟你談一個叛逃者，就來自你那該死的部門。我指控你背著我接應他，在完全搞不清楚後果有多嚴重前玩起這愚蠢的捉迷藏，而你居然敢跟我聳肩？彼特．貴倫，有條**法律**規定禁止與敵方情報員勾結，你可能不曉得，我眞想狠狠教訓你一頓！」

「但是我最近根本沒和他見過面！」貴倫也生氣了，同時也為了救自己一命。「玩捉迷藏的人是你，不是我。少跟我來這套！」

他頓時感到周遭的氣氛緩和下來，大家似乎都感到有些無趣，彷彿剛剛艾勒藍漫無目標地掃射了一番，現在子彈已經用罄。史考迪諾手中把玩著一小塊象牙，這是他隨身攜帶的幸運物；布蘭德又開始低頭閱讀；比爾．海頓喝了一口咖啡，似乎覺得很難喝，因爲他向莫．迪拉瓦扮了個鬼臉，將杯子放下；托比用手撐著下巴，眉毛抬得老高，呆呆望著維多利亞式壁爐裡的紅色玻璃紙。只有那兩名俄國人依然毫不客氣地盯著他，就像兩隻不願相信打獵好戲已經結束的獵犬。

「所以他跟你提過丹妮，對吧？他也告訴過你，他很愛她。」艾勒藍說道。他又開始讀起面前的文件。「丹妮的母親是誰？」

「一個歐亞混血的女孩。」

此時，海頓搭話了。「一看就知道是歐亞混血，還是比較像白種人的面孔？」

「塔爾好像覺得她看起來像歐洲人。他認爲那小女孩也一樣。」

艾勒藍大聲地唸出來：「十二歲，金色長髮，棕眼，身材纖瘦。丹妮是長這樣嗎？」

「我想是吧。聽起來很像她。」

漫長的沉默。似乎就連海頓也拒絕打破寂靜。

「所以，假如我告訴你，」艾勒藍再度開口，相當謹慎地選擇用字：「假如我告訴你，丹妮和她的母親原本預計要在三天前搭乘一班自新加坡起飛的直航班機抵達倫敦機場，我想你應該和我們一樣困惑才對。」

「沒錯。」

「那麼，你就算離開這裡，也要繼續守口如瓶。除了你那十二位好朋友以外，你應該不會再告訴其他人了吧？」

菲爾．波提亞斯的嘀咕聲傳來，「這可是最高機密，彼特。對你而言可能只是普通的小道消息，但情況並非如此。這可是超級機密。」

「如果是這樣的話，那我的口風會超級緊。」貴倫對著波提亞斯說，他的臉色立刻漲得通紅。比爾．海頓露出小學生般的單純笑容。

艾勒藍又回到正題。「那你對這則消息有什麼看法？說說看，彼特。」他又開始嘲弄：「說吧，你可是他的上司、心靈導師和朋友，你的心理學學到哪裡去啦？塔爾爲什麼要回英國？」

「你剛才說的可不是這樣。你說塔爾的女友和她的女兒丹妮應該要在三天前抵達倫敦。或許她只是來探望親戚，也許她找到了別的男人——我怎麼會知道？」

「別裝傻了，老兄。你難道不知道，不管小丹妮到哪裡，塔爾本人就會跟到哪裡？假如他沒有先抵達倫敦——這點我可不相信，男人通常會先到，之後老婆小孩這些拖油瓶才會跟著過來。眞抱歉我又失言了，莫．迪拉瓦。」

貴倫又再次面露惱色。「我從來不曉得這件事。塔爾現在仍是個叛逃者，管理組七個月前是這麼宣判的，是不是，菲爾？塔爾現在還在莫斯科，他所知道的事情想必都已經洩漏出去，對吧，菲爾？這正是爲什麼布里斯頓必須暫時吹熄燈號，將我們的工作分配到倫敦站與托比手下的點燈人小組。塔爾現在還能變什麼花樣？二度叛逃、回歸我們的陣營嗎？」

「說他二度背叛已經是很客氣的說法了。坦白告訴你，」艾勒藍反唇相譏，又開始讀起眼前的文件。「給我聽清楚，牢牢記到腦袋裡：我很清楚你們那幫人的記憶都會先過濾，你們這些帶頭的都是一個樣。丹妮和她的母親手上拿著僞造的英國護照，改姓普爾，是俄國來的假護照；第三本給了塔爾，就是大名鼎鼎的普爾**先生**。塔爾人已經到了英國，只是我們不曉得他躲在哪裡。他比丹妮和她母親還早出發，走另一條路線，根據我們的調查結果，很可能是偷渡進來的。他指示他的老婆還是情婦，管她是誰——」他的語氣彷彿自己從沒有老婆或是情婦。「原諒我的無禮，莫。他要她們一週後過來，但她們顯然還沒到。我們昨天才收到這份情報，還有許多地方要調查。塔爾吩咐過丹妮和她的母親，萬一他無法聯絡上她們，她們就得去投靠彼特・貴倫。我想那指的是你。」

「假如她們原本三天前就該抵達，現在卻還不見人影，那她們發生了什麼事？」

「或許有事耽誤了，也可能錯過班機、臨時改變計畫、搞丟了機票……我怎麼會知道？」

「或者這則情報並不正確？」彼特暗示道。

「這是正確消息！」艾勒藍生氣地回應。

貴倫看起來既生氣又困惑。「好吧！看來俄國人是放塔爾一馬了，連他的家人也一起送過來——天曉得爲什麼，我還以爲她們會被留下來當人質呢。他們也把塔爾送了回來。那有什麼好緊張的？既然他說的話我們一個字也不會相信，他還能設下什麼陷阱？」

這次貴倫很高興地發現，所有人都盯著艾勒藍，就貴倫來看，艾勒藍似乎左右爲難，不曉得是該草草給個滿意的答覆，還是讓自己出醜。

「我才不管什麼陷阱不陷阱！大概是想把池子攪得一場糊塗，或是在井裡下毒吧！誰知道他要搞什麼鬼。」貴倫想，他的公告讀起來就是這樣，整張都是拐彎抹角的隱喻。「但你得記住一點，貴倫老弟，只要你一看到，或是在你看到之前，聽到任何有關塔爾、他的女友和小女兒的任何消息，都要在第一時間通報給在場的所有人，但是對其他人一個字都不許提！聽清楚了嗎？這裡的關係太複雜了，你可能根本搞不清楚，也沒有權利知道……」

在場的人忽然全騷動起來。布蘭德雙手插進口袋，在房間裡踱步，然後靠在遠處那扇門上；艾勒藍再次點燃菸斗，慢條斯理地甩動火柴讓火苗熄滅，隔著煙霧看著貴倫。「彼特，你這陣子都跟誰在一起？是哪個幸運的小女孩？」波提亞斯從桌面將一張文件推到貴倫面前，讓他簽名。「給你，彼特，請簽名。」保羅．史考迪諾正對著其中一名俄國人的耳語，艾斯特哈則在門邊給老秘書們下指令，她們顯然老大不高興。只有莫．迪拉瓦仍用她那雙溫馴的棕色眼睛盯著貴倫。

「先看看內容吧！」波提亞斯油腔滑調地說。

貴倫已經看了表格的一半內容，第一段寫道：「本人今日獲知巫術行動第三〇八號情報內容，保證絕不將報告的任何內容洩漏給圓場的其他成員，亦不會洩露巫師梅林的存在。本人亦保證，若獲知任何相關訊息，將立即通報。」

門依然敞開著，貴倫簽名時，倫敦站二樓的人員正魚貫走進來：先是端著一盤盤三明治的老秘書，接著是黛安娜．朵芬、繃著一張臉的勞德．史崔克蘭、情資分發組的女職員，以及擺著一張臭臉的資深間諜哈格，他是班．薩克斯頓的主管。貴倫離開時放慢腳步，默默記下每個人的臉孔，因爲史邁利絕對會問他有誰在場。走到門口，他很訝異地發現海頓跟了過來，彷彿接下來的熱鬧場合與他無關。

「一群愚蠢的傢伙，」比爾評論道，隨手指了指那群老秘書。「波西眞是讓人愈來愈受不了。」

「看起來確實如此。」貴倫眞誠地說。

「史邁利最近還好嗎？常不常跟他見面？你以前可是他的好朋友，對吧？」

貴倫的心情原本平靜無波，頓時往下一沉。「恐怕稱不上是朋友。」他說：「我們以前不許與他來往。」

「可別告訴我你眞有遵守那些鬼規定。」比爾不屑地說。他們走到樓梯旁，比爾走在前頭。

「那你呢？」貴倫大聲說：「你常和他見面嗎？」

「安離開他，」比爾說，沒有理會他的問題。「跟一個水手還是服務生跑了。」他辦公室的門敞開著，桌上堆著機密文件。「是這樣嗎？」

「我不知道，」貴倫說：「可憐的老喬治。」

「要來點咖啡嗎？」

「我想我得走了，謝謝。」

「要和塔爾老弟一起喝下午茶？」

「沒錯，約在福特納。再見。」

檔案組的歐溫剛吃完午飯回來。「已經把手提包送出去了，先生。」他開心地說：「現在應該已經到布里斯頓了。」

「喔，該死，」貴倫發了最後一頓脾氣：「裡面有我需要的東西！」

一個令他萬念俱灰的想法忽然鑽進他的腦袋：這麼顯而易見的事，他怎麼會這麼遲鈍，現在才想到？桑德就是卡蜜拉的丈夫。她同時和兩個男人一起生活。現在他可看清楚眼前的所有騙局了。他的朋友、情人，甚至圓場本身，都聯合起來對付他。他耳邊響起曼德爾的話，他們前兩天晚上在郊區某個小酒吧裡喝啤酒，他說：「高興點，彼特老兄。耶穌基督只有十二個門徒，其中一個就是叛徒。」

塔爾，他想。該死的瑞奇・塔爾。

22

狹長的臥室建在閣樓上，天花板很低，以前是女傭的房間。貴倫站在門邊，塔爾則動也不動地坐在床沿，頭往後靠著低矮的屋頂，雙手垂在兩旁，手指張開。他頭上有扇天窗，從貴倫站的地方望出去，可以看到黑夜中一望無際的薩福克郡田野，以及天邊一排黑色的樹影。牆上貼著褐色的壁紙，上面有偌大的紅花圖案；掛在黑色橡木樑上的燈將光線灑在兩人臉上，映出奇怪的幾何圖形，並隨著坐在床上的塔爾或木椅上的史邁利移動而變換。

如果他能作主，貴倫很肯定自己絕不會放過塔爾。他的怒氣已經到達臨界點，回程的路上，他的車速高達九十英里，史邁利厲聲要他開慢一點。如果他能作主，他絕對會狠狠揍塔爾一頓，必要時還會叫法恩來幫忙。開車時，他在腦海中清楚描繪出這樣的畫面：他來到塔爾的住處（管他住在哪裡），一等塔爾開門就往他的臉上餵幾拳，連同他對卡蜜拉和她前夫（也就是喬裝成直笛老師的桑德）的怒氣一起發洩到他身上。在這股氣氛下，史邁利大概也透過心電感應察覺到貴倫在想些什麼，因爲儘管他沒多說什麼，卻一直想讓貴倫冷靜下來。「塔爾沒有騙我們，彼特。他沒有說過半句謊言。他只是做了全天下間諜都會做的事，也就是沒把所有事情和盤托出而已。再說，他其實很聰明。」史邁利非但不像貴倫一樣摸不著頭緒，反而還顯得特別有自信，甚至自滿地引用了斯蒂德—艾斯普瑞有關詐欺藝術的格言：欺騙並不需要天衣無縫，只要有利可圖，這就是背叛的目的。這讓貴倫想起了卡蜜拉。「眞要感謝凱拉，我們總算直搗核心了。」史邁利說。貴倫講了個在查令十字路換車的無聊笑話，而史邁利只是忙著指揮方向和看照後鏡。

他們約在水晶宮碰面，曼德爾開了一輛卡車來接他們。他們直接駛向邦斯伯里一家位於鵝卵石小巷盡頭、許多孩子聚在那裡玩耍的修車行。一名德國老人和他的兒子歡迎他們到來，不等他們下車便立刻拆掉廂型車的車牌，並備妥一輛重新上漆的沃克斯豪爾汽車，讓他們從後門離開。曼德爾留下，貴倫從布里斯頓帶來的作證行動檔案也一併留給他。史邁利說：「走A12公路。」路上沒什麼車，不過還沒到克切斯特，他們就碰上一整隊的大貨車，貴倫則忽然失去耐性，嚇得史邁利大吼叫他在路邊暫停。在快車道，他們碰上一個以二十英里時速駕駛的老頭；從內側超車時，那老頭竟突然失控地朝他們衝來，不曉得是喝醉酒還是生病，抑或只是嚇壞了。接著毫無預警地，路上漫起大霧，彷彿突然就從天上掉到他們頭頂。離開了濃霧，路上又滿是滑冰，讓貴倫不敢踩煞車，開得戰戰兢兢。開過克切斯特後，他們轉進了小路，路牌上標示著小霍克斯萊村、沃明福德、布爾格林之類的地名，但接著四處就看不見路牌，貴倫頓時不知自己身在何方。

「在這裡左轉，到了那棟小屋時要再左轉。盡量往裡面開，不要停在大門前。」

他們似乎抵達了一座小村莊，但四周沒有燈光，一片漆黑，既不見人影，也看不到月光。他們一下車，寒意立刻迎面襲來，貴倫聞到了板球場與燃燒柴火的味道，還有各種令他想起聖誕節的氣味。他想著，這真是我見過最冷清又最偏僻的地方。眼前矗立著一座教堂尖塔，一旁有座白色籬笆，斜坡上大概是牧師住的矮房，顯得凌亂，屋頂鋪著茅草，貴倫能看出山形牆與天空的交界。法恩已經到了，一等他們停好車就走上前，靜靜地爬進後座。

「瑞奇今天好多了，先生。」他說。看來他這幾天固定向史邁利報告了不少近況。他是個穩重的男孩，說起話來輕聲細語，樂於與人親近，但布里斯頓的人似乎都很怕他，貴倫不曉得爲什麼。「我是說，他沒那麼緊張了，看起來比較放鬆。他早上有去足球場下注；他還眞喜歡賭球賽。下午我們幫艾爾莎小姐撿柴火，讓她載去市場賣。晚上我們玩了一局很棒的牌，早早就上床睡覺了。」

「他有沒有一個人出門？」史邁利問道。

「沒有，先生。」

「有沒有打電話？」

「幸好沒有，先生。至少我在的時候他沒打。相信艾爾莎小姐在的時候也一樣。」

他們呼出來的氣在車窗上結成了一層霧，不過史邁利不想發動引擎，因此車上既無暖氣，也開不了除霧器。

「他有提到他的女兒丹妮嗎？」

「整個週末都掛在嘴上。這幾天有好一些了。他大概是怕過於牽掛，決定不再想她們。」

「他有沒有提到要再和她們見面？」

「沒有，先生。」

「他有沒有提到，等一切結束後要安排和她們見面？」

「沒有，先生。」

「有沒有說要讓她們來英國？」

「沒有，先生。」

「也沒有說要幫她們辦證件？」

「沒有，先生。」

貴倫不耐煩地打岔：「老天，所以他到底說了什麼？」

「那名俄國女孩，先生。伊莉娜。他很喜歡讀她的日記。他說，假如逮到那隻地鼠，他會用那隻地鼠和莫斯科總部交換伊莉娜回來，然後我們會幫她找個舒適的家，就像艾爾莎小姐住的房子一樣；不過我們會讓她住蘇格蘭，那裡更好。他說他也會回報我，要幫我在圓場找份好工作。他鼓勵我多學一種外語，才會更有前途。」

法恩平板的聲音從漆黑的後座傳來，聽不出他是否接納了這項建議。

「他現在在哪裡？」

「他在睡覺，先生。」

「把門輕輕關上，不要發出聲音。」

艾爾莎．布里姆在前廊等他們。她年約六十，滿頭灰髮，臉上流露出堅毅與智慧。史邁利說，她是圓場的元老之一，戰時擔任蘭斯伯里的編碼員，雖已退休，但仍寶刀未老。她穿著一襲剪裁合身的棕色套裝，拉起貴倫的手問候他。「過得好嗎？」然後鬥起門來，他再回頭時，已經不見她的蹤影。史邁利領著貴倫上樓，法恩則留在樓梯間的平台上，隨時等候傳喚。

「我是史邁利，」他敲了塔爾的房門。「我想和你談談。」

塔爾迅速打開門。他想必早就聽見他們的腳步聲，已經在門後等著了。他以左手開門，右手有一把槍，目光越過史邁利，落在他身後的走廊上。

「只有貴倫跟我在一起。」史邁利說。

「我說啊，」塔爾開口：「嬰兒也是會咬人的。」

他們走進房間。塔爾穿著寬鬆的長褲和馬來人穿的廉價上衣，地上散落著拼字卡，爐子上煮著咖哩，香味四溢。

「很抱歉打擾你，」史邁利似乎是眞心感到抱歉，「但我還是得來找你問清楚；你究竟怎麼處理帶去香港的那兩本備用瑞士護照？」

「爲什麼要問？」塔爾過了好一陣子才開口。

他瀟灑自在的模樣已經蕩然無存。他的臉色蒼白，像是個囚禁已久的犯人，身形消瘦不少。他坐在床上，那把槍就擱在他身旁的枕頭上，目光緊張地在兩人身上來回逡巡，眼神裡滿是不信任。

史邁利說：「聽好，我想相信你說的話，這點不會改變。假如你說出來，我們一定會爲你保密，但我們必須知道眞相；這眞的非常重要，攸關你的前途。」

貴倫看著他們，想道：攸關的事情可多著！要是他眞瞭解史邁利，就會知道這其中還牽扯了多少錯綜複雜的算計。

「我說過，我已經把它們給燒了。我討厭那上面的編號，一定會被洩漏出去；要是使用那兩本護照，簡直就像是在脖子上直接貼個標籤：『我是通緝犯瑞奇．塔爾』。」

好長一段靜默後，史邁利才終於再次開口。在這夜深人靜的晚上，就連貴倫也受不了這股沉默。

「你用什麼燒的？」

「這他媽的有什麼關係？」

但史邁利顯然不打算解釋他這麼問的原因，而是再次不發一語，似乎自信地認定此刻無聲勝有聲。貴倫看過盤問就是這麼進行的：審訊人員以一連串看似老套的流程進行令人筋疲力盡的詰問，記錄答案時要拖上一段長得令人不耐煩的靜默；受審者每回答一個問題，腦中已先自問無數個問題，將自己折磨得筋疲力盡，堅持原先那套說詞的的意志力也就一天比一天薄弱。

過了彷彿一世紀之久，史邁利才開口。「你以普爾的名義買下那本假英國護照時，有沒有從同一個人手上買下其他護照？」

「我爲什麼要買其他護照？」

不過史邁利似乎不打算回答他的問題。

「我爲何要買其他護照？」塔爾又問了一次：「老天，我可不是在收藏護照。我只不過是想離開那裡而已。」

「還有保護你的孩子。」史邁利意有所指地說，臉上帶著感同身受的笑容。「要是你辦得到的話，還要保護她的母親。我相信你一定好好思考過這件事。」他用討好的語氣說。「畢竟，你可不能把她們丟給那個四處打聽的法國人，任由他擺布，不是嗎？」

史邁利等著他回答時，作勢檢查起拼字卡，一會兒橫著唸，一會兒縱著讀。不過這些字母卡並沒有什麼意義，只不過是隨機拼湊的卡片。貴倫注意到其中一個字拼錯了，「epistle」的後兩個字母拼到前面來。貴倫想，他窩在那間又髒又臭的小旅館到底要做什麼？跟瓶瓶罐罐和四處奔波的生意人住在一起，他心裡是在追查什麼線索？

「好吧，」塔爾悶悶不樂地開口。「我幫丹妮和她母親買了護照，她們成了普爾太太和丹妮．普爾小姐。所以我們現在要做什麼？開心地大叫嗎？」

又是一陣靜默。

「你之前為什麼不告訴我們？」史邁利問道，口氣聽起來像是個失望的父親。「我們又不是什麼張牙舞爪的怪物，同樣不希望她們受到傷害。你為什麼不告訴我們？或許我們幫得上忙。」他又回過頭閱讀起那些字卡。這裡想必有兩三疊字卡，椰子殼纖維編成的地席上灑滿了卡片。「你為什麼不告訴我們？」他又問了一次。「保護你深愛的人又不犯法。」

那就要看他們願不願意受你保護了，貴倫想，又想起了卡蜜拉。

史邁利試著要讓塔爾開口，幫他想了些答案：「是不是因為你動用了出差費幫她們買英國護照，所以才不告訴我們？老天，這裡沒有人在乎錢。你給我們帶來了非常重要的情報，我們何苦去計較區區幾千塊錢？」時鐘滴滴答答，依然沒有人開口。

「還是因為，」史邁利繼續猜測：「你感到慚愧？」

貴倫頓時愣住，拋開了自己的疑問。

「感到慚愧也是情有可原。讓丹妮和她的母親帶著已經被洩漏出去的護照，把她們丟給那個四處打聽普爾先生的法國人、任其擺布，畢竟不是什麼光采的事；你自己卻安然無恙地逃了出來，一路備受禮遇。光想到這件事就令人心寒——」史邁利點點頭，彷彿這件事是塔爾親口說的。「一想到凱拉爲了讓你閉嘴或是替他效勞，不曉得會使出什麼手段，就令人感到背脊發涼。」

塔爾的臉上開始冒汗，多得像是滾滾淚珠似的。史邁利對字卡失去興趣，視線落到了其他地方：用兩根鐵線製成的玩具，看起來像是一支火鉗，用來滾動一顆鐵珠，只要它掉進下方的洞裡，就能贏得分數。

「我想，你沒告訴我們的另外一個原因是：你確實燒掉了那兩本護照。但你燒掉的是英國護照，不是瑞士的。」

慢慢來，喬治。貴倫想，慢慢移到兩人中間。別急。

「你知道普爾的身分已經被識破了，所以你燒掉那兩本爲了丹妮和她母親所買的英國護照，而你自己別無選擇，還是保留普爾先生的護照。接著你用普爾的名義預訂兩張機票，想讓大家以爲你並不知道普爾的護照已經公開。我說的『大家』，是指凱拉的手下，沒錯吧？你竄改那兩本瑞士護照，給了丹妮和她的母親，暗自希望上面的編號尚未洩漏出去，然後瞞著所有人做了不同的安排，這早在你使用普爾的護照以前就已經想好了。會是什麼安排呢？例如讓她們留在東方，不過換個地方，像是到雅加達去，總之是有朋友可以照應的地方。」

即使貴倫已經站到兩人中間，他還是反應不及。塔爾一把掐住了史邁利的脖子，隨著椅子往後倒。貴倫從兩人之間抓住塔爾的右手反扣到背後，幾乎要把他的手臂給扭斷。此時法恩不知從那兒冒了出來，拿起枕頭上的槍朝塔爾走去，似乎是要幫他一把。史邁利重新拉好衣服，塔爾又坐回床上，用手帕擦起嘴角。

史邁利說：「我不知道她們人在哪裡。就我所知，她們目前還沒有受到任何傷害。你願意相信我吧？」

塔爾瞪著他，動也不動。他的眼神滿含憤怒，但看著史邁利時又平靜下來。貴倫想，大概是因爲史邁利說出了他一直想聽到的保證。

「你看緊你的混帳女人就好，別來管我的閒事。」塔爾低聲說道，一手仍捂著嘴。貴倫驚呼了一聲，又要衝上前去，但史邁利拉住他。

「只要你別試著與她們聯絡就好，」史邁利繼續說：「最好別讓我知道。除非你希望我爲她們做點什麼，像是給她們錢、保護她們，或安慰她們之類？」

塔爾搖搖頭。他的嘴角全是血。貴倫忽然意識到，剛剛法恩想必是狠狠揍了塔爾一拳，但他搞不清楚是什麼時候。

「不會花太久時間，」史邁利說：「大概一個星期。假如辦得到話，可能只需要更短的時間。試著放寬心，別想太多。」

他們離開時，塔爾又重新展露笑容。貴倫暗忖，他倆這一趟拜訪，讓塔爾發洩了對史邁利的怒氣，臉上也挨了揍，對塔爾而言想必大有助益。

「他那些足球賽的賭票，」上車時，史邁利對法恩悄聲問道：「你應該還沒寄出去吧？」

「還沒，先生。」

「那麼，我們得祈求上帝別讓他賭贏。」史邁利難得輕快地說，引來一陣笑聲。

筋疲力盡、頭昏腦脹的時候，總會喚起許多古怪的回憶。貴倫開著車，一面留心路況，另一半思緒則又陷入對卡蜜拉的懷疑之中。如今卡蜜拉更可疑了。今天發生的一切，以及其他漫長日子裡亂七八糟的印象，都不停閃過他的腦海：在摩洛哥時，他看著手下的情報網一個接一個遭破獲，頓時成了驚弓之鳥；樓梯上一傳來腳步聲，都會讓他緊張兮兮地望向窗外，查看街上的動靜。在布里斯頓時，他成天無所事事，看著這個悲慘的世界在眼前日復一日地運轉，不曉得自己什麼時候會加入其中。他眼前突然浮現那份放在他辦公桌上的書面報告，那是交換來的情報，複印在藍色的薄紙上，無從得知消息來源，或許並不可靠。如今那份報告的每個字都清晰地浮現在他眼前：

一名剛從盧比安卡監獄釋放出來的囚犯透露，莫斯科總部於七月時，在監獄裡祕密處決了三名幹部，其中一名為女性。三人都是頸部中槍斃命。

「上面蓋著『內部機密』的戳章。」貴倫麻木地說。他們停在路邊，一旁是掛滿彩色燈泡的旅館。「不曉得是倫敦站的哪個人，在上面潦草地寫了一句：有誰能認屍嗎？」

在五顏六色的燈光下，貴倫看到史邁利的臉嫌惡地皺了起來。

「那就是了。」他最後說道。「沒錯，現在我們都知道，那名女性正是伊莉娜。我想，另外兩人就是伊夫洛夫和她的丈夫波里斯了。」他的語氣十分篤定。「塔爾想必還不曉得這件事。」他打起精神繼續說：「重要的是，我們不能讓他聽到任何風聲。要是他知道伊莉娜死了，天曉得他會做出什麼事來。」有好一段時間，兩人都坐著不動；或許他倆不想動的原因不同，不過他們似乎都已筋疲力盡了，也不打算有所行動。

「我得打個電話。」史邁利說，但他顯然沒有下車的打算。

「喬治？」

「我得去打個電話。」他喃喃地說：「打給雷肯。」

「那就去啊。」

貴倫伸手繞過史邁利，爲他打開車門。他下車在柏油路上走了幾步，似乎又改變主意，踱回車旁。

「我們去吃點東西，」他透過車窗說，仍是一副出神的模樣。「我想，就算是托比那幫手下，也不會跟到這裡來吧？」

這家路旁的小餐館原本是家餐廳，仍保留著以往的華麗裝潢；紅色皮面的菜單上滿是油漬，送菜單過來的服務生看起來昏昏欲睡。

「聽說紅酒燴雞還不錯，」史邁利從角落邊的電話亭走出來，一邊開玩笑地說。接著他壓低聲音，問道：「告訴我，你對凱拉瞭解多少？」

「那得看我有多瞭解巫術行動、巫師梅林，或者波提亞斯非要我簽的那張文件上寫的一切。」

「回答得眞好。我想你是在指責我，不過這個比喻可眞貼切。」侍者再次出現，手裡晃著一瓶勃艮地葡萄酒。「你能醒一下酒嗎？」

那名侍者瞪著史邁利，似乎覺得他瘋了。

「把瓶塞打開，放在桌上。」貴倫簡短地說。

史邁利並沒有告訴他一切，貴倫事後才發現他隱瞞了多少。不過這已足夠讓他重新振作起來，不再感到意志消沉。

23

「指揮間諜的領導者通常都想將自己塑造成傳奇人物。」史邁利開口，彷彿正在培訓中心講課。「他們的首要任務就是讓情報員留下深刻印象，下一步則是要讓同事刮目相看。在我的經驗裡，他們大多只是落得顏面盡失；有些人甚至連對自己也灌迷湯。這些騙子都應該除之而後快，我們別無他法。」

但有些人還是順利建立起傳奇人物的形象，凱拉就是其中之一。他的年紀成謎，「凱拉」想必也不是眞實姓名。沒有人知道他過去幾十年的經歷爲何，之後大概也無從得知；不曉得爲什麼，與他共事的人要不是死了，就是有辦法不漏半點口風。

「謠傳他的父親待過祕密警察組織奧克瑞那（Okhrana），之後又進了國家安全委員會的前身契卡（Cheka）；我不太相信這個說法，但也很有可能是眞的。也有人說，他以前在廚房打雜——就在東方對抗日本占領軍的軍用火車上——從柏格那裡學怎麼當間諜，事實上還成了他的得意門生，感覺就好像是哪個有名的作曲家親自給他上了音樂課。就我目前所知，他於一九三六年自西班牙發跡——至少文件裡是這麼記載的——他以白俄羅斯記者的身分在佛朗哥底下活動，招募了一批德國間諜。那場行動極其複雜，就一個年輕人來說算是相當不簡單。到了一九四一年的秋天，他成了寇涅夫手下的間諜，在蘇聯對抗斯摩棱斯克的戰役裡大顯身手，負責在德國陣營下指揮共產黨的情報網。之後他發現旗下的無線電報務員背叛他，私自將電報傳送給敵方。他讓那名報務員回心轉意，之後就開始使用無線電四處接收訊息。」

史邁利說，還有另一個傳言是，由於凱拉從中作梗，德國軍隊在葉利尼亞時甚至朝自己的前線開火。

他繼續說道：「在一九三六年至一九四一年間，凱拉來到英國，我們認爲他在這裡待了六個月。但直到今天，我們——我的意思是我——依然無從得知，他當時是以什麼名字和身分作爲掩護。我並不認爲傑拉德不清楚此事，但他似乎不想告訴我們，至少沒這個打算。」

史邁利不曾如此對貴倫說話。他向來不會自信滿滿地發表長篇大論，貴倫始終認爲他生性害羞、故作矜持，很少如此滔滔不絕。

「一九四八年，凱拉盡忠職守、爲國效勞；他蹲了一陣子苦牢，之後就被流放到西伯利亞。這不是他本人的問題，只是碰巧他待的紅軍情報機構遭到整肅，之後不復存在。」

史邁利繼續說，史達林死後，凱拉復職，顯然去了美國一趟，因爲一九五五年夏天，他剛從加州飛到德里，印度當局以移民手續不周的含糊理由將他逮捕。之後圓場謠言四起，認爲英美兩國最大樁的叛逃事件與他脫不了干係。

史邁利知道更多詳情。「凱拉又成了聲名狼藉的通緝犯。莫斯科懸賞他的人頭，我們以爲可以說服他叛逃，因此我去了德里一趟，找他談談。」

此時，疲憊的侍者無精打采地走過來，打斷了史邁利的談話。他詢問兩人是否滿意餐點。史邁利仍一臉憂心忡忡，但給了他肯定的答案。

「關於我和凱拉的會面，」史邁利繼續說：「和當時的情勢有很大的關聯。一九五〇年代中期，莫斯科總部已經分崩離析，高層幹部不是死了就是遭到整肅，基層員工人人自危。想當然爾，莫斯科總部的駐外人員紛紛叛逃，新加坡、奈洛比、斯德哥爾摩、坎培拉、華盛頓等等，每個常駐站的人員都在流失，不只是主要幹部，連跑腿的、司機、打雜的、打字員也作鳥獸散。我們得有所反應——我想我們都還不瞭解，間諜圈子都是憑著內部的力量壯大——我開始四處奔波，一下子飛往某國首都，一下子飛往邊境，有次甚至到海上的某艘船上，招募所有叛逃的俄國人。我得挑選分組、重新整頓，聽取他們的彙報，並決定最終處置。」

貴倫始終盯著史邁利。即使在刺眼的霓虹燈光下，史邁利看起來依舊面無表情，專注的神情上只流露出一絲焦慮。

「針對握有可信情報的人，我們建立起三種合約模式：要是我們對他的消息來源不感興趣，就會將他賣給其他國家，從此和他毫無關聯；我們將他當存貨，有點像現在的獵人頭小組。或者我們也能讓他回到俄國去，前提是蘇聯當局還沒發現他叛逃過；要是他很幸運地被我們接手，我們會套出他知道的一切情報，然後將他安置到西方國家，這通常由倫敦那裡決定，不是我。不過你要記住，凱拉（當時他自稱傑斯曼）當時不過是其中一名叛逃者。我剛剛是在倒敘他的經歷。我不想讓你混淆，但你得記住，我們之間發生了許多事，而沒發生的那些才是重點。圓場的人和我所獲得的消息不過是：當我飛抵德里時，有個自稱傑斯曼的傢伙，已爲莫斯科總部裡負責指揮非法情報網的頭子盧德涅夫，與加州一個由總部指揮的組織——過去因缺乏聯絡工具而閒置已久——建立起無線電通訊網絡，僅此而已。傑斯曼從加拿大邊境偷渡了一台發報機，在舊金山躲了三個星期，訓練新的收發人員。這只是我們的猜測，不過有許多測試電報收發的記錄爲證。」

史邁利解釋，往返於莫斯科和加州的測試電報使用的是普通密碼。「有一天，莫斯科那裡直接發來一個指令——」

「也是用普通密碼？」

「沒錯，這正是重點。由於盧德涅夫的譯碼員一時不愼，我們搶先一步破解了他們的密碼，才獲得這份情報。傑斯曼當時打算離開舊金山，到德里和一名塔斯社的記者碰面，這傢伙是招募人員，已經鎖定一名極具潛力的中國人，需要立刻獲得下一步指示；爲什麼他們要大老遠把凱拉從舊金山送到德里？爲什麼非得要凱拉本人，而不能是其他人？這又說來話長了，日後再提。唯一的關鍵在於：傑斯曼在德里與塔斯社記者碰面時，對方交給他一張機票，要他直接回莫斯科，不得發問。這是盧德涅夫親自下的指令，以他工作時的假名簽核，即使就俄國的標準來說，這樣的作法也過於草率。」

接著塔斯社的記者就離開了，傑斯曼滿頭霧水地站在人行道上，距離機票上的啓程時間只剩二十八小時。

「他站在那裡沒多久，印度當局就依照我們的要求逮捕了他，將他送往德里監獄。我記得我們答應印度那裡，獲得的情報會分他們一杯羹。我想當初談好的條件就是這樣。」他加重語氣說，接著似乎挺懊惱自己的記憶不夠完整，頓時不發一語，心不在焉地看著熱氣氤氳的房間盡頭。「我們也可能是說，質詢完傑斯曼後，就會把人交給他們。我記不清楚了。」

「沒關係。」貴倫說。

「這大概是凱拉生平第一次被圓場搶先一步，」史邁利重新開口，啜了一口酒，擠了個鬼臉。「在他動身前往德里那天，他在舊金山一手建立的情報網就已經被收拾得一乾二淨，但他對此一無所知。長官一從譯碼員那裡接獲消息，就立刻轉手賣給美國，讓他們放過傑斯曼、解決掉盧德涅夫位於加州的情報網。傑斯曼就這麼毫不知情地飛往德里，甚至當我到監獄告知他這件事時（長官稱之爲賣保險），他也還是摸不著頭緒。他沒有多少選擇。他的腦袋顯然已是莫斯科的囊中物了，盧德涅夫爲了保命而率先發難，說舊金山的情報網遭破獲一事全歸咎於他。這件事在美國鬧得沸沸揚揚，莫斯科則對消息被張揚感到臉上無光。我手上有美國媒體拍到間諜遭到逮捕的照片，包括凱拉偷渡的發報機，以及他離開前帶來的信號計畫。你也知道，事情只要鬧上報紙，等於火上加油。」

貴倫心裡清楚得很，也想起他剛才留給曼德爾的那份作證行動檔案。

「總而言之，眾所皆知，凱拉是冷戰下的犧牲者，孤立無援；他離開俄國到海外執行任務，任務失敗，卻沒辦法回國，因爲國內的環境甚至比海外更險惡，對他充滿敵意。我們無權長期拘留他，因此要看凱拉願不願意尋求我們的庇護。我這輩子還沒碰過比這更好的叛逃理由。我只要讓他相信位於舊金山的情報網已遭到破獲——我從公事包拿出照片和新聞剪報給他看——稍微透露他那位在莫斯科的夥伴盧德涅夫已將他出賣，再拍封電報回薩拉特、給那些累壞的審訊人員就好了；運氣好一點的話，我週末就可以回到倫敦。我甚至打算去買沙德勒之井劇院的票，安那段時間很迷芭蕾舞。」

沒錯，貴倫也聽過，有個叫威爾許．阿波羅的芭蕾舞者，才二十歲，已經成了當紅的新星，連續幾個月在倫敦造成轟動。

史邁利往下說。牢裡熱得要命，中間有張鐵桌，用鐵環拴在牆上。「他們給他銬上手銬，那景象很可笑，因爲凱拉瘦得不得了。我要他們鬆開手銬，他把手放在桌上，看著雙手逐漸恢復血色。戴著手銬想必很不好受，但他沒多說什麼。他已經在牢裡待了一星期，身上穿著一件紅色的棉上衣。我忘了紅色在監獄那套規則裡代表什麼意思。」他又喝了一口酒，臉重新垮下來。不過隨著記憶再次湧現，他的表情也逐漸回復正常。

「他給我的第一印象實在不怎麼深刻。我很難相信，眼前這個小矮子，竟是可憐的伊莉娜信中那個詭計多端的惡棍。或許也是因爲，過去幾個月來發生許多類似的事，已經讓我麻痺了，像是四處奔波，或是——呃，家裡的事。」

貴倫認識史邁利這麼久以來，這是他第一次承認自己知道安行爲不檢。

「不曉得爲什麼，感覺糟透了，」他的眼睛雖然還張開著，但眼神顯示他正盯著內心世界的某處。回憶令他的眉毛和臉部肌膚緊繃，但貴倫仍看得出，承認此事讓史邁利感到很落寞。「我心裡有個想法，但說起來似乎不是挺道德，」史邁利重新開口，像是重新振作起精神，「每個人的同情心都有一定的限度，假如我們對每一隻流浪貓都施以憐憫，便永遠觸不到事物的核心。你怎麼想？」

「凱拉長什麼樣子？」貴倫明白，史邁利心裡已經有了答案，因此拋出自己的問題。

「像個叔叔。很客氣，叔叔樣子的男人。看起來就像神父，義大利小鎮上隨處可見的那種：

衣著寒酸，看上去一本正經。他身材瘦小、滿頭銀髮，有雙精明的褐色眼睛，臉上滿是皺紋。看起來也像個校長，或許他原本就當過校長：嚴格、在專精的領域裡博學多聞，但格局不大。除此之外，我對他沒有什麼特別的印象，整場談話下來，他從頭到尾都只是直勾勾地盯著我。或許這根本稱不上談話，因為他始終不發一語。我們待在牢裡的期間，他一個字都沒說，連音節也沒發過。牢裡又熱又臭，這趟長途旅行也把我累慘了。」

史邁利似乎沒什麼胃口，只是出於禮貌勉強吃了幾口，然後又繼續往下說。他低語著：「不吃，廚師會不高興。老實說，我對傑斯曼先生有些偏見。每個人都有偏見，我對搞無線電的則特別有意見。根據我的經驗，這幫人特別討厭，既當不了外勤人員，又老是過度緊張，將工作交付給他們，總覺得靠不住。傑斯曼看起來和這種人沒什麼兩樣。或許我只是在找藉口，因為我對他的調查根本不夠仔細——」他吞吞吐吐地，「我沒放在心上，也不夠謹慎，回想起來這根本是錯的，」他的語氣忽然強硬起來。「不過我大概也不必再找什麼藉口了。」他說。

看到史邁利蒼白的嘴唇扭出一抹慘澹的笑容，貴倫從他身上感受到一股沒來由的怒氣。「去你的。」史邁利喃喃說道。

貴倫滿頭霧水，等著他繼續往下說。

「我還記得，當時我在想：這七天關在牢裡，他有得受了。他皮膚泛白，身上沒流一滴汗，我卻是汗如雨下。我提出建議，當年的我已經講過不下十幾次；我要他放心，我們絕不會把他送回俄國當間諜。『決定權在你身上，這是你自己的事，其他人都管不著。投靠西方，我們會讓你過舒適的日子，只要你接受我們的審問、好好配合，我們就會幫助你重新開始：換個新名字、到沒人認識你的地方重新生活，還會給你一大筆錢。要是你不肯配合，你就會被送回俄國，他們想必不是把你給槍斃，就是送你去集中營。他們上個月才剛把貝柯夫、舒爾和穆拉諾夫送進去。你現在要不要告訴我你的眞實姓名？』我說的大概是這些。接著我坐到一旁擦汗，等著他開口對我說：『好吧，謝謝。』但他毫無反應，一聲不吭，只是靜靜地坐著，相較於他頭頂那個壞了的大電扇，他看起來好瘦小。他那雙棕色的眼睛盯著我看，似乎挺快活的；他的雙手仍攤在面前，滿是老繭，我記得我當時在想，他到底是在哪裡幹了這麼多的粗活兒？他的手就像這樣擱在桌上，掌心朝上，手指有些彎曲，彷彿他還戴著手銬。」

侍者看到史邁利這樣比畫，以爲他要加點東西，便走了過來，史邁利只好再次告訴他，餐點令人滿意，尤其紅酒更是上乘之選，他眞不知道他們從哪兒弄來這麼好的酒。那名侍者眉開眼笑地離開，心裡暗自高興，順手將抹布往隔壁桌彈了一下。

「我想，就是在那個當下，一種異樣的感覺浮上我的心頭，我坐立難安起來。我簡直快熱昏了。牢裡臭得要命，還聽得見自己的汗水啪答啪答滴在鐵桌上的聲音。但他始終保持沉默，弄得我很緊張；他那靜止不動的模樣，也同樣令我發慌。我知道叛逃者要經過一段時間才肯開口。這些人受過專業訓練，即使是對親密的朋友也不輕易吐露消息，要讓他們對敵人吐實，更要花上很大一番工夫。我也想到，獄方出於禮貌，把他帶到我面前時，可能已經先讓他吃了一頓排頭。他們向我保證沒有這回事，不過這誰也說不準。起初我以爲他是嚇得說不出話來，但看到他如此冷靜，只是用警覺的目光打量我，我就知道完全不是這麼回事。尤其在那個當下，我心裡千頭萬緒：惦記著安、感覺到自己的心跳、牢裡的高溫，還有長途飛行的折騰……」

「我能理解。」貴倫平靜地說。

「你能理解？任何一個演員都會告訴你，坐姿能傳達出許多訊息，表現出每個人的性格。我們或許會放鬆地伸展四肢，像個在場邊休息的拳擊手；我們也可能坐立難安，或者平心靜氣地歇著；我們會張開雙腿，或翹起二郎腿，也可能表現得不耐煩，無法久坐。但是傑斯曼的坐姿完全不是這麼一回事。他的姿勢始終如一，毫無變化，瘦小的身軀看起來就像一塊海角上突出的岩石；他很可能整天都像這樣坐著，巍然不動，而我——」史邁利忽然發出尷尬的怪笑，又喝了一口酒，但滋味顯然還是一樣糟。「而我卻巴不得眼前放著某樣東西，管它是文件、一本書，或是一份報告都好。我自認不是個安分的人，我不會停下腳步，想法隨時都在改變；不論如何，我當時是這麼想的。我無法表現得泰然自若。你可以說我缺乏哲學家的沉著氣度。我當時沒意識到工作已經壓得我喘不過氣來，直到現在才明白。不過在那間骯髒的監牢裡，我眞的感到十分苦惱，彷彿整個對抗冷戰的責任全壓在我的肩頭。這當然是不可能的事，我當時只是累極了，甚至有點病了吧……」他又喝起酒來。

「我告訴你，」他繼續說道，似乎再次對自己感到惱怒。「沒有人需要爲我的所作所爲道歉。」

「你做了什麼啦？」貴倫笑著問他。

「總之，我們陷入無話可說的窘境，」他說著，沒有回答貴倫的問題。「不能說這是傑斯曼造成的，畢竟他始終都不曾開口說話。但也不能怪我，我已經亮出手上的王牌：給他看了照片，而他無動於衷——我得說，他似乎相信我的話，認爲舊金山的情報網已經被破了。我又叨叨絮絮地重複了幾次，稍微改變一些說法，到最後我實在不曉得還能再說些什麼，只是滿頭大汗地坐在那裡。哪個笨蛋都知道，在這種情況下，你只管起身離開，臨走前拋下一句：『要或不要隨你，我明天早上會再來。』或是『你先離開吧！給你一個小時好好考慮。』說什麼都行。」

「但我記得的是，接下來我談起了安。」貴倫還來不及驚呼出聲，他就繼續往下說去。「喔，我不是說**我的**安，是**他的**安。我相信他身邊也有一個女人。我曾經自問過，在那種情況下，男人通常會想起什麼？我會想起什麼？而我的腦海裡浮現了自己的答案：女人。這算是沙盤推演，還是以同理心思考？我不愛這些說法，不過我相信其中一種能符合這種情況。我站在他的立場思考，這就是關鍵。現在想來，我當時簡直是在跟自己對話——他從頭到尾都沒說過半個字，你能想像嗎？我當時會想到這個方法，想必也是有跡可循。他**看起來**像是已婚人士；他**看起來**像是有另一半。他**看起來**不像是單身漢。我見過他的護照，上面寫著他已婚。我們為自己編造故事、創造出另一個身分時，或多或少都會反映出真實人生。」他又陷入片刻的沉思中。「我常常在想這件事，甚至向長官提過：我們應該要更注意敵人編造出來的身分。他們捏造出來的身分愈多，反而愈會顯露出他們試圖隱藏的真實身分。四十歲的人會將年齡減去五歲，謊稱他只有三十五；已婚人士會說自己單身，沒有小孩的男人則自稱是兩個孩子的父親……或者，面對保持沉默的受審者，負責審訊的人會設身處地站在他的立場、揣摩他的生活。人們在捏造身分時，總會不自覺地流露出自己的偏好。」

他再度失神，貴倫耐心地等待。史邁利在專注地回想凱拉之際，貴倫也開始回想起有關史邁利的種種；他試圖跟上史邁利的思緒，拼湊出整件事的來龍去脈。

「我從美國人的觀察報告裡得知傑斯曼是個老菸槍，喜歡抽駱駝牌的菸，於是我買了幾包來——美國人的單位是說包吧？——我還記得我把錢交給獄卒時，心裡湧上一陣奇怪的感覺。我總覺得，傑斯曼看著我和印度人用現金交易時，似乎從中看出某些端倪。我那一陣子把錢放在皮帶裡，得摸索一陣才能從一捆鈔票裡抽出一張；傑斯曼看我的眼神，彷彿我是個帝國主義的壓迫者。」他笑了起來，「但我當然不是。比爾和波西也許是，但我不是。」他叫來服務生，想把他打發走：「可以給我們一壺水和兩只玻璃杯嗎？謝謝。」然後他又繼續往下說：「因此，我向他問起傑斯曼太太。」

「我問他：她人在哪裡？我其實想問的是安在哪裡。他沒有回答我，但眼神絲毫沒有動搖。他身旁有兩名獄卒，和他相比，他們兩人的眼珠顏色都淡得多。我說，她想必另結新歡了，這是無可奈何的事；他有沒有朋友可以幫忙照顧她？或許我們可以想個辦法，偷偷和她取得聯繫？我告訴他，假如他回到莫斯科，對他太太一點幫助都沒有。我聽見自己說個沒完，根本停不下來。或許我也不想停下來。我眞的想離開安，我認爲時候已經到了。我告訴他，回去莫斯科不切實際，對他太太或任何人都沒有實質上的幫助，甚至會帶來麻煩；她會被流放，運氣好的話，或許能在他被槍斃前跟他見最後一面。但是，假如他決定投靠我們，我們或許能把她換回來。還記得我們那一陣子有很多『庫存』吧？當時有一些人要換回俄國，雖然我也不曉得爲什麼存貨都要在這時候用掉。我說，她想必希望得知他在西方國家安然無恙，而她也有機會和他團聚；她才不想被抓去槍斃，或在西伯利亞餓死吧？我緊咬著這個話題不放，而他的表情讓我覺得這個方法奏效了。我覺得自己已經突破他的心防，在他的武裝下找到了一絲縫隙，當然我所做的一切，其實也是在他面前曝露了我自己相同的弱點。當我提到西伯利亞時，似乎觸動了他心裡的某個部分。就像我自己如鯁在喉，我可以感覺到他出於反感而打了個哆嗦。我當然有戳到了他的痛處。」史邁利苦笑，「畢竟他不久前才在那裡關過。最後，獄卒總算買回一大堆香菸，砰的放在鐵桌上。我數了數找回來的零錢，給了他一筆小費，傑斯曼又露出同樣的眼神——我自以爲讀出他眼裡的嘲弄，但其實根本看不出他在想什麼。那名獄卒拒收我的小費，我猜他大概不喜歡英國人吧。我打開一包香菸，遞了一根給傑斯曼。『抽吧，』我說：『大家都知道你菸抽得很兇。這可是你最喜歡的牌子。』我的聲音聽起來很緊繃，很可笑，卻一點辦法也沒有。傑斯曼站起來，很有禮貌地向獄卒表示他想回牢房去。」

史邁利慢條斯理地將吃到一半的餐點推到一旁，上面的油脂已經凝固，看起來像結了一層霜，還挺符合現在的季節。

「他回牢房前改變了主意，伸手從桌上拿了一包菸和打火機；那只打火機是安送我的禮物，上面寫著『給喬治，愛你的安』。若是平常，我絕對不會讓他拿走那只打火機，不過那時稱不上是平常；事實上，我甚至還覺得他應該拿走它。我想，這算是我們兩人之間的聯繫。他把菸和打火機放進紅色棉衫的口袋，又將雙手套進手銬。我說：『你想抽的話，現在就點一根來抽吧。』又對獄卒說：『請讓他抽根菸。』但他還是不動。我又補上一句：『除非我們達成共識，否則你明天一早就要搭機回莫斯科。』他似乎沒聽見我說的話。我看著獄卒帶他出去，然後回到旅館。有人來載我，但我已經不記得是誰了。我早就不知道自己的感覺是什麼，既不知所措，身體也愈來愈不舒服，心底卻不願意承認。我草草吃了晚餐，灌了一大堆酒，然後發起高燒。我一身汗地躺在床上，夢到了傑斯曼。我是眞心希望他能留下來。儘管腦子一片渾沌，我還是希望自己能留住他，重新安排、讓他展開新生，甚至讓他與妻子團聚、過美好的生活。我想放他自由，從此不再捲入戰爭。我由衷希望他別再回去。」他抬起頭來，一臉自嘲。「彼特，我想說的是，那天晚上想退出衝突的人不是傑斯曼，而是史邁利。」

「你當時病了。」貴倫堅持道。

「應該說是累了。又累又病，我整個晚上都在吃阿斯匹靈和奎寧，腦中不斷出現傑斯曼夫婦破鏡重圓的甜蜜畫面。我一直夢見傑斯曼就站在窗邊，用那雙堅定的棕色眼睛盯著街道，我不停朝他喊著：『站在那裡別動，不要跳下去！站在那裡！』我當然沒意識到，我之所以夢到這些，並不是因爲傑斯曼正岌岌可危，而是因爲我自己。一早就有醫生來給我打退燒針。我原本應該就此罷手，發電報要求他們換個人過來，本應多等一段時間再回去監牢；但我當時滿腦子想的都是傑斯曼：我必須親耳聽到他的決定。八點不到，他們就已經護送我去監獄。他就坐在板凳上，腰桿挺直。我第一次在他身上看見軍人的影子，也很清楚他和我一樣徹夜未眠。他沒有刮臉，下巴上那撮白鬍子讓他看起來像個不折不扣的老人。其他板凳上都睡著印度人，傑斯曼一身紅色棉衫，又留著那把白鬍子，讓他的皮膚看起來特別白。他手裡握著安買的那只打火機，香菸原封不動地放在身旁。我暗忖，他既然徹夜未眠，又有毅力不碰香菸，想必是在思考自己是否有辦法承受坐牢和拷問之苦，甚至視死如歸。從他的眼神看來，他似乎自認辦得到。「我沒有繼續懇求他，」史邁利繼續說：「他不會因爲其他人哭哭啼啼就開始動搖。他的班機將於上午十點起飛，我還有兩個鐘頭的時間。我向來很不擅長說服別人，但在那兩個小時裡，我竭盡所能，列舉出所有他不應該回到莫斯科的理由。你瞧，我相信我從他臉上看到了不同的表情，但沒有意識到那只是在反映出我自己的想法。我以爲，傑斯曼最終一定能讓一個和他年紀相仿、職業相同，也同樣有耐性的男人給打動。我沒有承諾要給他財富、女人、凱迪拉克和廉價奶油，我也相信他不需要這些東西；我至少還夠聰明，知道這時不要提到他的妻子。我沒有對他高談闊論自由的重要性——不管自由代表些什麼——也沒有鼓吹西方國家的善意——當時人們都不吃這一套，我自己的意識型態其實也不夠明確。我試著和他攀關係。我說：『你瞧，我們都老了，大半輩子都在找尋彼此體制上的弱點，我可以理解你們東方國家的價值觀，你也可以看穿我們西方國家這一套。相信對於這場邪惡的戰爭，我們兩人都已經倒足了胃口。但是現在，你竟然要被自己人給槍斃，難道還不能醒悟到，我們雙方其實都沒什麼值得拚上這條命的好理由？你瞧，』我說：『在這個圈子裡看不到未來，你我都只有死路一條。我們年輕時都曾懷抱著崇高的理想，』我再次看出他微微一顫，顯然又戳中了他的痛處：西伯利亞。『但現在，這些理想都已經煙消雲散，不是嗎？』我希望說服他回答我這個問題：他難道不曾想過，即使我們兩人選擇的道路不同，最終對於人生卻可能抱持相同的看法？儘管他會認爲我的想法食古不化，但道理其實並無不同。他難道不認爲，政治原則之類的東西毫無意義嗎？對他而言，現在只有特定的事物具有價值。在政客的操弄下，再宏大的理想，最終仍無法改變任何現狀，只是換個方式讓舊有的混亂延續下去罷了！因此，避免讓他的生命毫無意義地斷送在槍決場上，無論就道德或倫理上來看，都遠比責任、義務、承諾，或是其他讓他走上自我毀滅之路的東西重要得多。他這輩子歷經過大風大浪，體制卻爲了莫須有的罪名，決定冷血地奪走他的性命；他難道不曾質疑這個體制的正當性嗎？我苦苦哀求他——沒錯，我還是對他死纏爛打。我們當時已經在前往機場的路上，他還是不肯對我說半句話——我要他仔細想想，是否眞的還相信他自己的國家；在那個當下，他是否眞的還能堅定地信任這個國家體制。」

史邁利就這樣靜靜坐了一段時間。

「我早就把洞察人性的那一套拋到九霄雲外去，包括間諜的手腕；你猜得到長官會怎麼說。我告訴他這段經過，似乎逗得他很開心；他最喜歡聽到別人的弱點，不曉得爲什麼，他對我的弱點又特別感興趣。」他重拾原本實事求是的口吻，「然後我們到了機場。飛機抵達時，我跟著他進了機艙，飛了一段距離：那時候還沒全面改爲噴射機。眼看他就要從我身邊溜走，我卻無力阻止，我已經不想多費唇舌了，但假如他回心轉意，我還是願意幫他。可是他沒有改變心意。他寧可死，也不想讓我如願以償；他寧可選擇死亡，也不願放棄他所效忠的那套政治制度。我對他最後的印象，是他從機艙的小窗看著我走向舷梯時，那張面無表情的臉。幾名看起來像是俄國人的彪形大漢加入我們，就坐在他後方，我實在找不出理由繼續待下去。我搭機返回英國，長官說：『我眞希望他們斃了他。』然後遞給我一杯茶。噁心的中國茶，叫檸檬茉莉花茶還什麼的，他老是叫人去轉角那家雜貨店買——都是以前的事了。然後他要我休三個月的假，沒得選擇。『你是該抱著懷疑的態度，』他說：『這樣能讓我搞清楚你的立場。不過別成天疑神疑鬼，否則就顯得惹人厭。』這是他的警告，我聽進去了。他叫我別再惦記著美國人，說他根本沒把他們放在心上。」

貴倫看著他，等他說出結果。「但你自己是怎麼想的？」他說，語氣聽起來彷彿覺得自己最後仍上了當。「凱拉到底有沒有考慮過要留下來？」

「我敢肯定他從沒這麼想過。」史邁利厭惡地說：「我看起來就像個軟弱的笨蛋，滿口西方國家的自由主義，卻手無縛雞之力。但我寧可選擇這樣，也不要當他那種傻瓜。我敢肯定，」他又堅定地重複道：「不管是我的想法，還是他在莫斯科總部的艱難處境，都不曾令他動搖。我想他整晚都在盤算回國後要怎麼對付盧德涅夫。順帶提一句，一個月後，盧德涅夫就被槍決了。凱拉接替了盧德涅夫的位子，又讓他手下的間諜重新活動，其中當然包括傑拉德。我想他們必定對此大大嘲弄了一番。」

史邁利說，這件事還帶來另一個影響：凱拉記取舊金山的教訓，從此再也沒碰過非法的無線電勾當。他完全放棄了這件事。「大使館的聯繫除外，不過他手下的間諜不准再碰。他手上也還留著安的那只打火機。」

「是你的。」貴倫糾正他。

「沒錯，是我的。當然是我的。告訴我，」侍者從他手中接過錢時，他繼續說道：「塔爾提到安時說了那句難聽話，是不是暗指某個人？」

「我想是吧。」

「所以傳言是真的？」史邁利問道：「已經傳得那麼遠，連塔爾都知道了？」

「沒錯。」

「那謠言到底是怎麼傳的？」

「說比爾．海頓是安．史邁利的情人。」貴倫冷淡地說。每當他宣布壞消息，像是「你被揭穿了」、「你被開除了」或是「你就快死了」，總要以這種方式讓自己好過些。

「喔，我明白了。謝謝你。」

兩人陷入難堪的沉默。

「傑斯曼太太眞有其人嗎？」貴倫問道。

「凱拉曾經在列寧格勒娶過一個女孩，當時她還是學生。後來他流放西伯利亞，那個女孩就自殺了。」

「所以凱拉眞的刀槍不入？」貴倫最後問道：「既不能收買，也無法打倒他？」

他們回到車上。

「就我們剛剛吃到的那些東西來看，這頓飯還眞貴。」史邁利直說：「你覺得我是不是被那個服務生敲竹槓了？」

不過，貴倫無心閒聊在英國吃一頓差勁的晚餐得花多少錢。他再次上路，白天種種如同夢魘般再次襲來，他感到迫在眉睫的危險與緊張氣氛。

「所以，巫師梅林到底是誰？」他問道：「如果艾勒藍不是直接從俄國人手上拿到那些情報，他要依靠誰？」

「喔，他確實是從俄國人手上拿到的。」

「但是，老天，要是俄國人派塔爾到——」

「他們沒有。塔爾也沒有使用英國護照，不是嗎？是俄國人搞錯了。艾勒藍手上的資料證明，塔爾眞的把他們耍得團團轉。這就是那場小風波帶給我們的關鍵訊息。」

「那艾勒藍那句『把池子攪得一塌糊塗』到底是什麼鬼意思？老天，他一定是指伊莉娜。」

「還有傑拉德。」史邁利相信是如此。

他們再次沉默下來，兩人之間似乎出現了一道巨大的鴻溝。

「聽好，我自己也還搞不清楚，彼特，」史邁利低聲說：「但我就快找到眞相了。我只知道凱拉對圓場瞭若指掌，這點你也很清楚。但最後還有一個狡猾的結我無法解開。但我打算解開它。如果你還想聽我預告什麼，我告訴你：凱拉並非刀槍不入，因爲他是個狂熱份子。將來某一天，要是我逮到機會，他那自負的個性就會成爲他的致命傷。」

當他們抵達史特拉福地下鐵站，天空下起大雨，一大群路人全擠在遮雨棚下。

「彼特，我希望你從現在開始放輕鬆。」

「放三個月的假，沒得選擇？」

「先休息一下再說吧。」

貴倫爲史邁利關上副駕駛座的門，忽然想向他道聲晚安，甚至祝他好運，因此他傾身向前、搖下車窗，吸一口氣，正準備出聲喊他，但史邁利已經走遠了。貴倫從來不曉得，他竟能如此迅速消失在人群裡。

那天夜裡，「巴萊克勞先生」位於艾拉旅館頂樓的房間依然燈火通明。喬治·史邁利連衣服都沒換，鬍子也沒刮，就兀自坐在少校的牌桌前閱讀文件，不時相互參照、寫下註記；要是他能看到自己現在這副埋首工作的模樣，想必會回想起在最後那幾個月裡，長官坐在劍橋圓場五樓辦公室裡的樣子。他整理了手邊的資料，貴倫送來去年的休假與病假名單，他一面參考，一面對照文化參事亞歷克斯·亞力山卓維奇·波里雅各夫的行程，包括他前往莫斯科，以及離開倫敦到外地去，這些行程都由政治保安處和移民局向外交部彙報過。他再將這些名單與梅林提供情報的日期相互比較。不曉得爲什麼，他還將巫術行動的報告分爲兩類：一類是送達後即成爲熱門話題的關鍵情報，另一類則是梅林和其指揮官擱置了一兩個月後用來填補空檔的資料，像是分析報告、行政部門主要幹部的性格研究、克里姆林宮的小道消息等；這些資料隨手可得，可供淡季使用。他將時事議題的報告列成一張清單，特別針對日期那一欄開始比較。此時此刻，他的心情和科學家如出一轍：憑直覺認爲他即將有驚人的重大發現，等著挖掘出合乎邏輯的關聯。之後他和曼德爾談到時，他說「就像是把所有東西都丟進試管裡，等著看它會不會爆炸」。他說，最令他興奮的時刻，莫過於貴倫提到艾勒藍那句嚴厲的警告「把池子攪得一場糊塗」——換句話說，他正在尋找凱拉所設下的「最後一個聰明的結」，爲的是掩飾伊莉娜的信所引發的疑慮。

他發現了幾件相當有趣的事。第一，梅林提供時事議題的報告中，其中有九次，要不是波里雅各夫正巧待在倫敦，就是托比·艾斯特哈匆匆去了一趟海外。第二，塔爾今年前往香港後的那段關鍵時期，波里雅各夫都待在莫斯科商討緊急文化事務，隨後梅林就針對美國的「意識型態滲透」提供了許多備受關注的熱門情報，包括莫斯科總部針對美國主要偵查對象所提出的報告。

史邁利再次回溯，發現這個關聯往回推也可成立：他認定某些報告和近來的時事無關，因此先扔到一旁；而這些報告發送的時間點，恰巧都是波里雅各夫前往莫斯科或休假之際。

一切都解開了。

眞相大白的那一刻，沒有任何驚天動地的改變，沒有如電光石火般的一閃，史邁利也沒有欣喜若狂地大喊「我發現了」，或是立刻打給貴倫和雷肯，告訴他們「史邁利大獲全勝」。眼前只靜靜躺著他分析過的報告和堆積如山的筆記，證實了史邁利、貴倫和瑞奇・塔爾那天各自提出觀點後所得出的相同結論：地鼠傑拉德與巫師梅林之間的相互影響已經無從否認，多才多藝的梅林不僅是凱拉手上的棋子，也是艾勒藍的道具。史邁利將毛巾甩到肩上，興高采烈地來到走廊盡頭，等著痛痛快快地洗一頓澡，一面想著：或者該說，成了凱拉手下的間諜？整個陰謀的核心理論是如此單純，設計之巧妙令他讚歎不已。這個陰謀還有眞實存在的部分：就在倫敦這裡，一棟由財務部花了六萬英鎊買下的房子；許多沒這麼幸運的納稅人每天都會經過這裡，用羨慕的眼光看著它，心想自己一輩子都負擔不起這麼漂亮的住處，卻不知道他們繳納的稅正是用來支付這棟房子的款項。這麼多個月以來，他第一次感到心情如此輕盈；他懷著這份雀躍的心，拿起偷來的作證行動的檔案。

24

女舍監整個禮拜都在擔心羅奇。那天，宿舍裡的其他學生已經下樓去吃早餐了，十分鐘後，她看到羅奇獨自待在盥洗室裡，身上還穿著睡衣，趴在洗臉台上刷牙。她問羅奇怎麼了，他卻刻意躲避她的目光。「一定是他那可惡的父親，」她告訴瑟古德：「又害他痛苦了。」到了星期五，她又說：「你一定要寫信給他的母親，告訴她羅奇的病又發作了。」

但即使女舍監擁有母性的直覺，也無法瞭解羅奇的病因其實是單純的恐懼。

他只是個孩子，還能怎麼辦呢？他內疚，這是因為他的父母親失和；他表面看似平靜，心上卻始終壓著沉重的包袱。羅奇擅長觀察，「是整間學校裡觀察力最好的人」，吉姆曾經這麼稱讚他。但他這次觀察過頭了。要是能讓他忘掉從星期天晚上折磨他到現在的事情，他願意賠上身邊的一切：錢、放著父母親相片的皮質相框，或任何有價值的東西。

他已經試著傳達——星期天晚上熄燈後一小時，他乒乒乓乓地跑去洗手間，將手伸進喉嚨裡，最後終於吐了出來。宿舍警衛原本應該保持清醒，然後跑去向女舍監報告「羅奇生病了」，但他卻從頭到尾都睡得跟豬一樣。羅奇只能無奈地爬回床上。隔天下午，他在教師辦公室外的電話亭裡，鬼鬼祟祟地對著話筒低語，希望有某個老師聽見，以為他瘋了，但是沒有任何人注意到他。他試著把現實生活和夢境混為一談，假裝他看到的那件事只是他的想像，可是每天早上經過大坑時，他腦中又會再次浮現那個場景：月光下，吉姆正彎腰駝背地用鐵鍬挖地，臉龐在那頂舊帽子下成了一片陰影。羅奇也聽得到他使勁挖地時發出的聲響。

羅奇原本不該出現在那裡，這正是他充滿罪惡感的原因：這件事是他偷看來的。那天他們去村子另一頭上大提琴課，回學校時他刻意放慢腳步，才能晚點去作禮拜，藉此引來瑟古德太太譴責的目光。除了他和吉姆，整個學校的人都在禱告，他經過教堂時，聽見他們在唱讚美詩。他繞遠路來到大坑，吉姆車裡的燈還亮著。羅奇站在老位置，透過窗簾看著吉姆緩慢走動的身影。接著燈光忽然熄滅，他讚許地想：今晚他要早點睡了吧。最近吉姆改變不少，經常在踢完橄欖球後，開著他那輛艾維士出門，直到羅奇睡著後才回來。吉姆打開車門，又隨手關上，人就站在菜圃裡，手裡拿著一把鐵鍬。羅奇困惑地想，這裡一片漆黑，吉姆打算挖什麼？挖菜來當晚餐嗎？吉姆站了一會兒，聽著讚美詩，緩緩掃視四周，目光正好落在羅奇身上，但羅奇站在小山丘的暗處，因此吉姆並沒有看見他。羅奇原想出聲喊他，但因爲自己沒去作禮拜，一時又心虛得不敢出聲。

吉姆開始動手測量，至少在羅奇看來，他是在忙著測量。吉姆並沒有馬上挖地，而是跪在菜圃的一角，將鐵鍬放在地上，彷彿是將它和某個羅奇看不到的東西排成一直線，例如教堂的尖頂。確認好位置後，吉姆迅速走到擺放鐵鍬的地方，用腳後跟標出記號，拿起鐵鍬便迅速挖了起來，羅奇幫他數了十二下。接著他往後退，重新打量了一番。教堂寂靜無聲，之後又傳來禱告的聲音。吉姆迅速彎下身來，從土裡拿起一只包裹，塞進他那件粗呢大衣的前襟裡。過了幾秒，他又以迅雷不及掩耳的速度關上車門，車裡再度亮起了燈。這大概是比爾·羅奇這輩子最大膽的時候——他踮起腳尖，躡手躡腳地走進大坑，在車窗前三呎處停了下來；窗簾沒完全拉下，他便藉著斜坡的高度往窗裡窺視。

吉姆站在桌前，身後的床鋪堆著一疊作業簿、一瓶伏特加酒和一只空玻璃杯。他想必是爲了騰出空間才將這些東西放到床上。手邊就有一把折刀，但吉姆沒有用，他向來很少拿刀子來割斷繩子。包裹大約有一呎長，外觀是和菸袋一樣的黃色。吉姆打開包裹，拿出一把像是老虎鉗的東西，用麻布包著。不過，就算要修理全英國最好的車，也用不著把老虎鉗埋在土裡吧？不曉得是螺絲釘還是螺栓的東西就放在另一只黃色信封裡，他全倒在桌上一一檢視。那不是螺絲釘，而是筆蓋。看起來好像也不像筆蓋。但接下來羅奇就看不到了。

但他知道，那東西既不是老虎鉗，也不是扳手，總之絕對不是拿來修理汽車的。

羅奇跌跌撞撞地爬到坡頂。他在小山丘間朝著車道跑去，但速度非常慢。他跑過沙坑、水窪和雜草，大口大口地喘著氣，像吉姆一樣斜傾身子奔跑，一會兒拖著左腳，一會兒拖著右腳，腦袋晃來晃去，試著增加一點速度。他完全搞不清楚自己正往哪個方向走，思緒仍停留在剛剛那一幕：他看到了那把黑色左輪手槍和皮套，那些看起來像筆蓋的東西其實是子彈。吉姆熟練地將它們裝進槍膛，那張滿是皺紋的臉湊近檯燈，臉色蒼白，眼睛在強光下瞇了起來。

25

「你可不能引用我的話，喬治。」部長懶洋洋地拉長了語調，出聲警告。「沒有留下記錄，就不會惹上麻煩。我還得考慮到我的選民，但你不用，奧利佛．雷肯也沒這層顧慮。是不是啊，奧利佛？」

史邁利想，他和美國人一樣，都喜歡濫用助動詞。「沒錯，眞抱歉。」他回答。

「要是你得負責我的選區，你會感到更歉疚。」部長不客氣地回應。

一如預期，光是討論要在哪裡碰面，就引來一場愚蠢的爭論。史邁利向雷肯指出，到白廳的辦公室見面並非明智之舉，因爲圓場的人隨時可能進出，警衛可能會送公文過來，波西．艾勒藍也可能順道過來討論愛爾蘭的議題；部長則是拒絕考慮艾拉旅館和臨水街，一口咬定這兩個地方都不安全。最近他上了電視，得意地以爲自己會被認出來。他們來來回回打了幾次電話，最後選定曼德爾那棟都鐸風格的半獨立式住宅，位於米契安區，部長和他那輛閃閃發亮的座車一出現，顯得特別格格不入。雷肯、史邁利和部長坐在前廳，窗子掛著網簾，桌上放著新鮮的鮭魚三明治，曼德爾則在樓上留意周遭動靜。小巷裡傳來孩子的說話聲，正向司機打聽其雇主的身分。

部長後方有一整排關於蜜蜂的藏書，史邁利記得曼德爾對蜜蜂十分著迷：凡是薩里郡以外區域養殖的蜜蜂，他都稱之爲「異國種」。部長還很年輕，下巴黑黑的，像是在某場騷動中被狠狠揍了一拳。他的頭頂漸禿，一副未老先衰的模樣，一口伊頓腔，說起話來語調拉得老長。「好啦，所以我們要討論什麼？」他講起話來也顯得十分霸道。

「首先，不管你們最近和美國人在進行什麼談判，都該馬上停止。我想看看你鎖在私人保險箱的那份機密附件。上面沒有標題，」史邁利說：「是關於如何擴大利用巫術行動的情資。」

「我從沒聽過這種東西。」部長說。

「我當然可以理解你們的動機。美國手上握有豐富的情資，任誰都想拿巫術行動的情報來交換，多撈些好處。」

「既然如此，爲什麼要反對？」部長聽起來像是在質問他的股票經紀人。

「假如地鼠傑拉德確實存在，」史邁利開始解釋。安曾經得意地說過，在她的表兄弟姐妹當中，只有邁爾斯·瑟康比沒有一絲可取之處。史邁利終於第一次認同她說的話。這傢伙不是腦袋不靈光，而是毫無邏輯觀念。「假如地鼠傑拉德確實存在——我想這個假設我們都認同吧？」他等著兩人回答，沒人出聲反對。「假如地鼠傑拉德確實存在，」他又說了一遍，「和美國交易時，能從中撈到雙倍好處的人就不只圓場而已，莫斯科總部也一樣。因爲無論你從美國那裡買到什麼，他們都能透過地鼠獲取相同的情報。」

部長沮喪地往曼德爾的桌子一拍，在光亮的桌面上留下潮濕的手印。

「可惡，我眞不明白！」他大聲說：「巫術行動的情資可是相當了不起的籌碼！一個月前，我們還能靠著它買到任何想要的情資，現在你卻告訴我這些情報碰不得、只不過是俄國人設的局！這到底是怎麼回事？」

「我想，這件事情其實相當合理，邏輯上完全說得通。我們長期以來一直在指揮俄國的情報網，而且就我看來，我認爲我們經營得相當不錯，總是盡可能提供最好的情資，像是火箭研發或是戰略計畫；你自己也有參與其中。」他對雷肯說，雷肯心不在焉地點點頭。「我們把不重要的間諜丟給他們，提供良好的通訊設備，確保傳輸品質、清除雜音干擾，這樣我們也能收聽到訊號。爲了指導對方——你們是怎麼說的——『瞭解如何向蘇聯政府彙報』，這就是我們得付出的代價。倘若凱拉來指揮我們的情報網，我相信他也會花費這麼多工夫。要是他也對美國市場虎視眈眈，他甚至會做得更多，不是嗎？」他停了下來，看著雷肯。「多到遠超乎我們的想像。圓場只要能和美國搭上線，我是指從美國那裡獲得可觀的情報，就能讓地鼠傑拉德平步青雲。圓場當然也能撈到好處。假如我是俄國人，只要能……只要能收買到美國人，我什麼代價都願意付給英國人。」

「謝謝你。」雷肯迅速說道。

部長離開時，隨手帶了兩個三明治在車上吃，卻沒有向曼德爾道別，大概因爲曼德爾不是他的選民。

雷肯留了下來。

「你要我帶來所有關於普利多的資料，」他最後說道：「我確實找到幾份和他有關的報告。」他解釋，他碰巧在整理有關圓場內部機密的檔案，「只是想整理一下我的辦公桌。」結果找出幾份過去的審查報告，其中一份就是普利多的。

「你也知道，審查結果證實他完全清白，沒有半點嫌疑。但是——」他的語氣變得有些古怪，史邁利盯著他。「但我想你會對這份資料感興趣。關於他在牛津的那段日子，有些閒言閒語。在那個年紀，我們每個人多多少少都有點左傾吧。」

「確實。」

兩人再度相對無言，只聽得到曼德爾上樓的腳步聲。

「你也知道，普利多和海頓以前眞的非常要好，」雷肯坦承，「我一直沒有發現。」

他忽然趕著離開，從公事包裡取出一只白色的大信封，塞進史邁利手裡，然後便趕往崇高的白廳去了。「巴萊克勞先生」留在艾拉旅館，繼續閱讀起作證行動的檔案。

26

現在是隔天的午餐時間。在這之前，史邁利讀一點東西後小睡了一會兒，接著又開始閱讀，隨後去洗澡；當他拾階而上，走到那間位於倫敦的別致獨棟房舍時，他感到心情愉快，因為他喜歡山姆這個人。

那是一間喬治王朝風格的棕色磚造房舍，就位在格羅夫納廣場旁。門前有五級階梯，房子前方的扇貝造型壁龕裡有個黃銅門鈴。按了門鈴之後，他想不如推推前門，結果真的開了。室內的圓形走廊盡頭又有一扇門，兩旁各站了一名身穿黑色西裝的彪形大漢，看上去就像西敏寺的接待員。大理石壁爐架上方有幾隻可能是史特伯斯[47]畫的馬匹，栩栩如生、躍然紙上。當他把外套脫下時，有個人緊跟在他身邊，另一個則領著他到一張讀經桌去簽名。

「海伯登，」史邁利一邊動筆，一邊小聲唸著：「亞卓安．海伯登。」他寫了一個山姆也知道的工作化名。

幫他拿外套的人對著室內電話複誦他的姓名。「海伯登先生。亞卓安．海伯登先生。」讀經桌旁邊那個人說：「麻煩您等一會兒。」屋裡沒有音樂，史邁利覺得本來應該有的，而且也應該有個噴泉。

注47：George Stubbs：十八世紀英國畫家，最有名的是描摹馬匹的作品。

「事實上，我是柯林斯先生的朋友，」史邁利開口道。「如果柯林斯先生有空，他可能已經在等我了。」

拿著話筒的那人低聲說了句謝謝，然後掛上電話。他帶著史邁利走到裡面那扇門前，把門推開，完全沒有發出任何聲響，就連磨擦絲質地毯的聲音也沒有。

「柯林斯先生就在那裡，」他恭敬地低聲說道。「飲料是免費招待。」

三間接待室其實是相連的空間，彼此僅以柱子、拱門及紅木鑲板隔開。每個房間裡都有一張桌子，第三間在六十呎外。燈光打在那些無意義的金框水果畫和厚毛呢綠色桌布上。窗簾全是拉開的，大概有三分之一的桌子都有人，每一張都坐著四到五名玩家，但只聽得到鐵珠在輪盤上滾動的聲音、收發籌碼的聲響，以及各桌莊家的輕聲低語。

山姆．柯林斯精神抖擻地說：「亞卓安．海伯登，好久不見。」

「嗨，山姆。」史邁利說。兩人握手致意。

「到我房間裡去。」山姆說，並對著房裡唯一也站著的人點點頭。那是個大塊頭，看來血壓不低，臉上還有疤痕。大塊頭也朝他點了點頭。

「喜歡這裡嗎？」當他們穿過一道掛著紅色絲簾的走廊時，山姆問道。

「令人印象深刻。」史邁利客氣地回應。

「就是這句話，」山姆說：「令人印象深刻。就是這樣。」他身上穿的是晚宴服。他的辦公室裝潢依循愛德華王朝的豪華風格，辦公桌是大理石桌面，桌腳像是四支抓著珠子的獸爪，但辦公室的空間很小，通風也不好。史邁利想，這裡比較像是戲院後台的房間，而傢俱都是些用剩的道具。

「再過一年，他們可能會讓我投資一點錢。你知道的，這些人全都是狠角色，但是也很有企圖心。」

「這當然。」史邁利回答。

「就像往年的我們一樣。」

「沒錯。」

他看來整潔俐落，心情不錯，留著一副整齊的八字鬍。史邁利想像不出他如果沒有鬍子會是什麼模樣。他可能有五十歲了。之前他有很長一段時間都待在東方，他們就是在那裡合作追捕一名中國的無線電人員。他的膚色與髮色都漸趨灰白，但看起來還是像三十五歲；他的笑容熱切，友善而能信任他人，與人談話時總像在餐館裡一樣談笑風生。他把雙手都擺在桌上，像在打牌，看得出他也非常喜歡史邁利，眼神中流露出一種父親或兒子才會有的情感。

「哈利，如果我們那位好朋友已經輸了五的話，」他依舊面帶微笑，對著桌上的對講機說道：「給我按個鈕，不然不要吵我，我在跟一個石油大王聊天。現在情況怎樣了？」

「已經三了。」一個低沉的聲音回應。史邁利猜想，這應該是那個血壓很高、臉上帶著傷疤的傢伙。

「那我想他有八的本錢可以輸，」山姆溫和地說：「別讓他離開賭桌就是。有時讓他贏個幾把。」他把對講機關掉，然後咧嘴一笑，史邁利也衝著他笑。

「這種日子真是不錯，」山姆得意地告訴他：「總之，比賣洗衣機好多了。當然，早上十點就得穿上晚宴服，這有點奇怪。就像當年僞裝外交人員時一樣。」山姆笑著說：「信不信由你，這一行非常乾脆。」他面不改色地再補上一句：「任何問題都可以靠算術來解決。」

「我相信是的。」史邁利還是很客氣地說。

「想聽音樂嗎？」

天花板傳出唱片音樂，山姆把聲音開到能忍受範圍的極限。

「有什麼需要我爲你效勞的？」山姆說，笑容更深。

「我想跟你談談吉姆・普利多中槍那晚的事。當時的值星官是你。」

山姆抽的是一種有雪茄味的棕色香菸，他點了一支，讓尾端著火，看著火光逐漸熄滅。「老兄，你正在寫回憶錄嗎？」他問道。

「我們要重新調查這個案子。」

「你說的『我們』是指誰，老兄？」

「我，就我自己。還有雷肯在幫忙，部長扯後腿。」

「掌權的人沒有一個不會變壞，但國家總得有人作主。就是因爲這樣，雷肯那傢伙才會勉爲其難地登上權力的高峰。」

「目前依舊是這樣。」史邁利回答。

山姆若有所思地抽著菸。音樂換成了諾維・考沃的歌曲。

「說眞的，我一直有個夢想，」在嘈雜的音樂聲中，山姆・柯林斯開口。「總有一天，波西・艾勒藍會提著一只破舊的棕色手提箱，從那扇門的後面走進來說要賭兩把，然後把祕密行動的經費都壓注在紅色上面，最後輸個精光。」

「記錄被人動過手腳。」史邁利開口，「現在該做的是找到所有關係人，問他們記得些什麼。檔案裡幾乎什麼都沒寫。」

「不令人意外。」山姆說。他用對講機點了三明治，解釋道：「我全靠三明治和開胃點心填飽肚子——幹這一行的額外好處之一。」

在他倒咖啡時，兩人之間桌上的小紅燈亮了起來。

「那傢伙已經沒輸沒贏了。」那個低沉的聲音說。

「那就開始計數。」山姆回答，然後關掉對講機。

他開始敘述，簡要而精確，像是個在回想戰役經過的傑出士兵；無關輸贏，就只是回憶。他說，當時他剛結束外派永珍[48]的三年任期，返回國內。他到人事單位報到完畢，也把事情跟朵芬交代清楚，但似乎沒有人要新派任務給他，所以他正考慮要飛到法國南部去度一個月的假，卻在走廊上被人攔了下來，帶往長官的辦公室，是老警衛麥法狄恩，幾乎等於是長官的隨扈。

史邁利說：「確切的日期是？」

「十月十九日。」

「那個星期四。」

「那個星期四。當時我正想著星期一飛到尼斯去。你在柏林。我想請你喝兩杯，但是那幾個

注48：Vientiane：寮國首都。

老秘書都說你在出任務。我去問行動組，他們說你去了柏林。」

「嗯，沒錯，」史邁利簡潔地回應。「長官派我去的。」

他很想再補上一句：為的是要把我支開。當時他就有這種感覺了。

「我到處找比爾，而他也不在。長官把他派到北部的某個地方。」山姆避開史邁利的目光說。

「他去做了一趟白工，」史邁利喃喃說道，「不過還是回來了。」

說到這裡，山姆以銳利而詭異的眼神瞥了史邁利一眼，但對於比爾·海頓的那趟行動沒再多說什麼。

「那整棟樓好像沒有半個活人在，我他媽的差點就想搭第一班回永珍的飛機離開了。」

「那裡確實像個死城。」史邁利坦承。同時他想道：唯一的例外，是正在進行中的巫術行動。

山姆還說，長官看起來就像已經發了五天高燒。他身邊堆滿了檔案，臉色發黃，不斷一邊講話一邊用手帕擦拭前額。山姆說，長官幾乎省去了平日所有的客套話，沒有恭喜他，說他過去三年的表現有多好，也沒有假惺惺地關心他當時糟糕透頂的私生活，只是問他能不能頂替瑪莉·麥斯特曼，擔任那個週末的值星官。

「我說：『當然可以，』」山姆說。「『如果你要我去，我就去。』他說他會在週六把整件事向我交代清楚。同時，我不能跟別人提起這件事。不能對大樓裡的任何人透露口風，甚至也不能說值星這件事是他要求我去做的。他需要有個好手坐鎮在總機旁，才能臨機應變做危機處理，而那人必須是從分局調來的，或者是像我一樣，離開總部已經有一段時間了。最後，必須是個老鳥。」

所以山姆就去找瑪莉・麥斯特曼，跟她說自己有多倒楣，週一才要開始放假，總不能暫時把房客趕走，所以如果瑪莉能讓他來值班，其實是幫了他一個大忙，省去飯店的費用。於是週六早上九點，他就拿著那個還貼著棕櫚樹貼紙、裡面裝有牙刷與六罐啤酒的行李箱去值班了。預定在週日傍晚去接替他的是傑夫・艾格。

山姆又說到那個地方有多麼死氣沉沉。他說，換作是以前，週六跟其他日子類似——各區分局大都會在週末安排一名值星官，有些地方甚至到了晚上還有人，任誰在大樓內走一趟，都會覺得局裡有很多事正在進行著。但是山姆說，那個週六清晨，整棟大樓的人看來好像都被疏散了——而且以他事後聽到的，的確是有一點「被疏散」的意味——而且還是長官直接下令。當時只有兩三個譯碼員在二樓工作，處理電報與密碼的幾個房間也很忙，不過那些人的工作本來就沒日沒夜。山姆說，除此之外，整間大樓一片寂靜。他坐著等長官打電話進來，但是電話沒響。他用找人麻煩來消磨接下來那一個小時，而那些傢伙都是圓場裡面最混的警衛。他核對了所有人的出勤表，發現有兩個打字員及一個內勤幹員簽到後開溜，所以那個新來的警衛主管——叫作梅勒斯的傢伙——被他往上頭告了一狀。最後他到五樓去看長官在不在。

「他獨自坐在那兒，身邊只有麥法狄恩。老秘書們不在，你也不在，只有老麥拿著一杯茉莉花茶在東張西望，冷冷清清的。我講太多了嗎？」

「不會，請你儘管說。把你記得的都說出來，愈詳細愈好。」

「接下來長官又告訴我一些內幕，但是不多。他說，有人在幫他執行一項特殊任務，一件對圓場很重要的事。他不斷強調，對我們局裡很重要。不會影響白廳、英鎊幣值或者魚價，而是對圓場很重要。就算等到這整件事都結束了，我還是不能透露半點風聲。連你也不能說。不管是比爾、布蘭德，或者任何人都一樣。」

「就連艾勒藍也是？」

「他完全沒有提到波西。」

「嗯，他本來就很少提到波西。」史邁利也同意。

「他說，當晚我應該把他當成行動負責人，並把自己當成他的『絕緣體』，不要讓大樓裡的其他事情干擾他。如果有什麼風吹草動，不管是一個訊號，一通電話，哪怕是一件微不足道的小事，我都應該等到四下無人、趕快衝上樓，把消息交給他。不管是當下或稍後，都不能讓任何人知道長官是這件事的幕後主導者；我絕對不能任意打電話或是寫東西給他，就算是內線電話也一樣。喬治，我說的句句屬實。」說完山姆伸手去拿三明治。

「喔，我確實相信你。」史邁利眞切地說。

如果要發電報出去，山姆還是必須充當長官的「絕緣體」。到晚上之前，他不用擔心會有什麼大事發生；即便到了晚上，也很有可能不會出什麼事。至於在那些警衛或者類似的人員面前，如長官所說，山姆應該要拿出他的看家本領，表現出一切正常的模樣，儘管裝忙。

那場會談結束後，山姆回到値班室，要人送一份晚報過去。他開了一罐啤酒，選了一支外線電話，準備要輸一點錢——當時在坎普頓有馬術障礙賽，他已經很多年沒看了。到了傍晚，他又到處巡視一番，然後測試一下來賓登記處的地板警報器，結果十五個裡面有三個是失靈的——到這時候，那些警衛們已經恨死他了。他幫自己煮了一顆蛋，吃完後他走上樓，拿了老麥一鎊，給他一罐啤酒。

「之前他先要我幫他押注一鎊在一匹快腿的老馬身上。我跟他聊了十分鐘，又回到我的窩去，寫了幾封信，看了一部電視上播的爛片，然後上床。就在我打算睡覺時，第一通電話進來了。確切時間是十一點二十分。接下來的十個小時裡，電話響個不停。我還以爲總機會在我面前爆炸。」

「阿卡迪已經輸了五。」對講機再傳來聲音。

山姆用他那一貫的咧嘴笑臉說「失陪一下」，然後留下史邁利獨自聽著音樂，他自己到樓上處理事情。

史邁利枯坐著，看山姆的棕色香菸在菸灰缸裡慢慢燃燒。他一直等著，但山姆沒有回來，不知是否應該把菸捻熄。他想著：上班時不能抽菸，應該是這裡的規定。

「搞定！」山姆回來了。

山姆說，第一通電話是外交部值班人員的專線。如果讓白廳各單位競賽的話，我們可以說外交部肯定技高一籌。

「路透社駐倫敦的主管剛剛打電話給他，說布拉格發生了一件槍擊案——一名英國間諜被俄安全人員開槍擊斃，當局正派人搜捕間諜的黨羽，不知外交部與此事是否有關？那位值班人員把這則訊息轉給我們局裡。我說這件事聽起來沒什麼意思，便掛斷電話。接著譯碼員麥克·米金說捷克的無線電通訊大亂，其中有一半是加密的，但另一半卻沒有；他不斷接收到一些雜亂無章的訊息，說是在布爾諾市附近發生了一樁槍擊案。我問，到底是布拉格還是布爾諾？還是兩個地方都有？對方說只有在布爾諾。我說，繼續監聽。此時五個對講機都在響。就在我要離開房間時，那個外交部值班人員又打專線進來，說那個路透社的人改口說不是布拉格，而是布爾諾。我關上門，像是把一群黃蜂留在裡面，讓它們響個不停。當我走進辦公室時，長官站在他的桌子旁。他一定是聽到我走上樓的聲音。對了，艾勒藍有在階梯上鋪地毯嗎？」

「沒有。」史邁利平淡地回答。安曾經在海頓的耳邊說：「喬治就像是一隻雨燕。他懂得怎樣把體溫降得跟環境一樣，就不用費力調節體溫。」

「當他看著你的時候，你就知道他的眼光有多銳利。他看我的手上是否有給他的電報——我還眞希望自己拿著什麼，但我兩手空空。我說：『恐怕已經出事了。』我向他簡報時，他看了一下手錶；我猜他試著要理清頭緒，想想如果一切順利的話，情況應該會是如何。我說：『拜託，可以給我一個指示嗎？』他坐了下來，因爲他桌上的暗綠色檯燈，我看不大清楚他的臉。我又說了一次：『我需要指令。你要我出面否認嗎？爲什麼別人不能插手這件事？』他沒有回答。容我提醒你，我根本找不到任何人來幫忙，但當時其實我還不知道。『我一定要有工作指令。』我們聽得到樓下的腳步聲，我知道那些無線電人員都在找我。我說：『你要不要下去一趟，親自處理這件事？』我繞到桌子的另一邊，跨過那些攤在地面上、全被打開來的檔案；不知情的人還以爲他在編百科全書呢。看得出有些是戰前的檔案。他的坐姿就像這樣。」

山姆把手指頭攏起來，用指尖抵著前額，盯著辦公桌。他的另一隻手則是放平，假裝自己拿著長官那只懷錶。『讓麥法狄恩幫我叫一部計程車，接著你去找史邁利。』我問他：『那件行動怎麼辦？』我彷彿等了一整夜之久才得到答覆。『我們可以撇清關係。那兩個人都有外國證件，在這階段，沒有人會知道他們是英國人。』然後我說：『史邁利在柏林。』印象中我是這麼說的。接下來我們又沉默了兩分鐘，他才說：『找誰都可以，沒有差別。』我想當時我應該爲他感到難過才是，卻沒有辦法同情他。我必須處理這燙手山芋，卻一片茫然、啥都不瞭解。麥法狄恩不在，所以我想長官可以自己叫計程車。下樓走到最後一級台階時，我的臉色看來一定就像喀土木的高登將軍[49]一樣慘。在監聽組値班的那個醜老太婆對著我揮舞幾則快報，像在揮旗子；兩三個警衛衝著我嚷嚷，無線電室那個傢伙則是拿著一大疊剛傳進來的消息，不只是我自己的電話，整個四樓的十幾支電話裡有一半都在響。我直接走進値班室，把所有的電話線關掉，試著理出頭緒。那個監聽員——天啊，我居然想不起她的名字——曾經跟朵芬一起打橋牌的那位是誰？」

「波塞爾。茉莉・波塞爾。」

「對，就是她。至少她明白告訴我整件事的經過。布拉格的電台預告要在半小時內發布一則緊急快報，而那是十五分鐘前的事了；快報內容涉及西方某強國的大膽挑釁行爲，不僅侵犯到捷克斯洛伐克的主權，也戕害了世界各國愛好自由的人民。」山姆淡淡地說。「除此之外，都是一些可笑的事。當然，我打電話到臨水街去，然後放消息到柏林，叫他們去找你，要你即刻返國。我把一些重要的電話號碼交給梅勒斯，要他用外線電話去聯絡局裡的高級幹部，不管是誰

注49：喀土木（Khartoum）是蘇丹地名；十九世紀英軍的高登將軍（Charles Gordon）於一八八五年在此戰死。高登也曾經幫清朝政府平定太平天國之亂，官至提督，賞穿黃馬褂。

都行。波西到蘇格蘭去度週末了，正在外面用餐。他的廚子給了梅勒斯一個電話號碼，梅勒斯打過去，是用餐地點的主人接的，說波西已經離開。」

「抱歉，」史邁利打岔，「你爲什麼要打電話到臨水街？」他用食指跟拇指捏著上唇，把它往外拉，臉都變形了，視線落在兩人中間。

「我以爲你可能提早從柏林回來。」山姆說。

「我有嗎？」

「沒有。」

「那電話是誰接的？」

「安。」

史邁利說：「安剛剛離開我。你能告訴我你們說了些什麼嗎？」

「我說要找你，她說你在柏林。」

「就這樣？」

「喬治，那是緊急事件。」山姆防備地說。

「所以呢？」

「我問她是不是剛好知道比爾．海頓在哪裡，我有急事找他。我猜他正在休假，但是人應該就在附近。有人告訴過我，他們是表親，」然後他又補上一句：「此外，就我所知，他也是你們家的朋友。」

「她很生氣地回我說『不知道』，就掛斷電話。抱歉，喬治，看來你們的戰爭還沒結束。」

聽到這句「金玉良言」，史邁利頓了好一會兒才又開口。「她的口氣聽起來怎麼樣？」

「我說了，很生氣。」

山姆說，布蘭德去里茲大學招募新血，也聯絡不上。

在打那些電話時，所有壓力都加諸在山姆身上，他想著：我寧願揮兵攻打古巴，也不想在這裡活受罪。他說：「軍方的人嚷嚷著說捷克的坦克部隊在奧國邊境騷動，那些譯碼員也沒辦法專心解讀在布爾諾四周攔截到的無線電訊息，而外交部的那個值班人員則是既沮喪又火大；他說，雷肯與部長輪番在門口咆哮。到了十二點半，捷克的新聞快報終於出來了，雖然比預告的時間晚了二十分鐘，但總比沒有好。報導說，一個叫作吉姆．艾里斯的英國間諜持僞造的捷克證件入境，在捷克國內反革命份子的幫助之下，企圖在布爾諾附近的森林中綁架一名捷克將軍，但快報並未提到其姓名。艾里斯原本打算越境、把將軍帶到奧地利去。他中槍了，但他們沒有說他被擊斃；一連串的逮捕行動即將展開。我在工作化名的名冊裡尋找艾里斯這個名字，發現是吉姆．普利多。我想：如果吉姆中槍、拿的是捷克證件，他們怎麼會知道他的化名，還有他的間諜身分？長官一定也會這麼想。然後比爾．海頓來了，一臉慘白。他在俱樂部裡的自動收報機上看到了訊息，立刻趕回圓場。」

「當時確切的時間是幾點？」史邁利眉頭微蹙，然後問道：「時間應該很晚了。」

山姆一副好像滿心希望這件事能夠不要那麼複雜的表情。「一點十五分。」

「那就是很晚了，不是嗎？那麼晚誰還會在俱樂部看收報機？」

「老兄，那種地方我不熟。」

「比爾是塞維爾俱樂部[50]的會員，對吧？」

「不知道。」山姆固執地說。他喝了一些咖啡。「我只能說，我看到他的時候很高興。我曾以爲他是個難捉摸的傢伙。相信我，在那一晚，我對他改觀了。不錯，他很震驚，但誰不會呢？到局裡之前他只知道發生了一件要命的槍擊案，如此而已。但是當我跟他說中槍的人是吉姆，他看來就像快要瘋了，我還以爲我會被他掐死。他問我：『中槍？結果呢？死了嗎？』我把快報塞進他手裡，他一張張快速翻閱，幾乎要把它們給撕爛——」

「他有沒有可能已經從收報機上知道了一切？」史邁利悄聲問，「我還以爲當時新聞已經傳開，大家都知道艾里斯中槍了；那是頭條新聞，不是嗎？」

「我想那要看他讀到的是哪一份新聞快報。」山姆聳聳肩。「無論如何，坐鎭總機的事由他接手，到了早上他已經從有限的消息中理出一點頭緒，做了一件堪稱臨危不亂的事：他叫外交部保持鎭定、按兵不動，並且找到托比．艾斯特哈，派他去逮捕兩個潛伏在倫敦政經學院，以學生身分爲掩護的捷克間諜。這件事比爾策劃很久了，本來打算叫他們投誠、回捷克當反間諜。托比的點燈人把他們倆抓起來，關在薩拉特。接著比爾打電話給捷克駐倫敦的情報主管，用士官長的語氣威脅他：如果他們敢動普利多一根汗毛，一定會讓他徹底慘敗、成爲情報圈的笑柄。比爾還要他把話帶給他的老闆們。我覺得自己好像目睹了一樁街頭車禍，比爾是唯一的醫生。他打電話給局裡一個新聞聯絡員，以堅定的口氣說，艾里斯是個受雇於美國的捷克傭兵。他要對方儘管發布這個消息，但不能說出來源；報紙也的確趕在截稿前刊出了這則消息。他還用最快的速度溜進吉姆的幾個房間，確認他沒有留下任何東西，以免有聰明的記者用這個線索把艾里斯與普利多聯想到一塊兒。我猜他的清理工作執行得非常徹底，包括眷屬資料，全都被清掉了。」

「他沒有眷屬，」史邁利說，小聲地又補上一句：「我想，跟他比較親的就只有比爾了吧。」

山姆繼續往下說。「到了八點，波西．艾勒藍來了。他要空軍用專機送他回來，還一直咧嘴笑著。他沒有顧及比爾的心情，我想這並不明智；他太得意了。他想知道爲什麼我是値星官，所以我把對瑪莉．麥斯特曼提出的那套說詞又講了一次：我這晚沒有公寓可住。他用我的電話跟部長約見面，直到羅伊．布蘭德進來的時候還在講。羅伊爆跳如雷，已經喝得半醉的他問說是誰把他的地盤搞得亂七八糟，實際上這就是在罵我。我說：『拜託！難道你不擔心吉姆？你該把生氣的時間拿來可憐他才對。』但羅伊是個野心勃勃的傢伙，他只對活人有興趣，不管死人。總之，我很慶幸有人接手，把總機交給他，下樓到薩伏伊飯店去吃早餐，一邊看星期天的報紙。報上刊登的，大多是來自布拉格的無線電報導，還有外交部那一套胡說八道的否認說詞。」

最後史邁利說：「事後，你去法國南部度假了？」

「過了心曠神怡的兩個月。」

「還有人問你問題嗎？比如說，長官？」

注50：Savile Club：英國的知名紳士俱樂部，成立於十九世紀中葉，許多知名文學家都曾是會員，包括本書作者勒卡雷自己。

「直到我回國後才有。那時候你已經被解職了，而長官在住院，」山姆的聲音轉爲低沉。「他沒做什麼傻事吧，對不對？」

「他只是死了而已。後來發生了什麼事？」

「波西變成代理首長。他把我叫去，問我爲什麼要幫瑪莉．麥斯特曼値班，還有我跟長官的談話內容。我堅持那一套說法，波西罵我是個騙子。」

「所以他就把你也解職了？只因爲你說謊？」

「因爲我酗酒。那些警衛們算是報了一點仇。他們在値班室的垃圾桶裡找到五個啤酒罐，向管理組告狀。圓場有一條軍令：在辦公室不能喝酒。過了一段時間，管理組判定我犯了不能爲女王盡忠職守的罪，我才會到賭場來上班。後來你怎樣？」

「喔，差不多。看來我沒辦法讓他們相信這件事與我無關。」

山姆悄悄陪著他從邊門走進一間漂亮的車房，對他說：「嗯，如果你想要幹掉誰，吩咐一聲就是。」此時史邁利陷入一陣沉思，山姆則繼續說著：「如果你想要賭個幾把，可以帶安的幾個機伶朋友過來。」

「山姆，你聽我說。那一晚，比爾和安偷情。不，你想想：你打電話給她，她說比爾不在；她一掛斷電話，就催促比爾下床，一個小時後他出現在圓場，而且事先已經知道捷克發生了槍擊案。如果你說的句句屬實，就算你用明信片跟我聯絡，說的也會是這些？」

「大致上是這樣。」

「但是，你在電話上並未跟安提到捷克的事——」

「他在往圓場的路上先去了一趟俱樂部。」

「很好，我們就當那俱樂部當晚還開著——但為什麼他不知道被槍擊的是吉姆．普利多？」

在日光下，山姆突然看來好老，儘管他還是維持著一貫的笑臉。他似乎欲言又止。他看來很生氣，受了挫折，然後又變得面無表情。「再見了！慢走。」他說，然後回到他選擇的那個永夜的行業。

27

那天早上，當史邁利離開艾拉旅館，前往格羅夫納廣場時，一路上街道都籠罩在刺眼的陽光底下，天空一片蔚藍。等到他開著那輛租來的路華汽車，穿過沒什麼景致可言的艾吉威爾路，風已經變弱，天色轉暗，隨時會下起雨來；太陽幾乎退去，只剩一點紅光在柏油路上徘徊不去。他把車停在聖約翰森林路上一座新公寓大廈的前庭，入口是一面玻璃門，但他沒有從那邊進去。他經過一座他覺得看來「四不像」的巨大雕塑，只能說作者想表達的是一片渾沌未明的宇宙；然後他穿過一陣冰冷的細雨，來到一個標示著「出口專用」、可以往下走的室外樓梯。第一段階梯鋪的是磨石子地磚，扶手是非洲柚木；繼續往下走，可以看出包商開始偷工減料，不但華麗的地面被換成粗糙的灰泥，空氣裡還瀰漫著未收走垃圾的臭味。他看起來小心翼翼，而非鬼鬼祟祟，但是當他走到一扇鐵門前，頓了一會兒才把兩隻手放到長長的門把上，全神貫注，好像即將面對嚴格的考驗。門開了一道約一呎寬的縫，隨即砰一聲卡住，門後傳來憤怒的吼叫聲，彷彿在游泳池裡那樣帶著好幾聲回音。

「嘿！你怎麼不小心一點？」

史邁利從門的開口溜進去。後面有一輛閃閃發亮的車子，門片因爲碰到保險桿而停住，但是史邁利並沒有留意那輛車。停車場的另一頭，兩個穿著連身工作服的男人正用水管沖洗一輛停在升降機上的勞斯萊斯。他們倆都朝他看過來。

其中一個顯然是剛剛那名怒聲質問他的人。「怎麼不從另一邊過來？你是住戶嗎？怎麼不坐住戶專用的電梯？這是消防梯。」

他分不清楚出聲的是哪一個，只聽得出那人帶有濃濃的斯拉夫腔。升降梯上的燈光在他們身後閃動，比較矮的那個人拿著水管。

史邁利往前走，刻意不把雙手放在口袋裡。拿著水管的男人又回去工作，但比較高的那一位還是在昏暗的光線中打量他。他穿著白色連身工作服，把領子往上翻，看來挺帥氣。他把一頭濃密的黑髮往後梳。

史邁利招認。「我不是住戶，但我想知道可以找誰談租停車位的事。我叫卡麥可，」他提高音量解釋，「我在路的那一頭買了一戶公寓。」

他做了一個好像要拿出名片的姿勢，似乎在向對方表示：雖然我貌不驚人，但看了名片你就知道我是誰。他承諾：「我會預付租金。我可以簽約，或簽其他必要文件。當然，我希望一切都合法。我可以找保證人、付押金，只要是合情合理，我都能辦到。只要合法就好。我有一輛新的路華。我不希望背著公司交易，因為我不相信那種方式；不過，只要是合理範圍內的事，我都願意做。我該把車開下來的，但我不想冒昧。還有，這樣說聽來有點愚蠢，但我真的不喜歡那坡道的模樣，你懂吧？我的車可是全新的。」

為了表明來意，史邁利用大驚小怪的語氣說個不停，而且始終站在屋椽下那盞燈投射出的強光裡：在敞開的空間中，任誰都會認為他是個姿態極低的懇求者。這種態度的效果不錯。身穿白色工作服那個人離開升降機，走向兩根鐵柱中間那座裝設玻璃的亭子；長得不錯的他頷首示意要史邁利跟過去。他邊走邊把手套脫掉。那是一雙手工縫製的皮革手套，相當昂貴。

他用跟先前一樣的大嗓門提醒史邁利：「開門時小心一點。你不坐電梯，可能就得賠錢啦。坐電梯可以省去許多麻煩。」

一走進亭子裡，史邁利就說：「馬克斯，我想跟你談一談。就我們倆，不要在這裡。」

馬克斯的身形魁梧有力，蒼白的臉龐還帶著孩子氣，但臉上卻布滿了老人一般的皺紋。他算是個好看的男人，眼神非常鎮定；但整體而言，他的眼神帶著一種死寂般的沉靜。

「現在？你想跟我談一談？」

「到車上。我的車就停在外面。從坡道往上走，你可以直接從那邊上車。」

馬克斯把手擺到嘴邊，對著停車場的另一頭大叫。他比史邁利高半個頭，聲音像軍樂隊指揮一樣宏亮。史邁利聽不懂他在叫些什麼，可能是捷克語。對方沒有回話，但是馬克斯已經開始脫他的工作服。

「是有關吉姆．普利多的事。」史邁利解釋。

「我知道。」馬克斯說。

他們一路開到漢普斯特，坐在那輛閃閃發亮的路華汽車裡，看著孩子們在池塘上破冰。雨水終究沒落下，可能是因爲太冷了。

出了地下室後，馬克斯換上一身藍色西裝與襯衫。他的領帶也是藍的，但他小心地挑了一個不同的藍——爲了搞定這些深淺有致的藍色，他可是花了不少心思。他戴了好幾個戒指，腳穿側邊有拉鍊的飛行員長統靴。

「我已經離開圓場了。他們有跟你說嗎？」史邁利問他。馬克斯聳聳肩，史邁利又說：「我還以爲他們會告訴你。」

馬克斯端坐著，沒有靠在椅背上，因爲他太自恃高貴。他沒有看史邁利，而是目不轉睛地看著池塘，以及那群在蘆葦叢裡打鬧滑行的孩子。

「他們什麼也沒告訴我。」他說。

「我被解職了。我想，時間跟你差不多。」史邁利說。

馬克斯似乎稍稍伸了一下懶腰，然後又坐定。「眞慘，喬治。你做了什麼？污錢嗎？」

「我不希望他們知道我來找你，馬克斯。」

「你私下來找我，我就私下跟你談。」馬克斯說。然後從一個金色菸盒裡面拿了一根菸給史邁利，但他拒絕了。

「我想聽聽當時發生了什麼事。在被解職之前，我本來想弄清楚事情的原委，可惜來不及。」史邁利繼續說道。

「你就是因爲那件事才被趕出去的？」

「也許。」

「你知道的不多吧？」馬克斯說，用漠然的神情望著孩子們。

史邁利的用詞很簡單，而且一直看著馬克斯，以免他聽不懂。他們大可用德語交談，但他知道馬克斯不願意。所以他講英語，同時研究著馬克斯的表情。

「我什麼也不知道，這件事跟我沒有一點關係。事發時我在柏林，我不知道他們的計畫，還有事件的背景是什麼；他們發電報給我，但等我抵達倫敦時，已經太遲了。」

「計畫，」馬克斯把那兩個字重複一遍。「那計畫可眞是了不起。」突然間，他的下巴與臉頰的皺紋糾結在一起，他瞇著眼睛，做了一個像扮鬼臉或微笑的表情。「喬治，所以你現在有很多時間，嗯？天啊，那計畫可眞是了不起。」

「當時吉姆肩負一項特別任務。他找你幫忙。」

「當然。吉姆找馬克斯去當保鑣。」

「他怎麼找上你的？他就這樣出現在阿克頓，然後跟托比．艾斯特哈說：『托比，我需要馬克斯』？他是怎麼找上你的？」

馬克斯把雙手擱到膝上。他的手指整潔修長，只不過指關節非常粗。如今一聽到艾斯特哈的名字，他把掌心往內一翻，像個燈籠闔起雙掌，好似裡面關了隻蝴蝶。

馬克斯問：「你問這做什麼？」

「當時到底發生了什麼事？」

「私事。吉姆私底下找我，我私底下幫他。就像現在這樣。」馬克斯說。

「請繼續說。」史邁利說。

馬克斯的語氣就好像在說一件普通的麻煩事：一個與家人、事業或者戀愛有關的糾紛。是的，那是十月中的一個星期一晚上，日期是十六號。當時他很閒，已經有好幾週沒到國外去，閒到有點發慌；他花了一整天偵察布魯姆斯伯瑞區一間應該是由兩個中國學生居住的獨棟樓房，幾個點燈人正考慮要闖入他們的房間去偷東西。他準備回阿克頓的「洗衣店」去寫報告，但吉姆在街上攔下他，說要他去幫忙處理一件偶發的小事，然後就載著他把車開到水晶宮。他們坐在車裡談——就像現在，只不過兩人用的是捷克語。吉姆說他在執行一項特殊任務，一件很重要的事，因爲是最高機密，所以圓場裡沒有其他人知道此事正在進行，就連托比·艾斯特哈也不例外。他直接受命於局裡的高層，而且任務很危險。他問馬克斯是否有興趣。

「我說：『當然，吉姆，馬克斯有興趣。』然後他要我請假，去找托比，跟他說：『托比，我媽病了。我得請幾天假。』我沒有媽媽，不過我還是說：『當然，我去請假。但是請多久？吉姆，請你告訴我。』」

吉姆說，最遲那個週末就可以完成任務。他們應該在星期六展開行動，星期天就會結束。然後吉姆問馬克斯當時是否有一些假身分可以利用，最好是奧地利的小生意人，還有身分相符的駕照。如果馬克斯在阿克頓的「洗衣店」裡沒有假身分可用，他可以在布里斯頓幫忙弄到手。

「我說：『當然有。我有個身分是魯迪·哈特曼，林茲市民，是來自蘇德台區的移民。』」

所以馬克斯在托比面前編了一個故事，說他必須北上布拉福德去處理一件跟女友有關的麻煩事，托比則花十分鐘給馬克斯上了一節英國人的性愛守則課程。吉姆與馬克斯在週四碰頭，地點是蘭貝斯區一棟當時由獵人頭小組掌控的鬧區老屋。吉姆帶著鑰匙過去。吉姆重申，那是個爲期三天的行動，是即將在波爾諾市郊進行的一次祕密會談。吉姆有一張大地圖，他們一起研究。吉姆的掩護是去捷克旅行，而馬克斯則是取道奧地利，兩人分開行動，到了布爾諾市才會合。吉姆從巴黎搭飛機到布拉格，然後從布拉格搭火車。他沒有說他自己會帶哪一種證件，但馬克斯心想應該是捷克的，因爲捷克是他的地盤，馬克斯看他用過捷克的證件。馬克斯的身分是魯迪．哈特曼，做玻璃與烤箱器皿生意。他要搭乘廂型車在米庫洛夫鎮附近穿越邊界，然後驅車前往位於北邊的布爾諾，有很充裕的時間趕在週六晚間六點半、與吉姆在足球場附近的一條小街上碰頭。那天晚上七點會有一場重大賽事。吉姆將跟著人群走到那條小街上，然後登上廂型車。他們約定了時間與備用計畫，還有出錯時的一般應變措施；此外，他們倆都記住了對方的筆跡。

離開布爾諾市後，他們驅車沿著畢洛維奇路一路開到克提尼鎮，然後往東轉向拉齊茲路。在拉齊茲路的某處，他們會經過一台停在左側路邊的黑色車輛，很可能是一輛飛雅特，車牌號碼的前兩個數字是「99」，司機則在看報。他們把車靠邊停，馬克斯趨前去問司機是否安好。那個男人會說，他的醫生禁止他連續開車超過三小時。馬克斯會回答，長途開車對心臟而言的確是一大負擔。司機會告訴他們要把廂型車停在哪裡，然後用他的車子載他們赴約。

「馬克斯，誰要跟你們見面？吉姆也跟你說了嗎？」

沒有。吉姆告訴他的，就只有這麼多。

馬克斯說，直到抵達布爾諾之前，一切都按照計畫進行。離開米庫洛夫鎮後，有兩三個騎著機車的平民跟在他後面，每十分鐘就換一個人，但他覺得那是因爲他掛著奧地利的車牌，所以並不擔心。下午才過了一半，他就順利抵達布爾諾。爲了讓一切看來更自然，他還到旅館辦了住房登記，並在餐廳裡喝了幾杯咖啡。有個密探盯上馬克斯，但他只跟密探聊起玻璃生意的興衰，還有他本來在林茲市有個女友，但跟一個美國佬跑了。吉姆錯過了第一個會合時間，但他照備案於一小時後出現。馬克斯本來以爲是火車誤點，但吉姆只是跟他說「開慢一點」，因此他知道出了紕漏。

吉姆說，他們接下來要改變計畫。馬克斯不必出面，只要在會面地點附近把吉姆放下，然後在布爾諾待到週一早上。期間他不能夠與圓場任何一個情報網的人員聯絡：包括怒火組與柏拉圖組，特別是他們派駐在布拉格的人。如果到了週一早上八點，吉姆還沒在旅館現身，馬克斯就必須用盡一切辦法逃出去；如果吉姆露面了，馬克斯的工作是幫吉姆把訊息傳達給長官，而且那訊息可能非常簡單，搞不好只是個簡單的字句。當馬克斯回到倫敦時，他必須親自去找長官，由老麥法狄恩幫忙安排會面時間、傳達情報。這樣夠清楚了嗎？總之，如果吉姆並未出現，馬克斯就該趕快逃命，無論是不是圓場的人，他都要否認一切。

「吉姆有說爲什麼要改變計畫嗎？」

「因爲吉姆很擔心。」

「所以在他去跟你碰面的路上發生了某件事？」

「也許吧。我對吉姆說：『聽著，吉姆，讓我跟你一起去。我看得出你很不安，我當你的保鑣，幫你開車、開槍。有什麼好怕的？』吉姆聽到後氣死了，我說的你懂嗎？」

「懂。」史邁利回答。

他們開車到拉齊茲路，找到那輛停妥的黑色飛雅特——車燈沒有打開，面對著田野上的一條車道，車牌的前兩個數字是「99」。馬克斯把廂型車停下來，讓吉姆下車。爲了讓車內的燈亮起，司機把車門開了一道一吋的縫。他在方向盤上攤開一份報紙。

「你看得到他的臉嗎？」

「籠罩在陰影中。」

馬克斯等了一會兒，他們好似先用暗語交談了一下，然後吉姆上車。車開上那一條車道，還是沒開大燈。馬克斯則回到布爾諾去。當整個城市開始變得鬧哄哄時，他正在喝杜松子酒。開始他以爲是足球場傳來的聲音，後來他發現是一列在路上飛馳的卡車車隊。他問女服務生發生了什麼事，她說森林裡發生了槍擊案，有幾個反革命份子涉案。他走到外面的廂型車上打開收音機，聽到布拉格發布的訊息。那是他第一次聽到整件事裡涉及一名將軍。他猜想那時四處都已設下了崗哨。但無論如何，吉姆給他的指令是在旅館裡待到週一早上。

「也許吉姆會把訊息告訴我。也許是反抗軍的人會捎來訊息。」

「就是他說的簡單字句。」史邁利悄聲說。

「當然。」

「他沒說是哪種字句嗎？」

「你瘋了嗎？」馬克斯用一種又像陳述，又像疑問的口吻說。

「是捷克文、英文或者德文？」

馬克斯說，沒有人出現，所以壓根兒不必回答史邁利這瘋狂的問題。

到了週一，他把入境時用的護照燒了、換掉廂型車的車牌，用他的西德護照逃跑。他沒有往南開，而是朝西南前進，丟掉廂型車，然後搭乘前往佛萊斯塔特鎮的公車跨越國界。就他所知，這是風險最少的一條路徑。他在佛萊斯塔特喝了一杯，跟一個女孩共度春宵，因爲他覺得既困惑又生氣，必須放鬆一下。他在週二晚上抵達倫敦，而且沒有遵從吉姆的指令——他覺得他最好試著跟長官聯絡。對此他還發表了意見：「要見他一面還眞他媽的困難。」

他試著打電話，但打來打去都是老秘書們接的，麥法狄恩不在。他考慮過要寫信，但想起吉姆說的，不能讓圓場裡的其他人知道。他的結論是寫信太危險了。阿克頓的「洗衣店」開始流傳長官生病的謠言，他試著打聽長官住在哪家醫院，可是打聽不到。

「洗衣店裡有誰可能知道你去過哪裡嗎？」

「我猜沒有。」

他就這樣持續猜疑著，直到管理組把他叫去，說要檢查他那本魯迪・哈特曼的護照。馬克斯說他搞丟了，這其實與眞相也相去不遠。——爲什麼沒有往上呈報這件事？他說他不知道。什麼時候搞丟的？他說他不知道。最後一次跟吉姆・普利多見面是什麼時候？他說他不記得了。馬克斯被送到薩拉特的訓練基地去，但是他一點也不怕，還很憤慨；兩三天後偵訊人員就放棄了，不然就是有人要他們就此收手。

「我回到阿克頓的洗衣店，托比・艾斯特哈給了我一百英鎊，叫我滾蛋。」

池塘邊傳來一連串掌聲，因爲兩個男孩把一大塊冰給擊破弄沉了，池水從那個洞裡湧出來。

「馬克斯，吉姆發生了什麼事？」

「鬼才知道。」

「你一向消息靈通，而且移民圈之間話傳得很快；他發生了什麼事？誰在罩他？比爾・海頓是怎麼花錢把他買回來的？」

「移民們不再跟馬克斯說話了。」

「但你聽到一些風聲，不是嗎？」

這次他的那雙白手透露了一切。史邁利看到他把手指頭攤開，一手五個，另一手三個，在馬克斯開口前，他已經開始覺得難過了。

「所以他們從後面對吉姆放冷槍。也許吉姆正要逃走，是不是？他們把吉姆丟進牢裡。對吉姆而言，這可不是開玩笑的。對我的朋友們也是。一點也不好玩。」他開始數有哪些人：「普利伯，」摸著大拇指，他繼續說：「布柯瓦．米瑞克，他是普利伯老婆的兄弟，」他收起一根指頭，「還有普利伯的老婆，」接著收起第二根指頭，收起第三根後接著說：「柯林．吉瑞，還有他的姊妹，很可能都死了。這是叫怒火組的情報網。」換了一手後他繼續說：「怒火組之後，還有柏拉圖組。先是拉伯丁律師，再來是藍克隆上校，還有伊娃．克利格洛瓦跟漢卡．畢洛瓦兩個打字員。也很可能都死了。喬治，這代價也太慘痛了——」他把那白白淨淨的指頭伸到喬治面前，「就因爲一個身上有彈孔的英國佬，他們付出的代價實在太大。」他生氣地說：「你何必多此一舉，喬治？圓場沒有善待捷克人，西方盟國對捷克人也不好。哪個有錢人會花錢把窮人弄出牢裡！你想知道一些歷史嗎？喬治，你知道 Märchen 是什麼意思嗎？」

「童話故事。」史邁利回答他。

「沒錯。所以你不要再跟我說英國佬想要救捷克人，那根本就是童話！」

「也許那不是吉姆。也許是別人害情報網被破獲。不是吉姆。」沉默許久後，史邁利開口。

馬克斯已經在開門。「不是他，難道是鬼？」他說。

「馬克斯。」史邁利叫他。

「別擔心，喬治。我不會把你出賣給任何人，行了吧？」

「行。」

史邁利坐在車裡沒動，看他招了一輛計程車。他把手一揮，向是在叫服務生似的。他懶得看司機一眼，只是把地址告訴他，然後仍直挺挺地坐在車裡離開，直視前方，像個完全不理會群眾的王公貴族。

計程車消失後，曼德爾督察慢慢從一張板凳上站起來。他把報紙摺好，走到路華汽車旁。

「這與你無關。不是你的責任，別感到歉疚。」他說。

對此史邁利並不是很確定。史邁利把車鑰匙交給他，然後往巴士站走去。他朝西穿過了馬路。

28

他的目的地是艦隊街上一處擺滿酒桶的地下酒窖。換作是其他地區，下午三點半才喝午餐的餐前酒，未免也太晚了；但是當史邁利推開門、走進去時，有十幾個模糊的身影從吧檯邊轉頭看他。傑瑞．威斯特比帶著一杯特大杯的粉紅琴酒坐在角落的一張桌子旁，跟牆上那些塑膠製的監獄拱門與假毛瑟槍一樣不起眼。

「老兄，」威斯特比靦腆地說，聲音像是從地底發出來的。「眞是想不到啊！那個，吉米！」他一手握住史邁利的手臂，另一隻手示意要點飲料。傑瑞有雙肌肉厚實的大手，因爲他曾是一支鄉下板球隊的捕手。與其他板球捕手相較，他可說是個大塊頭，不過因爲常常把雙手擺低，因此有駝背的習慣。他有一頭蓬亂的沙色灰髮，臉色紅潤，穿著一件奶油色的絲質襯衫，打了一條名牌運動領帶。他看到史邁利顯然非常高興，因爲他的笑容充滿喜悅。

「眞是想不到啊，」他又說了一次。「是什麼風把你吹來的？嘿，最近你都在做什麼？」他硬是拉著史邁利往自己的座位走，又說：「是在曬屁股還是對著天花板吐痰？嘿——」他問了一個最急迫的問題：「想喝什麼？」

史邁利點了一杯血腥瑪莉。

「傑瑞，這不完全是個巧合。」史邁利自己招認，兩人之間突然陷入一小段沉默。傑瑞很在意，趕快說話想打圓場。

「喂，你家的母老虎好嗎？一切都順利吧？你們的感情眞不錯。我總是對別人說，你們的婚姻是最美滿的。」

傑瑞．威斯特比自己也結過幾次婚，但幾乎沒有哪一段令他感到快樂。

「喬治，跟你談個交易，」他寬闊的肩頭向史邁利移近，提議道：「我去跟安住，還有對著天花板吐痰；你來接我的差事，寫女子乒乓球賽的報導，怎樣？上帝保佑你。」

「乾杯。」史邁利興致不錯地說。

「說實話，我已經有一陣子沒看到過去那些老同事們了。」傑瑞再次不明就裡地紅了臉，笨拙地招認，「只有去年收到老托比寄來的聖誕卡片，但大概也就這樣而已。我猜他們把我給歸檔了。這也不能怪他們，」他輕輕彈一下酒杯杯口。「這種情況我見多了，原來就是這麼一回事。他們以爲我會洩密。或是崩潰。」

「我很確定他們沒有這樣想。」史邁利說，兩人又陷入一陣沉默。

「戴太多貝殼項鍊對勇士沒有好處。」傑瑞嚴肅地低聲說道。史邁利還記得，多年來他們一直把這個印地安人的笑話掛在嘴邊，引起他一陣心痛。

「喝吧。」史邁利說。

「喝吧。」傑瑞也說。兩人開始喝酒。

「別擔心，我一看完你的信就把它燒掉了。」史邁利繼續以安靜而輕鬆的語氣說：「我完全沒跟任何人提起它。總之，信來得太晚——事情已經結束了。」

聽到這番話，傑瑞生氣勃勃的臉轉爲一片深紅。

「所以，他們開除你並不是因爲你寫信給我，」史邁利仍以同樣溫和的語氣說：「我怕你會那麼想。畢竟你眞的把信交給了我。」

「你眞是夠義氣，」傑瑞咕噥道。「謝了。當初我不該寫那封信的，是我太多嘴了。」

「胡說，」史邁利再點了兩杯酒，說道：「你是爲了局裡好。」

史邁利自覺這麼說很像雷肯。但是跟傑瑞談話的唯一方式，就是用他在報上的語氣：語句簡短、意見精闢。

傑瑞吐了一口氣，以及很多的煙。「最後一個任務，喔，是在一年前，」回想時他的興致再度高昂起來。「一年多以前。我送了一個小包裹去布達佩斯。沒什麼大不了的。電話亭上方有個架子，我舉高手、把東西放上去，就像小孩子的把戲。放心，我沒搞砸。保持警覺和清醒，如此而已。然後發出安全訊號：『電話亭已清空，請自便。』你也知道，就是過去我們學的一套。不過，你們這些傢伙最清楚，不是嗎？你們都精得很。最重要的是盡自己的本分。閒事休理，每個人的工作都是任務的一部分，全都精心設計過。」

「他們馬上會再急著找你，」史邁利安撫他。「現在只是讓你休息一季而已。這是他們的習慣，你也知道。」

「希望如此。」傑瑞帶著忠心而怯懦的表情說。當他喝酒時，酒杯微微顫抖。

「你剛剛說的是你在寫信給我前的最後一趟任務嗎？」史邁利問他。

「當然。其實是同一趟任務，先去布達佩斯，再去布拉格。」

「而你是在布拉格聽到這件事的？就是你在信裡跟我提到的那件事？」

吧檯旁邊有個氣色紅潤、身穿黑西裝的男人正在預測英國政府就要垮台了。他說大家只有三個月時間，國家快玩完了。

「托比．艾斯特哈是個怪人。」傑瑞說道。

「但也是好人。」史邁利說。

「我的天啊，老兄！他可是一流的人物。在我看來，他很棒。但你也知道，他就是怪。敬你！」他們又喝了一口酒，傑瑞．威斯特比慢條斯理地從腦袋後面伸出一根手指，模仿阿帕契人插著一根羽毛的樣子。

「麻煩的是，死到臨頭我們還不知道國家已經完蛋了。」吧檯邊那個氣色紅潤的男人一手將酒杯拿在嘴邊，還在說。

他們決定直接吃午餐，因爲傑瑞已經有故事可以登在明天的報紙上：「西布羅姆維奇足球隊前鋒大發雷霆」。他們去一家在午茶時間也供應啤酒的咖哩專賣店吃飯，兩人同意如果有任何人撞見他們，傑瑞會說喬治是幫他服務的銀行經理，而這個說法讓他在吃那頓豐盛的午餐時笑個不停。傑瑞說餐廳裡播放的音樂聽來就像一對蚊子在嗡嗡振翅，有時候還幾乎壓住了他那比音樂更小聲的嘶啞嗓音。或許這也沒什麼不好，因爲當史邁利大膽表現出他對咖哩的喜好時，一開始不願多說什麼的傑瑞打開了話匣子，講了一個關於吉姆．艾里斯、但並不尋常的故事——也就是托比．艾斯特哈不准他呈報出來的那件事。

傑瑞．威斯特比極度與眾不同，是個完美的證人。他不會加入個人的想像、惡意或者意見。只是，那件事太奇怪了，一直在他的腦袋裡盤旋不去、老是讓他想起。此後他再也沒跟托比說過話。

「你看看，就這麼一張卡片，上面寫著『聖誕快樂。托比。』——卡片是利德賀街的雪景，」他看著電扇，一臉疑惑。「利德賀街沒什麼特別的吧，老兄？那邊沒有圓場的安全藏身站、開會地點或其他東西吧？」

「就我所知是沒有。」史邁利笑著說。

「我想不透他爲什麼要挑一張印著利德賀街景色的聖誕卡。太奇怪了，你不覺得嗎？」

史邁利說，也許他只是想要一張倫敦雪景的卡片，畢竟托比這傢伙還是有很多令人猜不透的地方。

「我不得不說，用這種方式來跟我保持聯絡，還眞是奇怪。以前他總是送來一箱蘇格蘭威士忌，沒有一年例外。」傑瑞皺眉喝了一口酒。「我並不是在意那一點威士忌，」他解釋給史邁利聽，語氣裡帶著那種彷彿常常看不清人生的困惑，「我幾時不能幫自己買威士忌？只是當我們離開了那個地方，任誰都會覺得禮物很重要；你懂我的意思吧？」

嗯，那已經是一年前的事了，當時是十二月。傑瑞．威斯特比說，那是布拉格一家叫「運動」的餐廳，大部分西方國家記者比較少去的地方；他們大多泡在「宇宙」或「國際」，因爲常擔驚受怕，總是聚在一起低聲耳語。但是傑瑞在當地最常去的是「運動」，而且在某次足球門將荷洛特克擊敗「韃靼人隊」後，他們還一起上餐廳去，此後那個叫作史坦尼勞斯、人人暱稱他「史丹」的酒吧老闆，就跟他熟稔起來。

「史丹是個大好人。總是想做什麼就做什麼。有時他會讓人誤以爲捷克是個自由的國家。」

他向史邁利解釋，「餐廳」的意思其實是酒吧。而奇怪的是，「酒吧」在捷克指的是夜店。史邁利也同意這一定常讓人感到困惑。

總之，每次傑瑞去到那兒，總在留心各路的消息，畢竟那裡是捷克，總有個一兩次他會帶些奇怪的情報回去給托比，或是讓他得知某人的下落。

「托比覺得，就算只是兌換貨幣、黑市交易，也有用處。無論如何，零碎的消息總可以拼湊出一些資訊；托比是這麼說的。」

史邁利覺得很有道理。這一行就是這麼回事。

「托比是個聰明人，是吧？」

「當然。」

「你也知道，我曾經在羅伊．布蘭德手下工作，後來羅伊升官，托比便把我納入他的麾下；事實上我有點不安心。遇到改變時難免會這樣。乾杯！」

「在這一趟任務之前，你跟著托比多久了？」

「頂多兩三年。」

上菜和倒酒時，他們暫停了一下，傑瑞．威斯特比用他的大手把印度炸薄餅捏碎，灑在菜單裡最辣的咖哩醬上頭，接著淋上深紅色醬汁。他說那種醬汁可以刺激食慾；接著又進一步解釋道：「這是老坎特別爲我準備的，平常都擺在最隱密的地方。」

他繼續說。總之，那晚在史丹的酒吧裡，有個剪了布丁頭的年輕男孩擁著一個漂亮女孩。

「我想：『注意了，傑瑞，那是軍人的髮型。』對吧？」

「對。」史邁利附和他，心想在某些方面，傑瑞自己也是個聰明人。

結果那個男孩是史丹的姪子，對自己的英文很自豪。「如果你讓別人有炫耀語言能力的機會，他們可就完全管不住自己的嘴巴了。」傑瑞說。部隊放那個男孩休假，而他跟那個女孩墜入情網；假期還剩八天，而全世界好像都是他的朋友，包括傑瑞。事實上，傑瑞跟他的交情特別好，因爲酒錢是他出的。

「所以我們一群人坐在角落的桌旁飲酒作樂，裡面有學生、漂亮女孩，什麼人都有。老史丹早就從吧檯後走出來跟我們一起作樂，有個小夥子在彈手風琴，琴藝還不差。大夥兒痛快喝酒，吵呀鬧著。」

傑瑞解釋，吵鬧聲特別重要，因爲這讓他能夠跟那男孩聊聊而不會引起別人注意。男孩坐在傑瑞身邊，一開始就很中意他。男孩一手摟著那個女孩，另一手則摟著傑瑞。

「很少有男孩能像他那樣碰觸你，卻不會令你起雞皮疙瘩。基本上我不喜歡被人碰觸。希臘人喜歡這調調兒，但我個人不愛。」

史邁利說他也討厭那樣。

「現在回想起來，那女孩還眞長得有一點像安。」傑瑞說。「妖媚的模樣，你懂吧？那雙眼睛就像葛麗泰．嘉寶。」

所以當大家在唱歌喝酒、圍成一圈玩接吻遊戲時，那個男孩問傑瑞是否想要知道吉姆．艾里斯那件事的眞相。

「我裝作從未聽過這號人物。」傑瑞對史邁利解釋，「『我想聽。吉姆．艾里斯在老家是做什麼的？』那個男孩看我的表情就好像我是個呆子，他說：『他是個英國間諜。』只不過沒有人在聽我們談話，因爲他們都在大吼大叫，唱一些俏皮的歌。女孩的頭枕在他的肩膀上，但她已經喝得半醉、飄飄欲仙，所以他繼續跟我聊天，對自己會說英語感到自豪，懂嗎？」

「我懂。」史邁利說。

「他在我耳邊大聲地說：『他是英國間諜，大戰期間曾跟捷克的游擊隊並肩作戰；他用哈耶克這個化名回到這裡，被蘇俄祕密警察開槍射傷。』所以我只是聳肩說：『老弟，這我可沒聽過。』不能逼他，你懂吧？絕對不能逼問，會把他們嚇跑。」

史邁利熱切地說：「你說得沒錯。」然後耐心敷衍掉那些穿插在對話中有關於安、有關於愛的本質，以及如何與另一個人相愛一生的問題。

「他是被徵召從軍的，」傑瑞・威斯特比轉述那男孩的說辭。「他得入伍，否則不能去唸大學。」先前於十月時，他的部隊曾在布爾諾附近的森林裡進行基本演練。林子裡總是有很多部隊，在夏天時，那整個地區還曾經關閉一個月，禁止民眾進入。當時他正在參與一次無聊的步兵演練，本來應該維持兩個禮拜的，但不知爲什麼到第三天就被取消，部隊奉命撤回布爾諾。命令是：打包回營，黃昏之前，必須把整座森林清空。

「才幾個小時，各種各樣的瘋狂謠言就傳遍了整個部隊。」傑瑞接著說：「有些人說是提希諾夫鎮的彈道研究站爆炸了，也有人說是受訓的幾個營叛變、殺光了那些蘇聯士兵。布拉格才剛剛發生暴動，俄國人接管政府，德國佬也發動過攻擊，天知道還有什麼事情不會發生？你也知道軍人的德行，哪裡的兵都一樣。謠言總是傳個不停。」

說到部隊，傑瑞．威斯特比順口問起了幾個他在部隊時代認識的熟人，都是史邁利本來也大概知道，但後來忘掉的一些人物。最後他們的對話又繼續下去。

「於是他們拔營，把東西裝上貨車，坐著等車隊出發。走了半哩，整個車隊又停了下來，受命開離路面。他們必須把裝備拖進林子裡。結果一堆東西被卡在泥淖中、溝子裡，什麼鳥事都遇到了，顯然是一團糟。」

威斯特比說，是俄國佬下的命令。他們正從布爾諾過來，十萬火急，所以捷克人必須讓到一邊去，否則就要倒大楣。

「開路的幾輛摩托車疾馳而過，車燈閃個不停，騎士們對著他們大吼大叫；接著經過的是一輛軍官專車，但乘客都不是軍人，那男孩記得一共有六人。然後是兩卡車的特種部隊人員，個個全副武裝，臉上塗了戰鬥用的迷彩；最後面是一輛滿載獵犬的卡車，加起來可說是最可怕的一支部隊。老兄，我說這些會不會很無聊啊？」

威斯特比用手帕輕輕抹去臉上的汗水，眨眼的樣子像個剛剛清醒的人。他的絲質襯衫也冒出汗水，看來好像剛洗過澡似的。史邁利向來不愛吃咖哩，為了把嘴裡的咖哩味沖掉，他又點了兩大杯酒。

「這就是故事的第一部分。捷克部隊讓開、蘇俄部隊進場。懂嗎？」

史邁利說他懂，覺得到目前為止他都聽得很明白。

然而，回到布爾諾後，那男孩才知道他的部隊在這整個行動中的任務根本就還沒結束。他們與另一個車隊會合，隔天晚上兩隊人馬在鄉間繞了八個或十個小時，根本不知道要去哪裡。他們往西開向崔比奇鎮，停下來等待通信單位發出一封長長的電訊、改變方向，往東南方走到奧國邊界上的茲諾伊摩鎮附近，一路上仍像發瘋似地不斷發出訊號；沒有人知道是誰下令走這條路線，也沒有人出面做任何解釋。在路上他們還接到上刺刀的命令，然後紮營，接著又把所有裝備打包，再度上路。沿路他們不斷遇到其他部隊：在布熱茨拉夫的火車調車場附近，許多坦克在繞圈巡邏，還一度看到兩座架設在預先鋪好鐵軌上的自走砲。只是不管在何處，情況全都相同：混亂、漫無目的。老兵們說這是俄國佬對捷克人的懲罰。再次回到布爾諾後，那男孩聽到另一種說法：俄國佬正在追捕一名叫哈耶克的英國間諜——此人曾去暗中調查研究站，並企圖綁架一位將軍，結果被俄國佬開槍擊傷。

「你看，那個男孩眞是個莽撞的小鬼，」傑瑞說。「還去問他的士官：『如果哈耶克已經中槍，爲什麼我們還要在鄉間橫衝直撞、製造騷亂？』那士官跟他說：『軍隊就是這樣。』任何一個國家的士官都是這副德性，是吧？」

史邁利輕聲問道：「傑瑞，你說的是發生在兩個晚上的事。那些俄國佬是在哪一天晚上進入森林的？」

傑瑞．威斯特比困惑地皺起臉來。「喬治，這就是那個男孩想要說的，懂嗎？就是他想要在史丹的酒吧裡跟我說清楚的，那所有謠言背後的眞相。俄國佬在星期五就過去了，但直到星期六他們才朝哈耶克開槍；所以那些聰明的傢伙就說：看吧！俄國佬在等哈耶克現身。他們早就知道他要來。知道他逃不掉、等他自投羅網。眞是糟透了，懂吧？簡直是丟我們的臉。對長官不好，對我們整個局裡也不好。敬你。」

「敬你。」史邁利說，也喝了一口啤酒。

「順便告訴你，托比也有這種感覺。我們對這件事的看法相同，只是反應不同。」

史邁利一邊把一大盤印度辣豆遞給傑瑞，一邊輕描淡寫地說：「所以你把整件事都告訴托比了？反正你必須告訴他你幫他把包裹送到布達佩斯，所以也跟他說了哈耶克的事？」

傑瑞說，嗯，就是這樣。就是這件事讓他很煩，覺得奇怪；事實上就是因爲這樣他才寫信給喬治。他說：「老托比說那都是一些部隊裡的廢話，無聊透頂；但一開始他很熱情，拍拍我的背，說我該去選市長，隔天清晨回到洗衣店後卻對我大發雷霆。他說要跟我見一面，十萬火急的；然後載著我在公園附近打轉、對我大吼大叫。他說我最近是不是喝酒喝糊塗了，連眞假都分不清楚。就是這一類的話。說眞的，這讓我有點悶。」

「我覺得你一定想知道，在你們兩度碰面之間，他又跟誰談過，」史邁利語帶同情地說。他沒有逼問，而是用一種似乎想把事情搞清楚的口氣追問：「他到底說了些什麼？」

「他說，那很有可能是一個策劃好的陰謀。那男孩是個挑唆者，想丟出煙霧彈、讓圓場自亂陣腳。爲了我散布的那種三流謠言，他差一點沒把我的耳朵撕爛。喬治，我回他說：『托比老兄，我只是據實報告，沒必要火冒三丈吧？昨天你才說我探聽功夫了得，有必要今天就翻臉不認人、只因爲我帶回了壞消息？如果你不喜歡那個故事，那是你自己的問題。』結果我講什麼他幾乎都聽不進去，懂嗎？我想，這實在太不合理；前一秒還那麼熱絡，突然就變得冷冰冰。以前他可沒像這樣，懂嗎？」

傑瑞用左手抓了抓頭，像個在想事情的小學生。「我說：『好吧，算了。我會爲報紙寫篇報導，但不會寫出是俄國佬先到那邊的；我會寫：樹林裡的齷齪勾當，這一類廢話。我跟他說，儘管圓場覺得這故事不夠精采，但寫在報紙上也不差。』然後他又抓狂了。隔天有個聰明的傢伙打電話給我老闆，說是叫威斯特比那隻猴子不准報導艾里斯的新聞，還要他注意這是一則攸關國家安全的通告、是政府對他提出的警告。『未來若對化名哈耶克的吉姆．艾里斯進行更多報導，都侵犯了國家利益，必須予以禁止。』所以我又回去報導女子乒乓球賽了。乾杯！」

「但那時你已經寫信給我了。」史邁利提醒他。

傑瑞．威斯特比漲紅了臉。「眞抱歉。他們就是怕我這種從外國回來的人、猜疑我。從外頭回來後，連最好的朋友都不能相信了。唉，他們比陌生人還不値得信任。」他接著又說：「我只是覺得老托比有一點狀況外。我是不是不該寫信？這麼做是違反規定。」他尷尬的臉上擠出一絲苦笑。「後來我聽說你被開除，更覺得自己是個白癡。老兄，你不會是自己在進行調查吧？不會……」他把問題吞回嘴裡，也許已經有了答案。

當他們分手時，史邁利輕輕拉住他的手臂。

「如果托比聯絡你，我想你最好不要說我們今天會見過面。他是個好人，但總覺得別人會聯手對付他。」

「老兄，我不可能告訴他。」

「事實上，如果在未來的幾天，他眞的找上你的話，」史邁利繼續說。從他的聲調聽來，這種事不太可能發生，「你甚至可以跟我說一聲，我來幫你開脫；我想到了，你不要打電話到我家，撥這個號碼。」

突然間，傑瑞．威斯特比有事要忙，他必須趕快完成有關西布羅姆維奇足球隊前鋒的報導。但是當他接過史邁利的名片時，他不敢直視史邁利，只是以一種古怪而尷尬的眼神瞥了他一眼。「老兄，你沒遇上什麼棘手的事吧？有誰正在醞釀什麼陰謀嗎？」他用難看的表情咧嘴說：「難道局裡出了什麼亂子？」

史邁利露出笑容，一手輕輕擱在傑瑞那厚實而稍稍駝著的肩膀上。

「隨時都可以找我幫忙。」威斯特比說。

「我知道了。」

「我以爲是你，懂嗎？是你打電話給報社老闆的。」

「不是我。」

「也許是艾勒藍。」

「我也是這麼想。」

「隨時可以找我幫忙。」威斯特比猶豫了一下又說：「還有，抱歉。幫我問候安。」

「拜託，傑瑞。有話直說吧。」史邁利說。

「托比跟我說了一些有關她的事。我叫他別亂講。沒事吧？對不對？」

「謝了，傑瑞。再見。保重。」

「我就知道沒事。」傑瑞高興地說。他又舉起手指，假裝自己是個印第安人，走回自己的保護區。

29

當晚史邁利獨自躺在艾拉旅館的床上，等待睡意來臨，卻始終睡不著，於是又開始看起雷肯在曼德爾家交給他的檔案：一九五〇年代晚期，當時圓場跟白廳裡的其他單位一樣，在國安局的壓力下被迫加強管控旗下人馬的忠誠度。大部分的檔案內容都只是例行性記錄：電話監聽、跟監報告，還有與那些訓練員、人員的朋友們以及候選調查員的無數面談內容。但其中有一份文件像磁鐵般吸引住史邁利，令他看了一遍又一遍。那是一封信，在索引中直接標明：「海頓於一九三七年二月三日致范肖的信。」說得明白些，為了引薦年輕的吉姆．普利多，比爾．海頓在大學時代寫信給他的訓練員，亦即身兼圓場招募人員的范肖，說吉姆是個值得英國情報界吸收的適當人選。信的前言是一段頗具偏見的詳細說明，根據未註明身分的說明者表示，他們這些「貴族」都是「來自上流社會的牛津基督學院成員，大多是伊頓公學的畢業生。」范肖（全名：**P. R. de T.** 范肖，曾獲頒榮譽軍團勳章及大英帝國勳章，詳見人事檔案某某號）是號召這群貴族的領袖，海頓則是當年的靈魂人物（檔案中有無數關於他的交互參照）。這群貴族並不諱言自己在政治信念上屬於保守派，而當年海頓的父親也有此一傾向。如前言所云，去世已久的范肖是大英帝國的菁英分子，「他親自挑選那些貴族成員來參與『大博弈』[51]的競爭」。有趣的是，

注51：the Great Game，指英俄兩國從十九世紀到二十世紀初在中亞地區的權力競賽。

史邁利也隱約記得這麼一號人物：一個企圖心強烈的瘦子，戴著無框眼鏡，跟英相張伯倫一樣總是拿著把雨傘，常露出不自然的羞赧臉色，活像個黃口小兒。斯蒂德—艾斯普瑞曾幫他取了一個外號：神仙教父。

「親愛的范肖：煩請您去打探一下那位年輕紳士，他的名字就寫在信中檢附的一小塊人皮上面。【偵訊人員附註：即普利多。】如果你已經知道吉姆這個人，那就應該知道他在運動方面的傑出表現。或許你不清楚，但是該知道的是，他雖然不是名出色的語言學學生，但也不完全是個書呆子……」

【接下來是他的生平簡述，內容的精準度令人吃驚：曾就讀巴黎的拉卡那勒公立中學，本來被安排前往伊頓公學，但並未成行，後來進入布拉格一間由耶穌會成立的通學學校，也曾在史特拉斯堡待過兩學期，父母都是歐洲金融業的從業員，兩人都來自式微的貴族家庭，目前分居中……】

「因此我們的吉姆熟悉多國國情，他那副像是無父無母的孤僻模樣則相當吸引我。順帶一提：雖然他在歐洲各地接受教育，但別搞錯了，他真正的養成教育確實來自我國。如今他正掙扎困惑著，因爲他剛剛注意到運動場外還有另一個世界，那就是我。

「但你一定要聽聽我們初次相識的經過。

「你知道的，我有穿上阿拉伯服飾、前往各個阿拉伯市集的習慣（這也是出於你的命令），我融入那裡的下層民眾，傾聽他們討論回教先知們的談話，總有一天終將跟他們打成一片。那天晚上最受矚目的是一位來自蘇俄的『巫師』：學者型的克勒伯尼科夫，如今他已是蘇俄大使館的一員。他個頭兒雖小，但能言善道，相當具有感染力，而且有辦法在尋常的對話裡加入一些巧妙的機鋒。而那次我去的『市集』，是一個名爲『人民俱樂部』的辯論社——我親愛的范肖，該俱樂部實爲我們的對手，而從我過去數度造訪的經驗，你應該很清楚它是什麼地方。在聆聽一番有關無產階級的狂妄言論，以及另一段對於民主的可怕誤解之後，我注意到高大的他獨自坐在房間後方，顯然內向得無法加入眾人。我對他那張在板球場上出現過的臉稍有印象，原來我們都曾在一個臨時湊和的爛隊打球，但未曾交談。我不太知道該怎麼形容他。范肖，他是個人才。我是說眞的。」

行文至此，原本非常拘謹的字跡開始龍飛鳳舞。

「他有一種能令人服從的沉默個性。精確地講，應該說他是冷靜的人。團隊中總有幾個安靜的聰明人會不知不覺地成爲領導者，而他就是那種人。范肖，你知道我並不善於演戲。聰明如你，必須常常提醒我，除非我能親歷人生的種種危難，才能瞭解其奧祕處；但是吉姆的演技始於本能……總可充分發揮效用。他可以與我互補，我們兩人如能結合，可以變成一個了不起的人，只不過我們倆都不會唱歌。我覺得，如果我沒有到外面去認識他這個新朋友，世界將在我眼前毀滅。范肖，您是否有過我這種感覺？」

筆跡又開始變得工整。

「我對他說：『Yavas Lagloo』，據我所知，大概是俄語中『跟我到柴房裡碰面』的意思。而他則是對我說：『喔，哈囉！』我想如果他在死後有機會與大天使加百列見面，說的也會是這句話吧！

「我說：『你的辯論用的是哪一種雙刀論法？』

「想了大概有一個小時之久，他說：『我一個都不會。』

「『那你還待在這裡做什麼？如果你不會雙刀論法，怎麼成爲辯論社會員？』

「所以他平靜地咧嘴一笑，我們晃到偉大的克勒伯尼科夫身邊，握了握他的小手，然後散步回我的住處。我們喝酒，不停地喝。還有，范肖，他把眼前的酒全喝下去。也許是我喝的，我忘了。接著，黎明到來，你知道我們做了什麼嗎？我告訴你，范肖，我們嚴肅地散步到皇家公園，我拿著一個碼表坐在長凳上，健壯的吉姆開始表演他最擅長的跑步，一共跑了二十圈。二十圈吶。光是坐著看他跑，我就覺得累了。

「我們隨時可以去找你。他僅要求有我陪伴，或是能跟我那些損友或益友們認識；簡而言之，他要我充當他的『惡魔』，奪走他的靈魂也沒關係——這個恭維逗得我大笑。順便告訴你，他還是個處男，大概有八呎那麼高，活像是一根史前巨柱。看到他時可別嚇一跳。」

檔案再度中斷。史邁利坐起身，焦急地翻閱那些泛黃的紙張，尋找更驚人的東西。他倆的訓練員們（在二十年後）斷言，無法想像他們之間的關係有可能會「超出正常友誼的範圍」……檔案裡沒有關於海頓的證詞……吉姆的訓練員表示「他好像已經很久沒有吸收知識了，所以才會這麼求知若渴」，而且駁斥了別人說他「思想左傾」的指控。因爲吉姆在戰時的表現傑出，當他在薩拉特接受偵訊前，人們還先跟他說了一堆抱歉的話。

看完海頓信中那些華麗的詞藻後，吉姆在接受審訊時的坦率回答則令人舒坦。國安局派出代表聆訊，但很少見他發言；吉姆說他再也不曾跟克勒伯尼科夫或自稱其代表的人見過面……還有，除了那次在人民俱樂部，先前他也未曾與克勒伯尼科夫攀談過。當時的他亦沒有接觸其他共黨人士或者蘇俄人，而且俱樂部裡面的人是哪些名字，他也不記得了……

問（提問者為艾勒藍）：我們不應該認為，你被共產主義洗腦了吧？

答：事實上，沒那回事。（現場傳出笑聲。）

沒錯，他加入人民俱樂部的動機，就像他加入大學戲劇社、集郵社、現代語言社、牛津辯論社、歷史學會、倫理學會以及魯道夫·斯坦納[52]讀書會一樣，都是爲了聽些有趣的演講，更重要的是讓他有機會認識更多人；不，他不曾散布左翼文學作品，但的確訂閱過《蘇維埃週刊》……不，不管是在牛津大學時期或者之後，他都不曾繳交過任何政黨的黨員費，事實上他甚至從未行使他的投票權。他之所以參加那麼多牛津大學社團，其中一個原因是在國外接受了那麼多雜七雜八的教育後，他發現自己沒有任何一個同學會講道地的英文……

至此，所有偵訊人員都已經站在吉姆這一邊了，他們都站在同一陣線上，反對國安局代表及該局官僚體系的干預。

問（提問者為艾勒藍）：現在問你一個我們很感興趣的問題。你不是一直都待在國外嗎？可不可以告訴我們你的擊球技巧是從哪裡學來的？（現場傳出笑聲。）

答：喔，事實上我有一個舅舅住在巴黎郊區，他是個板球球迷。他有擊球練習用的網子跟全套設備，每次我去度假時，他總是投球給我打，花很多時間練習。

【偵訊人員附註：昂希·德·聖—伊馮伯爵，一九四一年十二月逝世，個人檔案編號 AF64-

注52：Rudolf Steiner，奧地利哲學家。

7。】面談到此結束。國安局代表要求海頓出面作證，但他在國外，無法出席。與他的會面延後，日期未定……

就在史邁利快要睡著時，讀的是檔案裡的最後一份記錄——它是被亂塞進來歸檔的，當時吉姆已經正式通過國安局的忠誠調查。那是一份牛津當地報紙的剪報，內容是針對海頓於一九三八年六月舉辦個人畫展的評論，展覽名稱是：「現實或超現實？一名牛津人的觀點。」藝評家把個展批得一文不值後，在結語中以揶揄的口吻寫了這麼一段話：「我們知道大名鼎鼎的吉姆．普利多先生在打板球之餘抽空前來幫忙布置油畫，但我們寧願他乖乖待在班伯瑞路[53]；但是，既然他肯爲藝術活動做苦工，而且這是這整場展覽中唯一顯得眞誠之處，也許我們不該如此苛求……」

他忍不住打起瞌睡。在他的克制下，腦海裡雖然充滿了問題與疑慮，但也有幾分篤定。他想起安，疲累的他曾經是如此珍惜擁有她，他渴望能夠用自己的缺陷去包容她的缺陷。他像個年輕男孩一樣大聲呼喊她的名字，想像著她那美麗的臉龐在微光中俯視著他——此時波普．葛拉罕太太透過鑰匙孔對他大叫，要他安靜點。他想起了塔爾與伊莉娜，無力地深思起愛與忠貞的問題；他想起吉姆．普利多，想著明天會發生什麼事。他隱約覺得勝利即將到來。這一路走得如此漫長，他的船隻時而前行，時而後退；如果夠幸運，明天他將看到陸地——或許是一個寧靜的小小荒島，那是凱拉未曾聽過的地方，只屬於他自己與安。他終於睡著了。

注53：Banbury Road，牛津大學一部分校區的所在地。

30

在吉姆・普利多的世界裡，星期四跟其他日子沒什麼兩樣，唯一的差別是，他肩骨上的傷口裂了開來，他覺得這得歸咎於週三下午那場宿舍間的跑步競賽。他驚覺身上的疼痛，還有傷口流出的液體把他的衣服沾濕成一塊圖案。上次發生這種狀況時，他自己開車到陶頓綜合醫院，但護士只是看了他一眼，就把他打發到急診室去等某某醫師，還拍了 X 光片，所以他偷偷拿回衣服就離開了。他不想再跟醫院以及藥物有任何瓜葛。不管是英國的醫院，或任何地方的醫院。他們說傷口流膿只是家常便飯。

他碰不到傷口，所以沒辦法自己治療，但是自從上次傷口裂開後，他就自己把軟麻布剪成一塊塊三角形、在角落縫上線。他先把那些布擺在浴室的瀝水板上，準備好消毒劑，把水煮熱、加進半包鹽，湊合著洗個澡，然後蹲下來沖洗背部；接著他把麻布浸在消毒劑裡，把它甩到背上，再從前面繫起來，趴到床上——身邊擺著一瓶伏特加。疼痛減緩，他感到昏昏欲睡，但他知道一旦入睡，一定會把整天都睡掉，所以他帶著酒瓶坐到窗邊，坐在桌前批改五年 B 班的法文作業。這時，黎明在大坑中消逝，白嘴鳥們開始在榆樹上鬼叫。

有時他覺得自己受的傷就像是無法控制的記憶。他千方百計想把傷治好、把它忘掉，但無論再怎麼努力，他就是辦不到。

他改得很慢，因爲他喜歡改作業，也因爲改作業讓他不會胡思亂想。到了六點半或七點左右，他改完了，便穿上了舊法蘭絨褲和運動外套，靜靜走到那間從未上鎖的教堂。他在教堂西端門廳的中央走道上跪了一會兒，那裡是柯特斯家族爲了兩次世界大戰的死難者們所蓋的紀念性建築，很少有人造訪。門廳中小祭壇上的十字架，是凡爾登之役[54]工兵們的雕刻作品。吉姆跪在地上，小心翼翼地把手伸進教堂椅子底下，直到他找到幾塊膠帶構成的一條直線，沿著那條線往下，是一包冷冰冰的金屬物。

禱告完畢後，他從峽谷巷衝往山丘頂端，慢跑了一會兒，流了點汗，因爲持續的溫熱感讓他覺得很舒暢，慢跑的節奏也可以讓他不那麼緊張。一夜沒睡，再加上大清早就喝了伏特加，他覺得有點頭昏眼花，所以當他看到幾隻矮腳馬從峽谷走下來，一臉無知地凝望著他時，他以不純熟的桑默賽方言對牠們吼著：「滾開！你們這些老笨蛋，別用你們愚蠢的眼睛看我！」然後跑下峽谷巷，下山去喝咖啡、換綁帶。

早禱後的第一堂課是五年 B 班的法文，吉姆在教室裡大發雷霆：他莫名奇妙地懲罰了布商之子克萊門斯，結果在課堂結束時必須把懲罰收回。回到交誼廳裡，跟剛剛在教堂一樣，吉姆俐落、且不費心思地解決一回「例行公事」，完成後就離開。這個小工作代表一個簡單但是有效的手法：郵件檢查。他沒聽過有哪個間諜一樣用過這種技巧，但話說回來，又有哪個專業間諜會透露自己的絕招？他是這麼想的：「如果對手在監視我，一定會查看我有哪些郵件，因爲在他們這一行裡，監視對手的方式中，最容易的就是查看郵件——如果對手在國內，而且郵局願意配合，那就更簡單了。該怎麼做呢？每週我可以從同樣的信箱、在同樣的時間，以同樣的郵資寄出一封信給自己，另一封則給相同地址的一個不知情人士，裡面擺一些垃圾進去，例如慈善團體印行的聖誕卡、當地超市的廣告單……一定要把信封彌封起來，然後就等著比較兩封信的寄達時間。如果我的信比另一個傢伙的要晚抵達，就是我被人盯上了——而那人就是托比。」

吉姆用他那古怪而彆腳的語彙稱這種手法爲「試水溫」，而這次的水溫跟之前一樣，沒有任何問題。兩封信同時抵達，但是吉姆來得太晚，沒辦法一起拿回兩封信，而這次輪到跟他的信件「賽跑」的，是本人毫不知情的馬喬里班。所以，在他把信件放進口袋、埋首於《每日電訊報》時，就聽到馬喬里班不耐煩地說：「喔，見鬼了！」一邊撕掉讀經班團契的邀請卡。接著，吉姆又開始忙著處理一連串學校的例行公事，直到去參加那場與聖艾明橄欖球隊對打的少年橄欖球賽，傳單上註明了要由他擔任球賽裁判。球賽很快就結束了，賽後他的背傷又發作，所以他一直喝伏特加，直到他去替年輕的艾維斯搖第一次鈴。他記不得自己爲什麼會答應幫忙，但是年輕的教職員們，特別是那些已婚的，都常請他幫忙做些瑣事，而他也沒有拒絕。那具搖鈴是個老舊的船用警鐘，瑟古德的父親發現它，現在已是學校傳統的一部分。搖鈴時，吉姆知道比爾·羅奇那小子會露齒微笑，站一旁凝視著他，想要吸引他的目光。這種情況每天總會發生個五六次。

「嗨，小胖，你又有什麼問題啦？」

「老師，請聽我說，老師。」

「拜託，小胖，別鬧了。」

注54：Verdun：第一次世界大戰的重大戰役。

「老師，剛剛有人問你住哪裡。」

吉姆把搖鈴放下。

「什麼，是什麼樣的人？拜託，我不會咬你，拜託，小胖，嘿……男人？女人？魔術師？嘿！拜託，老弟，」他彎腰屈就羅奇的身高，輕聲說：「別哭。又怎麼啦？發燒了？」他從袖子抽出一條手帕，用同樣輕柔的聲音重複一遍：「什麼樣的人？」

「他去了麥卡倫太太的辦公室。老師，他說他是你的朋友，然後就走回車上，車停在教堂的墳地旁。」他一邊掉淚一邊說：「他就只是坐在車裡。」

「滾開，去你的！滾！」吉姆對著一群在門口嬉笑的高年級生吼道，然後繼續跟羅奇說：「小胖，我的朋友是高個兒嗎？是個懶散的高個兒嗎？濃眉駝背？瘦瘦的？布萊伯瑞，你給我過來，不要再瞪我們了。在旁邊等一下，一會兒你送小胖到舍監那邊去。——是個瘦子吧？」他又問了一次，語氣輕柔，但很堅定。

但是羅奇能說的都已經說完了。他記得的就是剛剛講的那些，也搞不清楚那個人的高矮胖瘦與模樣，他早已喪失辨識大人的能力。高個兒、矮個兒，老人、年輕人，彎腰駝背的、直挺的，都是一群無法辨別的危險人物。跟吉姆說「不記得」的後果，他無法接受：但是說「記得」，則等於要承擔自己會令吉姆失望的責任，同樣糟糕。

他看到吉姆注視著自己，看到吉姆露出微笑。吉姆的一隻大手搭在他的手臂上，讓他感到了同情心。

「幹得好，小胖。沒有人能像你一樣觀察得那麼仔細，對吧？」

無助的比爾·羅奇把頭枕在布萊伯瑞的肩上，閉起雙眼。當他睜開眼睛時，一雙淚眼看到吉姆已經走到樓梯的一半了。

吉姆感到很平靜，幾乎可以說是輕鬆。他已經知道有人在盯他好幾天了。那也是他每天例行公事的一部分：去看看那些監視他的人查看過的地方。當地是否有人走了，或有新的居民？這是教堂裡常聽到的閒聊話題。郡公所還有選民登記處也很清楚，其他讓顧客賒帳的商家、酒吧……但被監視者有可能根本不去那種地方：畢竟那些監視者如果要在英國找到你，一定會去這些地方探路，它們等於是天然的陷阱，而且他很確定——因爲兩天前與陶頓的助理圖書館員一席閒聊，讓他偶然證實他在尋找的蹤跡：那顯然是一個來自倫敦的陌生人，對各個鄉村選區特別有興趣——是的，他是個政界的紳士，更精確地說是從事政治研究這一行的，任誰都看得出他是個專業人士；回想起來，他詢問最多的事情之一，就是吉姆那村的最新記錄——是的，就是選舉人名冊，因爲他們正考慮要針對那些偏遠社區（特別是新移民的居住地）進行逐戶探訪。嗯嗯，吉姆同意，這眞是有點奇怪！此後，他做好了萬全準備。他買了前往各地的火車票：陶頓開往艾賽司特市、陶頓開往倫敦、陶頓開往斯溫登市——全是月票。因爲他知道如果得再度逃亡的話，車票是比較難弄到手的東西。過去的假身分證件與槍枝原本都收起來了，如今他把它們藏在垂手可得的地方；他裝了一行李箱的衣服，丟進那輛艾維士的後車箱裡，把油給加滿。做完這些預防措施後，他才睡得著——如果他的背不痛，可以睡得更好。

「老師，老師，結果誰贏了？」

新來的學生普瑞波穿著浴衣、帶著牙膏，正要去醫務室一趟。有時候男孩們會沒來由地跟吉姆說話，而他的身高與扭曲的外貌顯然難以接近。

「老師，我是說比賽，跟聖艾明的橄欖球賽。」

另一個男孩在一旁吵著說：「對啊，跟聖艾明的球賽，到底誰贏了？」

吉姆大叫：「老師！老師！他們贏了。老師！如果你們有認眞看球，就會知道結果了。老師！」然後他在他們面前慢慢揮舞碩大的拳頭，假裝要揍人似的，順手把兩個男孩都推進了舍監的醫務室。

「老師，晚安。」

「晚安，你們這兩隻小蛤蟆。」吉姆一邊唱歌，一邊往反方向走進那間可以看到教堂與墳場的學生病房。病房的燈沒開，他討厭病房的外觀與氣味。黑暗中有十二個吃過晚餐後便來躺著的學生，正半睡半醒地等待量體溫。

「是誰？」有人粗聲音問道。

「是犀牛。嘿，犀牛，我們擊敗聖艾明了嗎？」另一個聲音說。

直呼吉姆的外號實在不妥，但病房裡的男孩覺得他們可以放肆一下。

「犀牛？你他媽的誰是犀牛？不認識這號人物。那是什麼鬼名字？」吉姆擠在兩張病床間，生氣地回嘴。「把手電筒拿開，誰准你們拿進來的？誰贏了？我們被慘電。聖艾明十八分，我們吃了鴨蛋。」那一扇窗戶幾乎落地，有一道舊爐欄隔開窗戶與學生們。他繼續咕噥道：「在中後衛線上的失誤球太多了。」然後往下看。

「我討厭橄欖球。」一個叫史蒂芬的男孩說。

藍色福特就停在靠近教堂的陰影裡，就在榆樹下方。如果從一樓應該是看不見，但似乎不是故意要躲起來的樣子。吉姆站著不動，跟窗戶保持一點距離，仔細看那輛車是否有可能洩漏任何蛛絲馬跡。天色正迅速變暗，但他的視力很好，而且他知道要注意什麼：隱藏式天線、給跟監人員用的第二面車內照後鏡、排氣管下方的焦痕。看到他突然緊張起來，男孩們覺得很有趣。

「老師，老師，你看到馬子了嗎？」

「老師，學校失火了嗎？」

「老師，她的腿好不好看？」

「天啊！老師，別說你是在看埃羅森小姐！」說完這句話，大家開始咯咯笑了起來，因爲埃羅森小姐又老又醜。

吉姆突然發作，生氣地說：「閉嘴！你們這些沒禮貌的白癡，閉嘴！」

瑟古德在樓下把高年級生都集合起來晚點名。

艾伯孔比？有！亞斯特？有！布萊克尼？校長，他病了。

吉姆還在看那輛車。他目睹車門打開，穿著厚外套的史邁利謹愼地走下車。

走廊裡傳來舍監的腳步聲。他聽見她的橡皮鞋跟發出吱吱聲，玻璃瓶裡的體溫計喀喀作響。

「親愛的犀牛，你在我的病房裡做什麼？把窗簾拉上，你這壞傢伙，難道你想要他們一個個都染上肺炎死掉嗎？威廉．梅瑞都，趕快給我坐起來！」

史邁利正在鎖車門。他獨自一人出來，什麼都沒帶，就連行李箱也沒有。

「格蘭維爾的孩子們大吼大叫，說要找你呢，犀牛。」

「好好，這就過去，」吉姆很快地回話，匆匆說聲「大家晚安」之後，他快步前往格蘭維爾宿舍，先前他被那裡的孩子逼著承諾要講完一則約翰．布坎[55]的故事。大聲朗讀故事時，他發現有些音他發不出來，全都梗在喉嚨裡。他知道自己在冒冷汗，猜想他背上的傷口又開始流膿。等他唸完，他發現自己的下巴周圍變僵硬了，不只是因爲大聲誦讀的緣故。不過這些都是小問題，眞正嚴重的是，當他衝進外面夜裡的冷冽空氣中，他感到一股怒氣就要爆發。他先在那個蓋得太大的露臺上躊躇片刻，抬頭凝望著教堂。不用三分鐘，他就可以把教堂椅子底下用膠帶黏住的槍拿下來、插進他長褲腰帶的左側，槍托朝裡、向著鼠蹊部……

但是他的本能告訴他不要輕舉妄動，所以他直接走向自己的拖車，一邊用他那五音不全的嗓音，盡可能大聲唱著：「嗨，騙人騙人……」

注55：John Buchan，英國冒險小說家。

31

汽車旅館的房間裡，有種不安的氣氛持續蔓延。即使外面的車流難得短暫停歇，窗戶仍輕輕震動著，浴室裡的幾個玻璃漱口杯也在震動，他們聽到從兩邊牆面及天花板傳來的音樂，以及時隱時顯的對話與笑聲。當有車子開抵前院時，那甩上車門的聲響，還有腳步聲，皆彷彿是來自屋內。房裡的傢俱頗搭調：黃椅子配上黃色圖畫以及黃地毯，棉織床罩配上門的橘色油漆，而伏特加酒瓶上的商標也湊巧很搭。史邁利把一切安排得很妥當。他把椅子排整齊，伏特加擺在矮桌上，當吉姆怒目凝視他的時候，他正從小冰箱裡取出一盤煙燻鮭魚，和已經塗了奶油的全麥麵包。與吉姆相較，他顯然很開心，每個動作都流暢而果斷。

「我想，至少我們不該這麼拘謹。」他微笑了一下，忙著安頓桌上的東西，「你什麼時候得再回學校上課？有特定的時間嗎？」對方沒作聲，他坐下來繼續說：「喜歡教書的工作嗎？我記得你好像在戰後教過一陣子，沒錯吧？就在你被徵召回來之前。也是在一間預備學校[56]嗎？我好像不太清楚。」

「自己去看檔案！」吉姆朝他大吼。「喬治．史邁利，你不要來這裡跟我玩貓捉老鼠的遊戲。如果你有什麼想知道的，看我的檔案就好。」

注56：Prep school：為了準備大學考試而去就讀的學校。

史邁利把手伸到桌子的另一邊，倒了兩杯酒，一杯給吉姆。

「你在圓場的個人資料？」

「跟管理組要，或者跟長官要。」

「我想我是應該跟他們要。」史邁利以懷疑的語氣說：「問題是，長官已經死了，而且在你回國之前，我老早就被趕了出來。當他們把你弄回國時，難道就沒人肯花點時間，向你解釋這些嗎？」

聽到這回答，吉姆的表情柔和下來，然後他慢慢做了一個瑟古德學校學生都覺得好笑的動作，咕噥道：「天啊，所以長官死了。」接著他用左手去碰八字鬍的鬍尖、摸摸邋遢的頭髮，又說：「可憐的老鬼。喬治，他是怎麼死的？心臟病？死因是心臟病嗎？」

「他們在任務報告裡，就連這點也沒跟你說？」史邁利問他。

提起任務報告，吉姆的臉一僵，憤怒的眼神重新出現。

「是的，是因爲心臟病。」史邁利說。

「誰頂替他？」

史邁利笑了。「我的天啊，吉姆。如果他們連這件事也沒告訴你，那麼當時他們跟你在薩拉特都聊了什麼？」

「去你媽的，到底是誰頂替他？不是你，對吧？他們把你趕出來了。喬治，誰頂替他？」

「艾勒藍。」史邁利仔細地觀察吉姆，注意到他的右前臂就擺在膝蓋上，完全沒動。「不然你以爲是誰？吉姆，你心目中有屬意的人選嗎？」頓了好一會兒，他才繼續說：「還有，難道他們沒告訴你怒火組情報網的事？沒告訴你普利伯、他老婆，還有他的妻舅怎麼了，還有，柏拉圖組情報網的部分呢？他們沒告訴你藍克隆、伊娃．克利格洛瓦、漢卡．畢洛瓦出了什麼事？他們裡面有些人是你在很久以前招募的，比羅伊．布蘭德更早，對不對？老藍克隆甚至在二次大戰期間還在你手下工作。」

接下來，任誰都看得出吉姆臉上那種無法改變過去、未來也不知該怎麼走的表情，那感覺實在糟透了。他漲紅的臉因爲不知如何是好而扭曲著，薑黃色的粗眉毛也冒出一顆顆汗粒。

「喬治，去你的，你到底想怎麼樣？我已經跟過去畫清界線了，是他們要我做的。畫清界線、重新做人，把整件事忘掉。」

「吉姆，你說的他們是指誰？羅伊？比爾？波西？」他等了一會兒又繼續說：「不管你說的他們是誰，他們有跟你說馬克斯發生了什麼事嗎？順便告訴你，馬克斯沒事。」他起身，很快幫吉姆添了酒，然後重新坐下。

「那就好。拜託！那兩個情報網出了什麼事？」

「他們被抄了。有人說是你爲了自保而把他們供出來，我不相信。但我必須知道當時發生了什麼事。」他直接往下說：「我知道長官叫你許下神聖的誓言，但那已經是過去的事了；我也知道你差一點被逼供至死，而且我知道有些事被你深藏在心底，就連你自己幾乎也忘了，或說分辨不出眞假；我知道你試著拋開過去、告訴自己那些事都沒發生過。這我自己也試過。好吧，今晚過後，你就可以告別往事了。我帶了一封雷肯的信來，如果你想打電話，他就在話機旁等著。我不是來對你下封口令的，我寧願你跟我談。你回國後爲什麼不來我家看我？這你應該做得到。你在離開前試著找過我，那為什麼你回來後不找我？你絕對不是因為那些規定而躲得遠遠的。」

「有人逃出來嗎？」吉姆問他。

「沒有。他們似乎都被槍殺了。」

他們打電話給雷肯後，史邁利獨自坐著酌酒。他聽得見吉姆在浴室裡洗臉時不斷傳來的嘩啦啦水聲，還有他發出呼嚕聲。

「拜託，我們去一個可以呼吸的地方吧。」吉姆喃喃說著，聽來好像是讓他願意開口的一個條件。史邁利拿起酒瓶，跟他並肩一起穿過柏油路，走向車子。

開車的是吉姆。車子走了二十分鐘。當車子停下時，他們來到一塊高地上，這天早晨的山丘頂端沒有霧，因此可以眺望山谷的遠景。遠處看得到許多零落的燈光。吉姆的坐姿就像一塊鐵，右肩高聳、雙手下垂，隔著充滿霧氣的擋風玻璃凝視著群山的陰影。天空很亮，吉姆的臉部輪廓顯得極為鮮明。一開始，史邁利刻意問了幾個比較簡短的問題。吉姆的聲音聽來已無怒氣，語氣也愈來愈自在。有一度，在討論長官的間諜本領時，吉姆甚至笑了出來，但史邁利則始終沒有放鬆，就跟在帶孩子過馬路一樣戰戰兢兢。當吉姆喋喋不休、忿忿不平，或者發一點小脾氣時，史邁利總能溫和地把他引導回來，讓兩人的速度與方向能保持一致。在吉姆躊躇時，史邁利則誘導他突破心理障礙。剛開始，史邁利憑藉著其本能與推理，的確有辦法讓吉姆把他的故事說出來。

史邁利問他，長官第一次對吉姆進行說明時，他們是不是約在圓場外面？是。約在那裡？長官提議他們去聖詹姆士區的一間公寓，那個地方是局裡的。還有別人在場嗎？沒有。而一開始長官是透過他的私人護衛麥法狄恩找上吉姆的嗎？是的。老麥搭乘一輛從布里斯頓開去的交通車，拿著一張紙條找上他，上面寫著晚上要跟他見一面。吉姆必須告訴老麥去或不去，然後把紙條還給他。他絕對不能用電話討論，就算是用局裡的內線電話也不行。吉姆跟老麥說他會去，七點到。

「首先，我想是長官先對你提出警告，要你小心的？」

「他要我不能信任任何人。」

「他有點出哪些人嗎？」

「那是後來的事了，」吉姆說。「不是一開始。一開始他只說：不能相信任何人。特別是總局裡的人。喬治，問你一件事。」

「嗯。」

「他們都是被射殺的，沒錯吧？藍克隆、克利格洛瓦，還有普利伯夫婦倆。他們都是直接被槍決了嗎？」

「同一天晚上，兩個情報網都被祕密警察一網打盡。之後發生了什麼事沒人知道，但是他們最親近的親屬都被通知，說人已經死了。這通常意味著他們的確死了。」

他們左邊有一排從山谷延伸出來的松樹，好像一支靜止不動的大軍。

「還有，我想長官應該是問你手上有哪些捷克證件，對吧？」史邁利向他確認。他必須複述一遍，吉姆才能把問題聽進去。

「我說，我有一個假身分是哈耶克，」吉姆終於再度開口。「瓦拉迪米爾．哈耶克，派駐巴黎的捷克記者。長官問我，那些證件還能用多久，我說：『誰知道？有時候才出一趟任務就被查出來是假的。』」他的聲音一下子變大，好像快要失控了。「長官如果想要裝聾作啞，總是可以辦到。」

「所以，接下來他告訴你，他要你做什麼事。」史邁利說。

「首先，我們討論他是否能置身事外。他說，如果我被抓了，我不能把他捲入這件事。要說這是獵人頭小組的行動，帶有一點私事性質。當時我心想：誰會相信這種鬼話？他講的每個字不都是要害我嗎？」吉姆說。「在他跟我說明的過程中，我可以感覺到他不願意對我透露任何事。他不想讓我知道內情，但他希望跟我講清楚任務內容。長官說：『有人願意為我們工作。是個高官，他的代號是作證。』我問他：『是捷克人？』他說：『軍方的。吉姆，你是個有軍事頭腦的人，你們倆應該能處得來。』經過就是這樣，他的口氣就是這麼的該死。我想，如果你不想告訴我，就算了，何必這樣鬼鬼祟祟？」

吉姆說，就這麼原地打轉一陣子後，長官宣稱「作證」是捷克砲兵部隊的一位將軍，名叫史特夫契克；在布拉格的國防體系中，大致而言，大家都知道他是親俄的鷹派。之前他曾在莫斯科負責聯絡工作，是俄國佬少數信任的幾個捷克人之一。史特夫契克曾向長官傳話，說他想要跟圓場的高階官員直接談一些對雙方都有益的事，他們的中間人還由長官在奧地利親自面談過。圓場派出的代表一定要會講捷克語，而且可以做決策。十月二十日，週五當天，史特夫契克將去視察位於提希諾夫鎮的武器研究站，就在布爾諾附近，大概是奧國邊境北方五十英里處。到那裡之後，他會去一間狩獵小屋度週末，就自己一個人；那地方在山上的森林裡，離拉齊茲不遠。他願意在二十一日、週六晚間在該地接見圓場的代表。他也會派一個護衛到布爾諾去接人。

「長官有提到史特夫契克的動機嗎？」史邁利問他。

「是女朋友，」吉姆回答：「一個曾跟他交往過的女學生，兩人一起度過了她最後一個春天。長官說，他倆年紀相差二十歲，她在一九六八年夏天的動亂中遭到槍殺。在這件事發生前，為了前途，史特夫契克一直試圖隱藏他的反俄情緒，但女孩的死讓他忍無可忍——他去俄國吸他們的血。有四年時間，他一直假裝是個親俄份子，提供一些會傷害他們的情報。一旦我們給他保證、搞定交易的路線，他就會把情報賣給我們。」

「長官查證過這些事嗎？」

「他盡了一切努力。我們有許多關於史特夫契克的文件。他是個坐辦公桌的將軍，很有企圖心，曾被指派過各種官銜，是個技術官僚。當他沒有特定任務時，他就到國外去磨練經歷：去過華沙、莫斯科，在北京待過一年，也在非洲當過一陣子的軍事參事，然後又回到莫斯科。以他的軍階而言，算是相當年輕。」

「長官有跟你說，你將會獲得哪一種情報嗎？」

「跟國防有關，火箭與彈道飛彈之類的情報。」

史邁利把酒瓶遞過去，然後說：「還有嗎？」

「少部分的政治情報。」

「還有嗎？」

史邁利已經不是第一次明顯感覺到，吉姆其實並非不知道內情，而是他曾堅決不願再去回憶，至今仍殘存著幾分這想法。在黑暗中，吉姆．普利多的呼吸突然變得深沉又急促。他已經把雙手舉到了方向盤上，下巴枕著手，茫然凝視結霜的擋風玻璃。

「他們被拘禁了多久才被槍決？」吉姆追問。

「恐怕比你久多了。」史邁利老實回答。

「我的天啊。」吉姆說。他從袖子抽出一條手帕來擦那張閃閃發亮的臉，上面有汗水，也有其他不知是什麼的東西。

「長官希望從史特夫契克身上獲得什麼情報？」史邁利問道，口氣非常溫和。

「偵訊時他們就是問我這個問題。」

「在薩拉特？」

吉姆搖頭。「就是在那裡。」然後頂著凌亂的頭髮對著群山點點頭，「他們從一開始就知道這件事是長官主導的，不管我說什麼也沒辦法讓他們相信那是我的私事。他們嘲笑我。」

史邁利再次耐心等待吉姆開口。

「史特夫契克，」吉姆說：「這傢伙令長官著迷。他覺得史特夫契克能夠解決問題，史特夫契克是關鍵人物。我問他：『什麼關鍵？』他複述我的問題：『什麼關鍵？』他拿出他的包包，就是那個棕色的樂譜盒。他拿出上面有各種附註的圖表，全是他的筆跡，用了各種顏色的墨水與蠟筆。他說：『這是幫助你辨識他的各種資料。你就是要跟這個傢伙碰面。』裡面有史特夫契克軍職生涯的一切、分年記錄，一眼就可以看明白；包括他在哪些軍校就讀、獲頒哪些勳章、娶過哪些女人。他說：『他喜歡馬。吉姆，你不也騎馬？切記，這是你們的另一個共同點。』我想：那還眞是有趣，在捷克一邊被狗追，一邊坐著跟他大談如何馴服純種母馬。」他露出有點怪的笑容，所以史邁利也笑了。

「紅筆寫的那些是史特夫契克在蘇聯做過的軍事聯絡工作，綠色是他的情報工作。史特夫契克插手各種業務。他是捷克軍情局的第四號人物，首席軍備專家、國家安全委員會書記、共黨中央政治局的軍事顧問，以及捷克軍情局的英美處官員。然後長官指著一九六〇年代中期的記錄，也就是史特夫契克第二度到蘇聯的事，綠色與紅色的部分各占百分之五十。表面上，史特夫契克以少將官階被派往華沙公約組織的軍事聯絡委員會，但長官說那只是掩護。『他跟華沙公約組織軍事聯絡處一點關係也沒有，眞正的工作是在莫斯科中央的英國部門。他在工作上使用的化名是米寧，任務是整合捷克與莫斯科中央兩方的工作；這是珍貴的情報。史特夫契克想要賣的情報，其實是一個名字，也就是莫斯科中央在圓場安排的地鼠。』」

史邁利回想馬克斯說過的話，想著這名字可能就只有短短幾個字，再度恍然大悟。他知道，最後終究是這麼一回事：地鼠傑拉德的眞名，這領悟就像是黑暗中的一聲尖叫。

「『吉姆，圓場裡有一顆老鼠屎，』長官說：『他正在影響其他人。』」吉姆接著講下去，聲音跟臉色都變僵了。「他不斷說自己用的是刪去法，如何循線回溯、調查，而且幾乎找出了答案。他說，有五個嫌疑人——別問我他是怎麼把他們挖出來的——他說：『地鼠就在局裡五個頭號人物裡面，他們就像是一隻手的五根手指。』他給我一杯酒，我們就像兩個小學生一樣，坐在那裡約定代號。我們選擇了『鍋匠』與『裁縫』。我們坐在公寓裡把頭緒理出來，一起喝他總是拿來送人的便宜塞浦路斯雪利酒。如果我無法脫身、如果在我跟史特夫契克見面後出了什麼差錯，導致我必須躲起來，我必須把那個名字告訴他，就算我必須到布拉格去一趟、用粉筆把它寫在大使館門口，或者是打電話給派駐在布拉格的圓場人員、在電話另一頭對他大吼。『鍋匠，裁縫，士兵，水手』。艾勒藍是鍋匠，海頓是裁縫，布蘭德是士兵，托比·艾斯特哈是窮人。我們沒有用水手，因為它跟裁縫押韻。你則是乞丐。」

「我現在還是乞丐嗎？還有，吉姆，你對長官的理論有何看法？整體而言，你對他的想法有何印象？」

「有夠愚蠢，胡扯。」

「為什麼？」

「就是覺得有夠愚蠢。」他用軍人一貫的固執語調重複。「居然說你們幾個裡面有一個是地鼠——瘋了！」

「但是，你相信嗎？」

「不！天啊，老兄，你為什麼——」

「為什麼不？我們都知道這種事遲早會發生，很合理的。過去我們策反過的外國情報員來自各國，有俄國人、波蘭人、捷克人、法國人，甚至還有奇怪的美國人；英國人難道跟其他國家的人有什麼不一樣，就不會被策反？」

史邁利感受到吉姆不認同他。他打開車門，讓冷空氣竄進來。

「要不要去散散步？」他說：「如果可以走走，何必把自己關在車裡？」

如史邁利所料，動一動之後，吉姆講話又開始流暢起來。

他們站在高地的西部邊緣上，那裡只有幾棵樹矗立著，幾棵被砍倒了，還有一張結霜的長板凳，不過他們沒有去坐。高地上無風，星星清晰無比，他們並肩走著，吉姆則是繼續把他的故事說出來，並一直配合史邁利的腳步，一會兒離開車子，一會兒又往回走去。他們時而停駐，肩並著肩面向山谷。

一開始吉姆描述他是怎麼找馬克斯幫忙，還有爲了隱瞞圓場的其他人，他是怎麼安排那一趟任務的。他先對外放話，說他暫時跟一個在斯德哥爾摩的高級蘇俄密碼人員取得聯繫，用他過去的工作假名艾里斯幫自己訂了一班前往哥本哈根的飛機。但他卻飛到巴黎，拿出哈耶克的證件，按照計畫在週六上午十點飛抵布拉格機場。他輕鬆地通了關，在車站確認火車時刻，因爲有兩三個小時的空檔，他便先去散步，但是心想在前往布爾諾之前，他最好提高警覺。那一年秋天的天氣很怪，特別糟糕，地上有積雪，而且雪下個不停。

吉姆說，在捷克，如果你被跟監了，其實不難發現。安全單位除了站在街頭盯梢，完全不懂其他跟監方式，也許是因爲自他有記憶以來，沒有一個政府單位覺得跟監技巧拙劣是一件丟臉的事。吉姆說，他們的老派伎倆還停留在幾十年前美國黑幫的水準，只會出動汽車或是僞裝成路人，這讓吉姆很容易就知道自己該注意什麼：黑色的斯柯達汽車，以及戴呢帽的矮胖子，通常是三人一組。而在天氣寒冷時，要找出跟監的人就稍微難了一點，因爲車流一放慢，人們走路的速度就變快，而且每個人都把口鼻遮起來。不過沒差，直到他抵達馬薩里克車站（如今大家都喜歡稱它作中央車站），他都不覺得憂心。但吉姆說，到了馬薩里克，雖然沒什麼事實根據，只是出於本能，他開始懷疑起在他前面買票的那兩個女人。

說到這裡，吉姆以專業人士的冷靜自若將自己懷疑的根據說明白。在溫契斯拉廣場旁那條加蓋拱廊的商店街裡，有三個女人從後面超越吉姆，中間那個推了一台嬰兒車。最靠近路邊的那個女人拿著一個紅色塑膠手提袋，內側那個則是牽了一條狗。十分鐘後，另外兩個女人手挽手走向他，走得很急，他想到這種跟監任務的安排方式很像托比．艾斯特哈的手法——嬰兒車裡面藏了衣物，很快就可以改變跟監人員的外觀，裝有短波無線電呼叫器的支援車輛則在一旁待命，附近還備有第二組人馬，以防第一組出差錯。在馬薩里克時，吉姆看著購票隊伍裡站在他前面的那兩個女人，他就知道自己被盯上了。有一種衣物是跟監人員沒有時間也不想換掉的，尤其是在靠近北極的這種天氣型態下，那就是鞋子。在購票隊伍中引起他注意的那兩個女人，其中一個的鞋子他認得：一雙毛皮襯裡的黑色膠鞋，鞋的拉鍊在外側，厚重的棕色鞋跟在雪地裡走起來會發出一點聲音。那天早上吉姆已在史特巴拱廊街看過這雙鞋了——就是推嬰兒車超過他的那個女人。儘管身上的衣物不同，但她腳上穿的就是這雙鞋。從這裡開始，吉姆不再存疑。他知道自己被跟監了，換作是史邁利也會知道。

吉姆在火車站的書報攤買了一份《紅色權力報》，接著登上往布爾諾的火車。如果他們眞要逮捕他，此刻就該下手了。他們一定是想要透過吉姆這一條支線、搭上主線：也就是說，他們跟著吉姆，爲的是要抓跟他接頭的人。到底爲什麼會這樣？追究這些並沒有意義，而吉姆猜他用的哈耶克這個身分也已被識破，在他訂機位的那一刻，這些人就已經布下陷阱在等他。吉姆說，只要他們還不知道他已經察覺，就還占有優勢；而在這個片刻，史邁利覺得自己又回到了戰時的德國，當時他還是個外勤情報員，鎮日提心吊膽，總是覺得每個陌生人都在觀察他。

他應該要搭乘十三點零八分的火車，於十七點二十七分抵達布爾諾。班次被取消了，所以他改搭一班很理想的慢車，是爲足球賽而加開的班次，每隔一根燈柱就會暫停，每次吉姆都覺得自己可以認出哪些人是來跟監的。他們的水準參差不齊。在科臣鎮那個小地方，他下火車去買香腸，至少有五個人分散地站在那小小的月台上，全都手插在口袋裡，假裝在跟彼此聊天——簡直是一群笨蛋。

「如果有個標準可以用來評比跟監人的水準，」吉姆說：「就要看他有沒有辦法把每個細節都做到有說服力。那可是門高貴的藝術。」

在斯維塔維，兩男一女走進他那一節車廂，聊起了那場大賽。過一會兒，吉姆加入他們的對話：剛剛他在報紙上讀了有關球員的表現。那是一場平手後的加賽，球迷們都很興奮。到了布爾諾，沒有任何事發生，所以他下車後便到商店街跟人潮擁擠的地方四處閒逛，他們如果不想跟丟他，就得靠得很近。

他想矇騙他們，讓他們以爲他尚未起疑。他知道，當時他已經是托比口中「大滿貫行動」的目標。跟監的人以七人爲單位，全都徒步；因爲更換車子的頻率太高，他數不出一共有幾輛。行動指令來自一輛老舊的綠色廂型車，司機是個狠角色；那些車的車頂都裝有環形天線，車子後面在小孩摸不到的高度用粉筆潦草地畫了一個星號，彼此間的識別特徵是都在置物箱上方擺了一個女用手提包，並且放下副駕駛座的遮陽板。他猜想應該還有別的，但是光看到這兩項就已足夠。過去托比曾告訴過他，這種勤務安排可能得動用上百名人力，如果碰到獵物逃脫，反而不容易進行靈活的調度；所以托比討厭這種安排。

吉姆說，布爾諾市最大的廣場上，有家商店幾乎什麼都賣。在捷克購物通常很無聊，因爲各國營事業設置的零售店太少，但這家商店是新開的，相當令人印象深刻。他買了一些兒童玩具、一條圍巾、一些香菸，並試穿了鞋子。他猜那些跟監人員還在等他的祕密聯絡人現身。他偷了一頂皮革帽、一件白色塑膠雨衣，還有可以把兩樣東西擺進去的一個手提袋。他在男子用品部門晃了很久，藉此確認了那兩個打頭陣的女人還跟在他後面，但是不想太靠近。他猜她們先前曾打過信號，要男人來接手，正在等他們過來。進男廁後，他很快地把白色雨衣套在外套外面、手提袋塞進口袋、戴上皮革帽；他把手上其他大包小包的東西丟掉，朝著緊急逃生梯狂奔、撞開一扇消防門，衝進小巷裡，溜進另一條單行道小巷、把雨衣塞進手提袋，最後慢步走進一家正要打烊的商店，買了一件替代白色雨衣的黑雨衣。他混在離店的購物人群中，擠上一輛滿載乘客的電車，一直搭到倒數第二站，又花了一個小時才依照與馬克斯的備用計畫，在約定時間碰面。

在此他描述了他與馬克斯的談話內容，並且說他們兩個幾乎大打出手。

「你沒想過放棄這次任務嗎？」史邁利問他。

「不，沒想過。」吉姆很快回答；他那提高的音量有種威嚇感。

「不過，你從一開始就覺得長官的主意根本是在胡搞，」史邁利的語氣充滿敬意，一點也不尖銳，也無意批評；他只想得知眞相，在這星空下把一切都搞清楚。「你只是不斷往前走，即便看到後有追兵、覺得這是個荒謬的任務，卻還是繼續往下走、愈陷愈深。」

「沒錯。」

「你對那次任務的看法是否有所改變？說到底，你是受好奇心驅使嗎？假設——搞不好你眞的很想知道誰是地鼠——吉姆，我只是猜測。」

「有差嗎？在這一團混亂中，我的動機眞他媽的那麼重要嗎？」

天上的半圓月沒有雲朵掩蓋，看起來好近。吉姆坐在長板凳上。板凳的椅腳埋在鬆軟的砂礫中，在他講話時，偶爾會撿起一塊小鵝卵石，反手彈進蕨叢裡。史邁利坐在一旁，一直看著吉姆。一度他爲了陪吉姆，喝了一口伏特加，並想到塔爾與伊莉娜可能也曾像這樣坐在香港的山頂。他的結論是：幹這行的人一定都有這種習慣，只要美景當前，話就可以說得比較流暢。

吉姆說，透過那輛飛雅特的車窗，雙方很順利地交換了暗語。司機是那種結實且肌肉發達的捷克馬札爾人，留著一嘴愛德華時代的八字鬍，滿嘴大蒜味兒。吉姆不喜歡那個傢伙，不過他本來就沒想過自己會喜歡他。後面兩邊車門被鎖住，雙方爲吉姆該坐哪裡起了番口角。那個馬札爾人說吉姆坐在後座不安全，也不尊重司機；吉姆叫他去死。他問吉姆有沒有帶槍，吉姆說沒有，但那不是眞話；不過，要不是那個馬札爾人相信他，他也不敢這麼說。馬札爾人問吉姆是否帶了給將軍的指令，吉姆說他什麼也沒帶，他只是來聽將軍的口信。

吉姆說，他有一點覺得緊張。那個馬札爾人一邊開車，一邊說起自己該交代的事情：狩獵小屋那裡不會有燈光，也不會有任何生命跡象；將軍會待在屋裡。如果有任何生命跡象，不管是一台腳踏車、一輛車、一盞燈、一隻狗——就表示小屋被占領了，那就由馬札爾人先進去，吉姆在外面的車裡等待。否則就由吉姆自己一人進去，由馬札爾人等待。這樣清楚了嗎？

吉姆問，爲什麼他們倆不能一起進去？那個馬札爾人說，因爲將軍不希望這樣。

依照吉姆的手錶，車子走了半個小時，以平均三十公里的速度朝著東北方前進。那條小徑又彎又陡，路兩旁各有一排樹。當時沒有月亮，四周能見度很低，只能偶爾從天際看到更多的森林與山頂。他注意到北邊飄來了雪，這一點在稍後將對他有所幫助。小徑上除了大貨車留下的胎痕外，別無其他。他們的車沒有開大燈。那個馬札爾人開始開黃腔，吉姆猜這是他舒緩緊張的方式。他嘴裡的大蒜味兒很難聞，好像他總是嚼個不停。他沒有發出任何警告就熄火，車子往山丘下滑，但速度比剛剛更慢。那個馬札爾人雖然已經拉起手煞車，但車子仍在滑行，吉姆因此撞上窗柱；他拔出槍。他們來到一條支路的開口，從這條路往下走三十碼，就可以看到一棟低矮的小木屋。那裡沒有任何生命跡象。

吉姆對那個馬札爾人說他希望接下來該做些什麼：吉姆要馬札爾人戴上他的皮革帽、穿上他的外套，代替他走過去。吉姆要他慢慢走，兩手交握擺在身後，並且走在路的中央。如果他沒有按照這些指示，吉姆就會朝他開槍。當他走到小木屋後，他必須走進去跟將軍解釋，說吉姆非常在意這些最起碼的安全措施。然後他必須慢慢走回來，跟吉姆報告一切都沒問題，說將軍已經準備好要接見吉姆。或者他還沒準備好，這也有可能。

那個馬札爾人對此似乎感到有點不滿，但他沒什麼選擇的餘地。在他下車前，吉姆要求他把車掉頭，朝向他走的那條路。吉姆解釋，如果他敢要花招，吉姆就會打開大燈，在光線下朝他開槍——而且不會只開一槍，是好幾槍，也不會只瞄準他的腿。那個馬札爾人開始往前走，當他幾乎抵達小屋時，那整個區域，包括小屋、那條路還有周遭一大片地方，突然全籠罩在聚光燈下；接著好幾件事同時發生了！吉姆無暇目睹每件事，因爲他正忙著把車掉頭。他看到四個人從林子裡衝出來，而且就他所看到的，是那個馬札爾人被其中一人制伏了。隨即有人開槍，但那四人完全不予理會，一有人開槍，他們便往後站。槍聲似乎來自聚光燈後方那一片明亮的天空。整個經過非常戲劇化：照明彈爆炸，接著是信號彈，甚至有曳光彈；之後，當吉姆沿著小徑開飛雅特疾馳時，感覺自己好像離開了一場正要進入高潮的軍事演習。他幾乎安全了——他眞的覺得自己已經安全了，卻又有人從樹林裡衝出來，拿著機關槍朝他近距離掃射。第一陣掃射打爆了車子後面的一個輪胎，把車打翻；當車往左翻進水溝，他看到輪胎飛過引擎蓋。水溝可能有十呎深，但積雪讓他跌進水溝後不致受傷。車子沒有起火，所以他躲在車子後方等待著，面對那條小徑，希望能夠開槍打中機槍手。另一陣槍聲從他身後響起，他整個人撞到車上。林子裡一定到處是部隊。他知道自己中了兩槍，全擊中右肩，當他躺著看整場軍事行動時，只想著他的手臂居然沒被打斷。此時應該有兩三具警笛同時響起；一輛救護車從小徑開過來，槍聲依舊此起彼落，林中的野獸們未來幾年內恐怕都會有如驚弓之鳥。那輛高挺的救護車讓他聯想到好萊塢老片中的那些消防車。

這場模擬戰役還在進行，但那些救護人員站著凝視他，完全不理會附近正在發生的事。當他聽到另一輛車抵達時，他逐漸失去了意識。到處都是人聲，還有人出來拍照，這次他們可拍對人了。有人在發號施令，但是他聽不清楚內容，因爲是俄語。當他們把他丟上擔架、所有燈光熄滅時，他一心只想著要回倫敦。他想像自己待在聖詹姆士區的那間公寓裡，拿著那些五顏六色的圖表，還有一疊疊筆記，坐在扶手椅上向長官解釋他們兩個老鳥怎麼會陷入情報史上最大的陷阱裡。唯一令他感到欣慰的，是那個馬札爾人也被他們擊倒了；不過，現在回想起來，吉姆很樂意幫忙折斷那傢伙的脖子——這件事對他來講輕而易舉，他完全不會感到自責。

32

描述痛苦成了吉姆得戒除的癮頭。在史邁利看來，吉姆的堅忍確實有他的驚人之處，但更了不起的是，他似乎對此毫無自覺。他的故事當中之所以出現空白，是因爲那時他不省人事。他解釋道。據他自己的估算，救護車把他載到了更遙遠的北方。他會這麼猜想，是因爲當他們開門讓醫生進去時，他看到了樹；他再向後張望，發現積雪極深。路面狀況很好，所以他猜想他們正在前往赫拉德茨市的路上。醫生幫他打了一針，清醒時他身在一處監獄的醫院裡——室內的窗戶都在高處，而且加上了鐵窗，還有三個人看守他。後來他被送到一個完全沒有窗戶的房間去動手術，醒來後他想，第一次偵訊可能就會在此進行，時間是在他們逮捕他之後的七十二小時，但是他已無法確認時間，因爲手錶當然早就被拿走了。

他們一直把他移來移去。要不是照某些目的押著他去其他房間，就是依據審訊人員移到其他監獄。有時候移動只是爲了讓他保持清醒，夜裡還陪著他在走廊上散步。有時他們以卡車載運他，有一次則動用了一架捷克運輸機，但在飛行途中他雙手被縛住、戴上頭套，起飛後很快就昏了過去。飛行後的那一次偵訊花了很長的時間。除了這些事，他分不清楚到底自己遭偵訊了幾次，仔細回想也不會比較好，只會讓他的思緒更加紊亂。重點在於，他記得最清楚的部分，還是第一次偵訊開始前他心中暗自進行的種種盤算。他知道自己不可能永遠保持沉默，而且爲了保持清醒，也爲了讓自己有機會活命，他必須跟他們對話，同時在最後必須讓他們認爲他已供出自己所知的一切。躺在醫院時，他在心中架設起好幾道防線，如果他幸運的話，他可以逐步棄守它們，直到這些人覺得他已經徹底崩潰。他還記得他設下的第一道，也是最可以放棄的一道防線：作證計畫的梗概。在這種情況下，任誰都會猜疑史特夫契克到底是誘餌，或是同被出賣了。但無論是何者，有件事是肯定的：捷克人對於史特夫契克的瞭解比吉姆多。首先他應該把史特夫契克的故事給招出來，因爲他們早就知道了；但是他要讓他們在這上面費一點工夫。首先他會否認一切，緊咬自己的假身分；一番掙扎後，他會承認自己是個英國間諜，承認他的工作化名是艾里斯，如此一來，只要他們報出這個名字，圓場就會知道他還活著，而且還在跟他們周旋。他毫不懷疑的是，那個精心策劃的陷阱與那些照片一定會被捷克人拿來大作文章。在那之後，根據他與長官兩人的共識，他會說出這次行動是他的獨角戲，未經上司同意便展開行動，心裡打量著這樣可以讓自己得到肯定；至於圓場裡有個蘇聯間諜這件事，他則是要盡可能地深藏心底。

「沒有地鼠。」吉姆對著一片漆黑的昆塔克山說話。「沒跟長官見過面，也沒去過圓場在聖詹姆士區的那間公寓。」

「沒有鍋匠與裁縫。」

他的第二道防線是馬克斯。他打算一開始就否認自己帶了一名助手。接著他也許可以說他帶了助手，但是不知道他的名字。然後，只要聽到名字，任誰都會很高興，所以他將說出一個名字：先說錯的，再說對的。屆時馬克斯一定已經安全了，或者躲了起來，又或者已被逮捕。

接著吉姆開始設想一連串比較不容易守得住的東西：獵人頭小組最近的行動、圓場裡的各種流言，以及任何會讓偵訊人員誤認爲已突破他心防的訊息，讓他們覺得他開始坦白、供出一切，覺得他們已經跨過最後一道戰壕；他會絞盡腦汁地想出過去獵人頭小組經手過的案件，同時，如果有必要的話，他會把一兩個蘇聯及其附庸國家的官員名字說出來，他們都是最近才被圓場吸收或勒索的；或者是那些在過去曾向圓場兜售情報的人，既然他們還未變節，圓場可能正在考慮要勒索他們，或者二度勒索。他們想要什麼，他就會丟出什麼，如有必要可以把布里斯頓的整批獵人頭小組人員名單說出來。這一切將可以構成一道煙幕，掩蓋住吉姆覺得自己最守不住、而對方當然覺得他一定知道的那份情報：也就是「怒火組」與「柏拉圖組」兩個情報網的捷克工作人員名單。

「藍克隆、克利格洛瓦、畢洛瓦，還有普利伯夫婦。」吉姆說。

爲什麼他會用一樣的順序來說他們的名字？史邁利忍不住想。

吉姆已經很久沒負責這些情報網了。在他尚未開始掌管布里斯頓的多年前，他協助建立起情報網，第一批人員有些也是他招募來的；在那之後，它們依序由布蘭德和海頓接管，期間發生了很多他不知道的事。但他非常確定自己知道的情報，足以把兩個情報網徹底摧毀。最令他擔心的是，他害怕長官、比爾，或者波西．艾勒藍，又或者其他有最後決定權的人，爲求自保，或者動作太慢，沒有在吉姆不得不招供前就先把兩個情報網撤離——至於該怎麼撤，因爲吉姆當時身陷囹圄，也只能用猜的。

「說來好笑，」吉姆用一點也不好笑的語氣說：「對方一點也不關心那兩個情報網的事。他們問了五六個有關怒火組的問題，然後就沒興趣了。他們很他媽的清楚，『作證』不是我一個人的傑作，也知道長官親自在維也納與史特夫契克的中間人談過。他們最開始問的問題，就是我最不想要說出來的：『長官在聖詹姆士區跟我說明這件事的始末。』他們沒有問我是否帶了助手，不想知道是誰開車帶我去跟那個馬札爾人見面；他們想跟我談的，就只有一件事：長官說局裡有顆老鼠屎的事。」

再一次，史邁利想，可能只是個簡單的字句。他說：「他們眞的知道聖詹姆士區那個地方的地址嗎？」

「去你的，他們連那一罐雪利酒的牌子都知道，老兄。」

「也知道那些圖表，」史邁利很快地問：「還有那個樂譜盒？」

「不，」然後他說：「一開始不知道。」

斯蒂德—艾斯普瑞曾說，事情要「從裡到外」想清楚。史邁利想，捷克人是從地鼠傑拉德那邊知道這些事的。地鼠知道管理組從老麥法狄恩口中問出了些什麼。圓場對事件的起因進行調查，但得利的卻是凱拉：不管圓場發現什麼，那些捷克人都可以用它們來對付吉姆。

「所以我想，那個時候你已經開始認爲長官是對的。局裡確實有地鼠。」史邁利說。

吉姆與史邁利倚在一道木頭柵欄上。眼前是陡峭的斜坡，布滿蕨類植物與農田，直直往下延伸；他們底下是另一個村莊，一處海灣，以及在月光下像條細緞帶的大海。

「他們直接丟出關鍵問題：『爲什麼長官要獨自策劃這件事？他想得到什麼？』我說：『他想要重振雄風。』所以他們笑著說：『就靠布爾諾區的軍事部署這種爛情報？它的價值還抵不上他在俱樂部裡的一頓大餐。』我說：『也許他逐漸失去了局裡的掌控權。』他們說，如果長官眞的失勢了，那麼是誰在扯他後腿？我說，是艾勒藍，局裡的傳言是這麼說的。艾勒藍與長官正在進行諜報競賽。我說，但是我們在布里斯頓那邊只是聽到傳言而已。他們問：『那麼，有什麼情報是艾勒藍已經取得，但長官沒有的？』我說：『我不知道。』他們說：『但是你剛剛說，艾勒藍與長官正在進行諜報競賽。』我說：『那只是傳言，我不清楚。』然後我又被帶回牢房裡。」

吉姆說，到了這個階段，他完全失去了時間感。他不是被套上頭套、完全看不見東西，就是待在牢房裡，只看得到燈光。他分不清黑夜白天，更奇怪的是，大部分時間他們會製造各種噪音給他聽。

他解釋，他們好像把他當成一條二十四小時的生產線：不准睡覺，反覆詰問，一大堆的誤導、一連串拷問；據他自己所言，偵訊持續進行，直到他有時變得精神恍惚，有時則很想把一切給招出來。他當然寧可陷入恍惚，但那不是他自己可以決定的，那些人總是有辦法讓他清醒過來。他們還常常以電擊逼供。

「所以我們又展開了另一番新的攻防。他們說：『史特夫契克是地位重要的將軍。如果他要求英國派一名資深官員過來，他應該知道這個人會清楚他在軍旅生涯的一切。你是說，你不清楚嗎？』我說：『我是說，我的資訊都是從長官那邊來的。』他們說：『你在圓場裡看過他的檔案嗎？』我說：『沒有。』他們說：『那長官呢？』我說：『我不知道。』他們說：『長官對於史特夫契克二度派駐莫斯科有何看法？長官有告訴你史特夫契克在華沙公約組織軍事聯絡委員會裡的角色嗎？』我說：『沒有。』他們不斷問這個問題，我想我給的答案也都一樣，因爲當我又說了幾次沒有之後，他們有一點動怒。他們似乎失去了耐性。我昏過去之後，他們用水管把我沖醒，又開始另一輪逼供。」

他們再度移動他，吉姆說。他的敘述方式變得奇怪又急促。他提到一間間牢房、一道道走廊、一輛車……在機場，貴賓級的禮遇，登機前被他們痛扁了一頓……在飛行途中睡著，遭到懲罰。「醒來時我又待在一間牢房裡，比較小，四周是未經粉刷的牆面。有時候我認爲自己在俄國。從星象看來，先前那段飛行應該是往東。有時候我又覺得自己是在薩拉特，在重上當年那些教我們抵抗偵訊的課。」

他們讓他獨處了幾天。他覺得自己不太清醒，老是聽到森林裡傳來的槍響，還有軍事演習。最後當那場被他稱爲「馬拉松式偵訊」的重頭戲上演時，一走進去就有一種已經輸了一半、居於劣勢的感覺。

「主要是擔心自己的健康。」他解釋道，聽起來緊繃。

「如果你想要，我們可以休息一下。」史邁利說。但是當時的吉姆可沒有休息機會，他們才不管他想要什麼。

吉姆說，那一次的偵訊很長。偵訊進行到某個階段，他說出長官做的那些筆記與圖表，以及上頭標記的各色墨水與蠟筆。聽到這裡，他們像瘋了似地追問，他記得當時在房間另一頭有一群男人盯著他，像是一些醫療人員，正嘀嘀咕咕地交談；接著他爲了停留在這個話題上，爲了讓他們停下來聽他講，他告訴他們爲什麼要用蠟筆。他們有在聽，但並未停止追問。

「一聽到有不同顏色，他們就想知道每種顏色代表的涵義。『藍色是什麼意思？』我說：『長官沒有用藍色。』他們說：『紅色是什麼意思？代表什麼？給我們舉個例子，有哪些圖表是用紅色的？紅色是什麼意思？紅色是什麼意思？』然後每個人都走了，只剩兩三個警衛以及一個表情冷酷、抬頭挺胸的矮子，看來像是他們的主管。警衛把我帶到一張桌旁，那傢伙則是兩手交握，像個他媽的小矮人那樣坐到我旁邊。他身前有兩根粉筆，一紅一綠，還有一張記錄著史特夫契克軍旅生涯的圖表。」

說真的，吉姆不是被突破心防，而是他沒有東西可以掰了。他再也編不出任何故事。如今他還能拿出來講的東西，就只有那些鎖在他內心深處的真相。

「所以你就跟他說了局裡有顆老鼠屎的事，」史邁利語帶暗示地說。「也說出了鍋匠、裁縫這些暗號。」

沒錯，吉姆同意。他的確說了。他告訴那個矮子，長官相信史特夫契克可以指認出圓場的地鼠。他說出了鍋匠、裁縫這些暗號，還有它們代表哪幾個人，一個名字接一個名字。

「他的反應是什麼？」

「沉思了一會兒後，遞了一根香菸給我。難抽死了。」

「怎麼說？」

「抽起來像美國菸，大概是駱駝牌之類的。」

「他自己也抽了嗎？」

吉姆很快地點點頭。「他媽的老菸槍。」

吉姆說，在那之後，時間再度變慢。他被帶到一個營區，大概是在郊區，住進了一個外側圍了兩層鐵絲網、裡面全是小屋的區域。在一個警衛的幫忙下，他很快可以開始走路，有一天他們甚至還到森林裡散步。營區很大，他住的區域只是營區的一部分。到了晚上，他可以看見東方有城市的微光。警衛們穿著厚重的棉布制服，全都不發一語，所以他仍無從得知自己到底是在捷克或者蘇俄，但覺得在蘇俄的可能性高得多；而且當外科醫生來幫他看背部的傷口時，還透過一個翻譯把俄語譯成英語，表達他對動手術那位醫生的輕蔑。偶爾他們還是會偵訊他，但言詞間沒有敵意。他們換了一組偵訊人馬，但跟先前的那十一個人相較，新的這些人顯然只是一群烏合之眾。某晚他被帶到一個軍用機場去，搭乘英國皇家空軍的戰鬥機前往因凡尼斯市[57]；他在那裡改搭一架小飛機到艾爾斯崔，再坐廂型車到薩拉特。兩趟旅程都是在夜裡。

吉姆很快把結語說完。當他講到他在培訓中心裡的事情，史邁利問他：「你沒有再看到那個主管？那個表情冷酷的傢伙？」

吉姆坦承他們又見了一次面，就在他離開前。

「做什麼？」

「聊八卦，」他提高音量，「講一些關於圓場裡各種人物的廢話。」

「哪些人物？」

吉姆回答時顯得閃爍其詞。他說，反正就是聊聊圓場裡有誰正在往上竄升，有誰已經失勢。當那矮子問到，在長官之後會換誰當首長，吉姆說：「我怎麼知道？就連局裡那些警衛的消息也比我靈通，畢竟我遠在布里斯頓。」

「那麼，誰最先出現在你們的閒聊裡？」

吉姆繃著臉說，主要是在聊羅伊．布蘭德。那矮子問：那麼，難道布蘭德的左傾思想，不會妨礙到他在圓場的工作？吉姆說，他的思想沒有左傾，無所謂妨礙。他又繼續問：艾勒藍與艾斯特哈支持布蘭德嗎？布蘭德對比爾的畫作有何評價？布蘭德的酒量如何？如果比爾不支持他，他會怎麼樣？吉姆都只是敷衍地回答過去。

「還有提到別人嗎？」

「艾斯特哈。」吉姆很快地說，以同樣緊繃的聲調。「那該死的傢伙想知道，爲什麼我們能信任一個匈牙利人。」

史邁利一丟出下一個問題，就像把整個黑暗中的村莊都籠罩在靜默的氣氛中，連他自己也有這種感覺。

「他是怎麼說我的？」他重複了一遍，「他是怎麼說我的？」

「他給我看一個打火機，說那是你的，是安送給你的禮物。上面還有她的筆跡，寫著『給你我全部的愛』就刻在上頭。」

「他有提到是怎麼弄到打火機的嗎？吉姆，他是怎麼說的？拜託，你就說吧。難道你以爲那個俄國渾球這樣嘲笑我，就會讓我變得軟弱嗎？」

吉姆的答案就像一道軍令。「他說在比爾．海頓跟她搞在一起後，她也許想過要改變打火機

注57：Inverness，位於蘇格蘭。

上面的題詞。」吉姆轉身走向車子，大吼一聲。「我對著他那滿是皺紋的小臉說：『你不能用這種事來評斷比爾。藝術家的標準跟一般人完全不同。他們看得到我們看不到的。他們能感應到超越凡俗的事物。』那個該死的矮子只是笑著說：『我可不知道他的畫作有那麼棒。』喬治，我跟他說：『你去死吧！給我下地獄去！如果你們那該死的單位裡有比爾．海頓這號人物，跟我們比賽時才有贏面。』我告訴他：『你帶領的是什麼團隊？他媽的基督教救世軍嗎？』」

史邁利好像在評論一場與他無關的辯論，終於開口道：「說得眞好。你以前從來沒有見過那個人嗎？」

「誰？」

「那個表情冷酷的矮子。你不覺得他很眼熟嗎？或許你很久之前曾看過他。嗯，你也知道幹我們這一行的就是這樣，我們被訓練成要記住很多人的臉孔，要看莫斯科總部那些人員的照片；有時就算我們叫不出名字，但那張臉看過後就忘不掉。就像你叫不出那矮子的名字，奇怪的是，我想到當時你有很多時間可以思考，」他像在聊天似地說：「你躺著養傷、等著回家，除了思考，你難道還有什麼事可做？」他頓了一下之後又說：「你有在想什麼事嗎？這讓我好奇。我是說，你有想過你這趟任務吧。」

「有時候會。」

「想出了什麼結論嗎？有什麼有用的？有什麼疑慮或發現，還是暗示可以跟我說的？」

「他媽的，謝啦！」吉姆厲聲說。「喬治，你又不是不瞭解我，我不是策劃行動的人，我只是個——」

「你只是個不折不扣的外勤情報員，把思考這種差事交給別人。不過，當你知道你被人騙進一個超級大騙局裡，給人出賣、背部中槍，有好幾個月只能待在俄國的牢房裡，在床上或躺或坐，或在裡面踱步；在這種情況下，我想就算是最純粹的行動派——」他還是保持一貫的友善聲調，「也會思考自己是怎麼一腳踏進這泥淖裡的。我們來談談作證行動。」史邁利對著紋風不動的吉姆提問：「作證行動斷送了長官的前程。他被羞辱，就算眞有地鼠，他也不能繼續追查下去。圓場被別人接手，最巧合的是，長官又死了。作證行動也造成了另一個效應。透過你的嘴巴，它把長官所懷疑的一切告訴了俄國佬。就是他把嫌犯縮小到五個人的範圍裡，但顯然無法繼續下去。我不是說你在牢裡枯等時就可以猜出這一切，畢竟你並不知道長官被踢了出來；不過你也許有想過，俄國佬是爲了興風作浪，而在森林裡發動了那一場軍事演習，對不對？」

「你忘了還有那兩個情報網。」吉姆悶悶地說。

「喔，早在你被逮住之前，捷克人就已經查獲了那兩個情報網。他們把情報網毀掉的主要目的，是要讓長官輸得更慘。」

史邁利以幾近聊天的語氣說出這番話，他的論點絲毫未在吉姆心中引發漣漪。史邁利等著他主動回應，但是沒有用，只能撇開這個話題，繼續說道：「好吧，那你只要說說他們在薩拉特是怎麼對待你的，可以嗎？做個總結？」

在一個難得可以忘掉一切的時刻中，他先喝了一口伏特加，然後把瓶子遞給吉姆。

從吉姆的聲音可以聽出，他已經受夠了。他說話的速度變快，帶著怒氣，而且反映出軍人的一貫特色，避開他最討厭的複雜思考。

在那四天，他就像個遊魂似地待在薩拉特，「吃多，喝多，睡多。沿著板球場散步。」他想游泳，但是游泳池從六個月前就一直在進行維修工程，眞他媽的沒效率。他做了一次檢查，待在他的小屋裡看電視，有時跟負責接待工作的克朗可下西洋棋。

在此同時，他在等待長官現身，但長官沒出現。第一個從圓場來探視他的是退撫組的一個官員，跟他聊起了一間與圓場關係不錯的學校。下一個則是管錢的傢伙，來跟他討論他的退職津貼；然後是醫生爲了鑑定他能領取多少慰問金而再度拜訪。他等待偵訊人員出現，卻始終沒等到；爲此他鬆了一口氣，因爲他要等到長官准許，才知道自己能說些什麼，而他也已經受夠了那些問題。他猜是長官把他們給擋住了。在俄國人與捷克人面前，他已經供出一切，反而不能跟圓場的偵訊人員說話，這似乎非常荒謬。但是他還能怎樣？只能等長官的命令。長官一直沒有派人帶話過來。吉姆也想過要跟雷肯見面，讓他聽聽自己的說法。後來他的結論是，長官正在等待他離開培訓中心，到那之後才會跟他聯絡。他的舊傷發作了幾天，好了之後，托比·艾斯特哈穿著一套新西裝出現，看來是來跟他握手、祝他好運的，事實上卻是要來告訴他目前的情況。

「派那個傢伙來見我，還眞是奇怪，但他似乎混得不錯。然後我想起了長官說過的，只能用各分局的人。」

艾斯特哈告訴吉姆，因爲作證行動，圓場幾乎瓦解，而吉姆現在是圓場的頭號「燙手山芋」。長官已經玩完了，爲了讓白廳滿意，圓場正在進行組織再造。

「接著他跟我說別擔心。」吉姆說。

「別擔心什麼？」

「別擔心長官私底下找他執行任務的事。他說知道眞正事發經過的人並不多，要我別擔心，因爲問題都有人搞定了。眞相大白。然後他給了我一千英鎊，說是加碼的慰問金。」

「誰給的？」

「他沒說。」

「他有提到長官那個有關史特夫契克的理論——莫斯科派間諜在圓場臥底的事？」

「眞相大白了！」吉姆怒目看著史邁利，重複一遍，「他命令我不能與任何人聯絡，或者試圖把我的遭遇告訴任何人，因爲高層已經把問題都處理好了，我做什麼都有可能壞事。圓場回到常軌，我可以忘掉鍋匠、裁縫跟那該死的任務，還有地鼠，以及其他的一切。他一直說：『放手吧，吉姆，你的運氣很好。上面命令你把一切忘得一乾二淨。』我可以忘記，對吧？把它忘記。只要乖乖聽話，好像這一切從未發生過！」他大叫著，「而我至今也一直這麼做：服從命令、把一切忘掉！」

史邁利突然覺得那一片夜色，給他一種純眞的感覺，好像那是一幅巨型油畫，未曾有罪惡或殘忍之事被畫在上頭過。迎著遠方的燈光，他們並肩走下山谷，朝著地平線上那一塊突岩前進。突岩上矗立著一座塔，片刻間，讓史邁利想到，這趟旅程已經來到了終點。

「是的，」他說：「我也在遺忘。所以，托比眞的跟你提到了鍋匠與裁縫。不過，他是怎麼知道這件事的，除非……還有，比爾沒說什麼嗎？」他繼續說：「連一張卡片也沒寄？」

「比爾人在國外。」吉姆只是簡單地回答。

「誰告訴你的？」

「托比。」

「所以，自從作證行動後，你就再也沒見過比爾了？你交往最久、最親近的朋友，就這樣消失無蹤？」

「你也聽到托比說的。沒有人敢碰我，就像我身上有毒那樣。」

「不過，比爾從來不是個守規矩的人，對吧？」史邁利像在回憶似地說。

「而你對他向來有偏見。」吉姆咆哮。

「抱歉。到捷克前你曾去拜訪我，而我不在，」頓了一會兒後，史邁利說：「長官把我趕到德國去，因爲他不想讓我知道這件事，而等到我回來時……當時你到底要找我做什麼？」

「沒什麼。我只是覺得捷克之行可能有一點危險。我想我該跟你打聲招呼，說再見。」

「在執行任務之前？」史邁利有些訝異地提高音量，「在這樣一個特殊任務之前？」吉姆看來就像沒聽到這句話。「你還有跟其他人打招呼嗎？我想我們都不在。托比、羅伊——比爾，那你有跟他打招呼嗎？」

「沒有。」

「比爾在休假，對吧？但我想他應該沒有離開很遠。」

「一個也沒有，」吉姆堅稱。一陣抽痛讓他抬起右肩，轉轉頭之後繼續說：「大家都不在。」

「在執行這種重大任務前，居然會想到要到處拜訪朋友、跟他們握手道別……這眞的很不像你，吉姆。」史邁利仍維持溫和的語氣。「你一定是老了才會這麼多愁善感。你不是……」他猶豫了一下之後才說：「你不是想聽其他人的建議，或他們講的任何話，對吧？畢竟，你也覺得這項任務根本是胡來，不是嗎？你覺得長官失勢了。也許你覺得該把這問題拿去問第三者？我也覺得當時的確有陷入一片紛亂的味道。」

斯蒂德—艾斯普瑞曾說，查明眞相，然後，就像衣服需要試穿，各方的說法也需要一一辨識其眞假。

因爲吉姆沉著臉不發一語，他們只好回到車上去。

在汽車旅館裡，史邁利從大衣暗袋裡拿出二十張明信片大小的照片，把它們分兩排攤開、擺在陶製的桌上。有些是快照，有些則是人像照，照片裡都是一些看起來不像英國人的男性。神情痛苦的吉姆挑出其中兩張，拿給史邁利。他咕噥道，第一張他很確定，第二張就沒那麼篤定了。第一張照片拍的是帶頭的那個傢伙，那個一臉冷酷的矮子；第二張則是當吉姆被那些惡棍毒打時，從暗處旁觀的其中一個鼠輩。史邁利把照片擺回口袋。當史邁利斟滿兩杯睡前酒時，如果吉姆不曾如此被折磨過，或許能看出史邁利並沒有勝利的喜悅，而是把那杯酒當作一種儀式——象徵完成了某件事。

「所以，實際上你最後一次與比爾見面、跟他說上話，是什麼時候的事？」史邁利像跟老朋友說話似地問。顯然這打斷了正在想其他事的吉姆，因爲他花了一會兒的工夫才抬起頭，聽懂問題。

「喔，我想大概是某次在走廊上有碰巧遇到他。」他心不在焉地說。

「那跟他講話呢？算了。」因爲吉姆又開始恍神。

吉姆不願直接回到學校。史邁利得在半路放他下車，就在那條從墓園通往教堂的柏油路入口處。他說他把一些習作簿放在教堂的門廳裡。那一剎那，史邁利覺得自己不想相信他，但也說不出個所以然。或許是因爲他先前就已經對吉姆有這番看法：儘管吉姆在這行待了三十年，仍是個很不會說謊的傢伙。最後史邁利看到他時，他歪斜的身影正朝著那座諾曼式門廊邁步前進，而他的鞋跟在墳墓間劈啪作響，彷彿槍聲。

史邁利開車到陶頓去，從城堡旅館一連打了好幾通電話。雖然筋疲力盡，但他的睡眠不斷被一些影像打斷：他彷彿看到凱拉拿著兩枝蠟筆坐在吉姆的桌子旁，還有眞正身分是維多洛夫的使館文化參事波里雅各夫，因爲擔憂地鼠傑拉德的安危，在偵訊室裡焦急地等待吉姆被突破心防。最後還有托比．艾斯特哈，他替代缺席的海頓，突然出現在薩拉特，愉快地建議吉姆忘掉鍋匠與裁縫，以及發明這兩個代號的長官。

彼特．貴倫在同一晚開車往西穿過英格蘭，前往利物浦，同車的乘客只有瑞奇．塔爾。這一趟旅程糟透了，而且煩悶，大部分時間都是塔爾在吹噓著一旦完成任務後，自己將可獲得多少獎賞與升遷；他還提起了他生命中的幾位女性：丹妮和她的母親，還有伊莉娜。他似乎在幻想被這些女孩環繞的局面，到時候就會有兩個女人一起照顧丹妮，加上他自己。

「伊莉娜有強烈的母性。當然，這就是爲什麼她會感到挫折。」塔爾說，波里斯可以滾了，他會叫凱拉留住波里斯。當他們接近目的地時，他的心境又有所轉變，開始緘默不語。黎明時分寒冷又多霧，在郊區時他們必須把車速放慢，連騎腳踏車的人都超過了他們。車裡瀰漫著煤灰與鋼鐵的臭味。

「你不要在都柏林閒晃了。」貴倫突然說。「他們認爲你會走安全警戒比較鬆的路線，所以你就低調一點，搭第一班飛機走吧。」

「這些我們不是都已經討論過了嗎？」

「我現在要再討論一遍。」貴倫回嘴。「麥克沃爾的工作化名是什麼？」

「拜託！」塔爾嘆了口氣，然後說出答案。

愛爾蘭渡船啓航時，天色還是暗的。到處都有士兵跟警察：因爲這一次戰爭還未停止，還有上一次、上上次——戰爭在這裡已經變成一種常態。海上吹來一陣強風，看來這趟航程會遭遇不小的風浪。當船上的燈光很快投向一片漆黑的海面，碼頭上那一小群人的心頭短暫地浮現一陣同舟共濟之感。某處有個女人正在哭泣，有個醉漢則是在另一個地方慶祝自己終於解脫。

他慢慢地開車回去，一邊試著把事情理出個頭緒：貴倫，你最近是怎麼了？居然會被突然冒出來的噪音嚇到，晚上還會作惡夢；不但沒辦法留住你的女人，還編造出各種瘋狂的理由來懷疑她。你居然質問她桑德的事情，說她為什麼要跟他鬼混那麼多小時，還有為什麼老是偷偷摸摸的。她用那雙棕色的眼睛盯著你說話，丟下一句「你這個白癡」然後就離開了。她說：「我就是你想的那種女人。」然後轉身到臥室打包行李。他從空蕩蕩的公寓打電話給托比．艾斯特哈，邀他當天稍晚出去聊一聊。

33

史邁利坐在部長的勞斯萊斯裡，雷肯在他身旁。安的家人們為這種車子取了一個「黑色便盆」的綽號，因為覺得它太招搖、令人生厭。他們把司機支開，要他自己去吃頓早餐。部長坐在前頭，每個人都順著長長的引擎蓋往前看，凝望著矗立於河流對岸迷霧中的幾座巴特西發電廠煙囪。部長後腦勺的頭髮非常濃密，往下長到耳朵附近就變成了一道道黑色觸鬚。

「如果你說得沒錯，」在一片死寂後，部長開口。「我不是說你錯了，而是說你如果是對的，他最後對我們會造成多少傷害？」

史邁利聽不懂這個問題。

「我是說這個醜聞。如果傑拉德回到莫斯科——就算這樣，接下來會發生什麼事？他會跳到肥皂箱上，公開取笑那些被他愚弄過的人嗎？我的意思是，拜託！我們都被他騙了，不是嗎？所以我們不應該讓他回去，否則局裡一定會被搞得雞飛狗跳，到時候國安局一定也會跟著落井下石。」

他換個說法繼續，「我的意思是，就算我們的祕密已經洩漏給了俄國佬，也不該任由它們被公諸於世；難道我們該處理的問題還不夠多嗎？還有那些議員呢？是不是一週內他們就會在某某報紙上看到可怕的詳細報導？」

史邁利想，他們的選民也會看到。

「我想，俄國佬一直以來都瞭解這點，」雷肯開口。「畢竟，如果你把你的敵人搞得像個白癡，那就再也沒有理由跟他交手了。」他補充道：「到目前爲止，他們都還沒有善用他們的機會，不是嗎？」

「嗯，一定要確保他們不會輕舉妄動。用白紙黑字寫清楚。算了，不要。但你要告訴對方，如果他們敢動我們，我們也會還以顏色。就因爲我們沒有到處去張揚莫斯科總部有哪些人馬，他們才能夠把工作做好。」

他們要讓史邁利搭個便車，但他拒絕了，說走路對他有益。

當天是瑟古德値班的日子。他的心情很糟，因爲他認爲身爲校長不該幹這種粗活兒，應該要保持智慧的風範、做好制定政策與領導的工作。雖然因此有機會把他那件劍橋大學的袍子穿出來炫耀，但這並沒有讓他感到愉快些。當他站在體育館中、看著男孩們排隊參加朝會時，眼中儘管未透露出明顯的敵意，卻也是不懷好意地盯著他們瞧。不過，眞正讓他心情爛到極點的，是馬喬里班。

「他說是他母親出事了，」馬喬里班低聲在瑟古德的左耳邊解釋。「他收到一封電報後，就說他得馬上離開，甚至沒有留下來喝一杯茶再走。我答應幫他向你傳話。」

「荒謬，眞是太荒謬了。」瑟古德說。

「如果你不反對，就由我來幫他上法文課。我們可以把五、六年級併在一起上課。」

「我很生氣，」瑟古德說。「沒辦法思考。我快氣炸了。」

「還有，艾文說他可以當橄欖球決賽的裁判。」

「他要寫報告，舉行考試，還要參加橄欖球決賽。那個老女人能有什麼大事呢？我想不過就是流感吧，季節性的。誰不會得流感？我們的母親也會。她住在哪裡？」

「不過我聽到他跟蘇說，她好像快死了。」

「好吧，那以後他可少了一個可以請假的藉口。」瑟古德說，但這並未讓他的心情轉好。他厲聲咆哮，叫學生們安靜，然後開始點名。

「羅奇？」

「報告校長，他生病了。」

這才是他該知道的事。學校裡最有錢的孩子被他那討人厭的爸媽搞到精神崩潰，那名父親還威脅說要幫他辦轉學。

34

同一天，幾乎是下午四點，貴倫一邊四處打量那間陰暗的公寓，一邊想道：這是我曾熟悉的安全藏身站。就像四處奔波的商務旅客可以幫各大旅店撰寫評語，他也可以如此熟悉地描述這棟公寓：它沒有貝爾格拉維亞區那些房屋的五星級鏡廳，沒有浮雕壁柱與鍍金橡樹葉；它只是獵人頭小組在雷克斯漢姆花園附近的一處狗窩，聞起來有灰塵與排水管的臭味。漆黑的大廳裡有一支三呎高的滅火器，壁爐上方掛著一幅騎士們拿著錫杯喝酒的圖畫，屋裡的幾張桌上都擺著充當菸灰缸的貝殼。在灰暗的廚房裡，一張沒有署名的告示寫著：「務必記得把兩個瓦斯開關都關掉」。當他正要穿過大廳時，門鈴響了。來得眞準時。他拿起對講機，聽到另一頭傳來托比那被機器扭曲過的喊聲。他壓下按鈕，聽到電鎖解鎖的聲音「咚！」在樓梯間裡迴響。打開前門後，他仍把鐵鍊扣著，直到確定托比是單獨赴約。

「近來怎樣？」貴倫開心地說，一面放他進來。

「很好，眞的很好，彼特。」托比回答。

托盤上有貴倫事先泡好的兩杯茶。藏身站的供膳標準比較特別：要不你就假裝自己住在這裡，或者你哪裡都住得慣；又或者只要假裝自己能設想得面面俱到。貴倫覺得，幹這行就是要學會讓一切顯得自然而然，這可是一門藝術。卡蜜拉就是沒辦法體認這點。

「這天氣可眞是奇怪。」艾斯特哈說，好像他原本就擅長分析天氣特性似的。人們在安全藏身站拿來談天的話題總是那麼無聊。「才走幾步路就把人搞得筋疲力盡。所以我們在等一個波蘭人？」他坐了下來。「一個在做毛皮生意的波蘭人，而你覺得他也許可以幫我們送貨？」

「他隨時會到。」

「我們認識他嗎？我派我的人追查他的名字，但查不到任何東西。」

我的人，貴倫想：我可得記得學會用這三個字。「幾個月前，『自由波蘭人』試圖吸收他，但是他不願意。」他說。「後來卡爾·史戴克在倉庫附近發現他，覺得他也許可以幫得上獵人頭小組，」他聳聳肩，「我確實喜歡他，但那有什麼用？就連我的人也都閒著沒事幹了。」

「彼特，你眞好。」艾斯特哈恭敬地說。貴倫有種好像剛剛在跟他通風報信的荒謬感覺。前門門鈴響的時候讓他鬆了口氣。站在門口的是法恩。

「托比，抱歉了，」因爲爬那些樓梯，史邁利有點喘不過氣來。「彼特，我的外套該掛哪兒？」

貴倫要托比轉身面向牆壁，抬起他那毫不抵抗的雙手擺到牆上，慢慢地搜他的身。托比沒帶槍。

「他是自己一個人來的嗎？」貴倫問，「還是路上有等著一個跟班？」

「我覺得看起來沒什麼問題。」法恩回答。

史邁利站在窗邊，凝視著下方的街道。「可以把燈關掉一會兒嗎？」

「在大廳裡等一下，」貴倫吩咐。法恩拿著史邁利的外套往後退，貴倫則是走到史邁利身邊問他：「有看到什麼嗎？」

倫敦午後的天色看起來已像傍晚，開始轉變成一片霧濛濛的粉紅與黃色。這個廣場是維多利亞時代就落成的住宅區，中間有片用欄杆圍起來的花園，已經暗了下來。「大概是我們太多心了。」史邁利喃喃地說。接著他轉身回去面對艾斯特哈。壁爐架上的時鐘敲了四下，想必法恩剛剛幫它上了發條。

「托比，我想跟你說明一下，讓你瞭解現在的狀況。可以嗎？」

艾斯特哈連一根睫毛都沒動，一雙小手就擺在椅子的木質扶手上。他的坐姿看來挺自在，但有一點警覺，一雙擦過的鞋併攏在一起。

「聽我說就好，你不必開口。聽人說話也不會少一塊肉，是吧？」

「也許吧。」

「兩年前，波西．艾勒藍想要篡長官的位，但是他在圓場裡沒有威望；長官把他壓得死死的。長官生病後就不像從前那麼厲害，但波西還是沒辦法把他趕下來。記得那時候的狀況吧？」

艾斯特哈俐落地點點頭。

「那是個無聊的淡季，」史邁利用他充滿理智的聲音說：「外頭沒什麼工作，所以我們開始內鬥，各單位之間彼此監控。一天早上，波西坐在房裡無所事事。他被一紙命令指派爲行動指揮，實際上只是介於各地分局與長官之間的一枚橡皮圖章。有人打開波西的房門走進去——我們就姑且叫他傑拉德，反正只是個稱號而已——他說：『波西，我偶然間發現了一個很重要的俄國情報來源，可能是挖到金礦了。』或是一直到他們倆走出大樓，他才開口，因爲傑拉德有很強烈的外勤情報員性格，不喜歡在有牆壁與電話的地方談話；也許他們去了公園裡散步，或者開車出去；也許他們到某處吃了頓飯，在這階段波西也不能做什麼，只是聽他說話。請注意，波西對歐洲的情況不太瞭解，尤其是捷克與巴爾幹半島的事務。他進這一行時先被派去了南美洲，然後是舊殖民地，包括印度與中東。他不太懂那些俄國佬與捷克人，或者說，對那裡他只有一加一等於二的程度。這樣說他合理嗎？」

艾斯特哈噘起嘴，稍稍皺眉，那表情好像在說他從沒跟人議論過他的上司。

「而傑拉德就是這方面的專家了。身爲外勤情報員，他一直都在東歐地區負責穿針引線、躲避藏匿的工作。波西是外行，但他很有興趣，而這卻是傑拉德的老本行。傑拉德說他的俄國情報來源可能是多年來圓場的最大收穫。傑拉德不想說太多，但是在一兩天內，他將取得一些交易前先供他驗證的情報，到手後他希望波西能幫他鑑定一下情報的品質。他們可以稍後再商談情報來源的細節。波西說：『但是，你爲什麼找上我？這是要做什麼？』所以傑拉德告訴他：『波西，因爲行動頻頻出錯，各地分局的一些外勤人員爲此憂心忡忡；局裡好像有個掃把星似的。圓場內外都流傳太多閒言閒語，管任務分配的人太多了。在外勤工作方面，我們的情報員常被逼到牆角，我們的情報網常被破壞，甚至情況還有更糟的：每個計畫到頭來都讓我們的人在街頭遭殃。我們找你就是要你出面、改變這種態勢。』傑拉德不是要叛國，他小心地避談圓場裡有個叛徒在破壞任務，因爲你我都知道，只要一把這問題攤開來談，局裡的運作就會宣告停擺。總之，傑拉德絕對不是想要找出害群之馬。但是他的確說到我們有些關節出了問題，還說上頭變懶散，下面的人就會出錯。這些話在波西耳裡都非常動聽。傑拉德列出了近來的一些醜聞，還謹愼地把那一次發生重大失誤、幾乎害艾勒藍丟掉工作的中東冒險列進去；然後他提出了他的建議。根據我的假設，這就是他說的。你懂嗎？只是假設而已。」

「當然懂，喬治。」托比舔了舔嘴唇。

「另一個假設是，艾勒藍自己就是傑拉德。只不過我不相信這個假設，我不相信波西有能耐到外面去收買一個高階蘇俄間諜，並獨力掌控整個局面。我想他會搞砸。」

艾斯特哈用絕對相信的語氣回答：「當然。」

「所以，根據我的假設，接下來傑拉德會這麼告訴波西：『所以我們，也就是我自己跟那些與我志同道合、而與這個計畫有關的人，希望你能領導我們，波西。我們不是搞政治的，只負責出任務。我們不懂白廳裡的鬥爭，但是你懂；你負責搞定各個委員會，我們來搞定巫師梅林。如果你能充當掩護我們的絕緣體、保護我們不受局裡的問題影響——意思就是把知道這個行動的人數控制在最少，我們就可以持續提供情報給你。』他們討論這個行動的可能方式及所需經費，然後傑拉德留了一點時間給波西去傷腦筋，或許是一週，也有可能是一個月，我不知道，總之時間足以讓波西考慮清楚。有天傑拉德把第一個情報弄到手，當然那會是很棒的情報，很棒很棒；而且一定是有關海軍的情報，沒什麼比這更合波西的胃口，因爲他跟海軍部的關係很好，那裡簡直是他的後援會。所以波西先給他的海軍朋友偷偷看一下，他們看到都流口水了。他們問：『這是哪兒來的？以後還有嗎？』多得很呢！至於情報的來源，在這階段還是一個大祕密，但本來也該如此。如果我說得有一點不夠精確，請原諒我，因爲我只能從檔案去拼湊出這些。」

一提到檔案，史邁利等於首度暗示自己是有官方撐腰在做這件事，任誰都看得出艾斯特哈對此有了反應。除了習慣性的舔嘴唇外，他的頭還開始往前移動，並露出敏銳而熟悉的表情，彷彿這些跡象顯示，艾斯特哈試著暗示他也讀過那份檔案，不管其內容爲何，並得出跟史邁利完全相同的結論。史邁利中斷了一下，喝了點茶。

「托比，還要喝嗎？」他把杯子拿在嘴邊，問道。

「我來。」貴倫說。語氣裡雖然展現出他待客的熱忱，但更多的是堅定的態度。「法恩，茶！」他對著門後叫了一聲，法恩隨即開門出現在門檻邊，手裡端著杯子。

史邁利又回到窗邊。他把窗簾拉開一吋，凝視著廣場。

「托比？」

「怎麼了，喬治？」

「你有帶保鑣過來嗎？」

「沒有。」

「沒半個？」

「喬治，如果我只是要跟彼特還有一個可憐的波蘭人見面，我爲什麼要帶保鑣？」

史邁利回到椅子上。「情報來源是梅林。我剛剛講到哪裡？對了，很容易說明的是，梅林不只是一個情報來源，他可以慢慢向波西以及其他兩個被拉進這一場巫術表演的人解釋。梅林的確是某個蘇俄情報員，但跟艾勒藍很像的是，他也是一群異議份子的代言人。我們總是樂見別人有跟我們一樣的處境，而且我相信，波西從一開始就對梅林有好感。這個團體，這個以梅林爲首的小組，我們假設是由五六個志同道合的蘇俄官員組成，每個人都位居要津；我想，過一段時間後，傑拉德會把那一群人的底細詳細告知他自己的兩個助手以及波西，但我不確定。梅林的工作是彙整大家的情報，把它們送交西方國家，接下來幾個月的時間，他充分展現自己在這方面的本事；他善用各種方式，圓場也非常樂意提供裝備，例如加密書信：一封看來完全沒問題的信件上，每個句點卻都是一個微點照片；或者約定在西方各國首都設置祕密信箱，由無比勇敢的俄國人去投遞，再由托比．艾斯特哈那些盡責而勇敢的點燈人去取件。甚至還有面對面的聚會，由托比的保鑣們負責安排與維安的工作。」說到這兒，史邁利頓了一下，眼光又飄到窗外。「有兩三則情報則是要由派駐在莫斯科當地的外勤人員接收，不過他們並未獲准知悉情報來源；此外，就是不能用無線電密碼，因爲梅林不喜歡。曾有人提議要在芬蘭架設一個專門給梅林使用的常設無線電發射站，案子還往上呈報到了財政部，但是因爲梅林說了一句『想都別想』，便無疾而終。這一定是凱拉教他的，不是嗎？你也知道凱拉有多討厭使用無線電。重點是，梅林的活動力很強，那是他最高明的地方。也許他任職的地方是莫斯科的外貿部，所以他可以動員那些四處經商的業務員。總之他有資源，也有門路可以把東西弄出俄國。這就是爲什麼那些跟他同謀的人指望他和傑拉德打交道，並同意那些情報的價碼，因爲他們確實想要藉此賺錢——很多的錢。剛剛我應該先講到這一點的。就這方面來說，恐怕各個情報機構及其顧客都跟一般人沒什麼不同。他們最重視的當然就是那些自己花最多錢買來的情報，而跟梅林買情報的確要花很多錢。你買過僞造的照片嗎？」

「我賣過一兩張。」托比說，臉上閃過一抹緊張的微笑。但是沒人笑得出來。

「你花愈多錢買的東西，就愈不可能去懷疑它的眞僞。是很蠢，但這就是人性。梅林愈貪財，大家愈安心。誰不能瞭解金錢具有強大的魔力，對吧，托比？特別是財政部的人。一個月匯兩萬法郎到一個瑞士銀行的帳號——絕大多數的人都會爲了這麼多錢而修正他們對平等主義的立場吧？所以白廳給了他大把鈔票，並且說他的情報是無價之寶。而且其中有一部分的確是好情報，」史邁利也承認，「眞的很好，而且本來就應該這樣。然後，有一天傑拉德跟波西透露了最大的祕密：梅林小組在倫敦有個代言人。我應該先告訴你的是，從這裡開始，波西就陷入了他們的巧妙陷阱中。」

托比放下茶杯，用手帕拘謹地擦拭嘴角。

「傑拉德說，事實上，倫敦的蘇俄大使館裡有個員工，已經準備好、而且也有能力充當梅林的代表。甚至於——儘管機會不多——他因爲職務之便，可以利用大使館的設備與人在莫斯科的梅林通話、傳送並接收訊息。而且，如果能夠把安全措施做到滴水不漏，傑拉德甚至偶爾可以安排與這個奇人祕密會談、雙方互做簡報，問一些關於情報的後續問題，只要一次回郵的時間就可以獲得梅林的解答。我們就稱這個蘇俄官員爲亞歷克斯·亞力山卓維奇·波里雅各夫，同時假定他是蘇俄大使館的文化參事。你聽得明白嗎？」

「我什麼也沒聽到，」艾斯特哈說。「我聾了。」

「據傑拉德的說法，他在倫敦的大使館任職已有一段時日，精確說來是九年，但梅林是在最近才招募他加入小組的。也許是當波里雅各夫回莫斯科度假的時候。」

「我什麼也沒聽到。」

「波里雅各夫很快就變得舉足輕重，因爲才沒多久，梅林就指派他成爲巫術行動還有其他很多任務的負責人。不論是設在阿姆斯特丹與巴黎的祕密信箱、隱形墨水，還是微點照片，這些東西都還是派得上用場，只是使用頻率少了。有波里雅各夫之後，實在是太方便了，怎能錯過這個機會？有些梅林提供的最佳情報就用外交郵包走私到倫敦，波里雅各夫只需要把信封割開，將東西交給他在圓場的聯絡人——傑拉德，或是傑拉德指定的任何人。但是我們不要忘了，與梅林進行的這一部分行動是絕絕對對必須保密。巫術行動委員會有哪些人，當然也必須保密，但是人數其實非常多。這無可避免，行動規模大、情報量也大，光是處理情報與分配任務就必須要有一個龐大的行政團隊來負責，包括謄寫、翻譯、密碼、打字、評估等各種工作，以及天知道還有其他什麼工作所需的人力。但對此傑拉德一點也不煩惱，這是當然的，事實上他還樂在其中，因爲傑拉德這一號人物的本質，就在於他是群眾的一份子。巫術行動委員會的領導模式是從下而上、從中間，或是從上而下？我個人非常欣賞凱拉對於委員會的描述，好像是中國人這麼說的吧：委員會像是一隻有四隻後腳的動物。

「但是委員會在倫敦的代表，也就是波里雅各夫這一隻腳，只有一開始就在魔法圈裡面的人可以跟他接頭。史考迪諾還有德．歐爾斯基一干人等，他們可以趕往國外，像瘋了似地幫梅林跑腿；但是在倫敦，按照他們一開始的謀略，基於一些很特別的理由，與波里雅各夫有關的行

注58：egalitarian principles，平等主義是社會主義與共產主義的精髓，所以作者是指梅林集團的人會願意為錢出賣自己的共產主義理念。

動必須是特別隱密的。你、波西、比爾．海頓以及羅伊．布蘭德，你們就是魔法圈的成員，對不對？現在姑且讓我們猜一猜行動的詳細運作方式。我們都知道，一定會有間房子。同樣地，在那裡所召開的會議也都經過精心安排，這一點是我們可以確定的，不是嗎？托比，跟他見面的是誰？是誰與波里雅各夫接頭？你、羅伊，還是比爾？」

史邁利拿起領帶較寬的那一端，把它的絲質襯裡翻出來，開始擦眼鏡，同時回答自己的問題：「每個人都會跟他見面。爲什麼？有時候是波西；我猜波西是以局裡高層的姿態與他見面。他會說：『你不是去度假了嗎？這禮拜你老婆有沒有跟你聯絡？』波西最厲害的就是來這一套。但是巫術委員會很少用到波西這一張牌。波西是他們的王牌，物以稀爲貴自是當然。再來就是比爾．海頓。比爾會跟他見面。我想他比較常出面。比爾本來就景仰俄國，又善於交際。我感覺得到，他跟波里雅各夫一定處得很好。我認爲比爾在做簡報和問問題時，都會有很好的表現。你不這麼認爲嗎？他一定可以把正確的訊息傳達到莫斯科去。有時候他帶著羅伊．布蘭德一起去開會，有時候他派羅伊自己去。我想在這方面，他們自會商量出一個模式。而且羅伊當然是個經濟專家，對蘇俄的附庸國也瞭若指掌，所以在這方面他們一定也有很多可以聊。托比，有時候，我想是生日的時候，或者是聖誕節，又或者要特別對他表達感謝之意，還是有額外的錢要給他時——因爲我注意到有一小筆金額登記在交際費的名目下，獎金金額更是不在話下——有時候爲了慶祝，你們會四個一起去，舉杯遙敬遠在海外的國王，也就是派了波里雅各夫當代言人的梅林。最後我想托比有自己的事，必須跟他的朋友波里雅各夫商談。他們可以討論間諜的技術，還有關於大使館內近況的種種傳言，這些對於托比手下的點燈人們都很有用處，因爲他們賴以爲生的就是對蘇俄駐倫敦情報員的跟監任務。所以托比有時也會自己跟波里雅各夫見面。畢竟，我們不能忽略波里雅各夫在當地的潛力，他可不只是梅林在倫敦的代表而已。畢竟我們不是每天都能夠找到一個這麼聽話的蘇聯外交官。只要對他施以一點訓練、給他一台相機，波里雅各夫對國內的間諜活動也會很有幫助。可別忘了我們的優先順序。」

他的目光仍停留在托比身上。「我可以想像，波里雅各夫可能會需要一些影片，不是嗎？而且你們其中一人的工作，也許就是幫他補足貨源：把影片放在彌封的小包裹裡交給他。既然影片來自圓場，一定是尚未曝光的東西。托比，請你告訴我，你知道拉賓這個名字嗎？」

他皺著眉舔舔嘴唇，把頭稍稍往前伸，然後說：「當然，喬治。我知道拉賓這個人。」

「是誰下令銷毀點燈人做的、有關拉賓的報告？」

「是我，喬治。」

「你自己決定的？」

他笑得更開了。「喬治，我告訴你，我的官階變高了，自然可以做這種決定。」

「是誰一定要把康妮．薩奇攆走的？」

「我說啊，我覺得是波西，行嗎？或許是波西，也可能是比爾。你也知道大規模行動是怎麼一回事。不是有鞋子要修補，就是有鍋子要清洗，事情太多了。」他聳聳肩繼續說：「也許是羅伊，嗯？」

「所以他們叫你做什麼，你都照單全收？」史邁利輕描淡寫地說：「托比，你這樣未免也太沒有是非之分了吧？你該好好檢討一下自己。」

艾斯特哈覺得這些話一點也不中聽。

「托比，誰叫你開除馬克斯的？也是他們三個人嗎？是因爲我必須跟雷肯報告，才會問你這些事，你懂吧？最近他緊迫盯人，似乎是有部長在他後面撐腰。是誰？」

「喬治，你問錯人了。」

「錯的不是我，就是你，」史邁利欣然同意。「這是一定的。他們也想知道威斯特比的事：是誰要他閉嘴的？那個人是不是也支使你到薩拉特去，拿著一千英鎊現鈔跟一份簡報去安撫吉姆·普利多？托比，我只想追查事實，沒有要砍誰的腦袋。你還不瞭解我嗎？我不是那種好辯之人。總之，問題不在於你是不是個忠臣，而是你效忠的對象是誰。」他補充道：「只不過他們眞的很想知道，你懂嗎？甚至開始有人想惡整我們，說要叫國安局的人介入調查。沒有人想看到這種事，對吧？這就像跟老婆吵架後一定得去找律師，是無可避免的事。誰告訴你鍋匠與裁縫的事，然後叫你去找吉姆談的？你知道那些代號是什麼意思嗎？你是直接從波里雅各夫那邊聽來的，對吧？」

「天啊，」貴倫低聲說：「讓我來拷問這個渾球。」

史邁利沒有理他。「我們繼續談拉賓的事。他在那邊的工作是什麼？」

「他爲波里雅各夫工作。」

「他是文化部門裡的秘書？」

「幫他跑腿的。」

「但是，我親愛的托比，一個文化專員，爲什麼需要有人幫他跑腿？」

艾斯特哈還是一直盯著史邁利。貴倫想，現在他就像一隻不知道會被踹，還是會有骨頭吃的狗。艾斯特哈的目光從史邁利的臉龐游移到他的雙手，然後又回到臉上，不斷注意史邁利的肢體語言是否會洩漏他的想法。

「別傻了，喬治，」托比心不在焉地回答：「波里雅各夫幫莫斯科總部工作，這點你跟我一樣清楚。」他把他那兩隻瘦小的腳交疊，又恢復了先前的傲慢臉色，他靠回椅背，啜了一口冷掉的茶。

儘管史邁利在貴倫眼前短暫露出落居下風的臉色，貴倫卻誤以為此刻他樂在其中。也許是因為托比終於肯開口了。

「拜託，喬治，」托比說，「難道你還是個小孩嗎？想想過去我們用這種模式執行了多少任務；我們不就是收買了波里雅各夫嗎？他是個莫斯科無賴，也是我們的人，但是在俄國人面前，他必須假裝他正從我們身上竊取情報，不然他怎麼能安然無事？不然他怎能一天到晚來我們開會的屋子、身邊沒有打手跟保鑣，如此容易？他既然到我們開的店裡，怎能空手而返？所以我們就塞一些貨給他，一些小兒科的情報，讓他可以把東西傳回去，莫斯科那些人才會拍拍他的肩膀，說他幹得好。這種事每天都在發生！」

此刻貴倫感到又氣憤又擔憂，史邁利的腦袋卻似乎非常清醒。

「所以這差不多就是你們四個發起人口徑一致的說法？」

「是不是口徑一致，我可不知道。」艾斯特哈回答。他的手同時用匈牙利人特有的方式動了一下：把手掌展開，往兩邊斜斜地抽動了一下。

「所以，誰是波里雅各夫的間諜？」

貴倫看得出這問題對史邁利而言很重要，他在前面鋪陳了那麼久，爲的就是在最後丟出這個問題。貴倫在等答案時，一會兒把目光移到不像先前那麼有自信的艾斯特哈身上，一會兒移到史邁利那張板著的臉孔；他發現自己也開始看出史邁利口中、凱拉那個巧妙陷阱的輪廓，還有爲什麼之前艾勒藍要那樣苦苦逼問他。

「我問的問題很簡單，」史邁利堅持。「按照你所說的，圓場裡有人是波里雅各夫的間諜，那個人是誰？天啊，托比，別傻了。如果波里雅各夫跟你們見面的藉口，是他在偷取圓場的情報，那麼他在圓場裡一定安排了一個間諜，不是嗎？那個人是誰？他不能跟你們幾個見面後，帶著那些小兒科情報回到大使館、只丟下一句『東西是那四個傢伙給我的。』他必須要有個很好的說法，也就是要交代怎麼搭上線、吸收爲間諜的過程、舉行過哪些密會、價碼和對方的動機，不是這樣嗎？拜託，這不只是波里雅各夫的藉口，也是他的保命符。那說法一定要周延而能取信於人。在我看來，這是我們這一行裡很重要的問題。所以，『他』是誰？」史邁利愉快地問：「是你嗎？爲了讓波里雅各夫跟你們合作，托比．艾斯特哈特別扮演起圓場叛徒的角色？我的天！托比，這至少可以幫你賺到四五枚動章呢！」

他們在等托比思索要說些什麼。

「喬治，你走的是一條該死的漫漫長路啊！」最後，托比終於開口。「如果你走不到盡頭該怎麼辦？」

「就算我有雷肯也沒辦法？」

「你提到了雷肯，還有波西、比爾。你爲什麼要找上我這一號小人物？你該找的是那些大頭，直接挑明問他們。」

「我以爲這些日子以來，你已經變成大人物了。托比，沒有人比你更適合扮演叛徒的角色。你是匈牙利裔，對於升遷問題又有積怨；你在局裡有相當的權限，但又不會太高……你的腦筋動得很快，又貪財……如果由你來當波里雅各夫的間諜，他的說法就站得住腳、足以取信於人。他們三個頭頭把那些小兒科的情報給你，由你交到波里雅各夫手上，莫斯科總部覺得托比完全在他們的掌握之下；大家都有好處、人人滿意。只有當某天你把像皇冠寶石一樣珍貴的情報交出去，卻只換回一些小兒科情報，那才會有問題。如果情況眞的變成這樣，你就需要一些眞正的好朋友了，就像我們這種。我的假設必須是這樣才完整無缺。傑拉德是俄國人養的地鼠、由凱拉控制，而且他會把圓場搞得天翻地覆。」

艾斯特哈看來有點不舒服。「喬治，我跟你說，如果你錯了，那我不是也跟著你一起錯？你懂嗎？」

「但如果他是對的，你也會是對的。」貴倫此時罕見地插嘴，「你愈快踏上正途，接下來你就會愈快樂。」

托比聽不出其中的嘲諷。「當然、當然。我是說，喬治的假設很合理。但是，天啊，喬治，不管是什麼事物都會有兩面，雙面間諜特別是如此。也許是你搞錯了呢？我告訴你，有誰說過巫術行動是小兒科？從來沒有。那是最棒的諜報行動！只要是嘴巴夠大的傢伙都可以到處放話，結果把倫敦的半邊天都給掀起來，懂嗎？告訴你吧，我只是聽命行事而已，可以嗎？他們

叫我當波里雅各夫的探子，我就當，叫我給什麼影片，我就給。我的處境非常危險。」他解釋，

「對我來說，這眞的是非常危險。」

史邁利在窗邊透過窗簾的隙縫再度打量著廣場。「爲此我感到很遺憾。你一定很擔心。」

「擔心死了。」托比贊同地說：「我得了胃潰瘍，什麼都不能吃。這處境糟透了。」

儘管貴倫很生氣，但他們三人陷入了片刻沉默，好像都很同情托比．艾斯特哈的艱難處境。

「托比，你說你沒有帶保鑣過來，該不會是騙我們的吧？」人還在窗邊的史邁利問道。

「喬治，我可以對天發誓。」

「如果要出這種任務，你會怎麼部署？用車嗎？」

「我會派人僞裝成行人。從巴士站派一輛巴士把人載過來，並且要換班。」

「幾個人？」

「八個，或十個。如果是這個時候，也許六個。有很多人請病假，因爲聖誕節。」他愁眉苦臉地說。

「如果只有一個人呢？」

「不可能。你瘋啦？一個人？你以爲我改行開太妃糖專賣店嗎？」

史邁利離開窗邊，又坐回椅子上。

「我告訴你，喬治，你的想法實在太可怕，你知道嗎？我是個愛國者，天啊！」托比重申。

「波里雅各夫在倫敦大使館裡的工作是什麼？」史邁利問他。

「老波是獨立作業的。」

「只負責跟他在圓場裡的間諜聯絡？」

「當然。他們免除了他平日的工作，放手讓他處理有關頭號間諜托比的事情。我們倆研究出一切細節該如何安排，跟他花了很多時間一起商量。我說：『比爾懷疑我，我老婆也懷疑我；我的小孩得了痲疹，沒錢看醫生。』反正間諜說的那些鬼話，我依樣畫葫蘆地說給老波聽，讓他把話傳回莫斯科。」

「那麼，誰是梅林？」

艾斯特哈搖搖頭。

「但至少你曾聽說他的據點在莫斯科。還有，他是蘇俄情報組織的一員——不然他還會幫誰工作？」史邁利說。

「他們也只跟我說這麼多。」艾斯特哈坦承。

「這就是爲什麼波里雅各夫可以跟他聯絡。當然，聯絡的目的是爲了幫圓場竊取情報。是祕密聯絡，不會引起他們自己人的懷疑吧？」

「當然。」托比還是以悲嘆的口吻回答。此時史邁利似乎聽到房外有些聲響。

「那麼，鍋匠與裁縫呢？」

「我不知道那是什麼鬼東西。我只是聽命於波西。」

「所以是波西叫你去安撫吉姆．普利多的？」

「當然。也許是比爾，又或者是羅伊。啊，是羅伊。喬治，我也要顧我的飯碗，懂嗎？我可不能自毀前程吧？」

「托比，難道你看不出來這是一個十全十美的絕招？」史邁利以一種極爲沉靜而冷淡的口吻說。「我們假設這的確是他們出的招，這樣一來，所有對的人全都變成錯的，包括康妮．薩奇，傑瑞．威斯特比……吉姆．普利多……甚至是長官。那些提出質疑的人還沒開口就被封嘴了……一旦你讓最大的謊言變成眞的以後，就會產生無數的效應。莫斯科總部會覺得他們在圓場裡有個重要的情報來源，白廳則絕對不會風聞莫斯科有這個想法。被傑拉德這麼一搞，無可避免的，會有許多自己人被圓場除掉；從對方的角度來看，這眞是太美妙了。」他用一種幾乎像在作夢的口吻說：「可憐的托比，是的，我的確看得出來。夾在他們中間奔波的你，日子一定很不好過。」

以下這番話是托比早就準備好的，「如果有什麼需要我出力的，我一定樂於幫忙。喬治，你是瞭解我的，這一點也不費事。我的手下們全都訓練有素，如果你想跟我借人，也許我們可以商量出合作的條件。當然，必須先讓我跟雷肯談一談。我想要的，只不過是把這件事搞清楚；你知道，我是爲了圓場好。我只有這個希望。我是爲了組織著想。我不想爲自己圖謀任何好處，因爲我很謙卑，好嗎？」

「你們特別幫波里雅各夫安排的安全藏身站在哪裡？」

「康登區，水門花園五號。」

「有人看守嗎？」

「麥克雷格太太。」

「最近也充當竊聽員？」

「當然。」

「有沒有固定式的收音設備？」

「你說呢？」

「所以米麗．麥克雷格負責保管屋子，並且操作錄音設備？」

托比警覺地低頭回答，沒錯。

「我要你在一分鐘後打電話給她，跟她說今晚我要使用那一套設備。跟她說我被召回來執行一項特殊任務，她必須聽我的命令行事。我會在九點左右過去。如果你臨時想要跟他見面，會怎麼安排？」

「我的手下在海佛史塔克丘路上有一個房間。老波每天早上開車到大使館和晚上開車回家的路上，都會經過房間窗口。如果他們貼出一張抗議交通問題的黃色海報，他就知道要見面了。」

「那麼在晚上，或是週末呢？」

「就說打錯電話了。但沒有人喜歡這樣。」

「曾用過嗎？」

「我不知道。」

「你的意思是你沒有竊聽他的電話？」

托比沒作聲。

「我要你這個週末放假；這不會讓圓場的人起疑心吧？」艾斯特哈熱切地搖搖頭。「我相信你覺得自己能置身事外比較好，對吧？」艾斯特哈點頭。「你就說你要處理女人的問題，或是隨便編一個你最近遇到的麻煩事；你會在這裡過夜，也許是兩晚。法恩會看著你，廚房裡有食物。你老婆那邊要怎麼說？」

貴倫與史邁利看著艾斯特哈打電話回圓場找菲爾．波提亞斯。他順暢地把這套說辭講完，帶著一點自嘲、一點賣關子，以及一點開玩笑的語氣。他說：菲爾，北方有個女孩迷上了我，如果我不去找她、握住她的手，就會叫我吃不完兜著走。

「菲爾，你不說我也知道這種事對你來講是家常便飯；嘿，你那個漂亮的新秘書怎麼啦？我跟你說，菲爾，如果瑪拉從家裡打電話找我，就告訴她托比在出一趟重要任務，好嗎？要去炸掉克里姆林宮，週一才回來。好好跟她說，把事情講嚴重一點，嗯？再見，菲爾。」

掛掉電話後，他撥了一通倫敦北區的電話：「喂，M太太，我是妳最喜愛的男友，聽得出我的聲音嗎？很好。聽清楚了，今晚有個訪客會過去妳那邊，一個陳年老友，他會讓妳感到一陣驚喜。她討厭我，」他先把手捂在話筒上，對著另外兩個人解釋，又繼續說：「他要去檢查線路，四處看一遍，確定沒有問題、不會漏電，好嗎？」

「如果他惹麻煩，」貴倫惡狠狠地告訴法恩，「就把他的手腳綁起來。」

在樓梯間，史邁利輕碰貴倫的手臂說：「彼特，我要你注意有沒有人在後面跟蹤我，可以嗎？我先走兩三分鐘，然後你到馬洛斯路的街角接我；朝北走。」

貴倫等了一會兒就走到街上。空氣中飄著細雨，奇怪的是，暖和得有一點像融雪時。光線投射處，濕氣化為纖細的雲，但是在陰影中他看不見，也感覺不到：只是，霧氣令他的視線模糊起來，眼睛只能半張半闔。他繞行花園一圈，在接應點南邊遠處走進了一間馬廄改建的漂亮房舍。到了馬洛斯路之後，他穿過馬路，走上西側的人行道，買了一份晚報，開始用悠閒的腳步走過花園深處的那一排別墅。他數著有多少行人、腳踏車騎士、車輛，同時看到喬治・史邁利正踏著緩慢的腳步走在前方遠處的人行道上，就像個典型正要返家的倫敦人。在這之前，貴倫曾問史邁利：「是一隊人馬嗎？」史邁利無法確定。「還不到艾賓東別墅，我就會穿過馬路。你的目標是某一個人，注意了！」

史邁利在貴倫眼前突然停住腳步，好像想起了什麼事；他瘋狂地冒險穿過狂亂的車流，接著閃身走進一間菸酒專賣店裡。在此同時，貴倫看到，或是以爲他看到一個穿著深色外套的高大佝僂身影走出來、尾隨著史邁利。但就在那個當下，一輛巴士開過來，同時擋住了史邁利和追他的人；當車子開走時，一定也帶走了追他的人，因爲在那條人行道上，只剩下一個年紀較長的男人，他穿著一襲黑色塑膠雨衣、頭戴布帽，懶洋洋地倚在公車站牌上看晚報。而當史邁利拿著他的棕色袋子走出菸酒專賣店時，那個人只顧著看他的晚報運動版，根本沒有抬頭。再過一會兒，貴倫跟在史邁利後頭，走過充滿維多利亞時代風格、街景比較別致的肯辛頓區；他穿過一個個安靜的廣場，走進一間馬廄改建成的房舍，再按照同一路線走出來。就只有一次，當貴倫忘記跟著史邁利，只是按本能走著自己的路時，他懷疑起那個跟他們一樣在空蕩街上步行的身形——投射在一片寬闊磚牆上的瘦長黑影。但是當他往前走時，人影就不見了。

在那之後，當晚陷入了一陣混亂；一件件事情發生得太快，以致於他無法單獨一一記清。直到幾天之後，他才意識到那個身形，或說它的黑影觸發了他一連串熟悉的記憶。但在那時，有好一段時間，他還是不知道那人到底是誰。直到接下來的某天清晨，他突然醒來時，腦海才浮現一個清晰的影像：軍人發出的吼叫聲、一種深藏不露的溫和姿態，還有他位於獵人頭小組總部的房間、塞在房中保險箱後面那一支網球拍——曾讓他那內斂的秘書也熱淚盈眶。

35

也許，從老派間諜藝術的角度來看，史堤夫．麥克沃爾在同一天晚上唯一做錯的事，就是該怪他自己在下車時沒把副駕駛座的車門鎖上。從駕駛座這一邊上車後，他認爲自己沒把另一邊車門鎖上，純粹是因爲粗心大意；就像吉姆．普利多喜歡說的，維持懷疑的能力是求生的唯一途徑。就這最純粹的標準而論，麥克沃爾早該想到，在一個特別討人厭的晚上、一個特別討人厭的尖峰時刻裡，在香榭麗舍大道南端一條嘈雜的小街上，瑞奇．塔爾會打開副駕駛座的車門，上車後用槍挾持他。但是在那些日子裡，派駐巴黎的情報員生活一點也沒辦法讓人保持敏銳的心思，而且麥克沃爾平日的工作，大多只是負責登錄他每週的開銷，並且完成員工們都必須呈交給管理組的週報表。唯一讓那個週五沒有那麼單調的，是當天的漫長午餐：與他進餐的是法國那複雜的安全工作圈裡一個不太可靠的親英派份子。

他的車停在一棵快被汽車廢氣熏死的萊姆樹下，車子後面擺了一張外交豁免權的登記證，並且貼著CC兩個大字，因爲這位外派情報員以領事館的工作作爲身分掩護——儘管沒人把這當眞。麥克沃爾是圓場的老人了，他是個一頭白髮的矮胖約克夏人，曾在各地的領事館工作；但是就世俗的眼光來看，沒有任何一份工作有助他升遷。巴黎是他的最後一個派駐地。他並不特別喜歡巴黎，而且從他一輩子在遠東地區出任務的經驗中可得知，法國人也不喜歡他。但如果把它當成退休前的一段序曲，沒什麼比這裡更棒的了。零用金挺多的，住處也很舒適，而且在他派駐於此地的過去十個月裡，局裡對他大部分的工作要求都只是要他協助偶爾路過的情報員，在某些地方用粉筆做記號、充當倫敦站的郵差，或是招待專程來訪的情報員。

此刻他坐在自己的車裡，胸口被瑞奇·塔爾用槍抵住，塔爾的另一隻手則熱情地擺在他的右肩上——如果他敢輕舉妄動，隨時都可以把他的脖子扭斷。兩三呎外，有一群行色匆匆的女孩正要趕往地鐵站，六呎外的車陣則是完全動彈不得，而且很可能會塞上一個小時。看到兩個男人在一輛停好的車子裡舒服地聊天，誰會覺得有一絲奇怪之處？

自從麥克沃爾坐下後，塔爾就一直在講話。他說他必須發封電文給艾勒藍。這是私人電文，所以要由他本人親自解密，而塔爾希望史堤夫幫忙操作機器，塔爾則拿著槍在一旁等待。

「瑞奇，你在搞什麼鬼？」當他們挽著手走回常駐站時，麥克沃爾抱怨道：「局裡所有人都在找你，這你也知道，不是嗎？如果你被發現了，一定會被生吞活剝的。大家都奉命，一看到你就格殺勿論。」

他想過要逆轉情勢、攻擊塔爾的脖子，但他知道他的速度沒那麼快，而塔爾會殺了他。

當麥克沃爾開鎖從前門走進去開燈時，塔爾說，這封電文總共會有兩百組字。當史堤夫把電文傳出去後，他們就坐在機器旁邊等待波西的回應。如果塔爾的直覺沒錯，波西會在明天急忙趕到巴黎來跟他會面。塔爾會要求他們的會議必須在這個常駐站裡進行，因爲他覺得在英國領事館的管轄範圍內，俄國人殺他的可能性會稍微低一點。

「瑞奇，你瘋啦？不是俄國人要殺你，是我們局裡的人。」

前面的房間被當成接待室，是這個常駐站裡唯一的僞裝。裡面有一個老舊的木櫃，髒污的牆面上貼了幾張大英帝國發給各殖民地臣民的通知，都已過期。塔爾在這裡用左手對麥克沃爾搜身，但沒有找到武器。這裡是一間有庭院的房舍，大部分具有機密性的東西都在庭院的另一頭，包括密碼室、保險庫，以及各種機器。

麥克沃爾帶路走過兩三間空蕩蕩的辦公室，按下通往密碼室的門鈴，接著用單調的語氣警告：「瑞奇，你眞是瘋了。你老是想當拿破崙，現在還眞的是拿破崙上身；你從你老爸那邊遺傳到太多宗教狂熱基因了。」

用來傳話的鋼製小門往後盪開，開口處出現一張困惑又有點笨拙的臉。「小班，你可以回家了。你可以回家抱老婆，但是要守在電話旁邊，以免我有事找你。我帶了一個人過來。那些密碼手冊不用收起來，機器的鑰匙也不要拔走；現在我要發訊息給倫敦那邊，我自己來就行。」

那張臉往後退，他們等著那個年輕人從裡面開鎖：一支鑰匙、兩支，再加上一道彈簧鎖。

「這位先生來自遠東地區，小班，」麥克沃爾等門打開時，逕自解釋著。「他是我最重要的聯絡人之一。」

「您好，先生。」小班說。他是個高挑且看來很嚴謹的年輕人，戴著一副眼鏡，眼神專注。

「小班，這裡沒你的事了。我不會扣你的值班費。你這個週末休假，但還是可以領全薪，你也不必補時間給我。你就先走吧。」

「小班得留在這兒。」塔爾說。

劍橋圓環邊的燈光一片昏黃，曼德爾從一家服飾店的三樓往下看，濕滑的柏油路閃耀著像鍍了金的光芒。時間接近午夜，而他已經站了快要三個小時了。他位在一片網眼窗簾與一具掛衣架之間，像個守護世界的警察那樣站著：身體的力量平均地施加在兩隻腳上、大腿挺直，在平衡線以上的身體稍稍往後仰。他把帽子壓低、拉高領子，以免有人可以從街上看到他發白的臉，但是他那盯著圓場前方入口的雙眼，就像暗處的貓眼一樣雪亮。他還要繼續等三或六個小時——曼德爾又出擊了，他嗅得到一股像是在打獵的味道。更棒的是，他是個夜貓子，試衣間裡一片漆黑讓他非常清醒。僅有的光線從街道打上來，他的身子反射在天花板上變成破碎的黯淡倒影。其他的一切，包括裁布工作檯、一捆捆布料、蓋上布的機器、蒸氣熨斗以及一張張王公貴族們的簽名照，是他下午先來這裡探過路，才知道有那些東西；光線甚至沒有打在它們上面。即使在此刻，他還是很難看清它們。

從窗邊他可以看到幾乎所有通往前方入口的路徑：八九條大大小小的路跟巷子，不知為何會在劍橋圓環交會；散布在道路上的一棟棟建築反映出大英帝國的風格，給人一種華而不實且廉價的感覺——有羅馬風格的銀行，也有一個褻瀆回教的清眞寺樣式大劇院。一排排高聳的建築像機器人大軍似地排在它們後面。上方的粉紅色天空已經慢慢聚積著霧氣。

為什麼會這麼安靜？他在想。既然蘇活區與這扇窗只有丟顆石頭的距離，該區的娛樂業為何沒辦法進駐這早已空蕩的戲院、讓這裡變得到處是計程車與閒逛的人潮？有那麼多水果貨車要開往科芬園，為什麼就沒有半輛要經過夏夫茲貝里大道？

曼德爾再度透過他的望遠鏡觀察馬路對面那棟大樓。與旁邊的大樓相較，它似乎睡得更沉。它那一扇兩片門板的大門已經緊閉，從一樓的窗戶看不到任何燈光。只有四樓從左邊數來的第二扇窗戶發出幽暗微光，先前曼德爾已透過史邁利得知那裡是值班室。他短暫地舉高望遠鏡看那一片架設著許多天線、在天空下顯得雜亂無章的屋頂；接著他把目光移往下面一樓，看著無線電室那四扇一片漆黑的窗戶。

「到了晚上大家都只能走前門，」貴倫曾說：「這樣才可以少用幾名警衛，省一些人事費。」

在過去三個小時裡，曼德爾的監視行動只有三個收穫，而一小時發生一件事，實在算不了什麼。九點半的時候，兩個男人開著一輛藍色福特廂型車，載著看來像是彈藥箱的東西。他們自己把門打開，一進去就把門關起來，同時曼德爾則是朝電話說了一些自己對這件事的看法。十點鐘，交通車來了；貴倫也已經提醒過他。這輛交通車負責收集各分局的最新文件，送達圓場好在週末期間加以保管、以策安全。貴倫說，車子會依序到布里斯頓、阿克頓與薩拉特收取文件，最後一站是海軍部，到圓場時大概是將近十點。車子準時於十點抵達，這次大樓裡走出兩個人來幫忙卸貨。曼德爾也回報了這件事，史邁利很有耐性地回了一句「謝謝」。

史邁利正坐著嗎？他是否跟曼德爾一樣置身於黑暗中？曼德爾知道他是。在他認識的所有怪人裡面，史邁利是最怪的一個。看著他，任誰心裡都會想：他是不是連自己單獨過馬路都有困難啊？但如果你想要保護他，就好比是你想要去保護一隻刺蝟。曼德爾若有所思地對自己說：這些間諜喔……他這一輩子都在追捕壞人，現在呢？自己倒成了一個闖空門的傢伙，站在黑暗裡監視那些間諜。他會跟間諜打交道，都是因爲認識了史邁利。他本來以爲他們都是一些好管閒事的門外漢還有大學生，他們的行動違憲，而且身爲政治保安處的一員，要是遇到這種人——爲了自己與大眾著想——最好兩三句話就把他們打發走，從此井水不犯河水。現在想想，除了史邁利與貴倫這兩個人是顯著的例外，今晚他對所有間諜的想法的確就是這樣。

不過一個小時前，接近十一點的時候，來了一輛計程車。那是一輛普通的有照倫敦計程車，它停在戲院前。就連這一件事，史邁利也已經提醒過他：局裡的人有個慣例，搭乘計程車不會坐到門口。有些人會搭到弗伊爾書店前，有些則是搭到老坎普頓街，或者是那些商店中的某一家門口；大多數人都有自己偏愛的假目的地，而艾勒藍總是坐到戲院。曼德爾沒見過艾勒藍，但是知道他的特徵，所以透過望遠鏡就知道那肯定是他：一個穿著深色外套的笨重大漢，甚至看到計程車司機因為不滿他給的小費而擺臭臉，並在艾勒藍找鑰匙時嘀咕了兩句。貴倫曾跟他解釋，前門並沒有警衛，只是上了鎖而已，一直到走廊盡頭往左轉後，才會看到警衛。艾勒藍的辦公室在五樓。從外面看不到他透著光的窗戶，但是辦公室有一扇天窗，煙囪口會發出微光。當他觀察時，他非常肯定有一抹黃光出現在煙囪髒污的磚塊上——艾勒藍進辦公室了。

年輕的貴倫該去放個假，曼德爾想。以前他也看過**那種事**：有太多硬漢在四十歲就垮了。他們把所有的情緒往心裡藏、假裝自己沒事，仰仗著一些實際上並不成熟的偶像、把他們當作英雄；等到有一天那些情緒爆發出來，他們的英雄垮了，自己只能坐在辦公桌前哭泣，淚水一滴滴掉在吸墨紙上頭。

他拿起先前被他擱在地板上的話筒說：「看來鍋匠已經到了。」

他把計程車的號碼報出來，等著回話。

「他看起來怎樣？」史邁利喃喃地問。

「手忙腳亂。」曼德爾說。

「他是應該手忙腳亂。」

這傢伙應該不會垮掉，曼德爾想著，感到確信而欽佩。史邁利看來像棵脆弱的橡樹，大家都以爲他弱不禁風，但是在暴風雨結束時，只有他仍然能屹立不搖。想到這裡，又出現了一輛計程車，它就直接停在前面入口處，一個高個兒慢慢地一階一階走上去，就像個心臟有問題的人。

「裁縫來了。」曼德爾對著電話低語。「等等……還有士兵。看來是小組的正式聚會。我說啊，你們慢慢來。」

一輛老舊的賓士一九〇由爾漢街衝出來，從他的窗戶下方疾馳而過，到了查令十字路的北邊路口才好不容易轉了個彎，停下。一個一頭薑色頭髮的年輕壯漢從車裡爬出來、把門甩上；他沒有把車鑰匙拔掉，直接踏著沉重的腳步來到大樓入口。過一會兒，當羅伊．布蘭德加入聚會的行列時，四樓又亮起了另一盞燈。

我們只需要知道誰會走出來，曼德爾心想。

36

這個地方之所以會叫水門花園，可能是因爲附近有康登水門（或被稱作漢普斯特路水門）；它是四棟門面平整的十九世紀房舍，蓋在一條新月形的街道當中，每棟樓高三層並有一個地下室，屋後面對攝政運河的地方，還有一片有圍牆的細長後花園。門牌號碼是從二號到五號，一號要不是已經崩塌而遭人拆除，就是不曾完工過。五號是整片房舍的北端，而且作爲一間安全藏身站，它實在是無可挑剔：因爲在三十碼內它就有三條通道，屋後的曳船路上還有兩個；往北可以從康登高街匯入車流，南邊與西邊則是一座座公園與櫻草山。更棒的是，住在這裡的人都不是什麼名門世家，他們也不挑鄰居。有些獨棟房舍被改建成一間間單房公寓，外面掛著一整排門鈴，看來活像是一具打字機；有些房子看來就很氣派，只有單一門鈴。五號這一間則裝了兩個：一個是米麗．麥克雷格的，另一個則裝在她的房客傑佛遜先生的門上。

麥克雷格太太虔誠而鎮定，雖然局裡不會以此來斷定她對工作的熱中程度，但這兩個特色卻恰巧能讓她留意當地人的一舉一動。而在旁人的模糊印象中，只知道她的房客傑佛遜先生是個外國人，在石油產業工作，經常不在家，水門花園只是他的歇腳處。當鄰居們偶爾費神留意他的時候，總覺得他是個害羞而可敬的人。喬治．史邁利給他們的印象大概也是如此——如果他們剛好在晚上九點望著米麗．麥克雷格的門廊，他就站在那昏暗的燈光下。史邁利進入起居室後，她就把那具有教堂風格的窗簾拉了起來。

她是個強韌的蘇格蘭寡婦，總是穿著棕色長統襪，留著一頭短髮，皮膚雖仍有光澤，但卻已像個老嫗一樣皺紋滿臉。爲了傳教，同時也爲了圓場的工作，她曾主持過莫三比克的幾家聖經學校，以及漢堡市的一所船員布道會；儘管此後她還當過二十年的專業監聽人員，她仍傾向把所有男人當成不守教規的罪人。史邁利沒辦法探知她的想法。從他來了之後，她就保持著一種深沉而孤寂的鎮靜姿態。她帶著史邁利在屋裡轉一圈的模樣，活像個房客已經去世多年的女堡主。

首先是她居住的半地下室，裡面種滿了植物，而各種老舊的明信片、黃銅色桌面以及黑色雕花傢俱，則顯示出某種年紀與階層之英國女性的特有品味。的確，要她執行夜間任務時，圓場的人會打她那支擺在地下室的電話。而且，樓上還有一支號碼不同的電話，但那支只能撥不能接。地下室那線電話在廚房裡裝有分機。一樓如同局裡管理組會布置出來的聖殿，擺的東西都很貴，但也反映出他們差勁的品味：花俏的攝政時期紋飾、鍍金的仿古座椅及邊緣有繩索狀裝飾的絨布沙發。廚房沒有人使用，而且髒兮兮的。廚房外面有一座玻璃外屋，半是溫室，半是洗碗間，往下可以看到雜亂的花園及運河；擺在地上的是一台老舊的軋布機，一具鍋爐以及幾個木條箱裝的奎寧水。

「米麗，竊聽器裝在什麼地方？」回到會客室後，史邁利問道。

米麗喃喃地說，竊聽器都是兩個一組地裝在壁紙後面，一樓的每個房間裡都設有兩組，樓上每個房間則是各一組。每組都連著一台錄音機。他跟著她從陡斜的樓梯往上走，最高一層樓沒有傢俱，只有閣樓的臥室裡擺著一個灰色鋼架，上下兩層架上分別擺著四台錄音機，一共有八台。

「傑佛遜知道嗎？」

「傑佛遜先生，」米麗拘謹地回答，「是個值得信賴的人。」這句話幾乎是她對史邁利不滿——或是她對基督教倫理的尊崇——最明顯的表示。

下樓後，她爲他展示如何操作監聽系統。每個按鈕上都還裝有另一個開關。如她所說，不管是傑佛遜或是局裡任何人，想錄音時，只要起身把左手邊的燈光開關往下壓，監聽系統就會變成聲控。意思是，除非有人講話，否則錄音盤不會啓動。

「還有，米麗，當這一切在進行時，妳會在哪裡？」

會待在樓下，她說。口氣就像女人本該待在那裡。

史邁利走遍一個個房間，到處試著打開櫥櫃與衣物櫃。然後他又回到那個可以望見運河的洗碗間。他拿出一小支手電筒，對著一片漆黑的花園閃了一下。

進入會客室，史邁利若有所思地按下門邊的燈光開關。「這裡的安全程序是什麼？」

她回答的語氣就像宗教儀式一樣單調。「門口如果擺著兩瓶裝滿的牛奶，就可以進來，一切都沒問題。如果沒有牛奶瓶，就不能進來。」

一陣叩叩叩的聲音隱隱從日光室的方向傳來。回到洗碗間後，史邁利打開玻璃門。一陣急促的喃喃對話過後，他和貴倫一起現身。

「米麗，你認識彼特吧？」

米麗有可能認識他，也可能不認識。她那雙嚴厲的小眼睛用不屑的眼神死盯著貴倫。他一邊研究監聽器的開關，一邊試著從口袋掏東西出來。

「他在做什麼？不可以，快阻止他！」

史邁利回嘴，如果她有疑慮，大可用地下室的電話跟雷肯聯絡。雖然米麗・麥克雷格沒有表現出激動的樣子，但是她那皮革一般的雙頰漲得通紅，並生氣地扳起手指。貴倫用一枝小螺絲起子謹慎地把塑膠面板兩側的螺絲退出來，盯著後面的電線，接著又小心翼翼地把最後面一個開關倒過來、扭轉它的電線，然後把面板鎖回原位，沒有動其他開關。

「我們試試看吧。」貴倫說。接下來當史邁利走到樓上去查看錄音盤時，貴倫用歌手保羅・羅布森那種低聲嗥叫的方式唱起〈老人河〉。

「謝了，」史邁利走下來，抖抖肩膀說：「這樣已經太好了。」

剛剛米麗已經到地下室去打電話給雷肯了。史邁利安靜地布置整個場景。他把電話擺在會客室的一張扶手椅旁，然後清出一條通往洗碗間的退路。他從廚房裡那個印有可口可樂商標的保溫箱裡拿出兩瓶牛奶，將它們擺到門口，當作安全的信號——用米麗・麥克雷格那單調的話來說，這就代表「你可以進來，一切都沒問題」。他把鞋脫掉，擺在洗碗間裡，把燈全熄滅後坐在扶手椅上戒備。此時，曼德爾剛好打電話過來。

同時，人站在運河曳船路上的貴倫則繼續他看守房子的任務。在入夜前的一個小時，任何人都可以看到這條小徑上的動靜；在這之後，它就變成了情侶們幽會的地點，或是流浪漢的避風港——兩種人聚在這裡的理由各不相同，但是橋邊的陰暗處對他們具有同樣的吸引力。在那個寒冷的夜裡，這兩者都沒有出現在貴倫眼前。偶爾只有一輛輛空蕩蕩的火車通過，之後讓人感覺周遭更加地空曠。他神經緊繃，胡思亂想著接下來會發生什麼事，片刻間他眼前的夜景讓他聯想到「窮途末日」這幾個字：鐵道橋樑上的一個個號誌燈變成了絞刑台，那些維多利亞時代的倉庫則幻化爲巨大的監獄，在霧濛濛的夜空下，它們的窗戶變成了拱形鐵窗。近在身邊的是老鼠發出的陣陣叫聲，以及死水的臭味。接下來會客室的燈光也熄滅了，整間房子矗立在黑暗中，只有米麗的地下室兩邊有縫隙透出黃光。洗碗間裡的一陣微光射進荒蕪的花園裡。他從口袋裡拿出一支筆型手電筒，滑開銀色的蓋子，以顫抖的手瞄準光源，回了一個信號。接下來他們能做的就只有等待了。

塔爾把傳進來的電報跟保險箱裡取出的一次性密碼本丟回給小班。

「拜託，」他說：「拿薪水就該做事。把電文翻譯出來。」

「這是發給你的電報，」小班拒絕。「你看，上面寫著：『發信人艾勒藍，請親自解碼。』我沒有經手這種東西的權限，這是最高機密。」

「照他說的做吧。」麥克沃爾看著塔爾說。

這三人之間陷入一陣長達十分鐘的沉默。塔爾站在房間的另一頭，緊張地等待著。之前他先把槍插在腰帶上，槍托在內、朝向鼠蹊部；他的外套掛在一張椅子上。汗水讓他的襯衫黏在背上，還往下流。小班用一把尺開始解讀那一組一組的數字，然後小心地把譯文寫在身前的方格紙上。爲了集中精神，他特別以舌頭頂著牙齒，最後在縮回舌頭時還發出小小的「噠」一聲。他把鉛筆放到一旁，將撕下來的譯文交給塔爾。

「大聲唸出來。」塔爾說。

小班的聲音很和善，甚至還帶著一點熱情。「發信人艾勒藍，請塔爾親自解碼。在接受你的要求之前，我一定要你澄清事實並且/或者交出貨物樣品。來源清楚的情報可以保護本局之安全，來源不明者不可靠。容我提醒，你在那不名譽的失蹤事件後，已陷入不利處境。我勸你趕緊停手，立刻向麥克沃爾交代一切。我再說一遍，趕緊停手。首長。」

小班還沒全部唸完，塔爾就開始激動地發出詭異的笑聲。

「波西，你這老小子，就是這樣！」他嚷嚷，「好，我也再說一遍：門都沒有！親愛的小班，你知道他爲什麼要拖延嗎？因爲他正打算朝我的背後放冷箭！我的俄羅斯女孩就是這樣栽在他手裡的。這個雜碎還想故技重施。」他一邊撥亂小班的頭髮，一邊笑著對他大叫：「我提醒你，局裡有一些該死的爛人，所以我說啊，你別相信他們任何一個，否則你永遠只能當個小角色！」

獨自待在黑暗的會客室裡，坐在管理組挑選的那張不舒服的椅子上，史邁利也在等。他的頭以一種不自然的姿勢夾住話筒。偶爾他會喃喃說些什麼，曼德爾也會低聲回他兩句，但大部分時間他們只是沉默以對。他壓抑著自己的情緒，甚至可以說有一點憂鬱。像個演員似的，在開演前就感覺到一齣戲會有個虎頭蛇尾的結局，一些重大事件最後會以微不足道的小事收尾。在奮鬥了一輩子之後，就連死亡這種事對他而言也微不足道了。他感覺不到自己向來熟悉的那種征服感。就像他平常在害怕時，他一股腦想到的都是人。他無法提出一些特定的理論或判斷，只想著大家會受到哪些影響，而他覺得自己應該要負責。他想起了吉姆、山姆、馬克斯、康妮以及傑瑞·威斯特比，還有已經蕩然無存的個人誠信。想到另一處時，浮現他腦海的是安，以及他們在寇爾尼詩海岸上那番無助而混亂的談話。他想著：難道有人在談感情時，能夠完全不欺騙自己嗎？他曾希望自己在事發之前能覺醒、擺脫那一切，但就是辦不到。他像個父親似地擔心貴倫，不知道他能不能撐過成長之前的最後陣痛；他又想起了他安葬長官的那一天。他也想到叛國這回事：就像有些施暴者犯的可能是無心之過，會不會有人也是不小心叛國的？令他憂心的是，他感到自己好像被掏空了：既然如今他所面對的是人性問題，過去他所賴以生存的知識與哲學，已完全不管用了。

「有動靜嗎？」他透過話筒問曼德爾。

「只有幾個酒鬼。他們高唱著『看看那片被雨淋濕的叢林』。」曼德爾回答。

「沒聽過。」

他把話筒換到左邊，從外套內袋裡掏出那把已經毀掉絲質襯裡的手槍。他摸到保險栓，那一瞬間突然以爲自己忘了哪邊是開、哪邊是關。他退出彈匣，又把它插回去，想起戰前自己小跑步穿過薩拉特的夜間靶場時，不知道做了幾百次這種動作。他想起受訓時總有人提醒他們：各位先生，要用兩隻手開槍，一手握槍，一手握住彈匣，各位先生。他還記得有一個圓場裡的傳說，要他們把食指擺在槍管上、用另一根手指扣扳機。但當他嘗試過後，有一種很愚蠢的感覺，於是他把這件事給忘了。

「我去走一走。」他喃喃地說，而曼德爾說：「去吧。」

他走回洗碗間，手裡還拿著槍，仔細傾聽地板是否會發出洩漏行蹤的吱嘎聲響。但是那破爛地毯下的一定是水泥地，就算他在上面跳躍，地板也不會震動。他用手電筒發出兩道閃光信號，過了好一會兒之後再來兩道。貴倫立刻用三道短信號回應他。

「我回來了。」

「知道了。」曼德爾說。

就定位後，他悶悶不樂地想著安——幻想著不可能實現的美夢。他把槍擺進口袋裡。運河邊傳來一陣警笛的沉吟聲。在晚上？晚上有船在航行嗎？一定是車子。如果傑拉德早就備妥一套我們不知道的緊急程序，那該怎麼辦？是雙方都透過公共電話亭聯絡，或是有一台接人的專車？如果的確有人在幫波里雅各夫跑腿、一個連康妮都不知道的助手，那該怎麼辦？他不是沒有遇過這種情況。這一套體系滴水不漏，不管在任何緊急狀況下，都有辦法見面會商；凱拉可說是間諜這一行的大師級人物。

還有，他的確如自己所猜想的，被人跟蹤了嗎？眞是如此嗎？是不是眞的有人如影隨形地跟著他，儘管未親眼目睹，但是因爲那跟監者的凝視目光尖銳到令人刺痛，他才感覺到其存在？他什麼也看不到、聽不見，只是有那種感覺而已。他都到了這把年紀，不能不注意心中的警鐘——不曾響過的階梯發出吱嘎聲，無風的百葉窗卻沙沙作響；車子的車牌號碼不同，但是車身外側都有同樣的刮痕；以及在地鐵站裡那一張似曾相識的臉——多年來，這些都曾是讓他得以倖存的蛛絲馬跡。不管是遇到上述的哪一種狀況，都該換個地方或城鎮避風頭，又或者改變身分。因爲在他們這一行裡，沒有巧合這回事。

「有一個出來了。喂？」曼德爾突然說。

「我在。」

曼德爾說有人剛剛離開圓場。是從前門離開的，但他無法確認其身分。穿著雨衣、頭戴帽子，身形龐大，走得很快。一定是叫了一輛計程車到門口，然後直接上車離開。

「往北，朝你那邊去了。」

史邁利看著自己的手錶。應該要十分鐘吧，他想。就給他十二分鐘，因為在路上他必須停下來打電話給波里雅各夫。接著他又想：別傻了，他在圓場時就撥過電話了。

「我要掛了。」史邁利說。

「保重。」曼德爾說。

在曳船路上的貴倫看到三次長時間的閃光。地鼠已經上路了。

洗碗間裡的史邁利再次確認了他的退路，將一些折疊式躺椅推到一旁、在軋布機上釘了一條細繩以指示方向，因為他在黑暗中的視力很差。沿著細繩他可以走到敞開的廚房大門，再由廚房的兩扇門分別前往會客室與餐廳。廚房很長，而且事實上是從房子增建出來的，而那間被當成洗碗間的玻璃外屋則是後來再度擴建的。他曾想過要利用餐廳，但是風險太高，而且他無法從廚房打信號給貴倫。所以他在洗碗間裡等待，一方面覺得他只穿著長統襪的腳有點好笑，另一方面則是得不斷擦拭眼鏡，因為他臉部的熱氣常讓鏡片霧掉。玻璃屋冷多了。會客室就在一旁，卻太熱了，但是洗碗間有這些外牆與玻璃，水泥地上的墊子讓他的腳覺得潮濕。地鼠會先到，而且扮演主人的角色，他想。這是遊戲規則的一部分，如果要把波里雅各夫僞裝成傑拉德的間諜，就一定得這樣。

倫敦的計程車就像正在往下掉的飛彈一樣。

這個比喻從他的下意識記憶中慢慢浮現。飛彈掉在這新月形街道上，當那低沉的降落聲停止，取而代之的是一陣有韻律的滴答聲。阻斷：意思是它停在哪裡？哪一間屋子？當我們都在黑暗的街道上、躲在桌子底下或者死抓著任何一根繩子等待的時候，它擊中了哪一間屋子？然後是砰的一聲甩上車門，那就像是一個爆炸性的轉折：如果你還聽得到，它就不是要找你的。

但是史邁利聽到了，而且是來找他的。

他聽到了礫石路上的腳步聲，輕快而有生氣。腳步聲停住。史邁利胡思亂想：找錯門了，走開。他握著槍，保險栓已經打開。他持續聆聽著，但聽不到任何聲音。傑拉德，你眞是疑神疑鬼，他想。你這隻老地鼠聞到了不對勁的氣息。是米麗，他想：米麗把牛奶瓶拿走了，警告令他卻步；米麗破壞了這次獵殺行動。然後他聽到門閂開啓聲，轉一次、兩次，他還記得這是班漢牌的門鎖——天啊，千萬不能讓這廠牌倒閉。當然了：地鼠忙著輕拍口袋找鑰匙。如果是個神經質的人，會在計程車上就先把鑰匙拿在手裡，緊握著它、在口袋裡把玩它。但是地鼠不會。地鼠也許會感到擔憂，但他不會神經質。就在門閂開啓的同時，門鈴也響了：一聽就知道是管理組的品味，高音，低音，高音。米麗剛剛說過，這表示按鈴的是局裡的人。我們這幾個人裡面的一個，是她的人，康妮追查過的人，也是凱拉的人。前門打開後，有人走進屋裡。他聽到拖著腳步在地毯上走路的聲音，關門聲，燈的開關被打開的聲音，看到廚房門縫下方透出一道淡淡的白光。他把槍擺在口袋裡，手掌往外套上擦了擦。當他再把槍拿出來時，剛好也聽到另一枚炸彈的聲音——另一輛計程車停了下來，很快就傳來腳步聲。這表示波里雅各夫不只把鑰匙準備好了，連計程車錢也是。俄國人會給小費嗎？他想，或者給小費並不是民主的行爲？門鈴再度響起，門開了又關，接著史邁利聽到砰砰兩聲，是兩瓶牛奶被擺在大廳桌上，一來是爲了整齊，二來這也是訓練有素的間諜該做的。

老天爺保佑！驚恐的史邁利瞪著那個可口可樂保溫箱：我怎麼沒想過他們可能會想把那兩瓶牛奶擺回保溫箱？

廚房那扇門下方的燈光突然轉亮，因爲會客室的燈被打開了。一陣異常的寧靜籠罩著這間房子。史邁利拉著繩子，在冰冷的地板上緩緩前進。接著他聽到了聲音。一開始不太清楚，他想他們一定還在房間的另一邊。或者他們一開始講話的聲調都是這麼低。現在波里雅各夫走近了些，他在小推車旁邊倒酒。

「如果有人找我們麻煩，我們要用什麼來掩飾？」他用純正的英語問道。

史邁利還記得這聲音有多美妙。他想著：你的聲音可真圓潤，我常常把竊聽錄音帶聽兩遍，只為聽你的聲音。康妮，妳真該來聽聽他的聲音。

在房間另一頭那個人用模糊的低語回答問題。史邁利聽不到答案，只聽出波里雅各夫的問題：「我們要在哪裡集合？」「我們的備用計畫是什麼？」「既然我有外交豁免權，你身上有沒有什麼希望讓我帶走的東西？」

史邁利想，這些問題一定都是事先擬定的——凱拉大師的慣用手法。

「開關關掉了沒？可不可以請你再確認一次？謝謝。你想喝什麼？」

「蘇格蘭威士忌，要他媽的特大杯。」海頓說。

史邁利覺得不敢置信，但他耳邊傳來的熟悉聲音，正在朗讀他自己在四十八小時前寫給塔爾的那封電文。

接下來的片刻，史邁利的內心交戰著。他在雷肯的花園裡體驗到，並且自此不斷阻礙他前行的那一股憤怒與疑慮，如今像一道令人憂心的浪潮把他推向絕望的岩石上，然後又把他推向了背叛。他說：我拒絕。不管是爲了什麼理由，任何人都不該去毀滅另一個人。痛苦與背叛的道路有時而盡，在那之前，人沒有將來可言，只會被捲入不斷重複的恐怖當下。這人是我的朋友與安的愛人，也是吉姆的朋友，而且就我所知，也是吉姆的愛人。對我們來說，這個人是朋友，但對社會大眾而言，他是個叛國者——

比爾．海頓所背叛的，是他的愛人、同事與友人；身爲一個愛國者，他就是過去曾被安籠統地稱爲「那一夥人」的其中一份子：他們的人數難以估計，但都像比爾一樣，盡其所能地公開追求一個目標，但私下想達成的卻完全相反。史邁利很清楚，即使到現在，他還是不知道這種「雙面人生」有多可怕；但是他內心有一部分早已挺身爲比爾辯護。比爾不也是遭背叛了嗎？康妮的嘆息在他耳邊響起：「我可憐的愛人們。你們都是被訓練來幫大英帝國乘風破浪、征服世界的……喬治，你們是最後兩個了，你跟比爾。」令他痛苦的是，他清楚地看出野心勃勃的比爾雖有藝術大分，卻被訓練成一個擅長統御、分化與征服的人，跟波西．艾勒藍一樣，他的眼界與虛榮心都只專注在統治世界的遊戲上：但事實上，我們只是一座可憐的海島，連一水之隔的地方都跨不過去。因此史邁利不只是感到厭惡，儘管這個時刻對他來講意義重大。他突然怨恨起那些他本該極力保護的體制。就如同雷肯所說的：社會契約相互影響，有利也有弊，你明知道。部長懶散而虛僞、雷肯自以爲在道德上沒有瑕疵，對任何事都不願多說；波西．艾勒藍則是個貪婪的惡棍——跟他們這種人訂什麼契約都沒用。有誰應該效忠於他們嗎？

當然，他是知道的。他早就知道那個人是比爾了。就像長官也早就知道，還有雷肯在曼德爾他家時也已經知道了那樣。就像康妮與吉姆，艾勒藍與艾斯特哈，他們也都隱隱知道是他，卻未明說，只是把這件事當成一個他們未承認也未診斷過的疾病，希望自己可以不藥而癒。

那安呢？安也知道嗎？難道這就是那天在寇爾尼詩海岸上、籠罩著他們倆身上的陰影？

看看史邁利現在的德性：一個打赤腳的肥胖間諜，如果用安的口吻說來，他是一個在感情上被背叛，卻無力去恨的人，一手持槍，另一手抓著細繩，在黑暗中等待。接著，他持槍躡手躡腳地往回退到窗邊，很快地連續打出五道短信。等到對方回應後，他又回到監聽的崗位上。

貴倫沿著曳船路快跑，手電筒在他手裡劇烈顛簸，直到他抵達一座弧度不大的拱橋，還有一道通往格洛塞斯特大道的之字型鋼梯。大門已經關起，他得爬過去，一隻袖子被扯破到手肘處。雷肯穿著一件頗具鄉村風味的外套，拿著一個公事包，站在公主路的轉角處。

「他在那裡，他到了。」貴倫低聲說，「他抓到傑拉德了。」

「我不希望有人流血。」雷肯警告。「一切都要平平靜靜。」

貴倫懶得回答他。三十碼外，曼德爾坐在路上一輛普通的計程車裡等待。車子開了兩分鐘，路程不遠，在還沒有到新月形街道前就停了下來。貴倫拿著艾斯特哈的鑰匙，走到五號時，他們穿過大門，沿著草地邊緣前進，以免發出聲音。當他們前進時，貴倫往後瞥望，以爲看到有人在監視他們；他分辨不出對方是男是女，只知道馬路對面的一個門口有個黑影。但是當他要曼德爾轉頭去看時，卻什麼也沒有了。曼德爾粗魯地命令他安靜。門廊上的燈已經熄滅。貴倫走在前頭，曼德爾在一棵蘋果樹下等待。貴倫把鑰匙插進去，一邊轉動一邊感覺到門鎖鬆開。他覺得自己好像贏了：他媽的笨蛋，你怎麼不把門閂放下？把門推出一個一吋的縫之後，他開始遲疑。他把呼吸放慢、深吸一口氣，準備行動。曼德爾從另一邊前進。街上有兩個男孩經過，因爲黑夜而興奮地大笑。貴倫再次往回看，但新月形街上空無一人。他走進大廳裡，絨布鞋在拼花地板上發出嘎吱聲，因爲地上沒有鋪地毯。在會客室裡，他仔細聆聽他們的談話，最後終於按耐不住，一陣怒火爆發出來。

回想起他底下那些在摩洛哥被殺掉的情報員、他被下放到布里斯頓，還有他的青春日漸從指間流逝；他愈來愈老，儘管很努力，每天的生活還是充滿挫折。他感到那單調無聊的生活慢慢逼近他，他不再有能力去愛、去享受生命，臉上失去了笑容。何謂英雄？過去這個問題的明確答案曾是他賴以爲生的標準，但答案卻愈來愈不明確。他曾爲了默默貢獻而強迫自己要時時檢討、壓抑自己。他眞的很想把這一切丟在海頓那張獰笑的臉上。他曾向海頓告解過，也是個一起談笑與喝杯煮焦咖啡的好夥伴。海頓甚至是他這輩子所有言行的楷模。

不只如此，遠遠不止如此。如今他目睹的這一幕，他才體認到，海頓可不只是他的楷模而已。海頓啓發了他，他在海頓身上看到一種已經過時的浪漫主義，一種身爲英國人的天職——這個觀念雖然模糊而且說不清楚、難以理解，卻讓他這輩子到目前爲止充滿了意義。在這一刻，貴倫覺得自己不只是被背叛了，而是變成了一個孤兒。過去他對外面的現實世界，包括對他的女人與他打算愛的人，充滿了疑慮與怨恨，如今那些情緒全轉移到了圓場，轉移到那曾是他的信仰、如今卻已破滅的魔法上頭。他奮力把門撞開，持槍衝進去。海頓跟一個額髮濃密的壯漢分別坐在一張小桌子的兩邊。貴倫看過波里雅各夫的照片，認出了正在抽一根純正英式菸斗的他。他穿著一件前面有拉鍊的羊毛衫，看來就像田徑服的上衣。他還來不及把菸斗從嘴裡抽出來，貴倫就抓住了海頓的衣領，手一提就把他從座位上拉了起來。他把手槍丟掉，海頓像一隻狗似地被他往兩邊搖來晃去、被他大聲咆哮。但突然間，他覺得沒必要這樣。畢竟，這個人可是比爾，他們也曾經共患難。曼德爾還沒有抓住貴倫的手臂時，他就已經收手了，同時他聽到史邁利用一貫的客氣口吻要求「比爾與維多洛夫上校」高舉雙手、把手擺到頭上，直到波西．艾勒藍出現。

「外面沒有別人，對吧？你有特別注意嗎？」等待時，史邁利問著貴倫。

「安靜得像墳場一樣。」曼德爾幫貴倫以及自己回答。

37

有些時候，因爲一下子有太多事發生，讓人難以相信它們眞的一一出現過，對於貴倫與在場的所有人而言，眼下就是那種時刻——史邁利一直無法專心，不斷小心地看著窗外；海頓則是擺出一副事不關己的模樣；而原本就可以預料的是，波里雅各夫感到憤慨無比。他要求他們必須以外交使節團的身分對待他，坐在沙發上的貴倫則是語帶威脅地說他們一定會照辦——接著艾勒藍與布蘭德在慌亂中抵達，波里雅各夫對他們提出進一步抗議，史邁利則帶他們去樓上聽錄音。回到會客室後，眾人全都悶悶不樂，久久不發一語。雷肯也來了，最後終於抵達的是艾斯特哈與法恩，米麗則是默默地幫大家端上一壺茶。這些事接二連三地發生，一個個配角輪番上陣，創造一種虛幻的戲劇性，彷彿那天史邁利他們去艾斯考特的情形；而且因爲這一切都發生在晚上，所以就顯得更虛無了。事實上，與史邁利把大家聚在這裡的唯一目的相較，這些事實在顯得可笑無比——特別是波里雅各夫以一連串俄文辱罵法恩這件事。他說法恩爲了壓制他而揍了他，但就連一直保持警戒的曼德爾也沒看見他被打到哪裡。史邁利只是要讓艾勒藍相信，抓到海頓後，才有機會與凱拉協商是否可以把海頓出賣的那些情報網成員交出來，不管還剩下幾個人。這一點就算並非他們的職責所在，從人道角度來說，也是他們該做到的。史邁利並未獲得授權，無法經手這些交易，而且他似乎也沒有那個意願；也許他認爲，在他們之中，艾斯特哈、布蘭德與艾勒藍的身分比較適合得知理論上有哪些情報員還在人世。無論如何，他很快就獨自上樓去了，而貴倫則是聽到他再度不安地在各個房間裡走動，持續在窗戶邊警戒著。

所以當艾勒藍和副手們獨自帶著波里雅各夫退到餐廳裡去談條件時，其餘的人安靜地坐在會客室裡，不是看著海頓，就是故意把頭別開。他好像把他們當成了空氣。他托腮獨自坐在角落，由法恩看管，一副百無聊賴的模樣。會商結束，他們一起走出餐廳，艾勒藍對剛剛堅持不肯加入會商的雷肯表示，他們約好三天後在此見面，屆時「上校才會有機會請示過他的上司」。雷肯點點頭。對方也需要開會才能決定。

他們一行人離開的方式，甚至比抵達還要奇怪。有趣的是，艾斯特哈與波里雅各夫的道別戲碼特別熱烈。艾斯特哈給人的印象總是比較像個紳士，而非間諜，他似乎決定展現出自己的翩翩風度，想與波里雅各夫握手話別，卻被對方無禮地甩開。艾斯特哈可憐兮兮地四處找史邁利，也許是想要再說幾句逢迎的話，但終究只是聳聳肩，把手臂搭在布蘭德的寬肩上。不久後他們就一起離開了。他們沒有向任何人道別。布蘭德看起來一副驚嚇過度的樣子，儘管艾斯特哈自己的前途在當時看來也不是很樂觀，但似乎在安慰他。過一會兒，來了一輛無線電計程車把波里雅各夫載走，他離開時也沒有跟任何人點頭致意。此刻已經沒有任何人在交談了，那個俄國佬離開後，這場戲只剩幾個英國佬可憐地獨撐大局。海頓跟剛剛一樣維持那無聊的姿勢，依舊由法恩與曼德爾照看；不發一語的雷肯與艾勒藍則是尷尬地凝視著他。他們又打了幾通電話，主要是爲了叫車。到了某個時刻，史邁利回到樓下，提起了塔爾。艾勒藍打電話吩咐圓場的人發一封電報到巴黎，說塔爾可以光榮返回英國，但沒人知道這句話的意義何在。另一封電報則是發給了麥克沃爾，告訴他塔爾還不錯。這在貴倫耳裡聽來，同樣也是攙雜了個人意見的一句話。

最後，讓大家都鬆了一口氣的是，培訓中心派來了一輛沒有窗戶的廂型車，兩個貴倫不曾見過的人走下來，一個是走路一拐一拐的高個兒，另一個則是一頭薑色頭髮的軟腳蝦。他驚覺他們是偵訊人員。法恩把海頓的外套從大廳拿出來、搜過口袋，然後恭敬地幫他穿上。在此刻，史邁利才溫和地插嘴，堅持海頓從前門走到廂型車上時，應該把大廳的燈關上，並由眾人戒護。貴倫、法恩，就連艾勒藍也加入了戒護行列，最後這一干人等才終於把海頓圍在中間，穿過花園，讓他上車。

「這只是爲了保險起見。」史邁利堅持。沒有人打算跟他爭辯。海頓上車後，兩個偵訊人員尾隨他，從裡面把護柵鎖起來。門關上以後，海頓對著艾勒藍做了個雖然有點輕佻，但也帶著善意的手勢。

所以，貴倫是在事後才想起了那一件件事情，還有一個個人物；例如，波里雅各夫雖然沒有資格，但他就是痛恨在場的每個人，就連米麗·麥克雷格這種小人物也不例外，實際上也是如此，整個人才扭曲了起來，他的嘴巴因爲始終保持蠻橫而無法自制的冷笑而歪斜；他的臉色慘白、渾身發顫，不是因爲恐懼，也不是因爲氣憤，而是純粹的痛恨。貴倫在海頓身上看不到這種情緒。但話說回來，海頓也有他自己表達痛恨的方式。

艾勒藍輸了。在那當下，貴倫發現自己偷偷地讚賞他：至少艾勒藍展現了某種風度。但是艾勒藍到底知不知道事情的眞相？從後來公布的答案看來，貴倫對此並不是非常肯定。但畢竟他還是首長，而海頓也還是他手裡的大壞蛋。

但對貴倫而言，最奇怪的還是他對自己的觀察。那不只是一個普通的想法，而是讓他不斷深思的一件事：在破門而入的當下，儘管他怒不可遏，但還是需要一個強烈的意志來驅使他，才能讓他擺脫對比爾．海頓的感情。也許他終於長大了，如果比爾有機會的話，應該會這麼告訴他。最棒的是，那晚當他沿著樓梯走回自己的公寓時，樓梯間迴盪著他最熟悉的卡蜜拉的笛聲。如果那一晚卡蜜拉已經褪去了一點過去的神祕色彩，至少到了隔天早上，他已經放過她，不再像先前那一陣子懷疑她腳踏兩條船。

就其他方面而言，在接下來的幾天裡，他的人生也開始出現樂觀的轉機。波西．艾勒藍被打發去度他的無限期假期，上面要求史邁利暫時回鍋、幫忙收拾殘局。據說貴倫也可以離開布里斯頓那個鬼地方了。一直到非常、非常久以後，他才得知那晚局裡確實有最後一次行動，也才知道在肯辛頓區如影隨形跟著史邁利的黑影是誰，以及那人的目的。

38

接下來兩天，史邁利過著神出鬼沒的生活。當鄰居們看到他時，他似乎正陷入一陣極度的悲痛中。他總是很晚起床，穿著睡袍在屋子裡走來走去，清理東西、撣灰塵、爲自己煮飯但又擱著不吃掉。到了下午，他會違反當地的規定，用煤炭升火，然後坐在火堆前閱讀德文詩歌，或者寫信給安——但幾乎沒有寫完任何一封，就算寫完了也沒寄出。當電話鈴響起，他會很快地接起來，卻總是大失所望。窗外的天氣始終很差，史邁利持續觀察著路上行人，稀稀落落的他們一個個都被籠罩在巴爾幹式的愁雲慘霧中。奉部長之命，雷肯致電史邁利，說他「應該隨時待命，如接獲請求，即應協助完成圓場的善後事宜」——也就是說要他暫時承擔看守人之職，直到他們找到波西．艾勒藍的接替人選。史邁利不置可否，只是再度跟雷肯強調，海頓在薩拉特期間，必須嚴加保護其人身安全。

「你是不是有一點大驚小怪？」雷肯反駁他。「他唯一能去的地方就是俄羅斯，而且我們終究會送他去那裡。」

「什麼時候？還要多久？」

這些細節還要花上好幾天才能安排妥當。史邁利覺得事件已經告終，他實在討厭去追問偵訊進行的狀況，但從雷肯的語氣聽來，答案應該是「糟得很」。曼德爾跟他講的事情倒是比較實際一點。

「伊明罕火車站已經關閉了，」他說：「如果你要出去，就必須從葛林斯比離開，然後步行，或是搭乘巴士。」

大部分時間曼德爾都只是坐著看他，好像把他當成病人那樣。

「你等再久，她都不會來的，這你知道吧？」他一度說：「如果她死都不來，難道你不能去找她？我說啊，有哪個拿不定主意的傢伙可以贏得美女的芳心呢？」

到了第三天早上，門鈴響了，史邁利以爲是安跟往常一樣又忘了帶鑰匙，很快就去應門。結果是雷肯。薩拉特那邊需要史邁利去一趟：海頓堅持見他一面。偵訊人員問不出東西，而他離開的時間就快到了。他們覺得，如果能由史邁利來聽取海頓的告解，他多少會講一些關於自己的事。

「我敢保證，我們並沒有逼他。」雷肯說。

史邁利還記得薩拉特的往日榮耀，但如今它只是個糟糕透頂的地方。大部分的榆樹都染病枯死了，舊板球球場周遭蓋起了一座座電塔；主建築物本身是一個龐大的磚造大樓，歐洲冷戰最熾熱的年代過後，也早已出現許多崩塌，大部分較好的傢俱似乎都不見了，他猜大概都被搬進艾勒藍的某間房子裡。他在一間隱藏於樹林中的半圓形活動營房中見到了海頓。

營房裡充斥著部隊禁閉室特有的臭味，四面黑色牆壁的高處裝了鐵窗，兩邊的門都有警衛看守。他們恭敬地迎接史邁利，說了一聲「長官好」，看來消息已經傳開來。海頓身穿丹寧布做的衣褲，他一直發抖，並且抱怨頭暈。有好幾次他必須躺在床上才能止住鼻血。他開始蓄起鬍子，但並非自願——顯然局裡對他能不能拿剃刀有過一番爭論。

「打起精神吧，」史邁利說：「你很快就能離開這裡了。」

在南下的車程間，他試著回想普利多、伊莉娜，還有捷克的那些情報網，在走進海頓的房門之際，他甚至隱隱想到了自己必須對英國大眾負擔某種責任：他想，無論如何，他都該爲那些正直之士譴責海頓。但他卻覺得非常膽怯；他覺得自己過去不瞭解海頓，往後更沒有機會。海頓那糟糕的身體狀況也讓他感到生氣，但是當他質問警衛時，他們都宣稱自己並不知情。更令他生氣的是，他要求加強的安全措施在第二天就被撤掉了。他要求與培訓中心的主管克拉杜斯見一面，克拉杜斯沒空，而他的助理則是裝聾作啞。

一開始，他們都沒有暢所欲言，而且淨說些無關痛癢的話。

海頓問史邁利，是否可以把寄去俱樂部的信轉寄給他？還有可不可以請艾勒藍加快與凱拉交換人犯的事宜？還有，他需要面紙來擦鼻血。海頓解釋，他之所以一直流鼻血，不是因爲後悔或是痛苦，而是因爲那些偵訊人員認定他知道其他被凱拉吸收的人是誰，要他在離開前一定得招供，對他做了一些卑鄙事，因此才有這種生理反應。還有一派人主張，牛津基督學院那一群貴族的首領范肖同時爲圓場與莫斯科總部擔任招募人員。海頓的解釋是：「說眞的，如果你們自己想當笨蛋，我還能怎麼辦？」儘管他很虛弱，他還是試著告訴他們，局裡就只有他一個是凱拉的人。

他們去庭園裡散步。讓史邁利幾乎感到絕望的，是不管黑夜或白天，中心四周甚至沒有配置巡邏人員。繞了一圈後，海頓要求要回營房去，回去後他挖起一塊地板，拿出幾張紙，上面寫滿了歪七扭八的字。史邁利不禁想起伊莉娜的日記。他蹲坐在床上整理那幾張紙，他那姿勢，那昏暗的燈光，還有幾乎垂到紙上的額髮，讓人想起了六〇年代他們在長官辦公室裡消磨的時光。他們曾一起構思過一些幾可亂眞、卻又難以執行的妙計，目的只是爲了讓英國更強盛。史邁利並未費神去做記錄，反正按照正常規定，他們之間的對話都會被錄音。海頓一開始就花了很長的時間幫自己辯白，但事後史邁利只想得起其中幾句話：

「在我們這個時代裡，只有幾個最基本的議題才是重要的……」

「美國已經沒有能力繼續改造自己……」

「英國也因爲國內的政治處境而無法涉足世界事務，或者沒有充分的道德理由去干預……」

如果是在別處聽到這番話，大部分的內容有可能是史邁利會同意的；所以，讓他無法認同的是演唱者的曲調，而非音樂本身。

「在資本主義掛帥的美國，對於大眾的經濟剝削，已經徹底體制化到就連列寧都無法預測的地步。」

「冷戰從一九一七年揭開序幕，但是眼前我們即將面對的，才是最艱困的一連串鬥爭，因爲美國在垮台前的妄想症發作後，會促使它在海外持續擴張……」

他說的不是西方的沒落，是因貪婪與封閉而走向滅亡。他說他對美國深惡痛絕，而這點史邁利倒也同意。海頓也理所當然地認爲，要判斷一個國家的政治是否健全，唯一的判斷標準就是祕密情報組織，只有它能夠表現出國家的潛意識。

最後他才說到自己。他說在牛津大學期間，他的確是個右派份子，而在戰爭期間，只要能挺身對抗德國，根本沒有人管你的政治立場是什麼。他說在一九四五年之後，有一陣子他對英國在世界上扮演的角色還感到挺滿意的，但他逐漸明瞭，那實在是一個微不足道的角色。至於爲什麼會明瞭、從什麼時候開始的，就連他自己也不清楚。他說不出是哪一件事對他的生命造成這種影響深遠的傷害，他只知道，就算英國在國際強權的棋局中敗下陣來，魚價也不會有一丁點改變。他曾想過，當眞正的考驗來臨時，他會站在哪一邊？經過深思熟慮後，他終於承認，如果東、西兩大集團只有一方能在最後勝出，他會希望是東方。

「跟其他事情一樣，這也是個必須從美學角度來做的判斷。」他抬頭向史邁利解釋。「當然，其中也牽涉了一部分道德因素。」

「當然。」史邁利客氣地說。

他說，此後他終將朝自己所信仰的方向去努力，問題只在於那一天何時到來。

這是史邁利在第一天的收穫。海頓的嘴唇出現白色沉澱物，而且又開始流鼻血。他們相約在明天同一時間見面。

「比爾，如果我們能夠談得深入一點，會比較好。」史邁利在離開前說。

「喔，幫我跟珍說一聲，可以嗎？」海頓又躺在床上止血了。「你說什麼都沒有關係，總之幫我做個了斷就是。」他坐起身寫了一張支票，放進一個棕色信封。「這個給她付牛奶的錢。」

他察覺史邁利對這個差事可能感到不太自在，於是又說：「難道我能帶著她走嗎？就算他們讓她跟我走，對我來講也是個該死的累贅。」

當晚史邁利依照海頓的指示，搭地鐵到肯提斯鎮，在一片尚未改建的馬廄裡找到一間小屋。應門的是一個穿著牛仔褲、五官扁平的美女，屋裡有油畫顏料與小嬰兒的味道。他不記得自己是否在臨水街的家中見過她，所以他開頭的第一句話是：「比爾．海頓叫我過來一趟。他很好，可是我幫他帶了些口信過來。」

「天啊，」那個女孩輕聲說：「也該跟我把話講清楚了。」

起居室很髒。從廚房門口他看到一堆用過的鍋碗瓢盆，因此知道她會等到所有餐具都用過後，才會一次把它們給洗乾淨。地板上一片空白，不過畫了一些蛇、花朵與昆蟲的長形花紋，非常迷人。

「比爾把自己當成在天花板作畫的米開朗基羅。」她找話說。「不過他不會像米開朗基羅一樣，把自己的背給操壞掉。你是公家單位的人嗎？」她問，然後點了根菸。「他跟我說過，他在幫政府做事。」她的手在發抖，而且眼睛下方有黃色污點。

「喔，首先我要給妳一樣東西，」他從外套內袋掏出那個裝有支票的信封。

「生活費？」女孩說，把信封擺到身邊。

「生活費。」史邁利回答，回以她微笑。接著，或許是因爲他的表情裡有什麼，又或許是因爲他把她的話複述一遍的語氣，促使她把信封拆開。沒有鈔票，就只有支票，但光是那張支票就夠了——從史邁利坐著的地方，就看得到金額至少有四位數。

手足無措的她走到起居室另一頭的壁爐邊，把支票放進壁爐架上的一個舊錫罐裡，跟一些生活用品的帳單擺在一起。她走進廚房，泡了兩杯雀巢即溶咖啡，但出來時只拿了一杯。

「他在哪裡？」她面對著他站著。「是不是又去追那個乳臭未乾的年輕水手了？是不是？他想用這筆錢打發我，對吧？你他媽的幫我跟他說……」

史邁利也經歷過這種場面。好笑的是，過去那些說辭他還是能朗朗上口。

「比爾在執行一項對國家很重要的任務。我恐怕不能跟妳說那是什麼，而且妳也不能對別人提起；幾天前他到國外去出一趟祕密任務了。他會離開一陣子，甚至可能是好幾年。上頭不准他跟任何人說他要離開了。他要妳忘了他。我眞的非常非常抱歉。」

聽到這裡，她開始破口大罵。他沒有聽懂她的每一句話，因爲她語無倫次、大聲尖叫，當嬰兒聽到她的聲音，也在樓上開始尖聲哭鬧。她罵個不停，但不是針對他，甚至也不是針對比爾。她沒有哭，只是難過地說，以後還有誰、到底還有誰會相信這該死的政府？史邁利看到牆面上四處掛著比爾的其他畫作，主要是這女孩的肖像畫；其中只有少數幾幅完成了，與他早期的作品相較，它們顯得難懂而糟糕。

「你不喜歡這些畫，對吧？我看得出來。」她說。「那你爲什麼要幫他做這件下流事？」

他似乎無法立刻回答這個問題。回到臨水街後，他又感覺被人跟蹤了，於是他試著打電話給曼德爾，要查一輛他看過兩次的計程車車牌號碼，並且叫曼德爾立刻幫他問。但是這次曼德爾一直不在，直到午夜才回來：史邁利睡得很不安穩，五點就醒了。到了八點，他已經回到薩拉特，帶著好心情去找海頓。偵訊人員沒有再去煩海頓，克拉杜斯也告訴他，交換人犯的事宜已經安排妥當，明天或後天就可以成行。他的一些要求帶有訣別意味：他要史邁利把他剩餘的薪水以及變賣零碎物品所得，都匯到莫斯科納洛迪尼銀行轉交給他，該行也會替他代收郵件；布里斯托市的阿諾菲尼畫廊還擺著幾幅他的畫，包括他珍愛的幾幅早期大馬士革風景的水彩作品，可否請史邁利幫他處理？接下來，他們談到該怎樣交代他的行蹤。

「把時間拉長。」他跟史邁利建議，「說我被派駐到外地；搞得神祕一點，兩三年後再把我抹黑……」

「喔，我想我們可以處理這件事，謝謝。」

自從史邁利認識海頓以來，頭一次看到他爲衣服的事發愁。他希望自己抵達那邊時，看起來能夠體面一點。他說，第一印象是如此重要。「那些莫斯科裁縫眞是夠了，他們會把你打扮得像個他媽的教會執事。」

「沒錯。」史邁利說。但他覺得倫敦的裁縫也沒多高明。

喔，他還補充了一件事，他有一個水手朋友，住在諾丁丘。「最好給他兩三百塊當封口費。你可以用祕密經費幫我處理這件事嗎？」

「當然可以。」

他寫下一個地址。接下來，海頓也對史邁利展現同樣的情誼，開始談他所謂「深入一點的東西」。

他不願討論自己被吸收的過程，還有他跟凱拉之間像一輩子那麼長的關係。「一輩子？」史邁利很快地重複這幾個字。「你們是什麼時候認識的？」昨天講的那些話似乎變得毫無意義，但海頓不願詳談。

如果他的話値得相信，海頓大概是從一九五〇年之後開始偶爾挑選一些情報送給凱拉。早期他做這些事的時候，目的只是爲了如他所願地暗助蘇俄的反美大業。如他所說，他「向來謹愼，不會把任何有損我國利益，或者會傷害我國外勤情報員的東西洩漏出去」。

一九五六年發生蘇伊士運河危機後，他終於相信英國不只處境堪憐；它不但無法對歷史進展有任何貢獻，甚至還會妨礙它。矛盾的是，美國阻擾英國在埃及的行動這件事上，只能說是個附加的動機。他說，正因如此，從一九五六年以後，他就開始全心投入，成爲蘇聯的全職地鼠，毫無顧忌；到了一九六一年，他正式取得了蘇聯的公民資格，往後十年並獲頒了兩枚蘇聯獎章——奇怪的是，儘管他說那兩枚獎章都是「最高榮譽」，卻不肯說是哪兩種。不幸的是，這段期間他因爲被派駐海外，縮減了他獲取情報的權限；而且，因爲他堅持無論如何，蘇俄在接受情報後就該採取行動，「而不只是隨便扔到某個愚蠢的政府檔案室裡」，他的工作不但危險，而且充滿變數。回到倫敦後，凱拉派老波（顯然是波里雅各夫在莫斯科總部裡的外號）來當他的搭檔，但是海頓發現常常需要舉行祕密會議讓他壓力很大，特別是因爲他要拍攝下來的資料實在太多。

「巫師梅林」出現之前，他在倫敦活動時用了哪些相機與設備、報酬多少，應用了哪些間諜技術？他拒絕討論這些問題，而且史邁利也一直很清楚，海頓這傢伙所說的一切，都是經過他仔細篩選的，因此眞相遠遠不僅於此——而且與他所說的也會稍有出入。

同時，凱拉與海頓兩人都從某些跡象中發現，長官嗅到了地鼠的味道。當然，長官病了，但是當他有機會把凱拉送給局裡當禮物時，顯然不可能輕易放掉大權。長官的調查進度必須與他自己的病情賽跑。有兩度他幾乎已經挖到金礦了（海頓還是拒絕說出詳情），如果不是凱拉的動作更快，地鼠傑拉德恐怕已經落入陷阱。就是在這種千驚萬險的情況下，才會先有梅林的出現，再有最後的作證行動。構思巫術行動的目的，主要就是搞定繼任一事：把艾勒藍推向第二把交椅的位置，然後加速長官的退位。其二，因爲巫術行動，莫斯科總部有絕對的主控權來決定它要讓白廳取得哪些情報。其三，也是最重要的一點，海頓堅稱巫術行動把圓場變成對付美國的主要武器。

「有多少情報是眞的？」史邁利問。

顯然依據他們想要達成的不同目的，情報眞假的比例就會有所不同，海頓如此說。理論上，造假很容易：海頓只要跟凱拉說有哪些領域是白廳不清楚的，假造情報的人就會把東西做出來。海頓說，曾有一兩次，只是爲了好玩，他甚至自己杜撰報告。像這樣接收與評估自己杜撰的報告，還要分派任務，實在是很有趣的事。就間諜技術的角度，巫術行動的優點當然是數也數不清；它讓海頓實際上脫離了長官的掌控，而且他想什麼時候跟老波見面都可以，因爲他有無懈可擊的藉口。常常好幾個月過去，他們連一次面都沒見過。海頓可以獨自待在房間裡拍攝圓場的文件，佯稱在準備老波需要的那些小兒科情報，然後把拍好的東西跟其他一堆垃圾混在一起、交由艾斯特哈帶去水門花園的安全藏身站。

「這是絕妙的搭配。」海頓簡要地說。「波西負責統籌，我只要跟著他，而跑腿的工作就交給羅伊與托比。」

說到這裡，史邁利很客氣地提問：凱拉是否想過，由海頓自己來接管圓場？爲什麼還要費神找一個傀儡來掩護他們？海頓支吾其詞，而史邁利想到的則是，凱拉跟長官一樣，搞不好認爲海頓還是扮演下屬的角色比較好。

海頓說，作證行動是孤注一擲。海頓非常確定長官眞的已經快要查出地鼠的身分。長官在列出海頓搞砸的、或因爲他而不得不叫停的行動清單，加以分析之後，感到非常不安。他也成功地把範圍縮小到某一個年齡以及官階的主管……

「順便問一句，」史邁利說：「關於史特夫契克一開始的提議是眞的嗎？」

海頓眞的很震驚。「天啊，當然不是。那件事一開始就是我們設計好的。當然，的確有史特夫契克這個人，他是一位知名的捷克將領，但他從未對任何人提議要販賣情報。」

說到這裡，史邁利感覺到海頓又在顧左右而言他。對於他自己的道德是否可議，他首度表現出很不安的樣子，看得出來他開始爲自己辯護。

「顯然，我們必須確定長官一定會出面，他涉入這件事的程度……還有他要派誰過去。我們可不能讓他派一個半吊子的跟監人員過去，一定要是個大人物，這個騙局才會完美無缺。我們知道他覺得自己只能找分局的人，或者不清楚巫術行動的人；如果我們挑了一個捷克將軍，他自然也會找一個能講捷克語的人。」

「那是當然。」

「我們希望他派的是個圓場老兵，一旦他出事，就會對局裡造成衝擊。」

「沒錯，」此時，史邁利想起了山頂上那個一邊嘆氣一邊冒冷汗的人，又說：「沒錯，我能看清箇中的道理。」

「媽的，我不是把他給救回來了嗎？」海頓突然說。

「是的，你做了一件好事。告訴我，在吉姆去執行作證行動之前，他有沒有去見你？」

「事實上，他的確有來見我。」

「他想跟你說什麼？」

海頓猶豫了好一會兒，卻始終沒有回答這個問題。但是他那突然變得空虛的眼神，以及那張瘦臉上一閃而過的罪惡感，就是最好的答案。史邁利想著：他想去警告你，因為他愛你。他想警告你，就像他來找我，要跟我說長官已經瘋了，但因為我在柏林，所以找不到我。直到最後，吉姆都還想要罩你。

海頓繼續說，他們挑選的，一定要是一個不久前才發生反革命暴動的國家──老實說，捷克是唯一的選項。

史邁利顯然沒有用心聽。

「你爲什麼要救他回來？」他問。「爲了友情？因爲他對你沒有傷害，而所有的王牌都在你手上？」

不只是那樣。海頓解釋。只要吉姆還待在捷克的監獄裡（他沒有說是蘇俄的監獄），人們就會爲他感到義憤塡膺、把他視爲某種靈魂人物。不過，一旦他回來了，白廳裡的每個人就會想辦法叫他閉嘴；他們一向這樣對待那些被遣送回國的人。

「我很訝異凱拉沒有乾脆把他槍斃；或者他是看你的面子？」

但是史邁利還沒問完，海頓又開始瞎扯他那些不成熟的政治主張。

然後他開始談他自己，而且史邁利看得出來，他的話題似乎又已經侷限在那些微不足道的小事上。他聽說尤內斯庫[59]最近承諾要寫一個劇本，劇中主角始終保持沉默，但主角身邊的人卻都說個不停，對此他非常感動。如果有心理學家與趕流行的歷史學家想要幫他寫答辯詞，他希望他們記得那齣劇本剛好能表達出他對自己的看法。身為一個藝術家，他在十七歲就已經把自己想說的一切說完了，在那之後，總得找些事情來做。他很遺憾自己沒辦法帶著一些朋友隨行。他希望史邁利想起他的時候，還能喜歡他這個人。

在那當下，史邁利有千言萬語想跟海頓說，而且也想說自己絕不會像那樣去回想他，但是說這些話似乎沒有意義。而海頓又開始流鼻血了。

「喔，我還要順道跟你說一聲，別大肆宣傳；邁爾斯．瑟康比特別重視這種事。」

說到這裡，海頓擠出一個笑容。他說，在暗地裡把圓場搞得天翻地覆之後，他不想公開地再來一次。

離開前，史邁利問了一個他還是很介意的問題。

「我必須把這件事告訴安。有什麼是你特別想跟她說的嗎？」

他倆討論了一番後，他才聽懂了史邁利的問題。起初他以為史邁利是說「珍」，不懂為什麼史邁利還沒有去看她。

「喔，是你的安。」他說，彷彿他們身邊還有很多叫作安的女人。他解釋，那是凱拉的主意。凱拉一直都將史邁利視為地鼠傑拉德的最大威脅。「他說你很厲害。」

「謝了。」

「但是你有這麼一個罩門：就是安。身為一個沒有任何妄想的男人，她是你最後的妄想。他

注59：Eugene Ionesco：羅馬尼亞裔法國劇作家。

覺得，如果大家都知道我是安的情人，你在其他方面就會摸不清我的底細。」史邁利注意到海頓的眼睛注視著自己，安曾說那是一雙像白鐵一樣的眼睛。「並不是眞的想要把她留在身邊，而是成爲她的情人之一，如果可能的話。懂嗎？」

「懂。」

例如，凱拉堅稱，如果可能的話，在作證行動當晚，海頓應該去找安調情。當作是多加一道防護措施。

「還有，當晚實際上是不是出了一點小意外？」史邁利說，心裡想起山姆·柯林斯的話，還有艾里斯是否已經中槍那件事。海頓說，是的。如果一切都按照計畫，捷克方面應該在十點半就發布第一道新聞快報；如此一來，在山姆·柯林斯打電話給安之後、海頓抵達圓場去掌控局面之前，海頓就有機會到他的俱樂部去看收報機的訊息。但是因爲吉姆中了槍，捷克那邊一團混亂，一直等到海頓的俱樂部關門後，才有新聞快報發布。

「幸好沒有人去追究這件事。」他說，拿了史邁利給的另一根菸。「順便問一下，我的代號是什麼？」他聊天地問道。「我忘了。」

「裁縫。我是乞丐。」

此時史邁利已經受夠了，所以他連一聲再見都沒說就溜走。他上車持續開了一個小時，直到他發現自己以八十英里的時速、開在一條通往牛津的小路上；所以他停下來吃了午餐，再開回倫敦。他仍不願回臨水街的家，所以他去看電影、在某處吃飯，午夜回家時帶著一點醉意，發現雷肯與邁爾斯·瑟康比都站在他的門廊前，而瑟康比那輛綽號「黑色便盆」——車身長達五十呎、愚蠢無比的勞斯萊斯——則開上了人行道，擋住所有人的路。

他們狂飆回薩拉特，發現月光下的比爾．海頓坐在花園裡一張面對著板球場的長板凳上。廣闊晴朗的夜空下，幾個抓著手電筒、臉色蒼白的培訓中心人員站在一旁瞪著他看。他的大衣下面穿著看來比較像囚衣的條紋睡衣。他睜大了雙眼，頭部不自然地垂到一側，好像一隻被人用專家手法折斷脖子的鳥。

他們沒有爭論到底發生了什麼事。十點半的時候，海頓向衛兵抱怨他睡不著，覺得噁心，想要呼吸一點新鮮空氣。因爲大家都覺得他的案子已經結束，沒人想到要跟著他，他便一個人到一片漆黑的室外散步。有個警衛還記得他用開玩笑的口吻說要去「檢查一下板球場」，另一個則是忙著看電視，什麼也不記得。半小時後他們開始擔心了，所以官階較高的那個警衛出去查看，而他的助手則守在原地，以防海頓又自己跑了回來。警衛在海頓坐著的地方發現他，起初以爲他睡著了。他彎腰看海頓，聞到酒味，猜想大概是琴酒或伏特加，認定海頓是喝醉了——這讓他很訝異，因爲培訓中心明令禁酒。直到警衛想要把海頓扶起來，才發現他的頭啪一聲往下垂，沉重的身體整個壓在警衛身上。吐了一陣之後（嘔吐的痕跡就在一旁的樹上），警衛把他拉起來，然後發出警報。

史邁利問，白天有沒有人傳訊息給海頓？

沒有。但是他的西裝從洗衣店送回來了，訊息可能就藏在裡面——例如，有人約他見面。

「所以是俄國佬幹的。」部長滿意地對著海頓那毫無反應的身體說。「我想是爲了阻止他亂講話。那些該死的惡棍。」

「不。」史邁利說：「他們覺得把自己人接回國是件很光榮的事。」

「那麼是誰幹的？」

所有人都在等史邁利回答，但他沒吭聲。眾人將手電筒關掉，一行人猶疑地走回車上。

「我們是不是還能把他丟給俄國人？」回去的路上，部長這麼問道。

「他是俄國公民，就送回去給他們吧。」雷肯說。他在黑暗中還是看著史邁利。

他們都覺得不能把情報網的人救回來很可惜。最好再看看凱拉願不願完成這次交易。「他不會願意的。」史邁利回答。

在頭等火車車廂裡回想這一切的時候，史邁利有種奇怪的感覺：他好像是用一支拿錯邊的望遠鏡來看海頓。雖然一路上，車上的酒吧都有在營業，但從昨晚開始他就沒吃多少東西。

離開國王十字火車站之後，他渴望自己能夠喜歡並尊敬海頓——比爾畢竟是個男子漢，他有話要說，也用他自己的方式表達出來。但是他的理智不願接受這種只圖方便的簡單說法。他愈是苦思海頓那番雜亂的自辯，就愈清楚裡面有多少矛盾。一開始他試著把海頓當成三〇年代那種在報紙上發表浪漫文章的知識分子，因爲他們好像天生就把莫斯科當成自己的聖城麥加。他喃喃自語：「莫斯科的命令對比爾來說，就像教規一樣。他需要一個能同時解決歷史與經濟問題的答案。」他覺得這個說法太薄弱了，所以他在海頓身上多加了一點他會喜歡的特質：「比爾是個浪漫派與高傲的人。他想要加入菁英分子的先鋒部隊、帶領群眾走出黑暗。」接著他想起在肯提斯鎮那女孩家中看到那些未完成的油畫：難懂、匠氣太重，而且糟糕。史邁利還想起比爾那獨裁的亡父，安曾直呼那人「惡魔」。他覺得比爾用馬克思主義來填補自己當不成畫家，以及童年缺乏關愛的兩大遺憾。就算到後來那些教條變得比較站不住腳，也幾乎無關緊要了。比爾已經上了賊船，而凱拉也知道如何讓他一直待在船上。史邁利認定，叛國就像是一種習慣，此時他彷彿看到比爾正躺在他臨水街家中的地板上，而安用留聲機放音樂給他聽。

比爾也熱愛自己扮演的這個角色，史邁利從未懷疑過這點。他站在一個祕密舞台的正中央，演出東西兩個世界對壘的戲碼，身兼主角與編劇——喔，比爾確實就是喜歡這個調調。

史邁利聳聳肩，把這一切拋到腦後，跟往常一樣不相信人有什麼標準的行爲動機，而是定下心來，想著那種俄羅斯木頭娃娃，打開後裡面會出現另一個，而另一個打開後又出現下一個。這世上只有凱拉看過比爾．海頓內心的最後一個娃娃。比爾是什麼時候被吸收的？吸收的過程是怎麼一回事？他在牛津大學的右派立場只是裝出來的？或者剛好相反，凱拉就是利用他曾爲右派的罪惡感來號召他「棄暗投明」？

我該問凱拉嗎？可惜我沒機會問。

我該問吉姆嗎？我不該去問他的。

東英格蘭的平原風光從窗外緩緩流逝。他腦海中浮現的不再是比爾．海頓那張死灰的臉，而是凱拉的倔強臉龐。他想起海頓說的：「但是你有這麼一個罩門：就是安。身爲一個沒有任何妄想的男人，她是你最後的妄想。他覺得，如果大家都知道我是安的情人，你在其他方面就會摸不清我的底細。」

妄想？凱拉眞的覺得愛情就是這麼一回事？比爾也是嗎？

「到了！」列車長大聲說，也許已經是第二次了：「快下車吧，你要去葛林斯比，不是嗎？」

「不，不，是伊明罕。」但他想起曼德爾的建議，於是費力地登上月台。

眼前看不到計程車，去售票亭問了一下之後，他穿過空蕩蕩的前庭，站在一個綠色的標誌旁，上面寫著「請排隊」。他本來希望她可能來接他，但也許她根本就沒收到他的電報。唉，沒關係。聖誕節期間的郵局，誰能怪他們呢？他心裡想著她聽到比爾的消息後會有何反應；直到想起她在寇爾尼詩海岸邊那種驚恐的神情，他才瞭解，當時她內心就當作比爾已經死了。她早已感覺到他那冷冰冰的撫觸，因此多少猜到背後一定另有文章。

妄想？他對著自己重複。*或沒有妄想*？

天寒地凍的，他非常希望他那可憐的愛人已經找到一個溫暖的住處。

他想到應該把樓梯下櫥櫃中她那一雙毛靴給帶來的。

他想起了那本還擺在麥汀達爾俱樂部裡沒有拿走的格里姆豪森。

然後他看到了她：她那輛破舊的車子出現在一條標示著「只准公車行駛」的車道上，朝著他轉過來，但方向盤後方的安卻面向另一邊，沒能看到他。安走下車，方向燈仍閃著，她走進車站去詢問——高挑輕盈又淘氣的她，是如此明豔動人，但是能真正擁有她的男人，卻永遠不是他自己。

在羅奇眼中，那個學期剩餘的時間裡，吉姆．普利多的舉止就像自己的母親被父親遺棄那時候一樣。他花很多時間專注在小事情上，例如幫學校的劇團搞定燈光、用繩子修補足球場的球門，而在法文課上，他花了很多心思矯正學生們不精確的細節。但偏偏那些大事，例如他散步與自己打高爾夫的那些習慣，全都放棄了，晚上時也都待在學校，不進村子裡。最糟糕的是他會瞪著眼睛發呆，壓根兒不知道羅奇在觀察他，課堂上也忘東忘西的，甚至在該給嘉獎時給了警告；羅奇還得提醒他，每週都要把記錄交出去。

為了幫助他，羅奇接下了調光人員的角色，因此在排練時，吉姆必須向羅奇一個人下達特別的指令：當他舉起手臂、然後放下擺到身體旁邊時，就是該把燈光漸漸熄滅的時刻。

但是，一段時間過後，吉姆似乎漸漸對這些幫助有了反應。隨著他走出「喪母之痛」，他的眼光變得較為清晰，而且又銳利了起來。戲劇表演登場的那天晚上，羅奇未曾見他那麼開心過。演出之後，當大夥兒帶著勝利的心情，拖著疲累的腳步走回學校大樓時，他大聲說：「嘿，小胖，你這個小笨蛋，你的雨衣呢？你沒看到在下雨嗎？」羅奇還聽到他在跟一個來訪的家長解釋：「他的本名叫比爾。我們都是新來的。」

比爾．羅奇終究說服自己，他看到那把槍的時候，其實只是在作夢。

（全文終）

國家圖書館出版品預行編目(CIP)資料

諜影行動 / 約翰.勒卡雷(John le Carré)著 ; 陳佩筠, 陳榮彬合譯. -- 初版. --
臺北市 : 推守文化創意, 2012.04面 ;　公分. -- (新文學 ; 3)
譯自 : Tinker tailor soldier spy
ISBN 978-986-6570-79-7(平裝)

873.57　　　　101004903

新文學　03

諜影行動 Tinker Tailor Soldier Spy

作　　者　約翰勒卡雷（John le Carré）／著
譯　　者　陳佩筠、陳榮彬／合譯
責任編輯　莊樹穎
校　　對　莊樹穎、張立雯
封面設計　徐承豪
排版設計　頂樓工作室、極翔排版

出 版 者　推守文化創意股份有限公司
發 行 人　周永欽
總 經 理　韓嵩齡
總 編 輯　周湘琦
印務發行統籌　梁芳春
行銷業務　梁芳春、黃文慧、衛則旭、汪婷婷 、涂幸儀

臉書Facebook　http://www.facebook.com/pushing.hanz
部 落 格　http://phpbook.pixnet.net/blog
http://www.wretch.cc/blog/pushinghanz
發行地址　106台北市大安區敦化南路一段245號9樓
電　　話　02-27752630
傳　　真　02-27511148
劃撥帳號　50043336　戶名：推守文化創意股份有限公司
讀者服務信箱　reader@php.emocm.com
總 經 銷　高寶書版集團
地　　址　114台北市內湖區洲子街88號3樓
電　　話　02-27992788
傳　　真　02-27990909

初版一刷　2012年4月2日
ISBN　978-986-6570-79-7
版權所有　翻印必究
裝訂錯誤或破損的書，請寄回更換
All rights reserved
Copyright@1974,le Carré Productions
Published by arrangement with Curtis Brown Group through Andrew Nurnberg
Associates International Limited.